OLGA TOKARCZUK
EMPUSION

EINE NATUR(UN)HEILKUNDLICHE SCHAUERGESCHICHTE

Aus dem Polnischen von
Lisa Palmes und Lothar Quinkenstein

KAMPA

Die polnische Originalausgabe erschien 2022
unter dem Titel *Empuzjon. Horror przyrodoleczniczy*
im Verlag Wydawnictwo Literackie, Kraków.

Alle Ansichtskarten und Briefmarken sowie das übrige Bildmaterial zu Görbersdorf (heute Sokołowsko) und dessen Umgebung zu Beginn des 20. Jahrhunderts stammen aus dem Privatarchiv der Autorin.

Für den Blick hinter die Verlagskulissen:
www.kampaverlag.ch/newsletter

KAMPA POCKET
DIE ERSTE KLIMANEUTRALE TASCHENBUCHREIHE
Gedruckt auf säurefreiem und chlorfrei gebleichtem Papier zur Unterstützung verantwortungsvoller Waldnutzung, zertifiziert durch das Forest Stewardship Council. Der Umschlag enthält kein Plastik. Kampa Pockets werden klimaneutral gedruckt, kampaverlag.ch / nachhaltig informiert über das unterstützte CO2-Kompensationsprojekt.

Veröffentlicht im September 2025 als Kampa Pocket

Hegibachstrasse 2, CH-8032 Zürich
info@kampaverlag.ch
GPSR-Kontakt: Schöffling & Co. Verlagsbuchhandlung GmbH,
Kaiserstraße 79, D-60329 Frankfurt am Main
info@schoeffling.de

Lektorat: Ewa Czerwiakowski
Covergestaltung: Lara Flues, Kampa Verlag
Covermotiv: Meret Oppenheim, Glove, 1985 © 2022, ProLitteris, Zürich
Satz: Tristan Walkhoefer, Leipzig
Gesetzt aus der Stempel Garamond LT / 3. Auflage 2025
Druck und Bindung: GGP Media GmbH, Pößneck
Auch als E-Book erhältlich und als Hörbuch bei DAV
ISBN 978 3 311 15097 8

www.kampaverlag.ch

Empusion

Tag für Tag geschehen in der Welt Dinge, die sich nicht erklären lassen mit den Gesetzmäßigkeiten, die wir von den Dingen kennen. Tag für Tag werden sie erwähnt und wieder vergessen, und dasselbe Rätsel, das sie brachte, nimmt sie wieder mit, verwandelt ihr Geheimnis in Vergessen. So lautet das Gesetz, demnach alle nicht erklär-

baren Dinge dem Vergessen anheimfallen müssen. Die sichtbare Welt nimmt im Sonnenlicht ihren Lauf. Das Fremde aber beobachtet uns aus dem Schatten heraus.

Fernando Pessoa, *Das Buch der Unruhe des Hilfsbuchhalters Bernardo Soares*, Übers. v. Inés Koebel, Zürich 2003, S. 401.

Personen:

Mieczysław Wojnicz
Student der Wasser- und Canalisationsbautechnik aus Lemberg

Longinus Lukas
Katholik, Traditionalist, Gymnasiallehrer aus Königsberg

August August
Sozialist, Humanist, klassischer Philologe, Schriftsteller aus Wien

Walter Frommer
Theosoph und Geheimrat aus Breslau

Thilo von Hahn
Student des Beaux-Arts, Kenner der Landschaftsmalerei aus Berlin

Doktor Semperweiß
Psychoanalysierender Arzt aus Waldenburg

Wilhelm Opitz
Besitzer des Gästehauses für Herren *in Görbersdorf, sein Onkel diente in der Päpstlichen Schweizergarde*

Raimund
Opitzens junger Gehilfe

György
Philosoph aus Berlin

sowie

Frau Weber und Frau Brecht
Gliceria
Herri met de Bles
Klara Opitz, Wilhelm Opitzens Gattin
Sydonia Patek
Frau Großhut
Tomášek
Die Heilige Emerentia
Die Tuntschis
Die Köhler
Namenlose Bewohnerinnen der Wände, Böden und Zimmerdecken

I

Das Gästehaus für Herren

Die Rauchwolken der Dampflokomotive, die über den Bahnsteig quellen, verdecken die Sicht. Man muss durch sie hindurchschauen, sich einen Moment lang von dem grauen Dunst blenden lassen, bis der Blick nach dieser Prüfung sich geschärft hat, durchdringend geworden ist, allsehend.

Jetzt erkennen wir die Bahnsteigplatten, Quadrate, zwischen denen die Halme kärglicher Pflänzchen wachsen – eine Fläche, die um jeden Preis ihre Ordnung und Symmetrie bewahren möchte.

Und sogleich erscheint ein linker Schuh, aus braunem Leder, nicht mehr ganz neu, der rechte gesellt sich dazu; er scheint noch etwas ärger mitgenommen – die Spitze abgewetzt, an einigen Stellen sind helle Flecken zu sehen. Einen Augenblick stehen die Schuhe reglos, dann bewegt sich der linke nach vorn. Unter dem Hosenbein wird ein schwarzer Baumwollstrumpf sichtbar. Und schwarz sind auch die Schöße des offenen Mantels aus Wollstoff; es ist ein warmer Tag. Eine zierliche Hand, blass und blutleer, hält einen braunen Lederkoffer, die Anstrengung lässt die Adern hervortreten, die auf ihre Quellen verweisen, tief im Innern der Ärmel. Unter dem Mantel blitzt ein Flanelljackett auf, nicht eben der besten Sorte, zudem zerknittert von der langen Reise. Helle Punkte einer nicht näher zu bestimmenden Verschmutzung sind zu erkennen – Spelzen der Welt. Der weiße, abknöpfbare Kragen wurde offenbar vor Kurzem erst gewechselt, sein Weiß wirkt frischer als das Weiß des Hemdes, es kontrastiert auch mit dem erdigen Teint der Gestalt. Die hellen Augen, Brauen und Wimpern lassen das Gesicht ungesund erscheinen. Vor dem kräftigen Rot des Himmels im Westen macht die ganze Erscheinung einen beunruhigenden Eindruck. Als wäre sie aus dem Jenseits in diese melancholischen Berge gekommen.

Zusammen mit den anderen, die hier ausgestiegen sind, begibt sich die Gestalt in Richtung der Halle, die erstaunliche Ausmaße aufweist für eine Bahnstation in dieser Berggegend; im Unterschied zu den übrigen Reisenden aber geht die Person langsam, ja mit geradezu trägen Schritten, auch ist sie die Einzige, die von niemandem begrüßt wird. Niemand ist gekommen, diesen Menschen zu empfangen. Er stellt den Koffer auf den lädierten Fliesenboden und zieht gefütterte Handschuhe an. Die eine Hand, zum Trichter geschlossen, bewegt sich an den Mund, um eine Serie kurzer, trockener Hustenstöße entgegenzunehmen.

Der junge Mann beugt sich vor, sucht in der Hosentasche ein Schnupftuch. Für einen Moment berühren die Finger die Stelle, wo sich unter dem Mantelstoff der Reisepass verbirgt. Wenn wir uns für einen Augenblick konzentrieren, erkennen wir die phantasievoll geschwungene Handschrift eines galizischen Beamten, der die Rubriken des Dokuments ausgefüllt hat: Mieczysław Wojnicz, Katholik, Student des Lemberger Polytechnikums, geboren 1889, Augen: blau, Größe: mittelgroß, Gesicht: länglich, Haare: blond.

Jener Wojnicz nun durchquert die Halle des Bahnhofs in Dittersbach, das unweit von Waldenburg gelegen ist. Und während er unsicher durch das hohe, düstere Gebäude geht, auf dessen höchsten Gesimsen gewiss ein Echo wohnt, spürt er, wie ihn aufmerksame Augen aus den Kassenschaltern im Warteraum mustern. Er wirft einen Blick auf die große Uhr – es ist schon spät, dies war der letzte Zug aus Breslau. Einen Moment noch zögert er, dann tritt er vor das Bahnhofsgebäude, wo ihn die mächtige Umarmung des unregelmäßigen Gebirgshorizonts erwartet.

Mitte September – der Ankömmling bemerkt es mit Erstaunen – ist hier der Sommer längst vorbei. Die ersten welken Blätter liegen auf der Erde. Auch müssen die letzten Tage regnerisch gewesen sein, ein leichter Nebeldunst schmiegt sich noch an die Landschaft, nur die dunklen Linien der Bäche bleiben ausgespart. Der Reisende spürt in den Lungen, dass er in der Höhe ist, seinem von der Krankheit ausgezehrten Körper wird es guttun. Wojnicz steht auf den Stufen vor dem Bahnhof, betrachtet zweifelnd seine Schuhe mit den dünnen Ledersohlen – er wird sich um Winterschuhe kümmern müssen. In Lemberg blühen noch die Astern und Zinnien, niemand denkt dort an den Herbst. Hier aber lässt die hohe Linie des Horizonts alles dunkler erscheinen, und die Farben wirken greller, ja fast vulgär. Eine wohlbekannte Melancholie erfasst ihn, die Schwermut der Menschen, die um ihr baldiges Lebensende wissen. Die Welt, die ihn umgibt, er spürt es, ist Dekoration, bemaltes Papier, den Finger könnte er hineinbohren in diese monumentale Landschaft, ein Loch reißen, das ins Nichts führt. Und dieses Nichts würde herauszuströmen beginnen, gleich einer Flut, die am Ende auch ihm bis an die Kehle stiege. Er muss den Kopf schütteln, um die Vorstellung loszuwerden. Das Bild zerspringt in kleine Tropfen, die auf die Blätter fallen. Zum Glück holpert ihm jetzt über den Weg ein Gefährt entgegen, das an eine Britschka erinnert.

Auf dem Bock sitzt ein schlanker, sommersprossiger Bursche, seltsam ausstaffiert. Er trägt eine Art Uniformjacke schwer bestimmbarer Herkunft. Nichts Preußisches, was in dieser Gegend verständlich wäre, aber auch nicht so recht von einer anderen Armee. Dazu ein Schiffchen, das er sich verwegen schief auf den Kopf gestülpt hat. Wortlos zügelt er vor Wojnicz die Pferde, steigt ab, nimmt wortlos Wojniczens Gepäck.

»Wie geht es denn, guter Mann?«, fragt Wojnicz höflich in korrektem Schuldeutsch. Doch auf eine Antwort wartet er vergeblich. Der Bursche zieht sich nur das Schiffchen fast über die Augen, deutet ungeduldig auf die Britschka.

Und sogleich geht es los. Zuerst über das Kopfsteinpflaster des Städtchens, dann über einen Weg, der sich in der hereinbrechenden Dunkelheit zwischen steilen Hängen durch einen Wald windet. Unablässig begleitet sie das Rauschen eines nahen Baches. Und der Geruch. Ein Arom, das Wojnicz immer beunruhigt hat: feuchter Humus, verwesende Blätter, ewig nasse Steine, Wasser. Er versucht, den Fuhrmann etwas zu fragen, mit ihm in ein Gespräch zu kommen – wie lange sie fahren werden, wie er ihn erkannt hat auf dem Bahnhof, wie er heißt. Doch der Bursche schaut sich nicht einmal um und schweigt. Die Kutschenlaterne zu seiner Rechten bescheint die Hälfte seines Gesichts, das im Profil an einen Nager der Berge erinnert, ja an ein Murmeltier, und Wojnicz denkt sich, dass der Bursche entweder taub sein müsse oder schlicht ungehobelt bis zur Unverschämtheit.

Nach drei Viertelstunden endlich tauchen sie wieder aus den Schatten des Waldes und fahren in ein unerwartet flaches Tal, eine solche Hochebene, hier, zwischen den Bergen, setzt in Erstaunen. Der Himmel erlischt, doch der hohe

Horizont ist noch zu sehen, die unruhige Linie der Berge, die jedem, der aus dem Flachland hierherkommt, an die Kehle zu greifen scheint.

»Görbersdorf«, lässt sich mit einem Mal der Fuhrmann vernehmen, mit überraschend hoher Knabenstimme.

Wojnicz aber kann nichts erkennen außer der dicht geflochtenen Wand aus Dunkelheit, die sich in großen Flächen von den Berghängen löst. Erst als die Augen sich ein wenig an die hereinbrechende Nacht gewöhnt haben, tritt ein Viadukt hervor, unter dem sie in ein Dorf gelangen, dann ist ein mächtiges Gebäude aus rotem Backstein zu erkennen, daneben weitere kleinere Bauten, eine Zufahrtsstraße, zwei Gaslaternen. Das Backsteingebäude entpuppt sich als Koloss, wird immer größer, und während das Gefährt näher rollt, sind Reihen erleuchteter Fenster zu sehen. Das Licht ist schmutzig gelb. Wojnicz kann den Blick nicht lösen von diesem überraschend triumphalen Anblick, und noch als das Gebäude bereits gleich einem gigantischen Dampfer in der Dunkelheit versinkt, blickt er sich immer wieder um.

Jetzt biegt die Britschka auf einen schmalen Seitenweg ab, der an einem Bach entlangläuft, passiert eine kleine Brücke. Das Geräusch der Räder erinnert an das Echo von Schüssen. Vor einem stattlichen Holzbau, dessen Architektur an ein Haus aus Streichhölzern denken lässt mit seinen unzähligen Veranden, Balkonen und Terrassen, kommt das Gefährt schließlich zum Stehen. Aus den Fenstern schimmert angenehmes Licht. An der Fassade, unter dem ersten Stockwerk, ist eine aus dickem Blech geschnittene schöne Frakturschrift zu sehen:

Gästehaus für Herren

Erleichtert steigt Wojnicz aus der Britschka, atmet tief die neue Luft ein, von der es heißt, sie heile noch die schwersten Zustände. Doch vielleicht ist es zu früh dafür, denn ein Hustenanfall packt ihn, dass er sich am Geländer des Brückchens festhalten muss. Und während er hustet, spürt er das modernde Holz, kühl und unangenehm schlüpfrig, und der erste gute Eindruck zerplatzt. Er kann nichts tun gegen die Krämpfe seines Zwerchfells, und eine gewaltige Angst ergreift ihn – dass er ersticken werde, dass dies der letzte Anfall sei. Er versucht, der Panik Herr zu werden, versucht, an eine Blumenwiese im warmen Sonnenschein zu denken, wie Professor Sokołowski es ihm geraten hat. Und alle Mühe gibt er sich mit dieser Vorstellung, auch wenn ihm die Augen tränen und das Blut ihm ins Gesicht steigt. Er hat das Gefühl, seine Seele aushusten zu müssen.

Da spürt er einen Druck an der Schulter. Und ein großer, gut gebauter Herr mit grau meliertem Haar reicht ihm die Hand. Durch die Tränen sieht Wojnicz ein rosig gesundes Gesicht.

»Na, na, mein Herr. Jetzt nehmen wir uns aber mal zusammen«, sagt der andere und gibt seiner Selbstsicherheit ein breites Lächeln mit, dass der um sein Leben hustende Ankömmling sich an ihn schmiegen möchte, auf dass dieser Mensch ihn zu Bett bringe wie ein Kind. Ja, genau das: Kind. Bett. Etwas geniert legt er dem Mann den Arm um den Hals und lässt sich durch das Vorhaus führen, wo es nach dem Rauch von Tannenholz riecht, und weiter, über eine mit einem weichen Läufer bedeckte Treppe nach oben. Entfernte Gedanken an den Ringkampf stellen sich ein, an männlichen Sport – wenn sehnig harte Körper aufeinandertreffen, sich aneinander reiben, doch nicht, um sich Schaden zuzufügen, sondern, ganz im Gegenteil, um unter dem Vorwand des Kampfes Zärtlichkeit zu zeigen und Verbundenheit. Der Ankömmling überlässt sich den kräftigen Händen, lässt sich in ein Zimmer im ersten Stock bringen, aufs Bett setzen, Mantel und Pullover ausziehen.

Wilhelm Opitz – so stellt der Mann sich vor, wobei er mit dem Finger auf seine Brust deutet – legt ihm ein wollenes Plaid um, und von Händen, die für einen Augenblick im Türspalt erscheinen, nimmt er eine Tasse mit dampfender Bouillon entgegen. Als Mieczysław mit kleinen Schlucken davon trinkt, reckt Wilhelm Opitz den Finger in die Höhe (Wojnicz versteht just in diesem Moment, wie bedeutsam dieser Finger ist) und sagt in einem weichen, etwas drollig klingenden Deutsch:

»Ich hatte Professor Sokołowski geschrieben, dass Sie in Breslau Station machen sollten. Die lange Reise ist zu anstrengend. Ich habe es gesagt.«

Mit angenehmer Wärme durchdringt die Bouillon seinen Körper, und der arme Wojnicz spürt nicht einmal mehr, wie er einschläft. Bleiben wir noch ein paar Augenblicke bei ihm, hören seinen ruhigen Atem; wir freuen uns, dass seine Lunge sich beruhigt hat.

Ein Lichtstrahl fesselt unsere Aufmerksamkeit, scharf wie eine Klinge fällt er vom Korridor ins Zimmer, auf das Porzellan des Nachttopfs unterm Bett. Und die Ritzen zwischen den Dielen ziehen uns an. Ebendort verschwinden wir.

*

Um drei viertel sieben weckt Wojnicz der Klang einer Trompete, weshalb er ein Weilchen braucht, bis er weiß, wo er sich befindet. Misstönend wird die Melodie gespielt, das erheitert ihn, versetzt ihn in gute Laune. Und das Gehörte scheint ihm auch bekannt, eines jener Stücke, deren Schlichtheit etwas Geniales hat. Als hätte es sie schon immer gegeben, und für immer würden sie bleiben.

Über seine unzähligen Malaisen war nicht Mieczysław Wojnicz selbst am besten im Bilde, sondern sein Vater, January Wojnicz, ein pensionierter Beamter und Gutsbesitzer. Er verwaltete sie mit großer Sachkenntnis, wachte ebenso gewissenhaft wie taktvoll über den Besitz, der ihm in Gestalt des Sohnes überantwortet worden war, behandelte ihn mit großem Verantwortungsbewusstsein und – das versteht sich – mit Liebe, wenngleich ohne Sentimentalität und all jene »Weibergefühle«, die ihm so zuwider waren.

Eine der Malaisen, an deren Ausformung er in gewissem Sinne auch mitgewirkt hatte, waren die zwanghaften Ängste des Sohnes, jemand könnte ihn voyeuristisch beobachten. So verwandte der junge Wojnicz einige Energie darauf, zu prüfen, ob ihn nicht jemand belauerte – hinter einer Hausecke, aus einem Winkel, von einem Fenster, in dem die Gardine sich verdächtig bauschte, oder womöglich durch ein Schlüsselloch. Die Vorsicht und das Misstrauen des Vaters nahmen beim Sohn obsessive Züge an. Er hatte das Gefühl, ein fremder Blick wäre etwas Klebriges, das sich an ihn heften würde wie der weiche, widerliche Saugmund eines Blutegels. In jedem Raum, in dem er die Nacht verbringen sollte, prüfte er genauestens die Vorhänge, stopfte Papierkügelchen ins Schlüsselloch, suchte die Wände nach eventuellen Löchern ab, untersuchte die Ritzen zwischen den Dielenbrettern, spähte sogar hinter die Bilder. In Pensionen und Hotels war der Gedanke, beobachtet zu werden, nicht gänzlich aus der Luft gegriffen. Einmal, als der junge

Wojnicz mit seinem Vater in Warschau weilte – eine der medizinischen Visiten bei einem Spezialisten –, entdeckte er in ihrer Unterkunft ein regelmäßig geformtes Loch in der Zimmerwand, ungeschickt nur camoufliert im üppigen Muster der Tapete, und natürlich verstopfte er es sogleich mit einem Brotkügelchen. Als er der Sache mit dem Guckloch morgens genauer nachging, um zu sehen, von wo aus sich jemand die Beobachtung des Zimmers ermöglicht hatte, fand er heraus, dass hinter der Wand die Treppe für das Dienstpersonal lag. Also bitte! Es war keine Obsession. Die Menschen taten solche Dinge wirklich! Es gefiel ihnen, andere heimlich zu beobachten. Und der Beobachtete war ausgeliefert, ahnungslos wurde er zum Opfer.

Nach dem Erwachen machte er sich sogleich daran, seinem Vater eine Nachricht zu schreiben, um ihn zu beruhigen. Ein paar schlichte Worte nur, doch das Schreiben fiel ihm schwer, seine Hand war steif und schwach, es kostete alle Anstrengung, die Bleistiftspitze über das cremefarbene Papier des in Leder gebundenen Notizbuchs zu führen. Diese Bewegung fasziniert uns, wir finden Gefallen an ihr – die entstehende Linie erinnert an die gewundenen Gänge, die die Regenwürmer in der Erde graben, an die Spuren des Borkenkäfers in der Rinde der Bäume. Wojnicz saß im Bett, zwei mächtige Kissen im Rücken, vor sich eine sinnreiche Erfindung – ein Tischchen ohne Beine. Sein Unterteil bestand aus einem mit Erbsen gefüllten Kissen, so passte es sich den Knien des Schreibenden an.

Als Erstes entstanden zwei Ziffern: »13«, dann ein senkrechter Strich und ein Kreuz: »IX«, schließlich vier weitere Ziffern: »1913«. Dann formte sich aus Schnörkeln das Wort »Görbersdorf«, mehrfach nachgezogen, besondere Sorgfalt galt dem Umlaut, und dann glitt der Bleistift gleichmäßig übers Papier. Die Mine knisterte, das Papier gab nach unter den Rundungen der Buchstaben.

Die Einrichtung des Zimmers war schlicht, aber bequem. Zwei Fenster gingen zur Straße mit dem Bach vor dem Gebäude, die Aussicht wurde jedoch von gehäkelten Gardinen verdeckt. Unter dem einen Fenster standen ein rundes Tischchen und zwei gemütlich aussehende Stühle – Sessel fast –, deren Bezüge bereits ein wenig abgewetzt waren. Eine nette Leseecke, falls jemandem der Sinn danach stand. Links von der Tür ein Bett, dessen Kopfende mit hübschen Schnitzereien verziert war. Daneben ein Schrank. Der Waschtisch stand rechts von der Tür. Die Textiltapete mit dem breiten hellblauen Streifenmuster ließ das Zimmer höher und größer erscheinen, als es tatsächlich war. An den Wänden hingen Stiche mit exotischen Motiven: eine Antilopenherde, ein Rudel Hyänen.

Mieczysław Wojnicz beschrieb in knappen Umrissen – auf Polnisch – seine Eindrücke von der Reise, wobei er eintausendneunhundert Fuß in Meter umrechnete (es kamen fast fünfhundert heraus) und diese Zahl auf eine Kartenskizze übertrug, die seine Fahrt von Lemberg hierher illustrieren sollte. Kürzere Kommentare bezogen sich auf die Mahlzeiten, die er unterwegs zu sich genommen hatte. Zu Breslau notierte er: »Gelbe Kürbissuppe, als Hauptgericht: Püree mit Speckwürfeln, Kohl und ein Schnitzel, ganz wie bei uns. Zum Dessert Vanillepudding mit Meringue, Kompottsaft aus Brombeeren, sehr schmackhaft.« Darunter hielt er fest: »Gezahlt: 5 Mark«. Seinem Vater hatte er versprochen, täglich ein paar Worte zu schreiben, am besten über sein Befinden, doch da er eigentlich nicht wusste, wie er sich befand, wollte er lieber Rezepte nach Lemberg schicken oder geographische Informationen.

Ein leises Klopfen war zu vernehmen, und ehe er hätte »Herein« sagen können, schob sich ein Damenschuh aus Leder in den Türspalt, öffnete die Tür behutsam, die schwarzen Falten eines Rockes wurden sichtbar, die Spitzen einer Schürze und ein Tablett mit dem Frühstück, das sogleich auf dem Tischchen abgestellt wurde. Schuhe, Spitzen und Schürze verschwanden ebenso rasch, wie sie aufgetaucht waren, der verwirrte Wojnicz konnte gerade das Plaid zur Brust hochziehen und eine Begrüßung stammeln, einen Dank. Und so hungrig war er jetzt, dass ihn nur eines interessierte: Essen.

Gleich wird er es in seinem Büchlein notieren: hart gekochte Eier, zwei Stück, in hübschen Fayence-Eierbechern, mit Warmhaltehauben in Form von Hühnern, geräucherter Schafskäse, in Scheiben geschnitten, garniert mit Petersilie, ein Bällchen herrlich goldgelber Butter, auf einem Meerrettichblatt serviert, ein Schälchen mit duftendem Schmalz, dazu ein Messerchen zum Bestreichen, geschnittene Radieschen, ein Körbchen mit verschiedenen Brötchen, hellen und dunklen, ein Glasschälchen mit Aprikosenkonfitüre, eine Tasse sämiger Kakao, ein Kännchen Kaffee.

Nach dem Punkt klappte das Büchlein vernehmlich zu, und Wojnicz verzehrte mit Appetit alles, was ihm auf dem Tablett gereicht worden war. Gestärkt nach der Mahlzeit, erhob er sich. Das Plaid um Schultern und Rücken gelegt, ging er zu seinem Koffer, zog eine sorgfältig zusammengelegte Garnitur Unterwäsche heraus und machte sich daran, sich zu waschen. Als er sich sein Gesicht mit dem Handtuch abtrocknete, das durchdrungen war von dem im Gästehaus allgegenwärtigen Geruch der Nadelbäume, stand ihm plötzlich wie lebendig das Bild seines Elternhauses auf dem Land vor Augen – mit der Wäsche, die auf dem Dachboden trocknete, wohin Gliceria sie an Regentagen in Eimern trug. Der Dachboden, so voller Staub, und der Blick aus den Fenstern, die Ochsenaugen hießen: die Felder, der kleine Park und der herbe Geruch der modernden Tomaten- und Maisstängel und des Bohnenstrohs, dessen Reste sich noch um die Stangen wanden. Und nach dem Gesetz einer Synästhesie, die nicht bis ins Letzte zu durchschauen war, übertrug sich das Bild auf die körperliche Wahrnehmung: die raue Kleidung, ein steifer Kragen, die scharfen Bügelfalten der frisch geplätteten Hose, der Druck eines harten Ledergürtels. Und ebendort, auf jenem Dachboden, hatte er sich, wann immer er alleine und für Momente entlassen gewesen war aus dem väterlichen Erziehungsdrill, nackt ausgezogen und in ein Satintischtuch gehüllt, und die weichen Fransen, mit denen es gesäumt war, hatten so herrlich seine Schenkel und Waden gestreichelt. Wie wunderbar wäre es, so hatte er damals gedacht, wenn die Menschen, wie die alten Griechen, einen Tischtuch-Chiton tragen würden. Heute jedoch, da er sich an die Satin-Toga von damals erinnert, kleidet er sich weiter an und freut sich, dass er erholt und wieder bei Kräften ist.

Wir sehen, wie die Kleidung Schicht um Schicht seinen schlanken Körper bedeckt, bis seine Gestalt, nun gänzlich verschieden von der gestrigen, die mit gelblichem Gesicht von Hustenstößen geschüttelt wurde, an der Tür steht, die Hand auf der Klinke, und sich mit geschlossenen Augen vorzustellen versucht, welchen Eindruck sie wohl machen würde auf jemanden, der sie eben jetzt sähe. Gut sieht er aus – ein schlanker junger Mann mit blondem Haar und fein geschnittenen Gesichtszügen, in grauen gestreiften Hosen und braunem Wolljackett. Und einen Moment später öffnet er mit entschlossenem Schwung die Tür.

Nein, nein, wir sehen das durchaus nicht als Obsession an.

Die Menschen sollten sich daran gewöhnen, dass sie beobachtet werden.

*

Gegen zehn war es, als Wojnicz nach unten ging; um diese Zeit sollte er sich zu Untersuchungen im Kurhaus einfinden.

Der kleinen Fenster wegen, die zudem nur spärlich in die Wände eingelassen waren, herrschte im ganzen Haus ein Halbdämmer, nicht untypisch für die Architektur in Bergregionen. Ein ovaler Tisch mit einer dicken gemusterten Tischdecke, ein Kanapee und einige Sessel, an der Wand ein Klavier. Vereinzelte Fingertupfer auf dem glänzenden Deckel und ein Stapel vergilbter Noten zeugten davon, dass selten darauf gespielt wurde. Das kleine Regalbrett, das daneben an der Wand hing, quoll über von Büchern zur Region, zu den Skipisten in der Umgebung und allerlei Sehenswürdigkeiten. In der mächtigen Kredenz mit den Glastüren funkelte herrlich weiß ein Porzellanservice mit sentimentalen Szenen in Kobaltblau – Hirten und Schafe.

»*Gemütlich**«, flüsterte Mieczysław für sich, und es erfreute ihn, dass er sich an das deutsche Wort erinnerte, das er besonders mochte. Dieses Wort fehlte in seiner Sprache. Wie sollte man es wiedergeben? *Przytulnie? Miło?*

Und er musste wieder an die Worte Professor Sokołowskis denken, als dieser mit der Behandlung begonnen und seine liebe Not gehabt hatte mit Wojniczens Apathie – dass man dafür sorgen müsse, dass das Leben »köstlich« sei. Ja, dachte Wojnicz, köstlich, das ist ein besseres Wort als gemütlich. Denn es bezog sich nicht nur auf den Raum, es

* Kursiv gesetzte Wörter sind im Original deutsch.

meinte auch die Stimme eines Menschen, die Art, wie jemand sprach, sich in einen Sessel setzte, sich ein Foulard um den Hals band–artig wie die Anordnung von Gebäck auf einem Teller. Wojnicz strich mit dem Finger über den weichen Plüsch in dunklem Oliv, der auf dem Tisch lag, und erst jetzt bemerkte er erschrocken den Mann, der in dem Sessel beim Fenster saß – eine schlanke Gestalt mit scharf geschnittenem Vogelgesicht, eine Drahtbrille auf der prominenten Nase. Eine Wolke aus Zigarettenrauch hüllte ihn ein. Wojniczens Hand zuckte zurück, als wäre sie verbrüht worden, verbarg sich in der anderen. Der Mann, gleichfalls verlegen, in seiner Einsamkeit gestört worden zu sein, erhob sich und stellte sich in steifem Tonfall vor, auf Deutsch, mit einem schlesischen Akzent:

»Walter Frommer. Aus Breslau.«

Langsam und deutlich sagte Wojnicz seinen Vornamen, seinen Familiennamen, wohl in der Hoffnung, der andere würde es dadurch sofort behalten. Sie sprachen noch ein Weilchen, und Frommer ließ ihn wissen, dass er sich regelmäßig in Görbersdorf behandeln lasse. Jetzt sei er – mit Unterbrechungen – schon das dritte Jahr hier. Wenn er gelegentlich nach Breslau zurückkehre, verschlechtere sich sein Zustand unverzüglich wieder.

»Wissen Sie, Breslau liegt am Wasser. Im Frühjahr hängen Schwärme von Mücken über den Häusern, klein sind sie, aber ausnehmend giftig, und die Menschen leiden an Rheumatismus. Im Sommer hält man es nicht aus, im Garten zu sitzen, deshalb bleiben auch die Staatsbeamten immer nur für wenige Jahre und gehen dann in bessere Städte. Breslau ist eine vorläufige Bleibe.« Ein Ton der Trauer schwang in seiner Stimme, als hätte er Mitleid mit der Stadt. »Das Wasser ist schuld. Überall dringt es ein … Ich vertrage das nicht«, er hustete, »oh, sehen Sie, allein bei dem Gedanken überkommt mich das Husten.«

Wojniczens Blick glitt zum Fenster, draußen ging gerade eine fröhliche Gesellschaft vorbei, alle Augenblicke war Gelächter zu hören. Er dachte, dass diese Menschen auf Polnisch lachten, auch wenn er nicht wusste, wie er zu dieser Vermutung kam. Aus der Entfernung waren keine Worte zu vernehmen.

»Haben Sie auch vor, ins Kurhaus umzuziehen?«, fragte er Frommer.

Die Frage, so dachte er, würde vielleicht ein kleines Lächeln im Gesicht seines Gegenübers auslösen, doch der nahm sie sehr ernst.

»Gott behüte«, entrüstete er sich, »dort sind zu viele Leute. Dort sehen Sie nichts, nichts gibt es zu erfahren, nichts zu lernen. Ein Leben in der Menge ist schlimmer als Gefängnis.«

Nun denn – Wojnicz hatte bereits seine Meinung von Walter Frommer: ein Kauz.

Doch waren sie wohl beide von ähnlicher Schüchternheit, denn ein Weilchen standen sie einander noch gegenüber, in verlegenem Schweigen, und jeder wartete, dass der andere einen Satz der Höflichkeit sagen würde.

Aus dieser Pattsituation befreite sie der Hausherr, Wilhelm Opitz.

»Ich hoffe, ich störe die angeregte Konversation nicht«, sagte er, und Wojnicz fragte sich, ob er sich einen Spaß erlaubte oder ob er tatsächlich so unaufmerksam war. Und schon hatte Opitz Wojnicz mit kräftigem Griff untergefasst und führte ihn zum Ausgang.

»Wenn Sie bitte entschuldigen, ich muss den jungen Mann dem scharfen Auge des Doktor Semperweiß zuführen. Unser Gast ist hier in höchst beklagenswertem Zustand eingetroffen.«

Frommer brummelte etwas Unverständliches, ging zu seinem Platz beim Fenster zurück und ließ sich in derselben Haltung nieder, in der er zuvor im Sessel gesessen hatte. Als wäre er in diesem Haus als qualmendes Möbelstück angestellt.

»Doktor Frommer ist ein wenig wunderlich, aber ein anständiger Mensch. Wie alle in meinem Gästehaus«, sagte Opitz, als sie auf der Treppe vor dem Haus standen. Sein Dialekt klang in Wojniczens Ohren immer angenehmer. »Mein Bursche wird sie zu Doktor Semperweiß bringen. Passen Sie auf, Leute aus dem Osten mag er nicht. Eigentlich mag er niemanden. Es ist bedauerlich, dass wir hier keinen vom Format eines Doktor Brehmer mehr haben«, fügte er nachdenklich hinzu, als sie bei dem Brückchen standen.

Wojnicz sah, wie der Nebel seltsame Streifen bildete, die gleich Rauchfahnen in die Höhe stiegen.

»Sie kennen Professor Sokołowski?«, fragte er.

Opitzens Gesicht erhellte und belebte sich.

»Aber sicher, ich kannte ihn schon als Kind. Er war mit meinem Vater befreundet, der bei ihm gearbeitet hat. Wir alle sind im Umkreis von Kurhäusern tätig. Wie geht es ihm denn?«

Nun, darüber war Wojnicz nicht genauer im Bilde, er wusste nur, dass Sokołowski in einer Warschauer Klinik arbeitete und dass er Vorlesungen in Lemberg hielt. Sein Vater hatte ihn zu einer Untersuchung bei dem Professor mitgenommen, als dieser ebendort, in Lemberg, weilte. Und dieser Konsultation war es zu verdanken, dass Wojnicz sich jetzt hier befand.

»Ist er immer noch so schlank?«, fragte Opitz.

Schlank? Nein, Professor Sokołowski war nicht schlank, er war ein stämmiger, korpulenter Mann. Doch Wojnicz musste die überraschende Frage auch nicht beantworten, denn aus den Nebelschwaden tauchte Raimund auf, der gestrige Fuhrmann, den Opitz auf besondere Weise begrüßte: mit einem leichten Schlag auf den Kopf. Der Junge nahm es als natürliche, freundliche Geste.

Nun gingen sie zu zweit bachabwärts zur Mitte des Dorfes. Raimund kam mit Eifer ins Erzählen, doch war sein Dialekt so absonderlich, dass Wojnicz nur wenig verstand. Interessiert betrachtete er die hübschen Häuser entlang des Weges, die Arbeiter, die die elektrische Leitung reparierten. Raimund fragte, ob Mieczysław wisse, was das sei – Elektrizität?

Dann grüßten sie zwei ältere Frauen in weiten Röcken, die vor einem der Häuser auf einer Bank saßen.

»Frau Weber und Frau Brecht«, sagte Raimund mit ironischem Lächeln, und das nun konnte Wojnicz durchaus nachvollziehen.

Ein Stückchen weiter wies der Bursche stolz auf das Sanatorium des Doktor Brehmer, es war das Gebäude, das Wojnicz am Abend zuvor gesehen hatte. Jetzt erschien es ihm noch mächtiger, zumal der Nebel fast verflogen war und eine verschwenderische Septembersonne hoch über dem Tal ihr Licht verströmte.

Raimund entfernte sich sogleich wieder, nachdem er Wojnicz an die entsprechende Tür in dem breiten Korridor geführt hatte. Hier wurde Mieczysław von einer Krankenschwester in Empfang genommen, deren Augen von einer roten Schwellung unterstrichen waren. Das kurze, diensthöfliche Lächeln entblößte große, gelb verfärbte Zähne, deren Tönung zur abgeriebenen Vergoldung der Uhr passte, die an einem Kettchen an ihrer Schürze hing. Über der Tasche war ihr Name eingestickt: *Sydonia Patek.*

Ein gutes Weilchen musste Wojnicz im Wartezimmer verbringen, der Doktor war von seiner Visite noch nicht zurück. So wanderten Wojniczens Finger zu den Zeitschriften, die für die Patienten ausgelegt waren, doch seine Augen fanden keine Beruhigung darin, es fiel ihm schwer, sich auf die Frakturschrift zu konzentrieren. Zu seinem Erstaunen zog er auch ein polnisches Heftchen hervor, und als er der Muttersprache ansichtig wurde, entspannte sich sein Blick sogleich auf wundersame Weise.

Im preußischen Schlesien ist es gelegen, eine Viertelmeile von der tschechischen Grenze entfernt und elf Meilen südwestlich von Breslau, in einem langen Tale, das sich von Westen nach Osten hinzieht, zwischen dem Riesengebirge und dem Adlergebirge, im Kreise Waldenburg, erstreckt es sich malerisch an der Steine: das schmucke Dörfchen Görbersdorf, das seit Jahrzehnten schon berühmt ist als Luftkurort für Brustkranke.

Görbersdorf liegt 570 Meter über dem Meeresspiegel, in einem Areal, das die medizinische Wissenschaft als »frei von Schwindsucht« bezeichnet. Die umliegenden Berge erheben sich bis auf 900 Meter. Sie schützen das Dorf und seine Heilstätten vor den Winden, die hier nur mehr abgemildert wehen. In Görbersdorf ist es deshalb so windstill wie in kaum einem anderen Tal.

Weiter las er nicht, doch faltete er die Broschüre zusammen und steckte sie in die Tasche. Nun weckte der Glasschrank seine Aufmerksamkeit. Ein menschlicher Oberkörper war dort zu sehen, aus Holz gefertigt – ohne Kopf, ohne Arme und Beine, Brustkorb und Bauch geöffnet, die inneren Organe waren zu sehen, verschiedenfarbig bemalt. Wojnicz trat an den hölzernen Rumpf heran, um die Lunge zu betrachten. Glatt poliert und sauber war sie, glänzend vom Lack. Sie erinnerte an die fleischigen Blütenblätter einer monströsen Blume. Oder an Pilze, die an einem Baumstamm wachsen. Wie wunderbar sie sich in die Ausdehnung des Brustkorbs fügte! Als hätte ihre luftige Natur sich mit dem Rippenkäfig versöhnt. Aufmerksam betrachtete er das Gebilde, versuchte, mit dem Blick dort einzudringen, wo die Lungenspitzen zwischen den anderen Organen verschwanden, die einander vielfarbig überlagerten. Doch er empfand Enttäuschung. Er hätte gehofft, etwas Neues zu erfahren. Etwas, das er noch nicht wusste. Die Auflösung des Rätsels. Warum er krank war. Und andere nicht.

Als er auf seinen Platz zurückkehrte, erfasste ihn die bekannte Unruhe, die zu stets derselben Reaktion führte – einem Schweißausbruch. Er würde sich entkleiden und seinen Körper einem fremden Blick preisgeben müssen. Panik erfasste ihn: Wie würde er vor dem Doktor seine peinliche Malaise verbergen können? Was sollte er sagen, damit all diese für ihn so quälenden Fragen nicht zur Sprache kämen? Wie könnte er sich aus der Affäre ziehen? Er hatte es so oft schon geübt.

Als der Doktor ins Wartezimmer gestürmt kam, würdigte er Wojnicz keines Blickes. Er eilte durch den Raum, dass die Schöße seines weißen Kittels wehten, gab dem Patienten mit der Hand ein Zeichen, er möge sich erheben. Und hurtig, fast im Trab, folgte Wojnicz dem Doktor in dessen Sprechzimmer, das mit einem riesigen Fenster ausgestattet war. Überall standen Glasschränke, medizinische Geräte und wunderliche Behandlungsstühle. Und Wojnicz wunderte sich nicht einmal, dass am Schreibtisch des Doktors ein Gewehr lehnte – groß, sicher kein Jagdgewehr, wohl eher eine Winchester, mit herrlich poliertem Kolben. Ohne sich umzudrehen, sagte der Doktor, er solle sich setzen, und derart geschützt durch den Schreibtisch, fühlte Wojnicz sich erleichtert und sicher. Als säße er in einem Schützengraben.

Er reichte dem Doktor das Empfehlungsschreiben von Professor Sokołowski, doch Semperweiß streifte es nur mit dem Blick, weit mehr interessierte ihn der Körper, der vor ihm saß. Wojnicz fühlte sich unbehaglich unter diesen Augen, denen er sich ausgesetzt sah. Als nähme der Doktor nicht Mieczysław Wojnicz wahr, den Patienten aus dem fernen Lemberg, sondern lediglich einen Körper, ein mechanisches Objekt. Als Erstes zog er gänzlich ungeniert Wojniczens Unterlid nach unten, musterte aufmerksam die Farbe der Bindehaut und den Augapfel. Dann glitt sein Blick vom Kinn zu den Schläfen. Jetzt sollte Wojnicz den Oberkörper frei machen, kritisch betrachtete der Doktor den Brustkorb, drückte mit dem Finger auf die Brustwarzen des Patienten.

»Unbedeutend vergrößert, vermutlich ähnlich wie die Lymphknoten«, sagte er. »Ist das schon immer so bei Ihnen?«

»Seit ein paar Jahren«, erwiderte Wojnicz eingeschüchtert.

Der Doktor fasste ihn am Kinn, strich mit dem Finger über die zwei Tage alten, nicht allzu dichten Stoppeln. Gründlich betastete er die Lymphknoten, dann machten sich seine Finger an die Perkussion. Ein hohles Geräusch erzeugten sie auf Wojniczens Rücken. Als klänge es aus den Tiefen der Erde. Überaus gewissenhaft ging der Doktor vor, Zentimeter für Zentimeter, als wäre er ein Pionier, der eine verborgene Bombe suchte. Dies alles dauerte etwa eine halbe Stunde, bis der Doktor schließlich seufzte und Wojnicz sagte, er könne sich wieder ankleiden. Noch einmal griff er nach dem Brief, und während er den Patienten über den Metallrand seiner Brille hinweg anblickte, sagte er:

»Phthisis …«

Es klang, als ließe er einen Pfiff ertönen.

»Tuberculosis, Schwindsucht, oder wie man heute modisch zu sagen pflegt: Morbus Koch. Aber das alles wissen Sie ja, junger Mann, nicht wahr?«

Wojnicz, der sein Hemd zuknöpfte, nickte zustimmend mit dem Kopf.

»Noch nicht weit fortgeschritten, um ehrlich zu sein. Etwas Kleines noch, der Keim von etwas. Phthisis bedeutet *Zerfall*, wissen Sie?« Das Wort »Zerfall« sprach er mit sichtlichem Vergnügen aus, wobei er besonders das »r« akzentuierte. »Aber mit dem Zerfall kommen wir hier zurecht.«

»Ja, die Methode des Doktor Brehmer …«, begann Wojnicz, doch der Doktor erhob sich ungeduldig, fuchtelte mit der erhobenen Hand.

»Oh ja. Brehmer hatte festgestellt, dass es sinnlos ist, mit der Schwindsucht nach Italien zu fahren. Nur die Bergluft bringt wirkliche Heilung. Eine Luft wie hier. Sie haben es gesehen?« Der Arzt ging zum Fenster, hielt einen gedankenversunkenen Moment lang inne. »Wir befinden uns in einem Talkessel«, und während er dies sagte, vollzog er übertrieben weit ausholende Bewegungen, als wollte er seinem Zuhörer das besagte Phänomen besonders plastisch vor Augen führen. »Unter uns haben wir einen großen unterirdischen See, deshalb ist es hier deutlich wärmer. Die Luft ist sauerstoffreich, und es gibt kaum Wind. Die hiesige Bevölkerung kannte nie Lungenerkrankungen oder Epidemien. Können Sie das glauben? Niemand ist hier je lungenkrank geworden. Zudem liegt die hiesige Höhe in den Grenzen dessen, was der Heilung zuträglich ist, ohne zugleich den Herzschlag zu beschleunigen, wie es bei Höhenlagen über neunhundert Meter über dem Meeresspiegel der Fall wäre. Hier wachsen Tannenwälder, sie reichern die Luft mit Ozon an, und Ozon spielt eine wesentliche Rolle für die Erneuerung des Blutes und des gesamten Organismus. Allein das Atmen schon hält den Zerfall Ihrer jungen Lunge auf. Jeder Atemzug ist heilend, so müssen Sie das sehen. Stellen Sie sich vor, mit jedem Atemzug strömt das reinste Licht in Ihre Lunge.« Der Doktor sah Mieczysław durch seine Brillengläser an, die seine dunklen Augen beunruhigend groß erscheinen ließen. »Und abgesehen davon haben wir auch noch andere Attraktionen. Sie müssen sich nur unterordnen, sich den Kurprinzipien fügen. Fühlen Sie sich wie bei der Armee!«

Er ging zum Fenster, deutete mit einer Kopfbewegung auf die Patienten, die im Park spazierten.

»Dies sind Ihre Kampfgefährten.«

Wojnicz wurde plötzlich klar, dass er diesen Arzt nie mögen würde. Ihm kam der sanfte, gute Professor Sokołowski in den Sinn.

»Das ist mir klar, Herr Doktor«, erwiderte Wojnicz, der sich die Manschetten seines Hemdes zurechtzog. »Ich möchte nur wissen … habe ich eine Chance?«

»Natürlich haben Sie eine Chance. Sonst wären Sie doch nicht hierhergekommen, junger Mann. Ohne das Gefühl, eine Chance zu haben, hätten Sie nicht den Mut aufgebracht zu kommen. Sie hätten weiter dort im Osten an ihrer Krankheit gelitten. Dort ist die Landschaft flach, nicht wahr?«

Nun sollte Wojnicz einiges Interessante erfahren – über

den genialen Doktor Brehmer, der den Ort Görbersdorf und die gesamte Umgebung gekauft hatte, mit hundert Hektar Wäldern und Ländereien, um ein Sanatorium zu gründen. Sehr früh schon hatte Brehmer bei Autopsien und Untersuchungen an lebenden Tuberkulosepatienten herausgefunden, dass ein Missverhältnis zwischen Herz und Lunge vorlag. Bei den Kranken war die Lunge verhältnismäßig groß, das Herz hingegen klein, mit einer dünnen, kraftlos schlaffen Wand. Niemand hatte bis dahin auf den Zusammenhang hingewiesen, und niemand war auf den Gedanken gekommen, diese Disproportion der Organe des Brustkorbs mit der Ätiologie der Tuberkulose in Verbindung zu bringen. Dabei lag es auf der Hand, dass ein kleines und schwaches Herz den Blutfluss verlangsamen und damit zu einer chronischen Unterversorgung des Lungengewebes führen musste. Die Folge davon ist die Tuberkulose. Außerdem hatte Brehmer die geographische Verteilung im Auftreten der Krankheit studiert, was ihn in seiner Annahme bezüglich der besagten Ätiologie bestärkte. Aus Reiseberichten ging hervor, dass es Orte und Regionen gibt, in denen die Tuberkulose nicht auftritt: die Hochgebirge in allen Klimazonen, Island, die Färöer-Inseln, die kirgisischen Steppen.

Zum einen gaben die Besonderheiten des Hochgebirgsklimas den Ausschlag. Auf den niedrigeren atmosphärischen Druck reagiert der Organismus mit erhöhter Herztätigkeit und beschleunigtem Puls, um die dünnere Luft auszugleichen – das führt zu einer Steigerung des Stoffwechsels und einer Erhöhung der Körpertemperatur. Weiterhin von Bedeutung waren der Lebensstil und die Ernährungsweise. Größere Nahrungsmengen, vor allem Fett, alkoholhaltiger Kumys, schwere körperliche Arbeit.

Der beschleunigte Puls und die erhöhte Herztätigkeit stärken das Herz und kräftigen die Muskulatur. Bei den Bewohnern der besagten Gegenden kommt es häufig sogar zu einer Hypertrophie des Herzens, zu einer umgekehrten Entwicklung also wie bei den Tuberkulosekranken.

»Das, mein werter junger Herr«, beendete Doktor Semperweiß seinen Vortrag, »ist unser ganzes Rezept. In Mitteleuropa beginnt der Bezirk, der frei ist von der Schwindsucht, bei etwa vierhundertfünfzig Höhenmetern. Dazu die ständige Obsorge des Arztes, der den Speiseplan zusammenstellt. Bewegung an der frischen Luft. So heilt uns ganz einfach die Natur.«

Er zog ein Stück Papier hervor und notierte in knappen Punkten seine Empfehlungen, die er mit einem Ton von Langeweile in der Stimme kommentierte:

»Mindestens sechs Wochen, am besten einige Monate. Individuell angepasste Spaziergänge, unbedingt auf Strecken mit unterschiedlichen Steigungen. Unterwegs müssen in kurzen Abständen Bänke stehen, damit es nicht zu anstrengend wird. Maßvolle Behandlung mit kaltem Wasser. Das wird Ihnen helfen. Medikamente in Maßen. Bei heftigem Hustenreiz rate ich, ihn nach Möglichkeit zu unterdrücken, lässt er sich nicht unterdrücken, in kleinen Schlucken kaltes Wasser oder Sodawasser und heiße Milch trinken. Sollten Sie, Gott behüte, Blut husten, legen wir einen Beutel mit Eis auf Herz und Lungen und wenden Morphiumspritzen an. Bei besonders heftigen Anfällen, die mit Atemnot und einem Schwächegefühl einhergehen, geben wir als Erstes ein anregendes Mittel, zum Beispiel Champagner. Nein, Sie müssen keine Angst haben vor Champagner, und überhaupt vor Alkohol nicht. Doch nur in kleinen Mengen. Jegliches Zechen ist streng verboten! Wenn Fieber auftritt, wird es zuerst alle zwei Stunden gemessen, damit es sicher bestätigt ist. Nachtschweiß beugt man am besten mit der abendlichen Gabe von Milch mit zwei, drei Teelöffeln Kognak oder angesetztem Likör vor. Schwester Sydonia Patek wird Ihnen alles zeigen und erklären.«

Während des ganzen Vortrags notierte Semperweiß seine Anweisungen. Wojnicz bewunderte es, dass er die beiden Tätigkeiten zugleich ausführen konnte.

»Sie wohnen bei Herrn Opitz, nicht wahr? Täglich werden Sie zum Kurhaus kommen für die Anwendungen und zur Liegekur, und sobald ein Platz im Sanatorium frei wird, gebe ich Ihnen Bescheid, hier ist alles im Fluss. Im Fluss«, betonte er. »Fürs Erste ist das Gästehaus des Herrn Opitz Ihrer Gesundheit ebenso zuträglich wie wir oder das Sanatorium des Doktor Römpler, und die kurzen Spaziergänge täglich bringen Farbe in Ihre Wangen.«

Der Doktor erhob sich schwungvoll, reichte Wojnicz den Zettel mit seinen Anweisungen. Das also war es. Jetzt war er aufgenommen.

Nun saß er wieder im Wartezimmer, und die unansehnliche Krankenschwester bereitete sein Behandlungsbüchlein vor sowie weitere Dokumente, die er benötigte. Er zog die gefaltete Broschüre aus der Tasche und las zu Ende, was er begonnen hatte:

Allgemein muss gesagt werden, dass in Hinsicht der Heilung bislang Aufenthalte in Kurorten wie Meran in Tirol, im schlesischen Görbersdorf oder im nach Görbersdorfer Vorbild eingerichteten schweizerischen Davos die beste Wirkung erbringen. Das Sanatorium des Doktor Römpler, fast unmittelbar am Fuße der Berge gelegen, besteht aus einer entsprechenden Anzahl von Ge-

bäuden, die alle im Stile eleganter Villen gehalten sind. Eine Wasserleitung von 1140 Metern Länge bringt aus den Bergen, zu deren Füßen das Sanatorium liegt, kristallklar aus den Porphyrfelsen sprudelndes Quellwasser in die modern eingerichteten Waschräume des Brausebadhauses.

An Zeitvertreib und Abwechslung fehlt es den Patienten nicht. Die Heilbehandlung, das Mittagsmahl usf. nehmen einen großen Teil des Tages ein, und die bezaubernde nähere Umgebung von Görbersdorf hält viele Ausflugsziele bereit. Die Behandlung soll den Patienten dazu anleiten, sich selbst seiner Krankheit zu stellen. Durch Stärkung seines Organismus soll die Widerstandskraft gefestigt werden. So wird zunächst das Fortschreiten der Krankheit verhindert, dann tritt die Linderung des Leidens ein, und die Gesundheit wird schließlich wiederhergestellt. Dank der regelmäßigen Gymnastik lernt die angegriffene Lunge wieder zu funktionieren, die frische Bergluft regt die Herztätigkeit an. Die Resultate einer Kur in Görbersdorf dürfen zu den vielversprechendsten gezählt werden. Nahezu 75 Prozent der Patienten erleben eine Genesung.

Wunderbar wäre es zu glauben, zu diesen fünfundsiebzig Prozent zu gehören.

2
Schwärmerei

Mit einem kleinen Heft, in dem von jetzt an die Geschichte seiner Behandlung vermerkt werden sollte, kehrte Wojnicz ins Gästehaus zurück. Auf dem Weg dachte er über die Worte des Doktor Semperweiß nach. Das Wichtigste bei der Kur sei das Regime. Früh aufstehen, sehr früh! Sich messen. Im Heft vermerken. Vor dem Frühstück, das zwischen sieben und acht Uhr eingenommen wird, Gymnastik. Nach dem Frühstück ein Spaziergang. Unterwegs eventuell Kneippbäder sowie weitere Anwendungen. Die Spaziergänge immer auf festgelegter Strecke. Um zehn das zweite Frühstück – frisches Brot, Butter, Milch. Liegekur auf einer der zahlreichen Terrassen. Das Mittagsmahl zwischen halb eins und halb zwei (Suppe mit Fleischeinlage, ein kräftiges Hauptgericht mit Fleisch und Gemüse, Dessert und Kompottsaft; an Sonntagen statt des Kompottsafts etwas Süßes, Kuchen oder eine süße Mehlspeise). Nach dem Mittagsmahl unbedingt Kaffee im Wintergarten oder in einem der Pavillons. Abermals Liegekur, ein weiterer Spaziergang, doch sollte die Strecke am Nachmittag eine andere sein als am Vormittag.

Die Vespermahlzeit zwischen vier und halb fünf Uhr, das Abendessen um sieben – warmes Fleisch mit Kartoffeln, unbedingt ein Glas Milch dazu. Abends wieder Temperatur messen, ein paar Sätze zum Befinden im Heft notieren. Viel Schlaf. Keinerlei Aufregung. Gutes, nahrhaftes Essen.

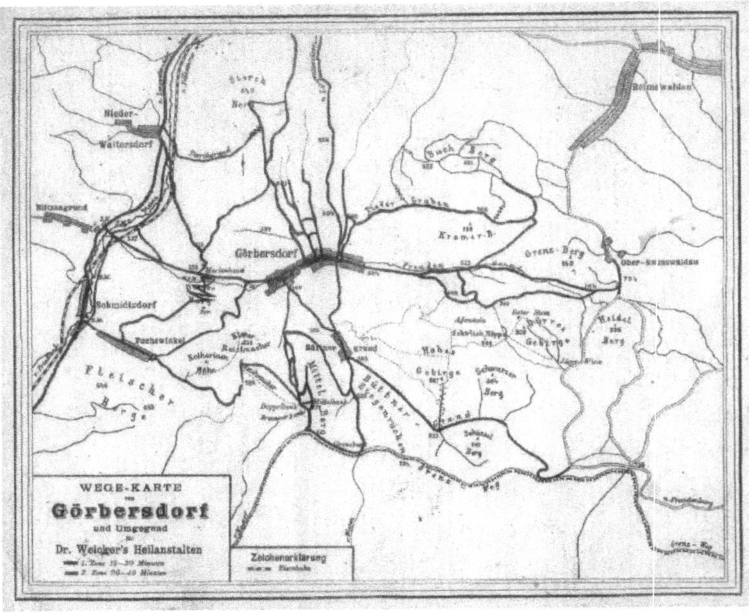

Viel Fleisch, viel Milch, Schafskäse. Wojnicz entschied sich, Frühstück und Mittagsmahl im Kurhaus einzunehmen, zu Abend essen wollte er im Gästehaus für Herren. So hatte man es ihm empfohlen. Wenn er dann ins Kurhaus umzieht, wird er dort auch alle Mahlzeiten einnehmen. Zu Tisch gerufen werden die Kurgäste durch ein Trompetensignal.

Eine Erregung erfasste ihn, eine Energie des guten Willens, es war eine Euphorie jener Art, wie man sie erlebt, wenn etwas Neues beginnt, etwas, was einen unwiderruflichen Anfang verspricht. Die Aussicht, sich vom Alten zu lösen, es dem Vergessen überlassen zu können. Ja, selbst der gestrenge Semperweiß mit seiner ironischen Art wurde ihm zum Herold dieses Wandels.

Während er so dahinging, versuchte er sich zu merken, wo die einzelnen Häuser und Pensionen gelegen waren. Er betrachtete das ein wenig seltsam wirkende Gebäude des astronomischen Observatoriums, in dem Doktor Brehmer angeblich die Einflüsse des Kosmos und des Wetters auf die Behandlung der Tuberkulose untersucht hatte.

Bis zum mächtigen Bau der *Villa Rosa* ging er, dort kehrte er um.

Eine kräftige, goldene Septembersonne schien. Er setzte seine Füße in die Mitte der großen, flachen Steine, mit denen der Weg gepflastert war.

Die beiden älteren Frauen saßen noch immer auf der Bank vor dem Haus, sie waren jetzt damit beschäftigt, Bohnen zu enthülsen, sie brachen die trockenen Schoten auf, die mit einem Knacken barsten. Eine Bohne sprang aus den faltigen Händen und landete genau vor Wojniczens Schuh. Mit zwei Fingern hob er sie auf, um sie den Besitzerinnen zurückzugeben, doch diese erhoben sich, aus welchen Gründen auch immer, von der Bank, verschwanden mit ihren Schüsseln und Körben im Haus. Er sah nur noch die schwarz glänzenden Röcke in der Sonne flattern. Nun denn, es war ja nichts geschehen. Wojnicz rieb die Bohne am Ärmel – sie schien vollkommen. Er warf sie in die Luft und fing sie wieder auf. Und da er nicht wusste, was er damit anfangen sollte, steckte er sie in die Tasche seines Jacketts.

Die Tür des Gästehauses fand er zu seinem Erstaunen sperrangelweit offen, und er entdeckte ein Gebetbuch auf der Erde, mitten in einer Pfütze. Die cremefarbenen Seiten hatten sich schon mit schmutzigem Wasser vollgesogen. Er hob das Buch auf und ging, von jäher Unruhe ergriffen, ins Haus.

Der Salon im Erdgeschoss war leer. Sicher waren alle Bewohner des Gästehauses noch bei ihren Anwendungen. Er legte das besudelte Gebetbuch auf das Tischchen und wollte schon nach oben gehen, als ihn die angelehnte Tür zum

Speisezimmer aufmerken ließ, vielmehr: die Schuhe, die er dahinter sah – auf dem Tisch. Und sie kamen ihm bekannt vor. Ohne weiter nachzudenken, ja geradezu hypnotisiert, ging er zu der Tür und stieß sie auf, er musste es aus der Nähe sehen.

Die Schuhe waren das untere Ende einer länglichen Form, die aus der Unbestimmtheit heraustrat, um sich als menschlicher Körper zu entpuppen. Und dieser Körper lag auf dem Tisch, an dem hier die Mahlzeiten eingenommen wurden. Offenbar solide eingepackt in mehrere Schichten von Stoffen. Wojnicz schien es, als wäre der Körper in eine Unzahl von Röcken und Hemden gewickelt, von Korsetts und Überwürfen. Noch nie hatte Wojnicz eine Frau aus solcher Nähe gesehen, und noch nie so reglos. Immer waren sie in Bewegung gewesen, immer huschten sie vorüber. Man konnte sich nicht konzentrieren, nicht alle Einzelheiten an ihnen erkennen. Doch jetzt lag ein solcher Körper vor ihm, und ohne Zweifel war der Körper leblos. Wojnicz sah auf die schwarzen Schnürstiefel, die unter den Röcken und Unterröcken hervorragten. Letztere hatten einen Schmucksaum, doch war die Spitze schon verwaschen und franste aus. Die Schnürsenkel waren sorgfältig gebunden, mit doppelter Schleife. Seltsam, dass jemand, der am Mittag nicht mehr lebte, sich am Morgen noch so sorgsam die Schuhe gebunden hatte. Der äußere Rock, aus leicht glänzendem Stoff, mit einem dünnen Streifenmuster in Grau-Schwarz, legte sich in ordentliche Falten. Oben eine Art Jäckchen, eng geschnitten, aus dunklem, fast schwarzem Stoff, mit runden Knöpfen geschlossen, wie polnische Geistliche sie an ihren Soutanen haben. Darunter schaute ein weißes Hemd hervor, das wirkte recht gezaust, ein Knopf war abgerissen, ein Fadenrest nur war verblieben. Der Hemdkragen war bis zum Kinn hochgezogen, doch nicht sorgfältig genug, dass der blaurote Striemen verdeckt worden wäre, der sich schockierend auf der weißen Haut abzeichnete. Mieczysław schrak zusammen.

Schließlich musste er es tun – den Blick nach oben wenden, auf das Gesicht. Voller Entsetzen sah er halb geschlossene Augen, sah unter den Wimpern die Augäpfel schimmern. Der verdrehte Kopf war ihm zugewandt, als wollte er ihm ein Geständnis machen. Den Mund – schmal und schon etwas bläulich – zeichnete der Anflug eines Lächelns. Das schien ihm völlig fehl am Platz. War es Ironie? Unter der Oberlippe sahen die Enden der Zähne hervor, gänzlich trocken. Und – das Gesicht war von einem feinen Flaum bedeckt.

Er stand versteinert, kaum atmete er.

Er erkannte sofort, dass es die Frau war, die ihm morgens das Frühstück gebracht hatte. Doch hatte er in der Frühe nur den Schnürstiefel wahrgenommen, der im Türspalt aufgetaucht war. Die üppige, in ein Korsett geschnürte Gestalt. Mehr nicht. Erst jetzt, nach dem Tod, sah er den Körper der Frau als Ganzes.

»Sie hat sich erhängt«, sagte Wilhelm Opitz, der in der Tür stand.

Wojnicz zuckte zusammen, erschreckt von der tiefen, sonoren Stimme des Hausherrn. Opitz hatte es in einem Ton verkündet, als stellte er eine sträfliche Nachlässigkeit fest, einen Vorfall, der nicht zu akzeptieren war. Doch seine Stimme zitterte.

»Bitte keine Aufregung, gleich kommen Leute von der Pietät und nehmen die Tote mit. Raimund ist schon gegangen, sie zu holen.«

Wojnicz wusste nicht, was er sagen sollte. Die Zunge war ihm verdorrt, es schnürte ihm die Kehle zu.

»Wann ist es passiert?«, fragte er nur.

»Wann? Gerade eben, vor einer Stunde. Ich bin zu ihr nach oben gegangen, als sie nicht erschienen war, um das Gemüse vom Händler entgegenzunehmen. Und da hing sie. Ich habe sie abgeschnitten. Geh auf dein Zimmer, mein Junge. Ah, da sind sie schon … von der Pietät.«

»Heute Morgen hat sie mir das Frühstück gebracht«, sagte Wojnicz, und ohne dass er es gewollt hätte, klang Rührung in seiner Stimme. »Ihr Dienstmädchen, nicht wahr?«

»Ach nein. Nein. Meine Frau.«

Opitz machte eine Handbewegung, als verscheuchte er eine Wespe, und öffnete den düster dreinblickenden Mitarbeitern des Bestatters die Tür. Sie sprachen Dialekt, verständigten sich mit leisen Stimmen. Mieczysław zog sich aus dem Speisesaal zurück – rasch ging er nach oben, er hörte die gedämpften Stimmen, konnte aber nicht verstehen, was gesagt wurde. Das ganze Gespräch schien ihm ein Gemurmel von Menschen, die keine Worte brauchten, um einander zu verstehen.

*

Wojnicz ließ sich in dem roten Sessel mit dem häkelverzierten Kopfteil nieder. Er war erschüttert. Seltsam, er hätte nicht gedacht, dass dieser nette Opitz verheiratet war. Er hätte wissen müssen, dass Männer in der Regel Ehefrauen haben, die – zuweilen kaum sichtbar – die Familienangelegenheiten von der Küche und der Waschküche aus unterstützten. Ganz mit sich selbst befasst, mit seiner Ankunft, seiner Krankheit, hatte Wojnicz Opitzens Gattin nicht einmal wahrgenommen. Und nun war sie tot.

Eine Welle von Erinnerungen überkam ihn. Die Tote ließ

ihn an seine Kinderfrau denken. In Umrissen nur hatte er sie im Gedächtnis, als verschwommene Gestalt wohnte sie dort, in unscharfen Konturen, immer von etwas verdeckt, immer in Eile, ein huschender Schatten. Er sah sich mit ihr spielen, sah ihre Hände, die faltige Haut. Diese Haut hatte er zwischen seine zwei kleinen Finger genommen, als wäre er ein Gänserich (er »zwickte« sie, so hatten sie es genannt), auf diese Weise wurde ihr Handrücken wieder glatt. Und er phantasierte, wenn er die ganze Gliceria (dieser seltsame Name war damals tatsächlich beliebt gewesen unter den Bäuerinnen der Lemberger Gegend) – wenn er die ganze Gliceria straff ziehen würde, dann könnte er seine Kinderfrau vielleicht vor dem Altern bewahren. Doch wollte das nicht gelingen. Gliceria war schon alt und wurde immer älter. Schließlich nahm sie ihren Abschied – es fiel ihr immer schwerer, den Pflichten nachzukommen, zu waschen, zu kochen, die Wäsche zu plätten, Ordnung zu schaffen. Mieczysław war damals sieben Jahre alt und somit im Schulalter. Der Vater befand, dass Gliceria nun nicht mehr vonnöten sei und ein Internat sie ersetzen könne. Also wurde Mieczysław in eine Schule mit Internat gegeben, nachdem sein Vater alles Nötige mit dem Direktor, einem gewissen Herrn Szuman, abgesprochen hatte. Doch verweilte der junge Mensch, den Vater und Onkel Mieczyś nannten, nicht allzu lange in der Anstalt, aus Gründen, die der Vater gegenüber Bekannten mit den Worten »Empfindlichkeit« beziehungsweise »eine gewisse Unangepasstheit« bezeichnete, was für den Buben überaus demütigend war, während der Vater es als Versuch betrachtete, der ganzen enttäuschenden Sache irgendeinen Sinn abzugewinnen.

Im Sinne des alten Sprichworts »Es gibt nichts Schlechtes, das nicht auch seine gute Seite hätt'« lernte Mieczyś dann bei einem Lehrer, der eigens zu diesem Zwecke fest angestellt wurde – bei einem ersten, zweiten und dritten. Was den Vater eine Stange Geld kostete, zudem auch einiges an Nerven, denn diese Lehrer gehörten zu den launischsten Geschöpfen, die man sich denken konnte. Nichts war ihnen recht, ewig hatten sie etwas auszusetzen.

Der Vater war der Ansicht, dass alle nationalen Niederlagen und alle erzieherischen Misserfolge eben in einer zu weichen Hand ihre Ursachen hätten, in einer Pädagogik, die mit Weibischkeit, Verzärtelung und Trägheit einhergehe, was dann modisch als »Individualismus« verbrämt werde. Das konnte er nicht ausstehen. Für ihn zählten Mannhaftigkeit und energisches Auftreten, Arbeit zum Wohle der Allgemeinheit, Rationalismus, Pragmatismus ... Letzteres Wort mochte er besonders gern.

Er war ein Mann in den Fünfzigern, mit dunklem Haar, in dem kaum eine graue Strähne sich zeigte, und einem starken Bartwuchs, den er geradezu mit Ingrimm rasierte, nur einen Schnurrbart ließ er stehen, den er sich früher mit einem Fixiermittel eingerieben und gezwirbelt hatte. Das Mittel war aus Tiertalg hergestellt worden, so blieb Mieczysław als charakteristische Duftnote des Vaters der Geruch von ranzigem Fett in Erinnerung. Es war Januarys zweite Haut. Seit einigen Jahren aber zwirbelte der Vater den Schnurrbart nicht mehr, als einzige kosmetische Maßnahme besprühte er sich nach der Rasur mit dem englischen Duftwasser *Bay Rum*. Er war ein »wunderhübscher« Mann, wie man in Lemberg zu sagen pflegte. Gut aussehend und distinguiert. Ohne Weiteres hätte er noch einmal heiraten können. Das Interesse an den Frauen aber hatte der Ingenieur Wojnicz gänzlich verloren. Als wäre ihm durch den Tod seiner Frau das Vertrauen in das schöne Geschlecht abhandengekommen, ja als fühlte er sich durch sie betrogen, wenn nicht geschändet. Ihm ein Kind zu gebären und zu sterben! Was für eine Dreistigkeit! Vielleicht konnte auch einfach keine mehr dem geheimnisvollen Fräulein aus Brzeżany das Wasser reichen, der einzigen Tochter eines Notars, der gleichfalls Witwer gewesen war.

Auch die Mutter von Wojnicz senior war frühzeitig aus dieser Welt gegangen. Etwas stimmte nicht mit diesen Müttern. Offenbar übten sie eine entsetzlich bedrohliche Tätigkeit aus, riskierten ihr Leben in diesen Boudoirs und Schlafzimmern, führten, in Spitzen gehüllt, eine höchst gefährliche Existenz zwischen Bettwäsche und Messingkasserolen, zwischen Handtüchern, Puderdosen und Speisezetteln für jeden Tag des Jahres. In Mieczysław Wojniczens Familie lebten die Frauen in verschwommenen Umrissen und nur für kurze Zeit, dann starben sie und schrieben sich als konturlose flüchtige Wesen kaum ins Gedächtnis ein. Ihr Dasein beschränkte sich auf eine ferne und unklare Ursache, die sie nur für eine kurze Weile in dieses Universum treten ließ, und dies auch nur der biologischen Folgen wegen.

Als Mieczysław noch zur Schule hatte gehen sollen im Namen solider Bildung und wahrer mannhafter Erziehung, beschloss der Vater, einen Teil seines Landes sowie das Gut seiner Frau zu verkaufen und eine bequeme, helle Wohnung in Lemberg zu erwerben. Gliceria nahm er als Köchin, Dienstmädchen und Kinderfrau mit. Nun gehörten sie – wie es sich für eine anständige, wenn auch nicht ganz vollständige Familie ziemte – zum Lemberger Bürgertum.

Es war eine günstige Entscheidung. Mit seiner Investition in die Modernität vollzog der Vater einen pragmatischen Schritt, und die Wohnung in der Stadt brachte ihm am Ende großen Nutzen. Sein neues Geschäft kam in Schwung, und sich darum zu kümmern war in Lemberg bei Weitem leichter als in der galizischen Provinz, wo jede Fahrt in die Stadt einer Weltreise gleichkam. January Wojnicz war ein Mann mit Unternehmergeist und Mut. Einen Teil des Geldes aus dem Verkauf des Gutes investierte er in ein nicht allzu großes Haus und eine Ziegelei in einem Dorf bei Brzeżany, den Rest legte er in Aktien der galizischen Eisenbahn an, was ihm nicht unbeträchtliche Einnahmen bescherte, von denen er und sein Sohn auf solidem Niveau leben konnten. Er war umsichtig und sparsam bis zum Geiz. Selten kaufte er neue Dinge, und wenn, dann stets von bester Qualität. Freilich gab es Versuche, ihn noch einmal zu verheiraten, doch stand in seiner Vorstellung die verstorbene Gattin in so idealer Einzigartigkeit da, dass alle lebenden Frauen nur deren klägliche Schattenbilder sein konnten, die es nicht wert waren, beachtet zu werden, ja mehr noch, die ihn unangenehm reizten mit ihren unbeholfenen Versuchen, das Idealbild zu imitieren.

So war die einzige Frau, an die sich Mieczysław Wojnicz im Grunde erinnern konnte, die er aus der Nähe gesehen und im Einzelnen wahrgenommen hatte, Gliceria. Sie hatte ihn bemuttert, zumindest in der Küche, hatte ihm leckere Bissen zukommen lassen, doch da ihre Macht im Korridor endete und nicht über die Schwellen der Zimmer reichte, wurde der kleine Mieczysław lediglich in der Küche gehätschelt. Hier versuchte Gliceria, dem Buben das Schicksal als Halbwaise zu erleichtern. Sie gab ihm einen Löffel Buchweizenhonig auf einen Teller, oder sie schnitt ihm ein knuspriges Brotscherzerl ab und bestrich es dick mit frischer Butter. Mit dem Essen verband der Bub nur gute Erinnerungen.

Diese Zeichen von Wärme und Zuwendung empfand der

junge Wojnicz voller Dankbarkeit, und die Empfindungen hätten sich, wer weiß, in engere Zuneigung, ja Liebe verwandeln können, doch ließ es der Vater nicht zu. Er behandelte Gliceria strikt als Bedienstete, biederte sich nie bei ihr an, war voller Misstrauen gegenüber der mollig bejahrten Frau in ihren Röcken, Rüschen und Hauben. Ja, er verachtete ihre Leibesfülle, hegte den Verdacht, dass sie heimlich von den Vorräten esse, weshalb er ihr auch weniger zahlte, als üblich gewesen wäre.

Als Gliceria gegangen war, kam Józef. Er machte zumeist Piroggen und briet Fisch, den er auf dem Markt kaufte. Am Sonntag gingen Vater und Sohn in ein Restaurant in der Trybunalska-Gasse. Dort zelebrierten sie ein Mittagessen mit Suppe, Hauptgericht und Dessert – und für den Vater gab es noch einen kräftigeren Schluck und einen Kaffee –, gleichsam als Beweis dafür, dass man sich auch ohne Frauen und ohne klägliche Köche zu helfen wusste.

Als Mieczysław Wojnicz den leblosen Körper im Salon sah, kehrte Gliceria in allen Formen und Einzelheiten wieder, die das Wesen einer Frau ausmachten – Falten, Rüschen, Schößchen, Spitzen, Schulterpassen, das ganze Heidentum der Stoffe, die den weiblichen Leib verhüllen sollten. Und er erkannte in diesem toten Menschenbündel auf dem Tisch seine Kindheit wieder, seine Mutter, vor allem aber seine Gliceria, die das Haus Wojnicz vor so langer Zeit verlassen hatte, in Tränen aufgelöst, zutiefst verletzt von January Wojnicz, seinen Beleidigungen und haltlosen Vorwürfen.

Wojnicz, im Innersten aufgewühlt, hörte Geräusche, Schritte und Gemurmel, er wollte nur noch fort von hier, entkommen aus diesem Haus, das zum Ort eines gewaltsamen Todes geworden war. Es glückte ihm, unbemerkt durch den Salon zu eilen, und erleichtert begab er sich auf einen langen Spaziergang, von dem er so bald nicht zurückkehren wollte ins Gästehaus.

In Görbersdorf selbst gab es jedoch nicht allzu viele Spazierwege außer der Strecke, die die Kurgäste sich ausersehen hatten, vom Sanatorium in den oberen Teil des Dorfes. Auf diesem Weg kam man an einem hübschen Holzkirchlein vorbei, dahinter erhoben sich entlang der Hauptstraße einige stattlichere Häuser, deren Namen in schmucker Schrift über den Eingängen prangten: *Villa Elisa*, *Villa Schweiz*, *Villa Adelaida* und dergleichen.

Bei der Kirche gabelte sich der Weg. Wer die rechte Abzweigung nahm, ging durch den Park bei der nicht allzu großen Brunnenhalle bis zu einer kleinen russisch-orthodoxen Kirche, die offensichtlich für die russischen Kurgäste errichtet worden war. Russen – Wojnicz waren sie schon aufgefallen mit ihrem zur Schau getragenen Reichtum und enervierend lärmendem Gebaren. Hinter dieser Kirche lagen zwei Teiche, über deren Spiegel träge Schwäne glitten, dann wieder einige Villen und ein vornehmes Restaurant, das er gerne besucht hätte, und sei es nur für ein Glas Limonade, doch als er dort den stocksteifen Frommer erblickte, machte er eilig wieder kehrt. Hinter dem Restaurant erhob sich steil der bewaldete Hang, der einen ewig feuchten, gleichsam beleibten Schatten auf das russisch-orthodoxe Kirchlein und das Restaurant warf.

Wer hingegen den Weg geradeaus weiterging – und diese Wahl traf unser Wojnicz, nachdem er an die Gabelung zurückgekehrt war –, lief nun ständig bergan, überquerte mehrfach den sich windenden Bach auf allerlei Brückchen und Stegen. Die Häuser wurden kleiner, als gelte das Prinzip »Je höher, desto schlichter«. Das letzte Haus war ein ansehnliches Forsthaus, aus mächtigen Balken errichtet, hier wohnte ein älteres Ehepaar. Eine kleine Windmühle stand im Garten, weiterhin tummelten sich geschnitzte Vögel und Haustiere im Miniaturformat. Alle Spaziergänger blieben hier stehen, um zu verschnaufen und die Menagerie zu betrachten, ehe sie sich daranmachten, weiter dem steilen Weg zu folgen, der nun in die dunklen Gefilde des Waldes klomm. Die feste Straße wurde jetzt zum schmalen steinigen Steig, und von Zeit zu Zeit holperten Fuhrwerke heran, von Ochsen gezogen. Sie brachten Holz aus den Bergen oder Ladungen von Holzkohle in herrlich satter dunkelbrauner Farbe.

Im Gehen betrachtete Wojnicz die vornehmen Häuser. Als er sie alle gesehen hatte, sammelte er das frühe Herbstlaub. Als Erstes hatten sich die Blätter des Bergahorns gerötet, der hier zahlreich wuchs. Auch einige Tulpenbäume gab es. Und so sehr beschäftigte Wojnicz die Suche nach Blättern mit der schönsten Farbgebung, dass er vergaß, was sich im Gästehaus für Herren zugetragen hatte. Ja, wir weiblichen Wesenheiten erzählten noch nicht von dem Herbarium in seinem Koffer, das bald schon seinen festen Platz auf dem Nachttisch haben sollte, um oftmals betrachtet zu werden. Bei seiner Ankunft bereits hatte Wojnicz beschlossen, dass er Blätter sammeln würde – die Farben waren atemberaubend, solche Töne gab es nur in den Bergen. Manche Arten konnte man freilich auch in Lemberg finden, den Ahorn etwa (ein Meister der farbigen Vielfalt), ebenso die Buche, deren Verbreitung in den Grenzen jenes Raumes liegt, der Europa heißt. In einem eventuell zu denkenden Wappen Europas sollte dieser Baum vielleicht zu sehen sein.

Die anderen Pflanzen verblühten und welkten bereits, Wojniczens Herbarium würde sich wohl nur um das Herbstlaub bereichern. Das Fest des Blätterfalls – es hatte begonnen. Als weckte die Nähe des Todes ungeahnte Energien in den Bäumen, Kräfte, die ihnen gestatteten, nicht die Erhaltung des Lebens fortzuführen, sondern feierlich zu sterben.

*

Die Abendmahlzeit wurde sehr spät serviert an diesem Tag.

Längst schon ist die Dunkelheit hereingebrochen. Im Speisezimmer brennt nur die elektrische Lampe über dem Tisch, eine Glühbirne in einem durchsichtigen Schirm, auf dessen Boden ein totes Insekt zu sehen ist. Das gelbliche Licht fällt auf den Tisch, den ein besticktes Leinentischtuch bedeckt. Trauben von reifen Holunderbeeren – die Farben des Garns sind schon verblichen. Im Schein der Glühbirne schimmern die weißen Teller, blitzen die Messer und Gabeln.

Wir aber glauben, dass das Interessanteste stets im Schatten verbleibt, im Unsichtbaren.

Fünf Paar Füße unter dem Tisch, und gleich erscheint das sechste. Jedes Paar beschuht. Das erste erkennen wir wieder, es sind die abgewetzten Schuhe, die wir gestern auf dem Bahnhof sahen, Lederschuhe mit dünnen Sohlen, nun stehen sie brav einer neben dem anderen und bewegen sich nicht. Dafür links von ihnen zwei überaus regsame Exemplare, schwarz, mit weißen Kappen, hier in den Bergen wirken sie fehl am Platz, etwas Städtisches strahlen sie aus, sie kommen aus Ladenpassagen und Kunstgalerien; ihre Eleganz ist schon verblüht, doch die Bewegung gefällt uns, welche die Füße fortwährend mit ihnen ausführen. Die Fersen steigen in die Höhe und sinken wieder. Als Nächstes geschnürte Lederstiefel, die bis über die Knöchel reichen, tadellos mit Schuhwachs eingecremt. In kleinen verschwommenen Reflexen wirft die polierte Oberfläche das Licht im Salon zurück. Licht im Exil. Die Spitzen berühren sich auf kindliche Weise. Links daneben tauchen Holzpantinen auf, Füße in dicken Wollsocken gleiten heraus, befreien sich aus dem sargähnlichen Schuhwerk, um sogleich miteinander Schabernack zu treiben, die Füße reiben sich aneinander, tapsen hin und her. Dann ein traurig wirkender Schuh ohne Schnürung, zum Hineinschlüpfen. Eine schmale Fessel, an der ein selbstgestrickter Strumpf eng anliegt. Der zweite, der zu diesem Paar gehört, ruht auf einem Knie, eine schlanke Hand mit blassen Nägeln streicht darüber, im Dunkel unter dem Tisch scheinen die Nägel zu phosphoreszieren. Wie wehmütig stimmen die Hand, ihre dünnen Knochen, ihre milchig blassen Fingernägel. Das nächste Paar – elegante Oxford-Schuhe, große Füße in wollenen Socken stecken darin. Der eine Schuh steht ruhig, der andere pocht, als hätte ihn etwas in Zorn gebracht, in unregelmäßigen Abständen auf den Boden.

Wojnicz hatte sich zurückhaltend vorgestellt, angesichts des Ernstes der Situation schien es ihm angeraten, es dabei zu belassen. Auch war ihm daran gelegen, der Runde keinen Grund zu geben, ihn mit Fragen zu bedrängen. Die Vorstellung erfolgte, ehe alle sich niederließen. Nun reichte Raimund die Platte mit dem Tafelspitz. Links von Mieczysław saß Herr August. August August – in einem Anfall von anarchistischem Humor hatten ihm die Eltern den Nachnamen als Vornamen gegeben. Professor für Griechisch und Latein, und für einen Menschen, der im rumänischen Jassy geboren wurde, wirkten seine Gesichtszüge erstaunlich nordeuropäisch. Seine Haare glänzten von Brillantine, seine Hände waren sorgsam gepflegt. Er trug einen vornehmen hellgrauen Leibrock, um den Hals ein seladonfarbenes Foulard. Die dezenten Stoppeln hätten einer Rasur bedurft, gewiss hatte sich der Professor der heutigen Aufregung wegen nicht rasiert. Den Platz daneben nahm der steife Breslauer ein, Walter Frommer, zugeknöpft bis unters Kinn, im Auge ein Monokel. Alle Augenblicke zog er ein schneeweißes Taschentuch hervor, auf dem ein Monogramm eingestickt war, wischte sich die schwitzende Stirn. Die roten Flecken auf seinen bleichen Wangen ließen auf Fieber schließen. Aber wer weiß, vielleicht war es auch nur das Geschehen, das ihm derart zusetzte. Da er kein Fleisch aß, lag auf seinem Teller – dem einzigen, der bereits gefüllt war – ein Häufchen Kartoffeln, mit geschmolzener Butter übergossen, daneben blitzte heiter ein Spiegelei.

Neben Frommer stand der Stuhl für den Hausherrn – Opitz –, noch immer unbesetzt. Die um den Tisch Versammelten verharrten im Ungewissen. Wie seine Trauer sich wohl äußern würde? Auf dem nächsten Platz wiederum saß Thilo von Hahn, Student aus Berlin, sehr schlank und bleich. Auch seine hohe, vorgewölbte Stirn bedeckten, ganz wie bei Frommer, glänzende Tröpfchen. Seine vom Fieber glasigen Augen schienen alles zu spiegeln, was sie sahen. Der junge Mann sah auf den Teller, auf das Stück Fleisch, als wäre es unmöglich, dieses Etwas zu essen, das ihm gleichsam ein magisches Kunststück aus dem Weltall vor die Nase gezaubert hätte. Von Zeit zu Zeit warf er Wojnicz hoffnungsvolle Blicke zu, die ein Zeichen der Verbundenheit unter Gleichaltrigen suchten. Mieczysław wusste nicht recht, wie darauf reagieren. Er ließ seinen Blick einen Platz weiter gleiten, zu dem stattlichen Mann mit dem üppigen grauen Haarschopf. »Grauer Löwe« – so hatte er ihn in Gedanken für sich genannt: Longinus Lukas aus Königsberg. Von sich selbst sprach Lukas als »Gentleman«, wobei er die Wangen einzog, als verkostete er in der Rolle eines Kellermeisters einen Wein fragwürdiger Herkunft. Eine Freude war es, ihn anzuschauen – er wirkte wie die Verkörperung der Gesundheit, gut gebaut, mit männlich breiter Brust. Kaum zu glauben, dass er krank sein sollte. Sein Alter war schwer einzuschätzen. Er trug ein Jackett aus englischem Tweed und einen handgestrickten Pullover aus graphitgrauer Wolle – beides wirkte schon recht abgetragen und hatte sicher bessere Zeiten gesehen.

Endlich stand Wilhelm Opitz in der Tür. Wortlos musterte er die Anwesenden, was die Spannung noch steigerte. Dann wanderte sein Blick zur Mitte des Tisches, wo noch vor wenigen Stunden der Leichnam seiner Gattin gelegen hatte.

»Ich muss Ihnen offiziell mitteilen … muss Ihnen offiziell den Tod meiner Frau mitteilen … ich weiß, dass die Art und Weise … dass die Umstände …«

Alle erhoben sich von ihren Plätzen, und das Scharren der Stuhlbeine übertönte die Worte des Hausherrn. Als Erster trat Herr August zu Opitz, um zu kondolieren:

»Unser aufrichtiges Beileid. Entsetzlich!« Und er verstummte, als wollte er die Unmöglichkeit illustrieren, die eigenen Gefühle in Worte zu fassen. Um dann ein banales »Aber wissen Sie, das Leben muss weitergehen« hinzuzufügen.

Die anderen wiederholten ähnliche Sätze in verschiedenen Konfigurationen, während sie der Reihe nach zu Opitz kamen, um ihm die Hand zu schütteln.

»Ich hatte vor, mein Abendessen alleine einzunehmen«, sagte Opitz, »doch wenn die Herren gestatten, dass ich bei Ihnen bleibe … es wäre ein gewisser Trost für mich. Haben Sie nichts dagegen, wenn ich mich als Witwer Ihrer Runde anschließe?« Hier lächelte er schwach, es sollte wohl der Versuch eines Scherzworts sein. »Leider musste sich jetzt Raimund um das Abendessen kümmern, ich hoffe, es ist genießbar.«

Als sie wieder Platz genommen hatten, breitete sich für eine Weile Stille aus, die nur unterbrochen wurde von einem Räuspern, dem dezenten Knarren eines Stuhls und den Geräuschen, die entstanden, wenn das Geschirr mit den Kartoffeln und dem Fleisch weitergereicht wurde.

»Nun denn, trotz des betrüblichen Augenblicks möchte ich es sagen«, ließ sich Lukas vernehmen: »Was die Frauen wollen – wir werden es nie erfahren.« Und er machte sich daran, sein Fleisch zu zerschneiden.

Wojnicz klangen diese Worte doch als etwas zu schroffer Kommentar dessen, was sich ereignet hatte.

Das Fleisch war ausnehmend zäh. Raimund hatte das Essen in Eile gekocht, ohne rechte Sorgfalt, doch wen wollte das wundern. An diesem Abend hätten sich die Gäste durchaus auch mit Brot und Käse zufriedengegeben oder wären ins Restaurant des Sanatoriums gegangen. Wilhelm Opitz aber, gewissenhafter Gastgeber, der er war, hatte entsprechende Anweisungen für das Abendessen gegeben.

Sie aßen schweigend, der eine mehr, der andere weniger betroffen von dem, was vorgefallen war. Außer einem »Bitte«, »Danke« und gelegentlichem Räuspern wurde nichts weiter geäußert. Und es schien, als wäre allein Wojnicz bewusst, dass sie an demselben Tisch speisten, auf dem zur Mittagszeit noch ein Leichnam gelegen hatte. Vermutlich war das der Grund, weshalb er es nicht über sich brachte, das Besteck in die Hand zu nehmen. Sein Tischnachbar, Herr August, hatte ihm bereits ein Stück Tafelspitz auf den Teller gelegt und zuvorkommend Soße darübergegeben. Mieczysław aber sah etwas anderes vor sich – der Teller stand ebendort, wo zuvor ein Bein der Gattin des Hausherrn gelegen hatte. Gefalteter Stoff, ein Strumpf, Muskeln und Haut …

Herr August war geneigt, unangenehme Eindrücke rasch zu vergessen, zudem hob der Anblick des Fleisches sichtlich seine Laune. Während er sich daranmachte, es zu verzehren, ließ er sich in der Stille als Erster vernehmen:

»Ich bin der Meinung, lieber Freund« – hier wandte er sich an Opitz –, »dass wir uns in keiner Weise schuldig fühlen sollten, dass wir diesen Menschen nicht zurückgehalten haben … dass wir nicht vorzubeugen wussten, dass … Es heißt schließlich, dass wir nur dann rational zu handeln vermögen, wenn wir in der Sphäre des Rationalen verbleiben. Wo fremde Motivationen unserem Verstande sich entziehen, bleibt uns allein, Ruhe zu bewahren.«

»Danke, Herr Professor. Das haben Sie treffend erfasst«, sagte Opitz und zerdrückte mit der Gabel seine Kartoffeln.

»Ich kann die Herren trösten. Wissenschaftliche Untersuchungen haben erwiesen, dass das Gehirn der Frauen gänzlich anderes funktioniert, ja, es ist auch anders aufgebaut«, meldete sich Walter Frommer zu Wort. »Vor allem ist es eine Frage der Größe, und dann sind auch völlig verschiedene Bezirke von Bedeutung. Wo beim Mann der Sitz des Willens ist, befindet sich bei den Frauen die Begierde. Und wo beim Mann das Verständnis für Zahlen und allgemeine Strukturen angesiedelt ist, sitzt bei den Frauen die Mutterschaft.«

»Fürwahr, das Gehirn des Weibes ist, wie objektive Forschungen ergeben haben, schlicht und ergreifend kleiner«, unterbrach ihn mit autoritärem Ton und vollem Mund der Graue Löwe.

»Nun, zuweilen, wenn wir uns mit Frauen unterhalten«,

fuhr der bis unters Kinn zugeknöpfte Frommer fort, »können wir den Eindruck gewinnen, als gäben sie vernünftige Antworten, als dächten sie so wie wir. Doch ist das eine Illusion. Sie imitieren« – diesem Wort verlieh er besonderen Nachdruck – »sie imitieren unsere Art des Gesprächs, und manche von ihnen, das muss man zugestehen, haben es recht weit darin gebracht.«

»Sie imitieren also ...«, Opitz hielt inne, als hätte er etwas ganz Bestimmtes im Sinn.

»Und sie wissen nicht einmal, dass sie es tun, sie handeln reflexartig, folgen ihrem Instinkt.«

Die Männer kauten wieder eine Weile schweigend das zähe Fleisch. Hätte der Anstand es nicht verboten, Wojnicz hätte seinen Bissen am liebsten ausgespuckt. Es half nichts, er musste ihn hinunterzwingen.

»Werter Hausherr«, ließ sich August August vernehmen, und Wojnicz fürchtete schon, er wollte einen Toast aussprechen, »werter Hausherr, die Unwissenheit plagt uns. Ich möchte nicht aufdringlich sein, und ich sage es im Namen aller hier Versammelten, es wäre für uns leichter, wenn Sie uns sagen könnten, was geschehen ist. Ich hoffe, es ist nicht unhöflich, wenn ich diese Bitte äußere.«

»Ich stimme Ihnen zu«, mischte sich wieder der Graue Löwe aus Königsberg ein und hob ein auf die Gabel gespießtes Stück Fleisch in die Höhe. »Die Unruhe rührt vom Unwissen her. Nun denn, wir wollen Männer sein und uns die Wahrheit ins Gesicht sagen, wie furchtbar sie auch sein mag.«

»Was hat sie zu dieser schrecklichen Tat bewogen?«, fuhr August fort. »Gestern noch habe ich sie gesehen, und heute schon weilt sie nicht mehr unter uns.«

Stille trat ein, Opitzens Gesicht war nicht zu erkennen, er

hielt den Kopf gesenkt, starrte auf den Teller, stocherte mit der Gabel in den Kartoffeln.

»Ich weiß es nicht,« sagte er schließlich, und eine Ratlosigkeit schwang in seiner Stimme, die glaubwürdig erscheinen ließ, was er sagte. »Ich weiß es nicht.« Er blickte in die Runde, und Wojnicz hätte seinen Kopf verwettet, dass er Tränen in Opitzens Augen sah. »Vielleicht hatte sie Sehnsucht nach ihrer Familie. Sie kam aus Böhmen.«

Er drehte sich auf dem Stuhl um, deutete auf die Fenster, die Berge, hinter denen Böhmen lag.

Ein längeres Schweigen trat ein, das zerlöchert wurde vom unangenehmen Knirschen der Gabeln, die auf den Tellern ein zähes Ringen mit dem halb garen Fleisch ausfochten.

»Wir können die Tat einer Frau nicht als im vollen Bewusstsein vollzogenes Handeln betrachten«, ließ Frommer sich erneut vernehmen. »Die Psychologie der Frau hat bewiesen, dass die Frau zugleich Subjekt und Objekt ist, somit können auch ihre Entscheidungen nur bedingt als bewusst angesehen werden ...«

Lukas, der, wie Wojnicz, mit dem Fleisch nicht zurande kam und davon ablenken wollte, dass er das Besteck niederlegte, mühte sich, das Abendessen mit einem milden Akzent zu beenden:

»Das Weib ist von seiner Natur her zarter und empfindlicher, deshalb neigt es häufig zu unbedachten Taten ...«

»Nach allem, was sich hier zugetragen hat«, begann Frommer, doch stockte er dann, als hätte er mitten im Satz vergessen, was er sagen wollte.

Die anderen warteten, dass er fortführe, und als auf diese ersten Worte nichts mehr folge, fuhren sie ihrerseits fort, schweigend das widerständige Fleisch zu kauen. Auch Wojnicz saß wie erstarrt da, gleichsam geknebelt durch den Bissen in seinem Mund. Fragen gingen ihm durch den Kopf, zu diesem, zu jenem, doch war er außerstande zu sprechen. Endlich gelang es ihm, verstohlen das Stück Fleisch in sein Taschentuch zu spucken, das er sogleich in der Hosentasche verbarg. Begünstigt wurde das Manöver dadurch, dass die Aufmerksamkeit der am Tisch Versammelten auf den Hausherrn sich richtete, der nun zur Kredenz ging – während Raimund unbeholfen die Teller abräumte, eine Karaffe mit Wasser umstieß und Besteck auf den Boden scheppern ließ –, um selbiger einen hausgemachten angesetzten Likör zu entnehmen. Allein der Anblick des Trunks sorgte dafür, dass die Spannung am Tisch sich merklich löste.

»Die Neulinge in unserer Runde kennen diese Köstlichkeit noch nicht«, sagte er und wandte sich an Wojnicz. »So etwas haben Sie dort im Osten sicher nicht. Das ist unsere *Schwärmerei.*«

»Doktor Semperweiß empfiehlt den Likör für die Lunge«, erklärte der Graue Löwe und schürzte die Lippen, als kostete er schon von der Gabe.

Die dunkle Flüssigkeit floss in die grünen Gläser.

Der angesetzte Likör schmeckte in der Tat exotisch – süß und bitter zugleich, mit einer scharfen Note, wie der berühmte *Sieben-Kräuter*, außerdem mit einer Spur von Moos und Wald, von im Keller gelagertem Holz und eben vom ersten fauligen Hauch berührten Äpfeln. Und etwas noch, das Wojnicz nicht in Worte fassen konnte, obwohl ihm war, als läge es ihm auf der Zunge. Der Trunk brachte die Gedanken der Runde auf andere Bahnen, nun redete man – es ergab sich von selbst – über die geplanten Zerstreuungen, die Opitz für seine Kurgäste täglich an den Nachmittagen, nach den Anwendungen, organisierte. Auch versprach der

Hausherr hoch und heilig, dass er so rasch wie möglich eine Köchin finden wolle, vorerst aber müsse man, falls Raimunds kulinarische Fähigkeiten den Ansprüchen nicht genügen sollten (»Aber nein, nein« – ließ sich eher verhaltener Widerspruch vernehmen – »es war doch trefflich«) –, falls dem also so sei, müsse man vorerst die Mahlzeiten im Kurhaus einnehmen. Dort sei es freilich deutlich teurer, doch könne er die Küche im Kurhaus nur wärmstens empfehlen. In der ganzen Umgebung finde sich keine bessere.

Ferner kündigte er an, dass man nach der Beerdigung, nach all den peinlichen Angelegenheiten, eine Wanderung auf einen der Berggipfel unternehmen werde, und zwar auf die Hohe Heide, wo die Kurgäste eine der Attraktionen der hiesigen Gegend zu sehen bekämen: die Windlöcher (hier legte Frommer die Hand an den Mund, um ein Gähnen zu verbergen – oder zu markieren).

Manche in der Runde wären zum wiederholten Male auf der Hohen Heide, doch niemand erhob Protest. Nun begannen der Graue Löwe aus Königsberg und August August eine heftige Debatte über die Genese des Phänomens der Windlöcher – ob sie vulkanischen Ursprungs seien oder Ergebnis der Erosion der Felsformationen. Wenig später bemerkte Wojnicz, dass Thilo zuerst gelangweilt die Augen verdrehte, um sich dann, nach einem knappen Abschied, vom Tisch zu erheben. Wobei er Mieczysław einen vielsagenden Blick und den Anflug eines Lächelns zuwarf. Als Thilo gegangen war, wurde Wojnicz noch ein Gläschen des Trunks kredenzt, versehen mit einem zweideutigen Kommentar von Opitz – dass die Jüngeren mehr davon bräuchten, es helfe ihnen bei diesem und jenem Plaisir.

»Als rational denkende Menschen, die erhobenen Hauptes den Widrigkeiten des Schicksals trotzen, sollten wir uns keine Sorgen machen, dass der jähe Tod einer Person unsere Pläne zu durchkreuzen vermöchte. Das Leben muss weitergehen.«

Wojnicz, zart berauscht, kehrte zu seinen Gedanken zurück. Schwer war es, sich damit abzufinden, dass diese Menschen jetzt an demselben Tisch saßen, auf dem vor wenigen Stunden eine Leiche gelegen hatte, und jetzt unterhielten sie sich und tranken einen Likör mit dem schönen Namen *Schwärmerei*. Im Licht der elektrischen Lampe über dem Tisch bot sich das Speisezimmer auch gänzlich anders dar. Der gedämpfte Schein, ein gleichsam erschöpftes, zotteliges Leuchten, ließ den Raum größer wirken, nach allen Richtungen schien er sich zu dehnen, weit in die Tiefe der samtigen Dämmerungen.

»Dann kann man also eine Frau nicht abbringen von ihrem selbstzerstörerischen Weg der Geisteskrankheit?«, fragte melancholisch Wilhelm Opitz, der nun seit Kurzem Witwer war.

Wojnicz schien es, als hörte er ein Echo im Speisezimmer, die Antwort des Grauen Löwen klang, als spräche er in einen Brunnenschacht hinein.

»Der starke Wille des Mannes hilft, manchen Verlockungen des Wahnsinns Einhalt zu gebieten, dem Weibe aber fehlt dieser Wille nahezu völlig, so verfügt es über keine entsprechende Waffe für diesen Kampf.«

Wojnicz verspürte einen leichten Schwindel. Er hatte das Gefühl, das elektrische Licht, an das er sich noch nicht gewöhnt hatte, würfe einen eigenen Schatten, der anders beschaffen wäre als die Schatten, die er kannte. Es war nicht der Schatten der Petroleumlampen, die bei ihm zu Hause benutzt wurden, es war ein ausgefranster Schatten, gleichsam seiner selbst nicht sicher, am Rande des Gesichtsfelds flimmernd. Wojnicz glaubte, etwas gesehen zu haben, ein Huschen bei der Kredenz, das unter dem Möbelstück zu verschwinden schien. Doch als er den Blick dorthin wandte, sah alles unverfänglich aus. Er leerte das nächste Gläschen und bemerkte, dass alle jetzt lauter sprachen und zu gestikulieren begonnen hatten, so etwa Herr August. Er legte die Fingerspitzen zusammen, schien wie mit einem Schnabel in die Luft zu stechen, während er heftig mit Lukas debattierte. Zu seinem Erstaunen sah Wojnicz, dass Augusts Nägel bläulich waren. Als hätte er sie sich mit Tinte befleckt und sich dann bemüht, sie abzuwaschen.

Liebend gerne hätte sich Wojnicz an der hochinteressanten Auseinandersetzung über den Untergang des Abendlandes beteiligt, bei der Lukas und August das erste Wort führten, während Frommer sich darauf beschränkte, ihre Ausführungen mit knappen Pointen zu versehen, die er treffsicher anzubringen wusste. Doch erfasste ihn eine Schwäche der Mutlosigkeit, zudem spürte er, dass er wieder Fieber hatte. So saß er nur da und seufzte, und von einem zum Nächsten glitt sein Blick.

*

An dieser Stelle möchten wir sie verlassen, wie sie sich in ihren Erwägungen ergehen, an dem Tisch, auf dem das Tischtuch liegt mit dem unheilvollen Muster, wir verlassen sie, verlassen das Haus, durch den Kamin, durch eine Ritze zwischen den Schindeln – um aus der Entfernung, aus der Höhe herabzuschauen. Es hat zu regnen begonnen, in kleinen Tropfen, sie rinnen vom Dach, lassen an dessen Rand eine schimmernde Spitzenborte entstehen. Dann fallen die

Tropfen zur Erde, berühren, necken, kitzeln sie, waschen kleine Vertiefungen aus, sammeln sich zu winzigen Bächlein, die sich ihren Weg suchen zwischen den Steinen, unter den Grasbüscheln entlang, an Wurzeln vorbei und über den Wildwechsel, den die Tiere geduldig ausgetreten haben.

Aber wir kehren zurück.

3

Die Fasanen-Spanne

Als Wojnicz die Runde am Tisch verließ, verspürte er Erleichterung, doch konnte er sich zugleich des unangenehmen Gefühls nicht erwehren, dass sie hier festsaßen, eingeschlossen in diesem Görbersdorf, gleich einer versprengten Einheit, die der Feind umzingelt hatte. Und wenn auch keine Gewehrläufe zu sehen waren und keine verschlagenen Aufklärer durch die Gegend strichen, schien es Wojnicz, als wäre er gegen seinen Willen in einen Krieg geraten. Wer gegen wen – das hätte er nicht zu sagen gewusst, waren hier doch alle mit demselben beschäftigt: Sie rangen mit der Tuberkulose, kämpften gegen das Fieber, stärkten den Körper, sprachen sich gegenseitig Trost zu, versuchten, nach dem anarchistischen Regime der Krankheit wieder Herr im eigenen Haus zu werden.

Ehe Wojnicz zu seinem Zimmer gelangte, hielt er einen Augenblick inne, lauschte auf die eigenartigen Geräusche, die vom Dachboden kommen mussten. In der vergangenen Nacht schon hatte er sie gehört, doch war er zu müde gewesen, genauer darauf zu achten. Jetzt hörte er es wieder, ein zartes Kratzen, und etwas wie ein Glucksen. Bei Gelegenheit wollte er Opitz fragen, was es damit auf sich habe. Und er setzte eben den Weg zu seinem Zimmer fort, als sich die Tür, an der er vorbeiging, unerwartet öffnete, Hände packten ihn beim Ärmel und zogen ihn in den Raum. So überrascht war er, dass er keinen Widerstand leistete.

Thilo stand vor ihm, zierlich und außer Atem, in einem ordentlichen, teuren Pyjama. Offenbar war er im Begriff, sich zu Bett zu begeben. In seinem Eckzimmer herrschte Dunkelheit, an den kleinen Fenstern waren die Vorhänge vorgezogen, zusätzlich waren sie von grauer Leinwand verhängt. Nur das dritte Fenster war nicht verhüllt, das Licht der Straßenlaterne fiel auf bespannte Blendrahmen, deren Rückseiten zur Tür wiesen. Es roch nach Farben und Terpentin, und noch ein Geruch war dabei, eine flüchtige Note, Seife vielleicht, mit dem Duft nicht näher bestimmbarer Blumen.

»Was sagst du zu Lakritzbonbons?«, fragte Hahn flüsternd.

Seine hellblauen Augen, von dunklen Ringen unterlegt, schimmerten glasig, das Licht, das durch das kleine Fenster fiel, spiegelte sich in ihnen, und weil das Fenster in vier Felder geteilt war, schien es Wojnicz, als glänzten in Thilos Augen Kreuze.

»Lakritzbonbons?«, fragte Wojnicz verwundert. Eher hätte er eine Einladung zum Wodka erwartet.

»Oder nein. Willi muss nicht wissen, dass du bei mir bist. Leise, psst!« Er legte den Zeigefinger an die Lippen.

Wojnicz sah, dass Thilo Fieber hatte, die Hand, die noch immer seinen Ärmel hielt, zitterte. Behutsam versuchte er, sich aus dem Griff zu befreien.

»Bitte, setz dich doch«, sagte Thilo, nun etwas ruhiger, als wäre ihm bewusst geworden, dass er Mieczysław erschreckt hatte. Er ließ den Ärmel los.

Wojnicz nahm im einzigen Sessel Platz, Thilo auf dem Bett.

»Ich weiß nicht, wie ich anfangen soll, ich möchte nicht, dass der Eindruck entsteht, ich wäre nervenkrank. Aber ich muss es dir ganz einfach sagen, mein Lieber: Du bist an einen üblen Ort geraten. Ständig stirbt hier jemand.«

»Nun ja, wir sind in einem Sanatorium ... Brust- und Halskrankheiten sind eine ernste Angelegenheit ...«

»Das meine ich nicht. Sie hat sich nicht erhängt, weißt du?«

»Was sagst du da?« Wojnicz wurde unbehaglich zumute, spürte er doch bereits durchaus Sympathie für diesen jungen Mann.

»Hier werden Menschen ermordet.«

Die Kreuze in Thilos Augen erloschen, zurück blieb der glasige Fieberglanz.

»Aber wer sollte das tun?«, fragte Wojnicz vorsichtig.

»Nein, nein, das meine ich nicht, mir geht es nicht um die Frau. Ich meine, überhaupt ...« Thilo beschrieb eine unbestimmte Handbewegung, als wären sie rings von diesem »Überhaupt« umgeben.

»Es ist schwer zu erklären, alles hängt miteinander zusammen. Hier kommen Menschen um. Seit meiner Ankunft schon geschehen seltsame Dinge.« Das Sprechen bereitete ihm Mühe, als wäre das Atmen nur mit bewusster Anstrengung möglich. »Der Ort hier ist verflucht. Und es gibt ein seltsames Einverständnis mit diesen Toden. Ständig wiederholen sie sich.«

»Hier, in Görbersdorf?«, wollte sich Wojnicz ungläubig vergewissern. Thilo tat ihm leid, und umso mehr, als er auf eine nähere Bekanntschaft, vielleicht eine Art Freundschaft hatte hoffen wollen.

»Aber wie ... hier hängen sich Frauen auf?«

»Nein, nein, mir geht es nicht um die Opitz. Jedes Jahr kommt hier ein Mann ums Leben, manchmal auch zwei. In Stücke gerissen, im Wald.«

Thilo nickte, sichtlich zufrieden mit der Wirkung, die seine Worte entfalteten.

Wojnicz wurde blümerant. Mit einem Mal schien das Tapetenmuster unheilvolle Bedeutung zu entfalten, voller Gesichter, voller Augen, die sie beide anstarrten. Er schüttelte den Kopf.

»Aber dann würden doch die Zeitungen davon berichten, alle würden davon sprechen. Wir sind hier doch nicht in der Wüste.«

»Sie vertuschen es. Ich weiß, was du denkst. Du denkst, ich bin verrückt, ja? Ein kranker Spinner. Frag Opitz. Frag die anderen. Du wirst sehen, was für Gesichter sie dann machen.«

Wojnicz widersprach und fühlte sich erst recht unwohl mit seiner Schwindelei. Denn durchaus hielt er Thilo jetzt für verrückt oder zumindest für jemanden, der im Fieber phantasierte.

»Bitte, alles, was du möchtest, aber verrückt bin ich nicht«, wiederholte der arme Thilo und lehnte sich im Bett zurück, als wollte er sich hinlegen.

Ein spannungsgeladenes Schweigen trat ein. Thilo zog eine Schachtel mit edlen Pralinen hervor.

»Bitte sehr«, ermunterte er seinen Gast zuzugreifen. Es klang, als wollte er sich entschuldigen.

»Bist du schon lange hier?«, fragte Wojnicz, um dem heiklen Thema zu entkommen.

»Seit letztem Herbst. Mit dem Beginn des Wintersemesters ist es mir schlechter gegangen. Im Sommer hatte ich mich wohlgefühlt, da war ich sicher, dass ich gesund werde. Jetzt fühle ich mich sehr schwach, und ich würde gerne so vieles tun. Aber ich kann nicht einmal lesen, vom Malen ganz zu schweigen. Ein elendes Leben.«

Wojnicz konnte nicht anders, als die Leinwände anzuschauen, die überall im Zimmer lagen, die an die Wände gehefteten Skizzen und Graphiken. Thilo hatte sein Zimmer zum Maleratelier gemacht.

»Studierst du Malerei?«, fragte Wojnicz unsicher.

Thilo machte es sich im Bett bequem, er stützte den Kopf in die Hand, winkelte die Beine an.

»Kunstgeschichte. Ich befasse mich mit Landschaftsmalerei.«

Wojnicz wusste nicht, was er sagen sollte. Gewiss nicht, dass er Wasser- und Canalisationsbautechnik studiere.

»Seltsame Dinge geschehen«, kehrte Thilo zum Heiklen zurück. »Da ist eine Kraft, die ... Ich weiß nicht, wie ich es sagen soll. Und dann finden sie im Wald in Stücke gerissene Körper. Die Vettern von Opitz. Alle hier sind Vettern. Sie heißen Fischer, Tilch oder Opitz.«

»Woher weißt du das?«

»Ich habe den Ermordeten vom letzten Jahr gesehen. Wie sie ihn ins Dorf gebracht haben. In Stücken.«

Wojnicz sah ihn misstrauisch an.

»Jaja, in Stücken«, wiederholte Thilo. »Und ich glaube, sie haben nicht einmal alles gefunden.«

»Du hast die Leiche gesehen?«

»Am Morgen sind sie damit ins Dorf gekommen, haben die Körperteile in einer Decke getragen.«

Wojnicz glaubte ihm nicht. Und er empfand eine Art Widerwillen, müde war er und enttäuscht, er hätte sich in Thilo einen gleichgesinnten Gefährten wünschen wollen. Er hatte gedacht, er würde ihm davon erzählen – von der Toten auf dem Tisch, vielleicht sogar von Gliceria, von seinem Vater, doch war ihm die Lust daran vergangen, auch fühlte er sich wunderlich nach der *Schwärmerei*. In körperlicher

Hinsicht geschwächt, die Gedanken hingegen schienen seltsam erregt. Als stöben sie wie eine Herde Schafe in alle Richtungen davon.

»Thilo, ich gehe jetzt. Ich fürchte, ich bekomme auch Fieber.«

Er erhob sich, wandte sich zur Tür.

Thilo öffnete die Augen, stützte sich auf den Ellbogen.

»Geh noch nicht«, bat er.

Wojnicz machte kehrt, setzte sich auf die Bettkante.

»Denk nicht an diese Sachen. Das sind Märchen, die sich jemand aus den Fingern gesogen hat. Wir sind hier sicher, und unser Gegner ist die Krankheit. Dagegen kämpfen wir.«

»Weißt du, was der häufigste Fehler ist, den der Mensch in Augenblicken der Gefahr begeht? Er glaubt, sein Leben sei etwas Besonderes und der Tod betreffe ihn nicht. Der Mensch glaubt nicht an den eigenen Tod. Was meinst du – glaube ich an den eigenen Tod?«

Thilo sank aufs Kissen zurück.

Wojnicz antwortete nicht. Er war entsetzlich müde. Als er aufstehen wollte, um zu gehen, beugte Thilo sich zu ihm:

»Nimm dich in Acht vor ihnen. Vor allem vor Opitz, er ist gerissen. Er hat seine Frau geschlagen, sie erniedrigt. Ich glaube, er hat sie getötet und dann erhängt. Oder er hat sie gezwungen, sich aufzuhängen.«

Wojnicz zwinkerte, der Gedanke war ihm unangenehm. Thilo sollte jetzt schlafen, zu Kräften kommen. Und obwohl sich Wojnicz nichts sehnlicher wünschte als sein eigenes Bett, fügte er noch hinzu:

»Ich kann das nicht glauben. Ist denn niemand damit zur Polizei gegangen?«

»So ist das eben mit den Ehefrauen. Sie werden von niemandem beachtet. Ich bin hier nur Patient, selbst mehr tot als lebendig.« Er zuckte mit den Achseln.

Wojnicz steckte eine Praline in den Mund. Sie war mit echtem, köstlich weichem Marzipan gefüllt, und im selben Augenblick wusste er, wonach die *Schwärmerei* noch gerochen hatte – nach Hundepfoten. Er lächelte in Erinnerung an den Hund, den er als Kind gehabt hatte. Doch weil das Tier im Arbeitszimmer des Vaters den Teppich zerbissen hatte, durfte es nicht mehr ins Haus gelassen werden. Als sie dann in die Stadt zogen, blieb der Hund auf dem Dorf.

Nun fragte Wojnicz nach Lukas und August, es schien ihm der passende Moment für ein wenig Klatsch.

»Ziemliche Tunichtgute«, sagte Thilo und lebte wieder auf.

Von anderen zu sprechen, bereitete ihm sichtlich Freude. Weder der eine noch der andere habe Geld, so meinte er, bei ihrem Aufenthalt hier seien sie auf ihre Familien angewiesen. August werde von seiner Schwester unterstützt, Lukas, soweit er wisse, von seiner Tochter. Und dieser Lukas komme ihm manchmal so verdächtig vor, dass er sicher sei, er müsse ein russischer Spion sein, der zur Kur hierhergeschickt wurde. Angeblich heiße er auch nicht Lukas, sondern Łukasiewicz, und mindestens zur Hälfte sei er ein Landsmann von Wojnicz. Weiterhin meinte Thilo, nicht alle hier seien krank, manche täten nur so, um vor ihrem Leben davonzulaufen, um unterzutauchen. Er wartete, welchen Effekt seine Worte entfalten würden. Dann warnte er Wojnicz vor August.

»Was soll ich dir sagen … der Mensch ist wie ein Blutegel.«

Mieczysław wollte Näheres dazu erfahren, doch Thilo war schon bei Frommer angelangt, und dieser, so erfuhr er, war ein Theosoph und Spiritist, der überall Geister sah. Lukas behaupte, Frommer sei sehr krank, aber er – Thilo – habe ihn niemals husten sehen. Regelmäßig komme er für mehrere Wochen hierher, dann kehre er in sein feuchtes Breslau zurück. Um einige Wochen später wieder aufzutauchen, erholt und ausgeruht. Man wusste nicht recht, was man von ihm halten sollte, Thilo traute ihm nicht, doch war ihm seine Gesellschaft lieber als die düstere Penetranz von Lukas oder die affektierte Art des August August.

»Kommt dir Frommer nicht auch wie ein Zinnsoldat vor, so steif, wie er ist, und immer bereit, eine Botschaft aus dem Jenseits zu empfangen? Und dieser Stehkragen! Wer trägt denn so einen Kragen?«

In der Tat – wer trug so einen Kragen? Wojnicz gewann den seltsamen Eindruck, Thilo wollte ihm etwas gänzlich anderes übermitteln. Eine Botschaft, die überhaupt nichts zu tun hatte mit den Männern im Gästehaus, dem Tod von Opitzens Gattin. Thilo musterte ihn aufmerksam, ironisch erwartungsvoll – als wollte er ergründen, ob Wojnicz sich seinen Reim zu machen wüsste. Doch Wojnicz schien nicht zu verstehen. Thilo streckte sich und gähnte:

»Ich glaube, Frommer ist Opiumesser. Sein Blick ist manchmal so trüb.«

In diesem Moment hörten sie ein leises Klopfen an der Tür. Thilo sah Wojnicz mit einer Miene an, die besagen wollte: »Siehst du …!«

Opitzens Kopf tauchte auf.

»Alles in Ordnung?«, fragte der Kopf.

»Ja, ja, wir gehen gleich zu Bett«, sagte Thilo mit schwacher Stimme. »Ich hatte Herrn Wojnicz nur gebeten, das Fenster in meinem Zimmer zu schließen. Es klemmt.«

»Ich bin schon fort …«, sagte Mieczysław und nutzte die

Gelegenheit, aus dem Zimmer des Kranken zu huschen. Für heute hatte er genug an Sensationen und Gerüchten.

»Ah ja, das Fenster ... Morgen schicke ich Raimund. Schlaft jetzt.«

Thilo warf Wojnicz, der bereits vor der Schwelle stand, noch einen vielsagenden Blick zu und formte mit stummen Lippen die Worte: »Sie bewachen mich!«

Opitz ging nach oben, zu seinen Gemächern, Wojnicz blieb noch einmal stehen und lauschte, woher das verhaltene Geräusch käme, dieses Glucksen und zarte Klopfen, ein kaum wahrnehmbares Scharren, das ihn zuvor schon beschäftigt hatte.

Das alles erschien ihm mit einem Mal äußerst irreal, ja einen Augenblick lang wollte er glauben, er wäre längst schon eingeschlafen und Thilo und die gesamte Tischrunde bevölkerten seinen Traum. Zerrissene Körper im Wald, Opitz, der seine Frau geschlagen hatte. Ratlos wischte er sich die Stirn, als läse er ein widersinniges Buch, von dem er die einzelnen Wörter verstehen könnte, nicht aber die Sätze. Hatte er auch Fieber? Ganz sicher eine leicht erhöhte Temperatur, er spürte das charakteristische zarte Ohrensausen. Waren das alles nur Wahngebilde?

Noch immer hatte er das Bild der toten Frau auf dem Tisch vor Augen. Wie Opitz die Falten des Rocks geglättet hatte, um sich dann an den völlig verdutzten Mieczysław zu wenden ... »Geh auf dein Zimmer, mein Junge!« Und er dachte: Was wird jetzt weiter geschehen? Wird die Polizei sich damit befassen? Wo hatten sie den Leichnam hingebracht? Unangenehm war es, an einem Ort zu wohnen, an dem jemand gestorben war (aber gab es überhaupt noch einen Ort, an dem noch niemand gestorben war? Die Welt war schließlich alt genug). Am meisten wunderte ihn jedoch, wie leicht es fiel, nach einem fremden Tod zur Tagesordnung überzugehen. Wie einfach es war! Zumal hier in Görbersdorf, wo ständig jemand starb.

Und das Gewehr des Doktor Semperweiß hatte er noch vor Augen, wie es an den Schreibtisch gelehnt dastand. Es erinnerte ihn an die Zeiten, als sein Vater und sein Onkel ihm das Schießen beibringen wollten. Fasanen hatten sie gejagt, diese seltsamen Vögel, die ihnen jäh vor den Füßen aufschwirrten, um sich mit schnarrenden Lauten schwerfällig in die Luft zu erheben. Ihr ungelenker Flug weckte Zorn, ja man wollte denken, sie wären doch selbst schuld an ihrem Tod. Sie zu erlegen, war nicht schwer, dem Onkel glückte es häufig. Mieczysław aber hatte Hemmungen, sie zu töten. Immer zielte er ein Stückchen daneben, eine winzige Schummelei, die Fasanen-Spanne – so nannte er es für sich. Und weder der Onkel noch der Vater bemerkten es, für sie war ein solcher Schuss eine »Niete«. Auch die Fasanen-Spanne war eine Strategie des Widerstands, wie das Schweigen oder das Verschwinden im entsprechenden Moment – wenn Mieczysław einfach nicht mehr da war. Scheinbar nahm er teil an dem, was von ihm verlangt wurde, und wusste sich zugleich zu entziehen. Eine leichte Bewegung des Korns, von den anderen unbemerkt – und das ganze Unterfangen wurde nichtig.

Als er die Tür zu seinem Zimmer öffnete, umfing ihn der beruhigende Geruch der Teerseife, von der ihm sein Vater vor der Abreise noch einen ganzen Vorrat besorgt hatte. Seine Gedanken schwebten nun in eine andere Richtung. Und er kam zu dem Schluss, dass er wichtigere Dinge zu bedenken hätte als Thilos Verschwörungstheorien. Sollte er alle Mahlzeiten im Kurhaus einnehmen? Würde ihm das sorgsam eingeteilte Geld ausreichen? Und seine Gedanken flogen bereits voraus, durch die Nacht hindurch in den nächsten hellen Morgen. Er sorgte sich, ob er die passenden Badehosen dabeihatte. Was sollte werden, wenn er sich nackt ausziehen müsste? Würde er die langen Liegekuren ertragen können? Und welche Überraschung hatte Opitz ersonnen, die er ihnen auf dem Spaziergang in die Berge präsentieren wollte? Wären seine Schuhe überhaupt geeignet für einen solchen Ausflug? Wahrscheinlich würde er seinem Vater doch schreiben müssen, dass er neue bräuchte. Das war keine geringe Ausgabe.

All diese Angelegenheiten beschäftigten sein Denken, zogen die Außenwelt in sein Inneres, in diesen gewaltigen Raum, den jeder Mensch in sich trägt und der gefüllt ist mit all dem unsichtbaren Gepäck, das jeder ein Leben lang mit sich schleppt, ohne zu wissen, warum. Das eigene Ich.

4
Brust- und Halskrankheiten

Es vergingen einige heitere, fast sommerlich anmutende Tage, die Wojnicz dazu nutzte, sich mit dem neuen Leben vertraut zu machen. Alles gefiel ihm hier, die Ordnung, die Pünktlichkeit, die professionelle Organisation des Kuraufenthalts, die Ruhe. Diese Menschen nahmen ihre Krankheit ernst und bemühten sich dennoch, normal zu leben. Dabei blieben sie in ihrem Verhalten ganz gewöhnlich, und ebendeshalb schienen sie Wojnicz freundlich gesinnt. Sie wollten leben wie alle anderen, hatten Freude an ganz ähnlichen gewöhnlichen Dingen, trugen ähnliche Jacketts und die gleichen Panamahüte. In allen Dingen wussten sie Maß zu halten. Sie hatten ordentliche Betten und saubere Bettwäsche. Sie träumten, dass sie genesen und lange leben würden, dass sie noch Freude an ihren Enkeln hätten und mit ihren Ersparnissen ein geruhsames Alter genießen dürften. Mit ernster Hingabe kauften sie Kuchen in der Conditorei, glaubten den Nachrichten, die sie in der Zeitung lasen. Ja, das war die Köstlichkeit, die Wojnicz im Leben suchte.

In Görbersdorf gab es keinen Friedhof, wie Wojnicz mit einigem Erstaunen erfuhr. So viele Menschen lebten hier! Und so viele starben hier. Und doch ereignete sich der Tod unbemerkt und hygienisch, passte sich an den Rhythmus des Kurortes an, wie eine umsichtig wirtschaftende Hausfrau, die sich allen Unrats und aller Abfälle stets geschickt zu entledigen wusste.

Herr August hatte ihm davon erzählt, als er über die Promenade spazierte und sein Bambusstöckchen schwenkte. Zufällig hatte Mieczysław ihn dort getroffen, und es war schon zu spät gewesen, unbemerkt auszuweichen, also grüßte er nolens volens, schloss sich ihm an und versuchte, sein Tempo dem feierlich behäbigen Schritt anzupassen, was er als recht beschwerlich empfand. An den Rändern des Dorfes müsste ich spazieren gehen, dachte er, sonst treffe ich ständig auf bekannte Gesichter. Doch wollte er diese Begegnung jetzt nutzen, um etwas über den schrecklichen Tod der Frau Opitz zu erfahren – den er umso mehr als schrecklich empfand, als offenbar niemand sonst übermäßig davon berührt schien. Herr August nahm ihn am Ellbogen und leitete ihn zu einer Bank, die ein paar Schritte abseits stand, zu Füßen der Kirche, die auf einem kleinen Hügel thronte. Wojnicz erschrak, jetzt würde er einen Vortrag hören müssen, doch war es schon zu spät, sich zu entziehen.

»Sehen Sie, die Wahrheit, die Große Wahrheit, ist immer verbunden mit der Gefahr abzuschneiden, was über ihre Grenzen reicht, keine Fransen, keine! Hinter der Wahrheit verbirgt sich Gewalt«, sagte August, als sie die Bank erreicht hatten, und er sah Wojnicz aufmerksam, ja vielsagend an. »Verlangen Sie nicht die Wahrheit. Es wäre schade um Ihre jungen Jahre.«

Hier stockte er jäh.

»Bitte bewegen Sie sich nicht!«, rief er und nahm Wojnicz ein riesiges Insekt von der Schulter. Es sah aus wie die Kreuzung eines Heupferdchens mit einer Krabbe. Er legte es auf seine Handfläche und streckte sie Wojnicz entgegen, auf dass dieser das Wesen bewundern könne, das Neugier und Abscheu in einem erregte. Als Wojnicz sich vorbeugte, um das Monstrum zu betrachten, schrie August »Aaaaa!«

und jagte ihm einen tüchtigen Schrecken damit ein. Mieczysław, unangenehm berührt von diesem Scherz, gab nur ein Räuspern zur Antwort.

Sichtlich zufrieden mit seiner Darbietung, erklärte ihm August jetzt, dass Görbersdorf der nördlichste Ort Europas sei, an dem die Gottesanbeterin vorkomme – mit der Beschaffenheit des Terrains habe es zu tun, und mit den milden Temperaturen, dem windstillen Klima, und er begann, mit seinem Stöckchen eine Europakarte in den Sand zu zeichnen, die sich Wojnicz allerdings nicht recht erschließen wollte.

»Schauen Sie nur, wie weit der Weg ist, den diese armen Geschöpfe vom Mittelmeerraum zurücklegen müssen. Von dort kommt alles zu uns«, sagte er mit einem Lächeln, »das Schöne wie das Hässliche.«

Bald darauf erhoben sie sich und gingen Richtung Kurhaus, nun kamen sie an Frau Weber und Frau Brecht vorbei, die vor dem Haus saßen, diesmal mit gefalteten Händen, als wärmten sie sich an den letzten Sonnenstrahlen. Wojnicz fiel auf, dass die eine geschwollene Beine hatte, die in besonderes, nachlässig gefertigtes Schuhwerk gepresst waren, die andere wiederum war so hässlich, dass es schon wieder faszinierend wirkte. Ihre hängende Unterlippe ließ an antike Skulpturen denken, die Wesen aus dem Hades darstellten. August, der bemerkte, dass Wojnicz sie musterte, sagte mit gedämpfter Stimme:

»Angeblich gibt es noch eine Dritte, aber die verlässt nie das Haus, seit Jahren hat sie niemand mehr gesehen.«

Wojnicz sah August ungläubig an, und dieser zwinkerte ihm wissend zu. Den ganzen Spaziergang über bedachte August Wojnicz mit seinen Überlegungen, die – wie er es bezeichnen wollte – den Charakter peripatetischer Gespräche annahmen, in Wirklichkeit jedoch sprach August alleine, sodass es eher auf einen Vortrag hinauslief. Wojnicz hätte nicht sagen wollen, dass es uninteressant gewesen wäre, doch konnte er sich nicht darauf konzentrieren, er war in Beschlag genommen von der Beobachtung der Kurgäste, insbesondere die Damen beschäftigten ihn – was für eine hübsche Garderobe, was für atemberaubende Hüte!

»Oh ja, mein Freund«, perorierte August, »jeder von uns erreicht einen gewissen Grad seiner Möglichkeiten, um sich dann nicht mehr weiterzuentwickeln. Darin liegt das Wesen des Alters, die Unfähigkeit zur Veränderung. Wir halten an auf unserem Weg. Dem einen widerfährt es in der Mitte des Lebens, dem anderen bereits nach dem Abschluss der Schule. Und wieder andere, aber das kommt selten vor, entwickeln sich bis ins hohe Alter, ja bis zu ihrem Tod.«

Er hielt inne, als suchte er nach einer Fortsetzung des Gedankens, und ließ es schließlich gut sein. Eine Gruppe ging vorüber, junge Menschen, sie sprachen Polnisch, Wojnicz senkte den Blick, tat, als verstünde er sie nicht. August bemerkte es, und als wäre nichts gewesen, setzte er wieder an:

»Manche ahnen, dass sie stehen geblieben sind. Sie fühlen sich unwohl in diesem Zustand der Bewegungslosigkeit; es zieht sie in die Vergangenheit, dort versuchen sie etwas zu finden, was sie reizen könnte, ha, ha ... Dann fängt man an, sich für die Familie zu interessieren, zeichnet einen Stammbaum, schaut sich an Sonntagnachmittagen Photographien an. Als sollte das eigene klägliche Dasein in einer größeren Form aufgehen, die Familie heißt.«

Tatsächlich war wohl einiges wahr an dem, was August sagte. Sein Onkel und sein Vater – so dachte Wojnicz – waren gewiss in ihrer Entwicklung stehen geblieben. Sie taten und sprachen stets das Immergleiche. Als wären sie in einer Manege eingeschlossen, deren Begrenzung ihnen nicht einmal bewusst vor Augen stand.

Er dachte an andere Menschen, vor allem aber an sich selbst: War er auch schon stecken geblieben? Oder befand er sich noch in Bewegung?

»Aber sehen Sie, Frauen entwickeln sich noch einmal anders, ihre Psyche funktioniert anders als die der Männer. Eine Entwicklung, wie wir sie kennen, ist ihnen fremd. In der Frau sehen wir alle drei Entwicklungsstadien zugleich, denn während beim Mann die Kindheit, die Jugendjahre und die Zeit der Reife aufeinanderfolgen, treten sie bei der Frau stets parallel auf. Ein aufmerksamer Beobachter wird in ihnen immer ein Mädchen, eine Frau in der Blüte der Jahre und eine Greisin erblicken.«

Sie kehrten um, kamen ein weiteres Mal an Frau Weber und Frau Brecht vorbei.

»Betrachten Sie sie unter diesem Gesichtspunkt«, sagte August fast flüsternd, »es setzt mich in Erstaunen, wie sie so selbdritt leben können. Sicher ein rätselhafter Atavismus.«

Als sie weitergingen, sahen sie vier Pfleger, die einen Sarg aus dem Kurhaus in die Leichenhalle trugen – das niedrige, längliche Gebäude neben dem Sanatorium, das als Prosektorium diente, aber eher den Eindruck eines Heizhauses oder einer Werkstatt machte. Hier parkte häufig Doktor Semperweiß sein modernes Automobil, eines von dreien, die es in Görbersdorf gab. Es war ein prächtiger Mercedes 37/90 hp, eben zwei Jahre alt, mit lang gezogener, blitzender Motorhaube, die übrigen Teile der Karosserie, aus einem exotischen Holz gefertigt, waren auf Hochglanz poliert, bequeme Ledersitze. Alles an diesem Fahrzeug war vollkommen, vom aufklappbaren Verdeck bis zu den Rädern mit den hellen Luftdruckreifen. Einen solch allmächtigen Optimismus strahlte dieses Wunder der Technik aus, dass allen, die kamen, es zu bestaunen, der Tod als überholtes Element einer alten Ordnung erscheinen musste, eine Art prähistorische Schwäche, die die Menschheit überwinden konnte, wenn sie nur ihrem Drang nach Fortschritt folgte und für immer der Technik vertraute. Was dann kommen würde, konnte nicht schlecht sein, unterlag es doch der Kontrolle blitzend steriler Werkzeuge, Geräte und Utensilien. Und weil diese sich reparieren ließen, waren sie gewissermaßen unsterblich.

Die nächstgelegenen Friedhöfe, so erklärte Herr August jetzt, befänden sich in Friedland und Langwaltersdorf, dorthin bringe man die Toten, um ihnen ein würdiges Begräbnis zukommen zu lassen. Görbersdorf hatte also noch nie eine Beerdigung gesehen. Ein solcher Anblick könnte die Moral der Kursoldaten untergraben, die um die Gesundheit ihrer Lungen kämpften.

»Görbersdorf ist somit ein heiteres Städtchen. Hier feiert man das Leben, nicht den Tod. Wir kümmern uns nicht um den Tod, nicht wahr?« In vertraulicher Geste berührte er Wojnicz an der Schulter. Und dieser lächelte, belustigt von dem Gedankenspiel in Sachen Unsterblichkeit.

»Dann wird auch Frau Opitz von hier fortgebracht?«

»Aber ja, mein lieber Freund, und sicher ist es schon geschehen. Sie ist verschwunden, weil sie sich nicht an die Regeln gehalten hat. Hier gibt es nur Lebende. Die Toten verschwinden, und weiter interessieren wir uns nicht für sie. Wir ignorieren den Tod.«

Auch das klang Wojnicz angenehm.

»Was meinen Sie, kann das ewig so gehen? Dass man in Görbersdorf unsterblich ist?«

»In gewissem Sinne, ja. Wenn es hier keine Toten gibt. Tot zu sein, ist beschämend.«

»Ich habe Frau Opitz tot auf dem Tisch liegen sehen …«, sagte Wojnicz nach einer Weile und sah seinen Begleiter nicht an.

»Ach was, Sie wissen ja nicht, was Sie da gesehen haben. Was soll das denn gewesen sein?«

»Ihre Schuhe, ihr Rock, ihre bestickte Schürze, ihr …«

»Na bitte – lauter Kleidungsstücke, nicht aber den Menschen selbst.«

Sie stiegen weiter aufwärts, an den Teichen vorbei, wo sich eine schöne Thujenallee vor ihnen öffnete. An deren Ende stand ein Gebäude, das an eine Kapelle denken ließ.

»Ich habe mich geirrt!«, rief August theatralisch aus, als er diesen Bau sah, und schlug sich an die Brust. »Wie konnte ich Ihnen das so falsch erzählen? Meine Glaubwürdigkeit ist dahin!«

Wojnicz sah ihn verständnislos an.

»Hier ist eine Krypta! Doktor Brehmer hatte verfügt, dass er hier begraben wird. Diese Stelle hatte er gewählt, damit er auch nach seinem Tode noch die Anstalt im Blick hätte. Von hier aus ist alles gut zu sehen.«

»Schon gut, jetzt grämen Sie sich doch nicht über Ihren Irrtum«, versuchte Wojnicz, ihn zu beruhigen, »es ist ja kein Friedhof, nur eine einzelne Krypta.«

Falls Geister sehen können – immer vorausgesetzt, es gibt sie wirklich und sie haben tatsächlich Interesse am Leben der Menschen –, dann hätte Doktor Brehmer von hier aus alles unter Kontrolle gehabt, jede Straße des Ortes, das große Gebäude des Kurhauses, den Park mit all seinen Wegen, das riesige, moderne Sanatorium von Römpler. Die Abhänge des Berges, auf dem die stattliche Krypta errichtet worden war, schützten Görbersdorf vor der Außenwelt, es war eine fließende Grenze zwischen der Wildnis des Waldes und der dörflichen Zivilisation. Das Tor der Krypta war freilich verschlossen, doch allein die Vorstellung, dass dahinter ein Körper lag, der zerfiel, war einem Gespräch wenig förderlich, so kehrten die beiden Herren über die Thujenallee auf die Kurpromenade zurück.

Sie sprachen von der Beerdigung, die polizeilicher Prozeduren wegen abermals verschoben werden musste. Dass es angeraten wäre, gemeinsam hinzugehen; sie könnten eine Droschke mieten. Und von der Messe, die vorher gelesen werden sollte, hier, in dem kleinen Kirchlein. Als sie sich bereits dem Gästehaus näherten, fragte Wojnicz:

»Was ist das für eine Melodie, die man am Mittag vom Türmchen des Kurhauses hört? Sie kommt mir bekannt vor.«

August wusste es nicht. Herrn Frommer müsste man fragen, den Breslauer.

»Sicher etwas Hiesiges.«

*

Die Beerdigung war an einem Dienstag. Wojnicz nahm das als schlechtes Zeichen. Bei ihm zu Hause, in Lemberg, sagte man, dass es nicht gut sei, wenn der Leichnam über einen Sonntag auf die Beerdigung warte. Dass er dann jemanden mit sich nähme ins Grab. Und hier waren gar zwei Sonntage verstrichen.

Er kam zu spät zu der kleinen Kirche, er hatte das Ende der Behandlung mit der kalten Brause abgewartet. Den muskelbepackten Bademeister konnte er überzeugen, dass er die Unterwäsche anbehalten müsse. Danach wärmte er sich lange mit heißem Tee. Was für eine Grausamkeit –

Menschen mit nicht einmal lauwarmem Wasser zu übergießen. Die Behandlung hatte ihm die Laune verdorben.

Der Sarg stand vor dem ausnehmend schlichten Altar, ein Kranz aus Herbstblumen lag darauf. Die protestantische Messe war bereits im Gange. Wojnicz erschien das alles recht seltsam – als hätten sich diese ruhigen, ernsten Menschen in einer speziellen Kanzlei eingefunden und ließen jetzt gleichgültig eine amtliche Prozedur über sich ergehen. Es waren auch nicht viele gekommen, nur die ersten drei Reihen waren besetzt, und einige waren sicherlich zufällige Kurgäste. In der ersten Reihe erkannte er sofort die stattliche Gestalt von Opitz, daneben stand der feierlich gekleidete Raimund, hinter ihnen Bewohner des Dorfes, in der hiesigen Tracht, mit Kniebundhosen und hellen Strümpfen. Wojniczens Gedanken glitten über die fast gänzlich kahlen Wände der Kirche auf den Boden. Er hatte Kopfschmerzen. Auf das kalte Brausebad würde er in Zukunft verzichten müssen.

Auch einige alte Frauen waren in der Kirche, stämmig, in zerknitterten Röcken, auf dem Kopf trugen sie weiße Hauben, die hinten mit einer gestärkten, ebenfalls weißen Schleife gebunden waren. Jüngere Frauen waren kaum zu sehen – nur zwei ärmlich wirkende Dienstmädchen, vielleicht Freundinnen der Verstorbenen. Abseits stand noch eine kleinere Gruppe von weiblichen Kurgästen, sicher waren sie allein der Messe wegen gekommen. Sie unterschieden sich durch ihre Kleidung. Ihre riesigen Hüte, die jetzt in Mode waren, brachten ein wenig Leben in die Kirche. Als wüchsen Blumen auf einem gestürzten Denkmal, oder als wäre eine Abteilung Marienkäfer auf einer Grabplatte gelandet. Hatten sie sich aus Langeweile zu der Beerdigung aufgemacht? Als Touristinnen, die neugierig waren, die Kultur der schlesischen Einheimischen zu erleben?

Eine Person fiel Wojnicz besonders ins Auge. Groß und schlank, kerzengerade, blonde Haare, die mit einzelnen Strähnen unter dem riesigen Hut hervorlugten, der ganz und gar nicht passte zur spröden Architektur und dem bescheidenen Interieur dieses Gotteshauses. An diesem Ort war ein solcher Hut geradezu ein Skandal, und ebendeshalb auch fesselte er wohl Wojniczens Aufmerksamkeit. Von seinem Platz aus konnte er nur die Nasenspitze der Besitzerin sehen und die schöne Zeichnung der hohen Wangenknochen. Über dem flaschengrünen Kleid trug sie eine honigfarbene Pelerine. Lange konnte Mieczysław sich nicht losreißen von der Erscheinung – und er wusste selbst nicht, was ihn so fesselte: die schlanke Figur der Frau oder das Zusammenspiel der Farben. Eine heftige Sehnsucht erwachte in ihm, Sehnsucht nach etwas Bekanntem, das er nicht zu benennen wusste, er fand kein Wort dafür. Einmal aber, einmal würde er es finden. Der Pastor beendete eben die liturgische Begrüßung der Gemeinde, dann stieg Gesang unter die Gewölbedecke, er klang, als wäre er gut einstudiert, als sänge ein versierter Chor.

Sein Vater hatte immer wiederholt – auch wenn Wojnicz nicht hätte sagen können, in welcher Situation die Worte tatsächlich gefallen waren, er »wiederholte« es, auch ohne den Mund zu öffnen –, dass Frauen von Natur aus trügerisch und launisch seien. Verschwommenen Gemüts. Man wisse nicht, woran man sich bei ihnen halten, wie man ihnen vertrauen solle. Sie entzögen sich, glatt wie Schlangen, glatt wie Seide (eine eigenwillige Bildlichkeit, fürwahr); man könne sie nicht halten, sie entwanden sich und lachten dann noch über unser Ungeschick. Sein Onkel Emil hatte immer wieder ein Sprichwort angeführt, Mieczysław war es gut im Gedächtnis. Auf Gliceria war es gemünzt gewesen, oder auf eine Verlobte des Onkels, die ihm den Laufpass gegeben und einen anderen geheiratet hatte. Und der Onkel, ansonsten ein wohlerzogener Mensch mit tadellosen Manieren, nahm den Löffel aus der Suppe und fuchtelte damit über dem Teller:

»Weib und Kröte tun nichts Gutes kund, sind mit dem Teufel als Drittem im Bund.«

Der kleine Mieczysław hatte sich bemüht, den Sinn der Redewendung zu ergründen, doch konnte er nicht erfassen, was sein Onkel, der zumeist Uniform trug und sich überaus präzise auszudrücken wusste, mit diesen Worten sagen wollte.

Was sollte die Frau mit Kröte und Teufel zu tun haben? Die beiden Gefährten in dieser sumpfig düsteren Zusammenstellung entführten die Frau aus den ordentlich tapezierten bürgerlichen Schlafzimmern, zogen sie in den Wald, ins Nadeldickicht, in feuchte Düsternis, denn diese drei sollten offenbar Geschwister sein, die aus demselben finsteren Waldesabgrund stammten, aus denselben lichtlosen Tiefen, die keine menschliche Stimme erreichte, die kein menschliches Auge jemals sah, und jeder Reisende müsste sich dort sogleich verirren. Nun gut, aber solche Wälder gab es nicht in der Lemberger Gegend, weiter weg vielleicht, in Wolhynien, oder an den Hängen der Karpaten. Sich eine Ähnlichkeit zwischen Gliceria und einer Kröte vorzustellen, fiel ihm schon leichter, als Gliceria mit dem Teufel in Verbindung zu bringen – auch wenn er den Teufel noch nie gesehen hatte und, ehrlich gesagt, auch gar nicht an ihn glaubte. »Ammenmärchen«, sagte sein Vater, wenn die Rede auf den Leibhaftigen kam. Was aber die Kröte betraf – ja, das schon eher, denn Gliceria war dick und unförmig, und Röcke und Schürzen verunstalteten ihren Körper noch mehr. Würde sie in der Küche einmal in die Hocke gehen und dann den Kopf heben – da wäre sie einer Kröte durchaus ähnlich.

Nach dem Gesang wurden einige Verse aus dem Matthäus-Evangelium gelesen, es war das Gleichnis von den Schafen und den Böcken, dem Wojnicz bisher keinen näheren Gedanken gewidmet hatte. Der Menschensohn wird kommen, und wie ein guter Hirte die Schafe von den Böcken scheidet, wird er die gerechten von den ungerechten Menschen scheiden. Wojnicz taten die Böcke leid. Es waren doch so kluge Tiere, auf ihrem Gut auf dem Dorf hatten sie eine ganze Herde Ziegen gehabt, die Zicklein waren drollig gewesen, voll wagemutiger Neugier. Als Kind hatte er mit ihnen gespielt, ihnen sogar eine eigene Art von Humor zugedacht. Was hatte der Erlöser gegen die Böcke? Hatte es damit zu tun, dass sie keine Jungen bekommen konnten und keine Milch gaben? Aber wo blieben dann die Ziegen und die Zicklein? Hatte das Evangelium sie ausgelassen? Was für ein seltsames Gleichnis, dachte er. Und einen Augenblick lang überlegte er, ob Frau Opitz wohl eher ein Schaf oder eine Ziege gewesen wäre. Und er selbst? Der Graue Löwe und August? Und Thilo? Waren sie Böcke? Von der deutschen Predigt des Pastors, der zudem im hiesigen Dialekt sprach, verstand er so gut wie nichts, und die Phantasie, nicht mehr in Schach gehalten durch die Aufmerksamkeit, spielte ihm Streiche – jetzt hatten die Menschen in der Kirche die Köpfe von Schafen und Böcken. Und mehr Böcke waren es, oh ja, markanter schienen sie, mit wachen Blicken, doch auch die konzentrierte Sammlung in den Schafsgesichtern machte Eindruck, vor allem auf der Seite, auf der die Frauen saßen – sanfte, lang gezogene Mienen, weiche Mäulchen, ein milder, vertrauensvoller Blick.

Ja, der Blick … Eine ganze Weile schon spürte er ihn, im Nacken, am Hals. Er drehte sich um, als interessierte er sich für das kärgliche Interieur der Kirche. Hinter ihm saß ein Junge, in halbwüchsigem Alter, mit einem blässlichen Gesicht, das von Röte überflogen war, eine Drahtbrille mit ungewöhnlich starken Gläsern auf der Nase, wie eine Lupe vergrößerte sie die grauen Augen. Wojnicz war es, als hätte der Junge auf diesen Blick gewartet – so spannungsgeladen war die Begegnung der Augen, als wollte er ihm ein Zeichen geben, ihn an etwas erinnern ... Wojnicz wurde das Peinliche der Situation bewusst, rasch drehte er sich wieder um, bemüht, den Augenblick aus seinem Bewusstsein zu verbannen.

Vorzeitig stahl er sich aus der Kirche, er wollte die letzte Runde des Mittagessens nicht versäumen. Notfalls würde er sich damit herausreden, dass ihm unwohl gewesen sei. Alle hier waren schließlich krank. Doch offenbar hatten auch noch andere mit der langen Predigt des Pastors ihre Last gehabt – am Kirchentor standen drei Männer mit eigenartig dunklen Gesichtern, die wirkten wie von Rauch gebeizt. Sie rauchten auch Zigaretten, unterhielten sich halblaut, von bläulichen Schwaden umwölkt. Sie schienen zu warten, dass ihre Familien aus der Kirche kämen.

Wojnicz aber wartete nicht auf seine Kurgefährten, mit einem Anflug schlechter Laune machte er sich auf den Weg hinunter ins Dorf. Weit schritt er aus mit seinen schlanken Beinen, ja, er lief fast zum Kurhaus – der plötzliche Hunger machte sich bemerkbar wie eine Glocke, die zur Messe des Leibes rief.

*

Zum Friedhof in Langwaltersdorf fuhren sie mit zwei Droschken. Es war ein guter Vorwand, aus dem Görbersdorfer Tal hinaus und in die Welt zu kommen. Sogleich wurde auch das Wetter heiterer, mehrmals drang das scharfe Licht der Herbstsonne durch die Wolken, das die Feerie der Farben an den Berghängen erstrahlen ließ. Sie folgten einem Bergfluss, an dem die Einheimischen Teiche angelegt hatten, in denen sie Forellen züchteten.

Jetzt erst kam einem zu Bewusstsein, wie einzigartig dieses Görbersdorf gelegen war – unter dem Eisenbahnviadukt fuhr man durch eine enge Unterführung in den Ort. Zwei Fuhrwerke, wie sie in der Stadt benutzt werden, um Kohle und andere Waren zu transportieren, wären hier kaum aneinander vorbeigekommen.

Hinter diesem Tor also öffnete sich Görbersdorf mit seinem Tal, das angeblich über einem großen unterirdischen See lag, rechts und links von Bergen umgeben, die zwar nicht übermäßig hoch waren, den Ort aber doch dicht umschlossen. Deshalb hatte August gesagt, sie lebten hier wie in einer Leidener Flasche, in der sich allerlei Erschütterungen gegenseitig auflüden, woraus elektrischer Strom entstünde.

Der Friedhof in Langwaltersdorf war alt, mit dicht gedrängten Gräberreihen; als er angelegt worden war, hatte noch niemand an die Toten der Sanatorien gedacht. Bald wäre kein Platz mehr für weitere Bestattungen. Neben einem schlanken Kirchlein war er gelegen, fast an der Kreuzung zweier gepflasterter Wege, von denen der eine nach Waldenburg führte und der andere, auf der flachen Hochebene, über Wüstegiersdorf nach Glatz. Der Friedhof sah anders aus als jene, die Wojnicz aus seiner Heimat kannte. Eine Bescheidenheit, wie er sie hier zu Gesicht bekam, war er nicht gewohnt. Im Osten waren die Gräber prunkvoll ausgeführt, jedes auf eine andere Weise mit üppigem Figurenschmuck versehen. Seit der Kindheit hatten ihn immer am tiefsten die weinenden Engel berührt, vielleicht auch deshalb, weil auf dem Grab seiner Mutter eine solche Figur zu sehen war. Auf angeblichen Wunsch des Sohnes hatte der Vater die Arbeit bestellt, doch war der Sohn damals noch viel zu klein gewesen, als dass er sich entsprechend hätte äußern können. Und dennoch – dem Vater mochte es so erschienen sein, als hätte Mieczyś diesen Wunsch gehabt: einen Engel für das Grab der Mutter, die, wenige Monate nachdem sie das Kind zur Welt gebracht hatte, gestorben war, entkräftet von den Anstrengungen der Geburt und einer Melancholie, deren Ursachen im Dunkeln lagen. Und nun blieb Mieczysławs Erinnerung für immer mit der schlanken Gestalt des steinernen Engels verbunden, der in tiefer Verzweiflung niederkniete, in einer Pose, wie sie himmlischen Wesen wohl nicht anstand.

Die hiesigen Menschen pflegten auf andere Weise ihre Erinnerung an die Verstorbenen, in ihrer Neigung zum Handfesten griffen sie auf Photographien zurück, die sie, sorgsam gerahmt, auf Möbelstücke stellten oder an die Wände hängten. Die Grabreihen auf dem Friedhof sahen eine wie die andere aus, in vernünftiger Verteilung angelegt, ebenso bescheiden wie gepflegt. Ein Steinmetz hatte die dem Gedächtnis nötigen Hinweise in den Stein geschlagen: Vor- und Familienname, Geburts- und Todesdatum, manchmal auch nur Letzteres. Wer die Verstorbenen gewesen waren, ließ sich nicht erfahren. Die Vorstellung erhielt keine Anhaltspunkte. Der angehende Ingenieur Wojnicz aber sah den Friedhof aus einem eigenen Blickwinkel, als Schnitt durch die Schichten des Bodens, durch die horizontal verlaufenden Linien, wie auf den Diagrammen, die sie im Studium angefertigt hatten: Die oberste Schicht, das waren die rechteckigen Grabstätten – darunter das Gras und die Pflanzen mit ihren Wurzeln, die sich in die Tiefe reckten – dann die bereits ruhende Erde, die sich dennoch von den weiteren Schichten dadurch unterschied, dass sie in künstlicher Durchmischung entstanden war – die längliche Form des Sarges mit seinem Inhalt, die undeutlichen Umrisse dessen, was von einem menschlichen Körper übrig bleibt, der längliche Schemen, mit den Inkrustationen der Knochen.

Wojnicz wandelte allein zwischen den Grabreihen dahin, las die Namen der Verstorbenen. Auf der anderen Seite der Hauptallee verlor sich die Dominanz der drei Namen: Fischer, Opitz und Tilch. Dort, unter einem hoch aufragenden Kreuz, begann das Gräberfeld des Sanatoriums – nun unterschieden sich die Grabstätten tatsächlich voneinander. An manchen war ein orthodoxes Kreuz eingraviert, andere bestanden nur aus einer nicht allzu großen Platte ohne jegliche religiöse Symbolik, die hochkant stand und in eine andere Richtung blickte als die übrigen Gräber. Und die Namen – deutsche vor allem, aber auch französische, und, siehe da!, polnische, ebenso tschechische und ein paar schwedische. Der Tod war ohne Frage kosmopolitisch.

Wojnicz sah, dass der Wagen mit dem Sarg bereits an seinem Bestimmungsort angelangt war, die Trauernden nahmen Aufstellung um das ausgehobene Grab. Sein Blick fand die Herren August und Lukas, er trat zu ihnen, stellte sich schweigend neben sie. Auch Opitz sah er, mit gesenktem Blick stand er da. Der ernste Raimund. Frommer, ein wenig abseits, der aufmerksam sämtliche Trauergäste musterte. Die anderen Gesichter kannte Wojnicz nicht, manche zogen mit ihren tiefen Schatten um die Augen den Blick auf sich. Man hätte vor ihnen erschrecken mögen. Auch Frau Weber und Frau Brecht waren zugegen, sie trugen schwarze

Kopfbedeckungen, die an Suppentöpfe denken ließen. Das war auch schon die ganze Gesellschaft. Die Zeremonie ging rasch vonstatten, ohne viel Federlesens, als gäbe es nichts weiter mehr zu sagen zu diesem schrecklich makabren Vorfall, als sollte er so rasch als möglich vergessen werden. Und das tat Wojnicz auch – er vergaß. Als sie zum Gästehaus zurückfuhren, fragte er Lukas und August ein wenig arglistig oder gar boshaft, ob sie an die Unsterblichkeit der Seele glaubten und was mit selbiger – Seele – nach dem Tode geschehe. Eine solche Lawine an Ideen, Argumenten, Gegenargumenten, Zitaten und Anspielungen löste er damit aus, dass er, als sie am Ortseingang von Görbersdorf am Marienhaus vorüberkamen, nicht mehr wusste, wovon die beiden sprachen, und nur noch eines wünschte: sich hinzulegen.

Der Zufall wollte es, dass in jenem Moment, als Frau Opitzens Leichnam an Seilen in die Tiefe des Grabes gelassen wurde, die herbstliche Tag-und-Nachtgleiche eintrat, in diesem Zustand der Ekliptik waren alle irdischen Schwankungen ausgeglichen. Niemand freilich bemerkte es, die Menschen hatten Wichtigeres im Kopf. Uns aber ist es nicht entgangen.

Im Tal, das sich über dem Spiegel des unterirdischen Sees erstreckte, trat Ruhe ein, und man spürte nicht nur keinen Wind, der hier ohnehin selten war, man spürte nicht einmal den leisesten Hauch. Als hielte die Welt den Atem an. Späte Insekten sitzen reglos an Pflanzenstängeln, ein Star erstarrt, den Blick auf eine bereits verflogene Bewegung gerichtet, die durch die Petersilienbüschel eines Gartens huschte. Ein Spinnennetz, zwischen Brombeerranken gewoben, hört auf zu beben, spannt sich, im Bemühen, Wellen aus dem Kosmos zu erlauschen. Das Wasser hält im Thallus der Moose inne, als wollte es für immer dort verharren und vergessen, dass es Wasser heiße, weil es fließt. Für die Regenwürmer ist diese Spannung in der Welt ein Zeichen, Zuflucht zu suchen vor dem Winter, in die Tiefen der Erde sich zu begeben, in der Hoffnung vielleicht, die Reste des Paradieses zu finden. Auch die Kühe, die das bereits gelbe Gras wiederkäuen, halten inne, und für Augenblicke stockt ihre innere Fabrik des Lebens. Das Eichhörnchen betrachtet das Wunder der Nuss und begreift, dass dies die reine, kondensierte Zeit ist und zugleich das eigene Künftige vor Augen führt, in wunderliche Form gefasst. Alles bestimmt sich neu in diesem kurzen Augenblick, fasst seine Grenzen neu und seine Ziele, und die Ränder, für diesen Atemzug verschwimmend, schließen sich wieder zur Kontur.

Ein winziger Moment des Gleichgewichts zwischen Licht und Dunkelheit, kaum zu erfassen, kaum zu erspüren, ein winziger Moment, in dem das Muster sich erfüllt, das Versprechen der großen Ordnung – es währt nicht länger als ein Wimpernschlag.

In diesem Krümchen Zeit kehrt alles zu jener Vollkommenheit zurück, die der Trennung von Himmel und Erde vorausgegangen war.

Doch schon löst die Vollkommenheit sich wieder auf, gleich einer Spiegelung im Wasser, das Bild wird trübe, die Dämmerung fließt der Nacht entgegen, und die Nacht gewinnt die Oberhand – nun wird sie ihren Tribut einfordern, Abend für Abend die nächste Bastion erobern.

5
Löcher in der Erde

Wenige Tage nach dem Begräbnis kamen zwei Polizisten in Zivil aus Breslau und führten im Speisesaal einige Gespräche. Wojnicz befragten sie nur flüchtig, als sie erfuhren, dass er eben erst angereist war.

»Kannten Sie die Unglückliche?«, fragte ihn der eine.

»Ob ich sie gekannt habe? Nein, nein. Ich habe sie nicht gekannt.«

»Aber gesehen haben Sie sie?«

Wojnicz überlegte.

»Ja, gesehen habe ich sie, aber nicht zur Gänze.«

»Was wollen Sie damit sagen?«, fragte der Polizist beunruhigt.

»Ich habe sie nur in Ausschnitten gesehen. Wissen Sie, in dieser kurzen Zeit war sie unablässig in Bewegung, sodass ich entweder nur ihre Hände mit dem Tablett sah oder aber ihren Schuh, der eine zufallende Tür aufhielt.«

Wojnicz blinzelte, als ließe er die Bilder von Opitzens Gattin vor seinen Augen vorüberziehen. Die Polizisten sahen einander mit kaum verhohlenem Spott an.

»Haben Sie einmal mit ihr gesprochen?«

»Nein, natürlich nicht. Sie war … eine Bedienstete. Ich bin erst vor wenigen Tagen hergekommen. Einen Tag nach meiner Anreise ist sie verstorben.«

»Kennen Sie denn die Menschen, die hier im Gästehaus untergebracht sind?«

»Nein, ich habe zum ersten Mal mit ihnen zu tun. Das heißt, wir lernen uns langsam kennen. Wir warten hier alle auf einen Platz im Kurhaus.«

»Ach so, ich hoffe, es wird dort bald etwas frei …«, bemerkte der Polizist und verstummte betreten. Seine Lippen erwogen einen Moment, ein »Verzeihung« zu formen, kamen dann aber offensichtlich zu dem Schluss, der Fauxpas sei unbemerkt geblieben.

*

»Er hat sie gequält«, flüsterte Thilo Mieczysław zu, als sie nach oben gingen. »Das habe ich ihnen selbstredend nicht verraten. Vorher hat er sie ganze Wochen hindurch gezwungen, im Keller zu schlafen, dort, wo Kartoffeln und Sauerkraut lagern. Die Briefe von ihrer Familie hat er abgefangen. Wie soll ich es sagen – sie war seine Leibeigene. Am Tag vor ihrem Tod habe ich mit eigenen Augen gesehen, wie er sie mit einem hölzernen Kochlöffel auf den Kopf geschlagen hat, weil ihr das Fleisch angebrannt war. Deswegen bleibt mir auch sein Essen im Halse stecken. Was gäbe ich darum, im Kurhaus speisen zu dürfen!«

Thilo musste erneut Temperatur haben, er redete wohl im Fieber, dessen war sich Wojnicz sicher. Welche Erleichterung, als er sich endlich auf seinem Zimmer befand.

Als am Nachmittag alle bei ihren Anwendungen im Kurhaus waren und Opitz seinerseits zu Besorgungen nach Waldenburg aufgebrochen war, wurde Mieczysław bewusst, dass dies die einzige Zeit am Tage war, in der sich niemand im Haus befand. Um sechzehn Uhr warteten Raimund und die anderen Burschen von den Gästehäusern und Villen vor dem Marienhaus auf die Post, um sie alsdann im ganzen Dorf auszutragen; die Nachrichten waren ein wenig verspätet, doch bis zum Abend noch immer aktuell.

Wojnicz war gern allein, es schien ihm, als lockere sich erst dann der Kragen, der ihm vor langer Zeit um den Hals gelegt worden war – ein steifer, die empfindliche Haut reizender Kragen, den er immer tragen musste, wenn er in Gesellschaft anderer war.

Er war fest entschlossen, den Dachboden zu inspizieren. Jene merkwürdigen Geräusche, die des Nachts von dort zu hören waren, konnte er nicht einmal benennen. Ein Gurren war es nicht, eher ein »Puffen«, so etwas wie ein Atmen in Verbindung mit einem Glucksen. Er hatte einmal gehört, dass in vielen alten Häusern auf den Dachböden Marder und andere kleine Raubtiere lebten, vielleicht hatte auch hier solches Getier vor dem Winter Einzug gehalten.

Die schmale Holztreppe führte von ihrem Stockwerk auf den Boden, wo von einem kleinen Gang die Türen zu drei Räumen abgingen. Schlichte Türen waren es, ohne Verzierungen, wie sie diejenigen unten im Haus aufwiesen, aus Brettern gezimmert und mit altmodischen ehernen Schlössern und Klinken versehen.

So leise wie möglich öffnete Wojnicz die erste Tür auf der rechten Seite und schaute in ein schmales Kämmerchen mit Mansardenfenster, unter dem ein eisernes Bett mit einem Überwurf stand. Dieser war aus vielen verschiedenartigen Stoffen genäht, die wohldurchdacht und geschmackvoll aufeinander abgestimmt waren. Mit seinen Rosé- und Violetttönen wirkte er fröhlich und mädchenhaft. Die Wände bedeckte eine verblichene blasslila Tapete mit weißen Längsstreifen. Auf dem Frisiertisch stand eine Fayence-Schüssel mit passendem Krug. Auf der Kommode daneben lagen eine Haarbürste und ein Kamm, stand ein Töpfchen Pomade. Vor einem kleinen quadratischen Spiegel schillerten mehrere sorgsam gebundene Haarschleifen. Außerdem gab es noch einen Tisch mit Häkeldeckchen, einer wassergefüllten Karaffe und einem Glas, davor wiederum stand ein Stuhl, der ganz von einem achtlos darübergeworfenen Kleid verdeckt wurde – es war dunkelblau und ein wenig abgetragen, an den Säumen leicht verschlissen. Als Wojnicz den schmalen eintürigen Schrank öffnete, sah er mehrere Kleiderbügel und ähnliche Kleider wie dasjenige auf dem Stuhl. Unten standen Stiefel, in deren Schäften zerknülltes Zeitungspapier steckte, um sie aufrecht zu halten. Auch ein Weidenkorb mit Wollknäueln, überwiegend in den Farben Violett, Rosé und Weiß, befand sich dort, zwei Stricknadeln staken bedrohlich darin.

Wojnicz begriff, dass er sich im Zimmer der Verstorbenen befand, jener Frau, die er nur flüchtig gesehen hatte. Er befühlte den Stoff eines Kleides, den Rüschensaum eines Unterrocks, hockte sich nieder, um mit dem Finger über das ordentlich polierte Leder der Stiefel zu streichen, dann schlüpfte er leise wieder auf den Flur hinaus.

Im ganzen Haus war es nach wie vor ruhig, offenbar war noch niemand zurückgekehrt. Wojnicz zögerte einen Moment, als er vor den Türen der beiden verbleibenden Zimmer stand. Er öffnete eine davon und trat gleich wieder einen Schritt zurück. Es war ein gewöhnlicher kleiner Bodenraum mit Mansardenfenster – dämmrig, denn durch die dichten verstaubten Vorhänge drang nur schwaches Licht herein –, doch stand in seiner Mitte ein Stuhl, an dessen Beinen und Armlehnen breite Lederriemen mit Schnallen befestigt waren. Wojnicz verstand nicht gleich, wozu das Gerät diente – es kostete ihn einige Sekunden, bis er es mit den Augen seiner Vorstellungskraft erfasste und begriff. Der Stuhl diente dazu, einen Menschen zu fixieren.

Natürlich sah er sich selbst dort sitzen. Das Herz pochte ihm wild in der Brust. Rasch schloss er die Tür wieder und ging, fast ohne zu atmen, hinunter auf sein Zimmer.

*

Nahezu neue, hohe, sorgfältig gewienerte Bergwanderstiefel stehen vor Mieczysław Wojniczens Zimmertür. Wir schauen uns gern Schuhe an. Diese sind aus gut verarbeitetem Schweinsleder, ihre Sohlen sind mit Gummi beschlagen, die Schäfte hoch, dicht geschnürt, jedes Loch mit einem metallenen Ring umgeben. Das wird eine hübsche Plackerei beim Anziehen. Raimund hat die Stiefel frühmorgens geputzt und sich mit ein wenig Spucke beholfen. Die Spitzen sind etwas abgeschabt, doch eine gute Schuhpaste aus Talg und Ruß hat die kleinen Unvollkommenheiten beinahe unsichtbar werden lassen. Wojnicz bekommt die Stiefel von Opitz zum Geschenk.

Zum Geschenk! Ungläubig starrt er sie an, weiß nicht, wie er danken soll für diese unerwartete Gabe. Und so stammelt er nur: »Aber, aber …«, doch Wilhelm Opitz verkündet schlicht und unumwunden: »Ein Kurgast hat sie dagelassen.«

Wojnicz schoss ein nervöser Gedanke durch den Kopf – »dagelassen«, das Wort beunruhigte ihn –, doch blieb keine Zeit, darüber nachzudenken, alle warteten unten, und die Stiefel passten wie angegossen. Draußen war es neblig, doch wenn sie erst weiter hinaufstiegen, so versprach Opitz, käme schon die Sonne hervor. Mit Raimund waren sie zu sechst, er lenkte den Wagen und sollte später die Rolle des Trägers übernehmen – den Rucksack mit Proviant und Ruhedecken hinaufbefördern.

Zunächst ging es mit dem Wagen, in dem sie wie die Bauern längs der Seiten saßen, zum Ausgangspunkt des Wanderwegs. Die ersten Oktobertage luden hier, so hieß es, stets zu Bergwanderungen ein. Nun wurde eine endlose Diskussion geführt, welche Quelle in Görbersdorf wohl die zuverlässigsten Wetterprognosen biete – die Zeitungen aus Wien oder die aus Berlin? Oder gar aus Prag? Jeder der Herren hatte seine eigene Theorie. Es schien auf der Hand zu liegen, dass das Wetter hier schwer vorhersehbar war.

»Ich weiß nicht, wie ich meiner Dankbarkeit Ausdruck verleihen soll«, sagte Wojnicz, ehrlich gerührt wegen der Stiefel, zu Opitz, als sie bergauf gingen. »Und dass Sie in einer für Sie so schweren Zeit an mich gedacht haben. Ich werde Ihnen ewig verbunden sein.«

Er wusste tatsächlich nicht, wie er Opitz danken sollte, der heute ausnehmend würdevoll wirkte: Blass und ernst führte er die Wanderung an. Seine ansonsten recht gewöhnlichen Züge wurden durch die Trauer gleichsam veredelt.

»Sie brauchen mir nicht zu danken. Mein Tun ist das Allernatürlichste der Welt – wer etwas braucht, bekommt es, Herr Wojnicz.«

Wojnicz erzählte ihm von den jüngsten Prognosen des Doktor Semperweiß. Vielleicht dürfe er, Mieczyslaw, sogar zu den Feiertagen nach Haus.

Opitz seufzte nur.

Die mitten im Wald gelegene Köhlersiedlung, an der nun ihr Weg vorbeiführte, machte einen wenig ansehnlichen Eindruck. Rings um schwelende Stapel geschichteten Holzes breitete sich ein Sumpf voller Rindenstücke, Zapfen,

Zweige, als wäre dem Wald die Haut abgezogen und die eiternde Wunde erneut aufgerissen worden. Aus rußdunklen Gesichtern starrten ihnen trübe die Köhler entgegen. Opitz tauschte mit einem von ihnen einen Händedruck, wies mit dem Kopf auf seine Ausflügler. Alle warteten auf Thilo, der nur mit Mühe ging und immerfort stehen blieb, um nach Luft zu schnappen. Wojnicz hielt jedes Mal mit ihm an. Mit Galgenhumor ignorierte Thilo seinen Zustand und erzählte ihm in abgerissenen Sätzen von den Vorzügen der Landschaftsmalerei. Fast körperlich konnte Wojnicz spüren, wie schwer dem anderen das Atmen fiel.

»Die Landschaft ... ist ein großes ... Mysterium, ... entsteht ... sie doch ... in Wahrheit ... im Auge ... des Betrachters«, sagte er unter Mühen und fügte hinzu, sie sei eine Art Projektion der inneren Zustände desjenigen, der sie betrachte. Man müsse sich fragen, ob das, was wir sehen, nicht in Wirklichkeit vollkommen anders aussehen könne.

Wojnicz erzählte, wie ihn in der Kindheit die Frage umgetrieben habe, ob beispielsweise die Farbe Grün von allen Menschen gleich gesehen werde oder ob »grün« nur die vereinbarte Bezeichnung für etwas sei, das möglicherweise jeder anders sehe. Falls es so wäre, könnten unsere inneren Repräsentationen der Welt sich drastisch unterscheiden. Allein die Sprache und die gesellschaftlichen Normen hielten die Welt in einem ungefähren Gleichgewicht. »Aber schließlich sind Farben ganz bestimmte Längen von Wellen, objektive Maße«, endete er.

»Die dennoch ganz unterschiedlich auf das menschliche Auge wirken können. Wie siehst du denn Grün?«

Wojnicz konnte ihm keine Antwort darauf geben. »Grün wie ein Blatt« war das Einzige, was ihm einfiel. Nur mittels eines Vergleichs, einer Analogie mit etwas anderem konnte er davon sprechen. Sie gingen weiter bergauf, wo alle auf sie warteten, und sie verstummten notgedrungen. Das Thema hatte sich verflüchtigt.

»Hast du ... den Friedhof ... in Langwaltersdorf gesehen?«, fragte Thilo Wojnicz noch, schwer atmend. »Es lohnt sich. Eine ganz besondere ... Landkarte ... der Welt der Lebenden.«

Wojnicz verstand nicht recht, was er damit sagen wollte.

Jene Köhlersiedlung war im eigentlichen Sinne kaum als solche zu bezeichnen – es standen hier einfach mehrere große Öfen und unweit davon einige mehr schlecht als recht aus Holz, Ästen und Pappe zusammengezimmerte Hütten. Übertrieben lebhaft, so erschien es Wojnicz, erzählte Opitz von der Arbeit der Köhler, die in lose verstreuter Gruppe ihr Werk taten und den Eindruck erweckten, die ganze Vorführung gehe sie nichts an. Zwischen schwarzen Fingern hielten sie nachlässig gedrehte Zigaretten in angeschmutztem Papier, aus ihren rußigen Gesichtern blitzten hell die Augen. Ihre ärmlichen, zerlumpten Kleider ließen an eine absonderliche, exotische und urtümliche Mode denken. Fast hatte Wojnicz den Eindruck, als befänden sie sich alle gemeinsam auf einer der Illustrationen, die er sich als Kind so gern angeschaut hatte und die Szenen aus fernen Ländern darstellten – eine Begegnung zweier Zivilisationen.

Opitz zeigte ihnen die Öfen, erklärte fachmännisch, wie sie befüllt wurden. Waren sie mit ausreichend gutem Material bestückt, das heißt mit zwölf Kubikmetern zerkleinertem Holz – am besten Buche, die es hier überall gab, aber auch Hainbuche, Erle, Birke –, steckte man sie an und ließ das Feuer ordentlich auflodern. Dann hieß es warten, bis die rechte Temperatur erreicht war, worauf die obere Öffnung verschlossen wurde; nun breitete das Feuer sich gleichmäßig aus, der Rauch hingegen entwich durch die kleinen unteren Öffnungen. Diese Zuglöcher durften unter keinen Umständen verstopfen, es war daher eine äußerst verantwortungsvolle Aufgabe, sie unablässig zu überwachen. So brannte es denn über Stunden, den ganzen Tag und die ganze Nacht lang, am frühen Morgen wurden die Deckel gelüftet, und mit einem langen Stecken prüfte man, ob die Verkohlung abgeschlossen war.

»Diese Öfen sind eine hiesige Erfindung, man nennt sie ›Retorten‹«, sagte Opitz und hob einen Finger, um die nur zerstreut zuhörenden Ausflügler zur Ordnung zu rufen. »Jetzt, sehen Sie, ist die Retorte heiß, in ihrem Innern vollzieht sich der Verkohlungsprozess, der das vernichtet, was bis vor Kurzem gewöhnliches Holz war, und völlig neue, begehrte, ja edle Rohstoffe entstehen lässt. Und sie hier wissen, wie damit umzugehen und zu überprüfen ist, ob sich schon Kohle gebildet hat.« Mit der Geste eines Conférenciers wies er auf die am nächsten stehenden Köhler. Ihre Gesichter blieben unverändert – sie drückten Gleichgültigkeit, ja sogar, wie es Wojnicz vorkam, so etwas wie Verachtung aus.

»Nach der Überprüfung, ob alles sich ordnungsgemäß verhält, wartet man noch ein paar Stunden, bis erst weißer, dann hellblauer Rauch austritt. Nun muss der Ofen mit Wasser abgekühlt werden«, fuhr Opitz fort.

»Wie viel Wasser ist denn vonnöten, um etwas von so großer Hitze abzukühlen?«, fragte Herr August geistesgegenwärtig.

Das wusste Opitz nicht und fragte in breiter Mundart

den Mann, mit dem er zuvor etwas abseits gesprochen hatte. Der sagte nur ein knappes Wort.

»Um die hundert Liter«, übersetzte Opitz. Dann erklärte er, alle Zuglöcher würden mit Schlamm versiegelt, um den Dampf im Innern der Retorte zu halten. Am nächsten Tag, wenn alles erkaltet war, sei die Holzkohle fertig. Die Tür werde geöffnet und die Kohle mit Schaufeln herausgeholt. Beim Abbrennen eines ganzen Haufens erhalte man ungefähr einen halben Ofen wertvollen Produktes, und der nicht verkohlte Rest werde bei der nächsten Ladung als Anzündholz benutzt.

»Was würde wohl geschehen, wenn man die Retorte eine Weile unbeaufsichtigt ließe?«, fragte Opitz rhetorisch, auf seinen Wanderstock voller Plaketten und Edelweißmedaillons gestützt. Die Männer mit den schwarzen Gesichtern schienen ihn etwas interessierter anzusehen.

»Die ganze Einlage verbrennt, alles wird zu Asche. Dann kommt statt Kohle graue Asche heraus. Das Werk misslingt«, beantwortete er selbst seine Frage.

»Ist diese Arbeit gefährlich?«, entschlüpfte es Wojnicz, und er schämte sich sogleich dafür.

»Aber ja«, gab Opitz scherzend zur Antwort, um seinen Vortrag damit zu beenden, und machte ein Zeichen zum Aufbruch. »Man kann sich einräuchern lassen, dann verliert man die Orientierung und fällt in die Retorte.«

Die Köhler lachten krächzend. Opitzens Antwort stürzte Wojnicz in Verlegenheit, und er schwor sich, nichts mehr zu fragen. Opitz ließ seine Wanderer vorangehen, sah mit großer Geduld, wie sie sich bergan schleppten. Eine Handvoll kranke Männer, die glauben wollten, es läge noch viel Leben vor ihnen. Am aufmerksamsten behielt er Thilo von Hahn im Blick. Der Bursche ging ganz am Schluss, schwer atmend, den Blick auf die Füße gerichtet, als dächte er an etwas, das ganz und gar nicht von dieser Welt wäre. In seiner kranken Lunge wurde das Blut nicht ausreichend mit Sauerstoff gesättigt, weswegen sein Herz wie wild raste und man sich nur wundern konnte, dass Opitz so sehr darauf bestand, ihn mit den anderen wandern zu lassen. Nun gab Opitz ein kaum merkliches Zeichen mit seinem Kinn, verband Thilos Gestalt mit dem Blick der Köhler. Die antworteten mit einem leichten Kopfnicken.

Das sah der etwas beleidigte Wojnicz, vergaß es jedoch gleich wieder; zu beschäftigt war er mit sich selbst.

Ungeachtet der Tatsache, dass Doktor Semperweiß Konversationen während der körperlichen Anstrengung strikt untersagt hatte, setzten die Herren ihre gestern oder vorgestern begonnenen oder gar seit jeher geführten, nicht enden wollenden Debatten natürlich doch fort, wobei sie immer wieder haltmachten und sich auf ihre Wanderstöcke stützten. Eines der hitzig diskutierten Themen war das Verschwinden der Mona Lisa. Vor zwei Jahren war jemand in den Louvre eingebrochen und hatte das zusammengerollte Bild wie ein Baguette hinausgetragen.

An dem Tag, an dem sich das Verbrechen jährte, hatten erneut alle Zeitungen darüber geschrieben, fehlte doch weiterhin jede Spur von der Gioconda. Das Ereignis spaltete die Gesellschaft in zwei Lager. Thilo und Herr August fanden, es sei der unersetzliche Verlust eines zivilisatorischen Symbols, eines jener Kunstwerke, welche die Achsen der Kultur seien, entlang deren wir uns geistig und folglich auch gesellschaftlich organisieren, und die Menschheit habe die Pflicht, solche Werke um jeden Preis zu schützen. Als Herr August sich zu der Sache äußerte, schlug er einen höchst erregten Ton an, all seine Wörter schienen sich aus lauter

Großbuchstaben zusammenzusetzen, und seine von der Last der Versalien beschwerten Lippen schwollen im Bemühen, diese deutlich auszusprechen, bedeckten sich mit Speichel, sodass August bei jedem P oder B kleine, gewiss von den damals noch geheimnisumwitterten Koch'schen Bazillen nur so wimmelnde Tröpfchen versprühte.

Opitz und Lukas wiederum bezichtigten die beiden der Hysterie und Übertreibung; sie waren der Ansicht, es gebe Wichtigeres als die Mona Lisa, und auch wenn sie Leonardo als Künstler schätzten, sollten Kunstwerke doch nicht auf einen derartigen Sockel erhoben werden. Außerdem, so befanden sie, sei die Mona Lisa lediglich das Portrait einer Mätresse, die noch dazu ein anzügliches Halblächeln zur Schau stellte, das einen gewissen unreinen Kitzel im Betrachter wecke (»O nein! In mir keinesfalls!«, unterbrach sie August scharf). Kurz: Sie sei des Aufhebens nicht wert, das um sie gemacht werde. Kunstwerke sollten den Betrachter auch bilden, ihm die Vergangenheit näherbringen. Hier erhitzte sich Lukas über die Maßen, seine Stimme wurde schneidend, er wechselte das Thema und begann einen Kreuzzug gegen die moderne Kunst, die er als primitiv und bar jeglicher Attribute erachtete. Nun redeten sich alle in solchen Eifer, dass sie stehen bleiben mussten und, auf ihre Stöcke gestützt, mehr Zeit bei diesem Halt verbrachten, als sie sollten. Doch was half es, wenn Thilo zur Verteidigung der modernen Kunst antreten musste und sich nach Kräften bemühte, Lukas der Inkompetenz, eines hinterwäldlerischen Denkens und des schlechten Geschmacks zu überführen. Und als Dreingabe der geistigen Beschränktheit, was er natürlich nicht unverblümt ausdrückte – vielmehr triefte seine Stimme von bissiger Ironie, was die Wut des anderen noch befeuerte. Zum Schluss bekam die Mona Lisa selbst es zu spüren: Sie sei gar nicht schön; im Allgemeinen beruhe die Attraktivität der Frauen häufig darauf, dass sie geheimnisvoll taten, und das wiederum ziehe die Männer so an. Letzten Endes aber sei alles nur Gewese, mithin der Versuch, ihre geistige Leere zu verbergen. An dieser Stelle kühlten die Gemüter wieder etwas ab, und es sah ganz danach aus, als seien sich wenigstens in dieser Frage alle einig. Opitz ordnete daher den Weitermarsch an.

Beim steiler werdenden Aufstieg gen Gipfel mussten sie all ihre Konzentration auf den steinigen Weg richten, so gingen sie schweigend weiter. Das wusste Lukas zu nutzen:

»Das Weib repräsentiert eine vergangene und niedere Phase der Evolution, so schreibt es Herr Darwin, und der weiß hier schließlich etwas zu sagen. Das Weib ist gewissermaßen …«, Lukas suchte nach dem rechten Wort, »ein evolutionärer Nachzügler. Während der Mann bereits voranschritt und neue Fähigkeiten erwarb, blieb das Weib an seinem alten Platz und entwickelte sich nicht weiter. Daher sind so viele Angehörige des weiblichen Geschlechts im gesellschaftlichen Sinne zurückgeblieben, sie kommen nicht allein zurecht und suchen stets die Anlehnung an den Mann. Aus diesem Grunde müssen sie immerfort Eindruck auf ihn machen. Mittels Manipulation, hintergründigem Lächeln … Das Lächeln der Mona Lisa steht symbolisch für eine ganze Strategie des evolutionären Fortkommens. Verführung und Manipulation.«

So hatte das Gespräch nach kurzer Weile schon, dem steilen Pfad und dem Konversationsverbot während körperlicher Anstrengung zum Trotz, eine neue Richtung eingeschlagen und nahm erneut an Intensität zu. In Angelegenheiten, das weibliche Geschlecht betreffend, hatte schließlich jeder etwas zu sagen.

Nun ergriff Frommer das Wort. Während er sprach, blieb er häufig stehen und zeichnete mit dem Stock unsichtbare Figuren ins Moos. Seiner Ansicht nach hatten sich in diesen Breiten überaus bemerkenswerte Dinge ereignet. Er betonte, alles in einem Archiv in Breslau gefunden zu haben, kein Jota davon sei erdacht. Die hiesige Umgebung, so sagte er, sei Zeugin einer gewaltigen Konfrontation zweier religiöser Lager gewesen.

Die Reformation habe hier, in den nahen böhmischen Landen, ihren ehernen Vorposten gefunden, doch auch auf unserer, der preußischen, Seite hätten viele sie befürwortet – Bauern, Bürger, vor allem aber die Adeligen. Einer dieser Herren, von Stillfried, sei, als die Katholiken die Oberhand wiedergewannen, für die Beteiligung am »böhmischen Aufstand«, wie es hier heiße, zum Verlust seines gesamten Lehens und der Hälfte seiner Erbgüter verurteilt worden. Eine empfindliche Strafe! Um seinen Besitz zu retten, sei er erneut zum Katholizismus übergetreten und, wie es in solchen Situationen häufig vorkomme, päpstlicher als der Papst geworden. Im religiös-katholischen Überschwang habe er begonnen, jegliche Abweichungen vom heiligen Glauben der Kirche, jedwede Häresie und vor allem das Heidentum aufzuspüren. Er habe die Verfolgung von Ketzern in dieser Gegend angestoßen, und obwohl er selbst auf einem Schloss in Neurode lebte, reichte sein Einfluss bis nach Waldenburg auf der einen Seite, auf der anderen bis nach Glatz.

Und so sei es im Vorfrühling des Jahres 1639 geschehen, dass besagter von Stillfried zwei Frauen namens Eva Bernhard und Anna Tieff wegen Hexerei zum Tode verurteilte, nachdem er sie einer mehrtägigen Folter unterzogen hatte. Ja, diese Namen hatte Frommer sich gemerkt und nannte sie nun mit einer gewissen Befriedigung, betrieb er doch die Geschichtsforschung, wenn auch nur als Liebhaberei, so doch mit großer Ernsthaftigkeit. Eva sei im April einem peinlichen Verhör unterzogen worden, hauptsächlich zu den Hexensabbaten auf dem Berg Goldkoppe auf böhmischer Seite. Sie habe alle Frauen genannt, mit denen sie bekannt gewesen sei, und auch andere, die sie nur vom Hörensagen oder vom Sehen kannte – Frauen aus der gesamten Umgebung, auch von drüben, aus Böhmen; Barbara Brands aus Kostenthal und Dorothee Meisner aus Braunau sowie Frauen aus Nieder Wüstegiersdorf und Görbersdorf.

Eva wurde in Neurode geköpft und verbrannt, Anna hingegen hielt nicht mehr bis zum Scheiterhaufen durch – sie starb bereits im Verlies an ihren bei der Folter davongetragenen Verletzungen.

Es wirkte fast, als hätten die Scharfrichter Blut gewittert wie Spürhunde, da ihnen nun jede Frau in die Hexerei verwickelt zu sein schien. Und wenn man sich die Berge und den Wald so ansah, und das Moos, und die Steine, und ganz besonders, wenn man die Goldkoppe bestieg und das größte Erdloch erblickte, aus dem am Sabbat der Teufel selbst hervorgekrochen kam, so konnte man doch nahezu mit Gewissheit davon ausgehen, dass solche Orte das Weib – jenes bekanntermaßen von Geburt her moralisch unterentwickelte Wesen – nachgerade dazu verleiteten, sich dort seiner Leibesfrüchte zu entledigen, giftige Mixturen zusammenzubrauen und Unschuldige zu verhexen. Nun spürten die Frauen den wachsamen Blick von Priestern, Richtern und deren Gehilfen auf sich ruhen. Selbst der Nachbar war plötzlich ein Feind. Vielleicht gar der Bruder oder der Ehemann.

Im Sommer herrschte in den Dörfern zu beiden Seiten der Grenze eine solche Angst, dass die Frauen ihre Familien verließen und in die Berge flohen. Wie vom Ton der Teufelsflöte verzaubert.

»Die Dörfer leerten sich, Kühe standen ungemolken, Gärten überwucherten mit Unkraut, Kleider hingen zerlöchert und in Fetzen.« Wie in Trance zählte Frommer alle Stadien des Weltzerfalls auf. »Öfen erkalteten, Vorräte verkamen, Hunde und Katzen verwilderten, die Wolle der Schafe wucherte ungehindert ... Auch im böhmischen Braunau wurden Dorota und Barbara der Folter unterzogen – ihre Leiber wurden auf die Streckbank gespannt, mit Feuer und Schwefel traktiert. Die Bewohner der Stadt erstarrten vor Furcht, als sie die Schreie der Frauen aus dem Verlies unter dem Rathaus hörten, bis sie es schließlich nicht mehr ertragen konnten und die Stadt Braunau sich in dieser Sache offiziell an Prag wandte. Man fragte, ob die Folter noch fortgesetzt werden solle und ob die Ehegatten der Angeklagten nicht möglicherweise die Kosten des Prozesses (zwei Reichstaler) übernehmen sollten, Braunau sei ein armes Städtchen, und die erwähnten Männer waren zufällig wohlhabend. Wer sollte für den ganzen Aufwand bezahlen? Das Appellationsgericht in Prag urteilte, die Folter sei einzustellen und die Frauen freizulassen, zudem seien sie nicht mit den Prozesskosten zu belasten. Die Frauen kamen frei, doch das Prager Gericht willigte nicht darin ein, ihren guten Namen wiederherzustellen. Sie starben, von allen verachtet und geschmäht. Leider versäumte es Neurode, seine Hexen zu verteidigen«, schloss Walter Frommer, als bedaure er diesen Sachverhalt.

»Eine sehr schöne Geschichte«, sagte August. »Sie beweist die Kraft des gesunden Menschenverstandes und des Marktes.«

»Angeblich kehrte ein großer Teil der geflüchteten Frauen niemals zurück«, setzte Frommer noch abschließend hinzu.

Wojnicz ging stumm vor sich hin, bedachte Thilo hin und wieder mit besorgtem Blick und lauschte aufmerksam Frommers Worten, wurde jedoch immer wieder durch Geräusche des Waldes abgelenkt: durch ein Rascheln, den fernen Ruf eines Vogels, das Knarren der hohen Buchen. Oder durch die Bewegung eines Tieres, das er nur aus dem Augenwinkel sah, oder durch ein Fellbüschel, das ein abstehender Ast einem Tier herausgerissen hatte. Oder einfach durch das weite Panorama der Berge, das für einen kurzen Augenblick hinter den hohen Bäumen hervorschimmerte und dann wieder verschwand, als sie weiter hinabstiegen und der Wald dichter wurde.

Die Herren fühlten sich offenbar inspiriert von der Geschichte, sie gab den Anstoß zu einer lebhaften Unterhaltung zum Thema Atavismus. Schnaufend und immer wieder innehaltend, diskutierten sie, ohne jedoch im Eigentlichen zu streiten, vielmehr trugen sie Argumente für ein und denselben Standpunkt zusammen. Verglichen mit dem zivilisierteren Mann stelle das enger mit der Natur und deren Rhythmen verbundene Weib gewissermaßen einen Atavismus dar, konstatierte Lukas voller Selbstgewissheit, die er noch hervorhob, indem er das Wort »A-ta-vis-mus« in seine einzelnen Silben unterteilte. Opitz wiederum fügte hinzu, zwar verstehe er nicht ganz, was so ein Atavismus eigentlich sei, gewiss jedoch sei das Weib häufig ein gesellschaftlicher Schmarotzer; unter entsprechender Anleitung aber könne es sich durchaus zugunsten der Gesellschaft betätigen, etwa als Mutter.

»Ob es uns nun gefällt oder nicht – einzig die Mutterschaft rechtfertigt die Existenz dieses problematischen Geschlechts«, fasste Opitz zusammen, und alle begriffen, dass er so Frau Opitzens Tod zu verarbeiten suchte, weil diese doch keine Kinder gehabt hatte.

Zum Schluss verdarb Thilo, wie stets, ein wenig die Stimmung, indem er die interessante, angeblich aus Frankreich stammende Hypothese äußerte, die Mona Lisa stelle gar keine Frau dar, sondern einen verweiblichten Freund Leonardos; schließlich sei allgemein bekannt, dass der Künstler lieber mit Männern sich umgeben hatte als mit Frauen. Diese These rief Lukas' mitleidiges Lächeln und Herrn Augusts stumme Genugtuung hervor. Nunmehr kehrte Lukas, bereits sichtlich erschöpft, zum Hauptthema zurück und verkündete eine bissige Kritik der modernen Kunst, die mit folgenden Worten endete:

»Gut an der Kunst ist einzig das, wonach diese Crétins, diese verrohten Lokomotiv- und Schraubenfanatiker mit ihrem Futurismus noch nicht die Finger ausgestreckt haben!«

Das Wort »Futurismus« spie er mit der größten Verachtung aus.

Nun gingen sie bereits gleichmäßigen Schrittes auf einem flachen Waldpfad. Die Buchen zu beiden Seiten des Weges sahen zu dieser Jahreszeit märchenhaft schön aus – die dunkelroten Blätter formten über ihren Köpfen burgunderfarbene Gewölbe. Gelbe und orangene Tupfen von Birken und Ahorn bereicherten noch die herbstliche Feerie der Farben, die umso prächtiger wirkte, als die Sonnenstrahlen und das Blau des frühen Oktoberhimmels zu einem gold-türkisen Hintergrund für diese Vorstellung verschmolzen.

»Ich habe all das schon im Frühling gesehen«, seufzte Thilo. »Damals sind wir auch hier gewandert.«

Er und Wojnicz waren weit hinter den anderen zurückgeblieben. Ein schönes Stück vor ihnen gingen Lukas und August. Letzterer gestikulierte, somit sprachen sie wohl wieder über eines der Themen, über die sie sich doch nie einig wurden. »Ich war viel besser bei Kräften als jetzt, eigentlich plante ich, nur bis zum Sommer zu bleiben …«

Dann stieg der Weg wieder steiler an, und es wurde schwieriger, sich zu unterhalten.

Entzückt betrachtete Wojnicz die Kissen dunkelgrünen Mooses zu beiden Seiten des Wegs und die gelben, glitschigen Hütchen der Butterpilze. Er konnte sich nicht zurückhalten und begann, sie in seine Kappe zu sammeln.

Als sie endlich ans Ziel gelangten, verspürte er eine leise Enttäuschung. Da hatte er etwas Spektakuläres erwartet, und nun zeigte Opitz ihnen voller Stolz ein paar unscheinbare, von Moos und Heidelbeergesträuch überwucherte Löcher in der Erde. Raimund breitete die Picknickdecken aus und goss Limonade in blecherne Becher, dazu reichte er kleine Butterbrötchen.

»Die Hiesigen nennen diese Löcher ›Hexenmünder‹«, sagte Opitz und setzte mit scherzhaftem Augenzwinkern hinzu, eigentlich müssten sie »Hexenärsche« heißen, da ihnen bei sehr heißem oder sehr kaltem Wetter pfeifend Luft entweiche. Einzig Lukas lachte.

»Die Wissenschaft sagt reineweg etwas anderes«, meldete sich Frommer zu Wort, der sich für diesen Ausflug überaus elegant gekleidet und den steifen weißen Kragen gegen ein seidenes schwarzes Foulard eingetauscht hatte (womit er nun wie der Mitarbeiter einer Pietät aussah). »Der Unterschied der Temperaturen im Innern der Erde und an ihrer Oberfläche ruft Bewegungen der Luft hervor, die, wenn sie aus den Löchern entweicht, zischt und pfeift.«

Wojnicz legte sich auf den Bauch und spähte in eines der Löcher hinein, konnte aber kein Geräusch vernehmen; die

Luft darin – eine feuchte Herbstluft, erfüllt von den Gerüchen des Waldes – stand gänzlich unbewegt. Er schob seine Hand so tief er konnte in das dichte, federnde Moos und spürte an den Fingerspitzen eine feuchte Kühle wie in dem Keller, in den Józef ihn immer geschickt hatte, damit er Kartoffeln und Sauerkraut hole.

Solcherlei »Indianeraufgaben«, wie er es nannte, hatte der Vater immer für ihn ersonnen und dem kleinen Wojnicz Abzeichen dafür verliehen. War er die Kellertreppe hinabgestiegen, galt es, Angst und Widerwillen zu überwinden, die ihn plötzlich befielen und seine Hände, die die Kerze entzünden sollten, zittern ließen. Der Keller hatte die Form eines L, der Gang führte zuerst nach links, dann nach rechts. Die Kartoffeln lagen in der dunkelsten und feuchtesten Ecke, in einem Bretterverschlag; der Haufen wurde mit jedem Tag kleiner und trieb im Frühjahr weiße, verzweifelt nach Licht sich reckende Keime aus. Neben dem Verschlag standen Fässer mit Sauerkraut und eingelegten Gurken. Einmal hatte er oben auf dem Kartoffelhaufen eine riesige Kröte gesehen – ganz reglos hockte sie da und starrte ihn mit hervorquellenden gelben Augen an. Schreiend war er nach oben gerannt, doch der Vater hatte ihm befohlen, wieder hinunterzugehen, da nützte kein Flehen und kein Weinen. Zum Glück war die Kröte nicht mehr dort gewesen. Später aber hatte er sie jedes Mal, wenn er in den Keller hinabging, vor Augen, ja selbst jetzt, da er an sie dachte, war sie dort und würde für immer dort bleiben. Der Gedanke, er könnte sie töten, wie er es sich anfangs ausgemalt hatte – einen Stein mit hinabnehmen aus der sonnigen Welt und ihn auf ihren weichen Krötenleib schleudern –, bereitete ihm ein eigentümliches Vergnügen, das seinen Puls beschleunigte. Doch hatte er befürchtet, dass die Konsequenzen dieses Mordes noch schrecklicher sein würden. Die von dem Stein zerquetschte Kröte hätte die Kartoffeln besudelt, und er hätte sie erst recht nie mehr vergessen können. Seither fürchtete er, wenn er die Hand in das Gurkenfass tauchte, sie könne auf irgendeine Weise dort hineingekrochen sein und ihm zwischen die Finger geraten, sie wäre dort, zwischen den eingelegten Gurken, ja hätte die Gabe, sich in jedwedes feuchte und glitschige Ding zu verwandeln. Ohne Zweifel, es war eine große Schule der Tapferkeit, völlig zu Recht hatte er die Abzeichen dafür bekommen. Und deswegen war es ihm nun ein Leichtes, die Hand in die *Windlöcher* zu stecken, mit den Fingern das Moos und den duftenden Atem des Erdinneren zu erforschen.

Thilo legte sich neben ihn und nahm die gleiche Position ein: Beide spähten sie in die dunkle Öffnung, die irgendwo in die Tiefe führte.

»Hej, hej!«, rief Thilo hinein, wahrscheinlich in Erwartung eines Echos, doch das Loch war zu schmal, zu vermoost, als dass seine Stimme von den Wänden des Schlundes hätte zurückgeworfen werden können.

Indessen begann hinter ihren Rücken bereits eine Flasche mit Opitzens angesetztem Likör, der wunderbaren *Schwärmerei*, die Runde zu machen; der Trunk diente der Stärkung, der Ermutigung in dieser großen, arglistigen Welt, in der mikroskopisch kleine, tödliche Wesen ihre unschuldigen Lungen angriffen und es darauf abgesehen hatten, sie zu töten. »Nieder mit den Koch'schen Bazillen!« Sie hoben ihre Gläser und ließen sich die Köstlichkeiten aus Raimunds Korb schmecken.

Wojnicz sah, dass Thilo wohl eingenickt war. Er lag auf der Seite, hatte die Augen geschlossen, sein Atem ging gleichmäßig, sein unruhiges Gesicht hatte sich geglättet.

So gesellte er sich denn zu den anderen Männern, die, seitlich aufgestützt, auf den Decken ruhten, mit *Schwärmerei* gefüllte Becher in der Hand, und über das Aufkommen von Hexensagen sprachen. Der Graue Löwe behauptete, zum ersten Mal seien Hexen in den *Metamorphosen* des Apuleius erwähnt worden, wohingegen Herr August darauf beharrte, bereits Aristophanes habe in seinen *Fröschen* über sie geschrieben.

»*Bátrachoi*«, sagte er und tat sich mit seinem Griechisch hervor, »das bedeutet: *Die Frösche*. Die Betonung liegt auf der letzten Silbe. Es kommt darin zu einem Gespräch, als Dionysos gemeinsam mit Xanthias den Acherusischen See überquert hat und die beiden mit einem Mal in einer Einöde stehen, in der sie etwas Seltsames sehen.«

Wojnicz betrachtete ihn mit plötzlich erwachter Neugier. Herr August zog seinen leicht verschlissenen wollenen Gehrock aus, erhob sich und stand eine Weile nur da, wobei er die Lippen bewegte, als wollte er sich etwas vor langer Zeit Einstudiertes wieder in Erinnerung rufen. Dann begann er zu rezitieren. Er machte seine Sache ausgezeichnet, sprach in unterschiedlichen Stimmlagen und verlieh so jedem Teilnehmer des Dialogs einen eigenen Ton:

XANTHIAS

Beim Zeus -- 's recht, da hört' ich eben ein
Geräusch.

DIONYSOS

Wo? Wo denn?

Herr August legte eine Hand ans Ohr.

XANTHIAS

Hinten.

Hier tat Herr August einige drollige Hopser, um der Verwirrung seiner Figuren besseren Ausdruck zu verleihen, und sprach dann weiter:

DIONYSOS

Ei so geh' doch hinter mir.

XANTHIAS

Nun ist es wieder vornen.

DIONYSOS

Ei so geh' nach vorn.

Plötzlich änderte sich Herrn Augusts Gesichtsausdruck, sein Mund verzog sich voller Schrecken, die Augen wurden rund, die Wangen bebten ängstlich.

XANTHIAS

Jetzt seh' ich auch, beim Zeus, ein schrecklich
grosses Thier.

DIONYSOS

Wie ist's denn?

XANTHIAS

Furchtbar. In alle Gestalten verwandelt sich's;
Jetzt ist's ein Ochse, jetzt ein Esel, jetzt ein Weib.
Ein wunderschönes.

DIONYSOS

Wo denn nur? Ich gehe drauf.

XANTHIAS

Jetzt ist es schon kein Weib mehr; jetzt ist's wieder
Hund.

DIONYSOS

’S ist gar wohl die Empuse?

XANTHIAS

Ja von Feuer glänzt
Die ganze Fratze.

DIONYSOS

Und das eine Bein ist Erz?

XANTHIAS

Ja beim Poseidon und das andre Eselmist.
Nun weißt Du’s.

DIONYSOS

Wohin soll ich fliehn?

XANTHIAS

Wohin denn ich?

Herr August verstummte, verbeugte sich bescheiden und gab so zu verstehen, dass sein spontaner Auftritt nun zu Ende sei. Röte überflog sein Gesicht, und mit einem Mal erschien der gedrungene Mann mit dem rötlichen Haar Wojnicz schön und gut aussehend.

»Und was kam dann, Herr August?«, fragte Opitz, neugierig geworden.

»Ach, weiter erinnere ich mich nicht, ich habe ein schlechtes Gedächtnis …«, zierte sich Herr August, während der wieder erwachte Thilo zu klatschen begann. Wer hätte gedacht, dass in Herrn August solch ein Mime steckte? Von nun an würde der Graue Löwe keinerlei Überlegenheit auf diesem Gebiet mehr zeigen können. Übrigens lachte auch er und klatschte mit einem eigentümlich gönnerhaften Gesichtsausdruck, ganz als hätte er diesen Auftritt großmütig gestattet. Erhitzt und glücklich, wusste Herr August, dass er ihre Herzen erobert hatte – zumindest jetzt, auf diesem kleinen Ausflug in die Berge, zumindest hier hatte er für eine kurze Weile triumphieren können und all die Anspielungen und Erniedrigungen gewissermaßen in Vergessenheit geraten lassen, die er aufgrund seiner, sagen wir, kleinen Statur und psychischen Verfassung (denn ein Leiden wollen wir es nicht nennen) zu ertragen hatte, und er erklärte, das sei nur eine Übersetzung, er hätte dasselbe auch auf Griechisch rezitieren können, im Original, obgleich er lange kein Griechisch mehr gelesen habe und ihm bestimmte Ausdrücke durcheinandergerieten.

»Sie sind zu bescheiden«, suchte Wojnicz ihn zu bestärken, auf den Herrn Augusts kleines Schauspiel gewaltigen Eindruck gemacht hatte.

Gern hätte auch er einmal etwas rezitiert, doch das Einzige, was ihm einfiel, war Adam Mickiewiczs »Litauen! Wie die Gesundheit bist du, mein Vaterland! …« Zwar hatte er in der Schule Griechisch gehabt, der Lehrer hatte die Zöglinge aber mit dem Lineal auf die Hände geschlagen, sodass sich diese Sprache ihm mit einem kurzen, doch brennenden und durchdringenden Schmerz verband. So hatten sich Homers Verse in seinen Körper eingebrannt.

Er suchte nach etwas Interessantem aus seinem geliebten Latein, doch kamen ihm nur Ciceros pathetische Reden in den Sinn. Einen Lehrer wie Herrn August hätte er haben mögen. Seine Gedanken schweiften zu seiner Kindheit und Erziehung, und ein Schlückchen der bittersüßen *Schwärmerei* weckte seine Erinnerungen.

*

Ihre Wohnung in der Lemberger Herrengasse war angenehm geschnitten und sonnig. Die Fenster von Salon und Esszimmer gingen auf eine recht lärmende Straße, da das Kopfsteinpflaster jeden Verkehr in ein Rattern, einen Trommelwirbel verwandelte. Nach einigen Jahren aber hatte sich das Gehirn so sehr an diesen Lärm gewöhnt, dass der Vater ihre Wohnung als ruhig gelegen empfand. Mieczyś wurde an einem deutschsprachigen Gymnasium angemeldet, das sich auf den Wały Gubernatorskie befand. Zweimal täglich legte er den Weg zwischen Haus und Schule zurück, wobei er am Bernhardinerkloster vorbeiging und später die Auslagen in den Schaufenstern der Läden an der Cłowa-Gasse und der Czarniecki-Gasse betrachtete. Dann kam er am Gebäude der Feuerwehr vorbei, einer Institution, die er mit weitaus größerem Respekt betrachtete als das Kloster. Einige Male war er Zeuge geworden, wie die Feuerwehrmänner zur Abfahrt zusammengetrommelt wurden – sei es einer Übung oder eines tatsächlichen Brandes wegen –, und jedes Mal faszinierte ihn die Geschicklichkeit der flinken Männer in ihren Uniformen. Die knappen Kommandos, Rufe, Gesten erinnerten ihn an Tänze, die er auf dem Dorfe gesehen hatte – mit ihren aufstampfenden Füßen und den wunderlichen Figuren, welche die menschlichen Körper vollführten. Und hier tanzten die Feuerwehrmänner einem möglichen Feuer entgegen, sie tanzten gegen die Zerstörung, ja gegen den Tod. Ihre einstudierten Bewegungen waren perfekt bemessen und in höchstem Maße wirkungsvoll. Was die einen begannen, vollendeten die anderen. Sie reichten einander Schläuche und Eimer, gaben Meldung, sprangen auf – zack, zack, zack, und der Feuerwehrwagen war bereit zum Weg und zum Kampf mit dem Element, die Männer erstarrten auf den Sitzen wie Bleifiguren. Dann stellte einer von ihnen die Sirene an, die die ganze Welt in die Sphäre ihres Dienstes mit hineinzog. Der kleine Mieczysław bekam vor Ehrfurcht eine Gänsehaut am ganzen Körper. Binnen zwei Minuten rollte der kampfbereite, mit Schläuchen umwickelte, mit Spitzhacken, Brechstangen, Äxten bewehrte und glänzenden Messinghelmen gespickte Feuerwehrwagen durch das offene Tor in die Stadt.

Weiter ging Mieczysław durch den schattigen alten Baumbestand des Parkes auf den Wällen und gelangte zur Schule, die – ähnlich wie die gegenüberliegende orthodoxe walachische Kirche mit ihren drei Kuppeln – erhaben über der Stadt thronte. In jener Kirche – manchmal schaute er kurz herein – gab es das Bild eines Engels, den zu betrachten ihm besondere Freude bereitete. Er hatte ihn bei sich »Engel Vierfinger« getauft und dem daneben angeschriebenen Namen *Gavril* keine Beachtung geschenkt – hatte doch der Maler die segnend ausgestreckte Hand so dargestellt, dass sie keinen Daumen zu haben schien, und auch der Ringfinger war kürzer. Mit einer eigentümlichen Erleichterung nahm der kleine Mieczysław diese Unvollkommenheit in der Vollkommenheit wahr. Seines kleinen Makels wegen war der Engel ihm näher, um nicht zu sagen – wurde menschlich. Ein Engel, in Bewegung dargestellt, fest auf dem Boden stehend, in grün glänzendem Gewand (ja, es waren Lichtreflexe darauf gemalt), mit einem sichtbaren Flügel, der aber nicht aus Federn bestand wie bei einer Gans, sondern gleichsam mit Hunderten winziger Perlen bestickt und obendrein rot unterlegt war – ein Engel mit einem Schilfrohr in der Hand. Er wirkte, als sei er mit irgendetwas befasst. Von Engeln hieß es allgemein »der Engel«, dabei erschien es doch ebenfalls offensichtlich, dass Vierfinger von solch brutalen Einteilungen ausgenommen war und seinen eigenen, gesonderten Platz besaß, sein Engelsgeschlecht, sein göttliches Genus.

Deutsch lernte Mieczysław bei Mścisław Baum, einem großen, stattlichen Juden von wikingerhafter Statur, und obgleich sie sich im Unterricht unermüdlich um eine gestochene Aussprache bemühten, um ein Goethe würdiges Deutsch, zog doch irgendeine Kraft sie unweigerlich gen Galizien, hin zu einer melodiösen, verschliffenen, vom Polnischen und Jiddischen gefärbten Variante dieser Sprache, in der die Wörter ein wenig breit getreten wirkten wie alte Latschen – geborgen konnte man sich in ihr fühlen und heimisch.

Wojniczens Klasse ließ sich leicht in vier Gruppen unterteilen: Polen, Juden, Ruthenen und eine gemischte Schar – mehrere Österreicher, ein Rumäne, zwei Ungarn und drei Siebenbürger Sachsen. Mieczyś hielt sich instinktiv ein wenig abseits, als gehörte er zu keiner der Gruppen und seine Herkunft genügte ihm nicht, um seinen Platz innerhalb der fortwährend neu geschaffenen Ordnungen und sich verschiebenden Vektoren der Kräfte, Abhängigkeiten und Überlegenheiten genau zu bezeichnen. Die anderen Kinder erschienen ihm zu laut, und er fürchtete, in irgendeinen Konflikt zu geraten. Gewalt ertrug er nicht, dieses ständige Wetteifern, die Rangeleien, Schubsereien. Angefreundet – oder vielleicht war das ein zu großes Wort – hatte er sich mit einem Buben namens Anatol, Tolek genannt, dessen Vater, ein assimilierter Jude, Zahnarzt war. Tolek hatte ausgeprägte künstlerische Talente und eine gewisse Sanftheit im Umgang, die Mieczyś sehr entgegenkam. Er sprach leise und gleichsam appetitlich, »köstlich«; ja, eben bei Tolek wurde Wojnicz sich dieses Begriffs so recht bewusst. Manchmal gestattete er Tolek, in seiner hölzernen Federschatulle zu stöbern, und dann nahm der Freund behutsam Bleistift um Bleistift zwischen seine langen Finger, berührte mit den Fingerkuppen die gespitzten graphitenen Minen, und Mieczyś überlief ein wohliger Schauer, von der Kopfhaut über Arme und Rücken. Nun denn, gemeinsam waren sie ein Paar von Außenseitern. Heute hätte Mieczysław über Anatol sagen können, er sei ein Vorbote Thilos gewesen, manchmal hatte er gar den Eindruck, sie seien ein und dasselbe Wesen, nur in einer anderen Zeit und einem anderen Körper. Auch eine Art Engel. Leider wusste er nicht, was nach dem Gymnasium mit Anatol geschehen war. Ihr Kontakt war abgebrochen, als sie die Schule beendeten.

Wojnicz hatte sich besonders in Mathematik und Chemie bemüht, denn so wollte es der Vater, und er glaubte schließlich, der Vater kenne ihn besser als er sich selbst. Fasziniert hatte ihn jedoch Latein, und diesem Fach hätte er, wenn er gekonnt hätte, die meiste Zeit widmen wollen. Sein Lateinlehrer, der kleine und schmächtige, ein wenig lächerlich wirkende Herr Amborski, hatte ihm seine eigenen Bücher geliehen, von denen Wojnicz die *Metamorphosen* des Apuleius am besten gefielen. Es war eine alte Ausgabe aus der Reihe *Bibliotheca scriptorum Graecorum et Romanorum Teubneriana*, doch erwies sich die Lektüre als zu schwierig für jemanden, der eben erst Latein lernte. Aus diesem Grund fand der gute Herr Amborski eine deutsche Übersetzung aus der Feder August von Rodes für ihn, und diese geschenkte Version nun kannte Mieczyś Wojnicz beinahe auswendig; gern schlug er das Buch aufs Geratewohl auf und las ein wenig darin. Es war das einzige Buch, das er so lieb gewann, nichts mehr hatte später einen solch großen Eindruck auf ihn gemacht. Die Schelmengeschichte über einen Unglücklichen, der in einen Esel verwandelt wird, passte auf gewisse Weise auch auf ihn selbst. Er fühlte sich Lucius nahe, obwohl dieser sich freilich durch seinen Mut, seinen Sinn für Humor und seine Neugier auf die Welt von ihm unterschied. Jener war ein Held, und doch lachte er ihm schief und ironisch aus den Buchseiten entgegen und stellte, im Bewusstsein seiner Lächerlichkeit, sein Heldentum infrage. Wie Lucius wollte Mieczyś sein: gewitzt, unverfroren, selbstsicher, ja selbst mit der Naivität seines Helden hätte er sich abfinden können, erwies sie sich doch als gute Eigenschaft – sie führte ihn stets an unerwartete Orte, auf verwinkelte Nebenpfade des Lebens, wo man unverhofft eine gewaltige Verwandlung erfahren konnte. Wo man sich verändern und unkenntlich werden und dennoch im Innern man selbst bleiben konnte, der Echte. Denn offensichtlich gab es ja ein Äußeres und ein Inneres. Das »Innere« kleidete sich in das »Äußere« und wurde so von der Welt wahrgenommen. Doch wie ging es zu, dass jenes »Innere« ein solches Unbehagen im »Äußeren« verspüren konnte?, dachte Mieczyś. Die Abenteuer des Lucius erschienen ihm wie Höllenqualen, schwebte doch stets die Gefahr über ihm, er könnte es nicht schaffen, in seine echte Gestalt zurückzukehren, und müsste als Esel sterben, sodass seine wahre Natur, sein inneres Wesen niemals erkannt werden würde! Dieses Drama beschäftigte Mieczyś gewaltig, obwohl er sich selbstredend niemandem damit anvertraute. Lucius schien die eigene Lage viel weniger zu kümmern als den jungen Leser; mit seinem schelmischen Lächeln verblieb er, Esel und zugleich Mensch, am Horizont von dessen Welt, im Glauben, dass er irgendwann seinen Rosenzweig finden und die Rückverwandlung durch die mächtigste Göttin vollzogen werde. Als Mieczysław sein Studium aufnahm, war Lucius von sperrigen mathematischen Formeln, technischen Zeichnungen, X-en und Ypsilons, Logarithmen und Tabellen an den Rand seines Geistes gedrängt worden.

Die alte deutsche Übersetzung der *Metamorphosen* hatte Wojnicz dennoch mit zur Kur genommen, sie lag nun an seinem Bett, auch wenn er noch keine Zeit gefunden hatte, darin zu lesen.

Der Vater hatte ihn zu einem technischen Studium geschickt, war er doch überzeugt, dies werde einen Mann aus ihm machen, einen Ingenieur. Vor allem aber fand er, dass jeder Bürger dieses riesigen Imperiums dessen nützliches Teilchen sein müsse, auf diese Weise brächte er auch Polen den meisten Nutzen. »Du bist Pole, das darfst du nicht vergessen, doch bist du auch Untertan Seiner Kaiserlichen Hoheit und Teil seines großen Projektes, das die Nationen vereint.« Er glaubte nicht daran, dass Polen dereinst seine Unabhängigkeit wiedererlangen werde. Zu welchem Zwecke sollte dies geschehen? Nur das Große war stark. Nur das Vielfältige konnte schwere Zeiten überstehen. Ein Polen, wenn es denn entstünde, wäre nur ein schwaches Land, die Narben der Teilungen würden sich noch viele Jahre hindurch bemerkbar machen.

Eine Zeit lang hatte der Vater überlegt, Mieczyś auf die Kadettenschule zu schicken; Onkel Emil hatte diesen Gedanken aufgebracht. Er war der Ansicht, das würde helfen. Eines Abends jedoch trafen sich die Blicke der Brüder, als sie über dieses Thema sprachen, und sie verstummten beschämt, um es nie wieder aufzugreifen.

*

Die Sonne warf bereits gefährlich lange Schatten, und Opitz ordnete den Heimweg an; bevor sie aufbrachen aber, wollte er noch eine Aufnahme von ihnen machen.

Eine gleichsam feierliche Stimmung kehrte ein – Willi

Opitz klappte das Stativ seines Photoapparates auseinander, das Raimund bis hierher getragen hatte, und nun strebten alle zueinander und suchten sich chaotisch zur Photographie aufzustellen. Wojnicz erhob sich zu rasch, und alles drehte sich in seinem Kopf, er schwankte und wäre hingefallen, hätte nicht Lukas' starker Arm ihm in den aufrechten Stand zurückgeholfen.

Als sie so schweigend dastehen und für die Aufnahme posieren, scheint es Wojnicz, als wäre eine absolute Stille eingekehrt; er hat das Gefühl, als verursachte ihm die Höhe, in der sie sich befinden, verstopfte Ohren und ein Schwindelgefühl. Er sieht Willi Opitz mit dem Stativ hantieren, bevor er die Ausflügler anweist, in gerader Reihe sich aufzustellen: zuerst Herr August und Longinus Lukas, als Nächstes Frommer – steif, in sich gekehrt, schweigend –, dann Thilo von Hahn – verschwitzt, einen zufriedenen Ausdruck im Gesicht –, nun Raimund, der mit seinem schiefen Lächeln an einen Baum gelehnt steht, und daneben Wojnicz. Opitz ruft ihnen etwas zu, dann eilt er zu seinem Apparat zurück und wirft sich ein dunkles Tuch über den Kopf. Plötzlich steht alles still, und Wojnicz kommt es vor, als machte nicht Willi Opitz das Bild, vielmehr wäre der ganze wellige Gebirgshorizont der Rand eines monströsen Objektivs. Nun ertönt ein kurzes, scharfes Knirschen, und ein greller Blitz blendet die Posierenden. Für den Bruchteil einer Sekunde beobachtet Mieczysław ein unheimliches Phänomen – das Magnesiumlicht fällt, von Fichten und Tannen zurückgeworfen, erneut auf die Männer und verwandelt ihre Körper für einen Moment in Asche; es scheint ihm, als sähe er in jenem Sekundenbruchteil unter Jacken und Hemden nicht nur ihre nackte weiße Haut, sondern auch die Knochen, den Umriss ihrer Skelette; gleichzeitig hat er das Gefühl, sie stünden auf einer Bühne, dies sei die Ouvertüre zu einer Oper, und die Zuschauer der Aufführung seien Bäume, Heidelbeergesträuch, bemooste Steine und etwas Fließendes, Unbestimmbares, das, wärmeren Luftströmen gleich, zwischen den mächtigen Stämmen, Ästen und Zweigen hindurchglitte.

6
Patienten

Als sie über den steinigen Pfad wieder abstiegen, hielt Wojnicz sich in Herrn Augusts Nähe, einen Schritt hinter ihm, um mit ihm sprechen zu können, auch wenn er noch nicht wusste, worüber. Bis ihm gar die Ehre zuteilwurde, dass Herr August seinen Schritt verlangsamte, dem Grauen Löwen den Vortritt ließ und Schulter an Schulter mit Wojnicz marschierte. Die Konversation über die Anfänge der menschlichen Zivilisation, die des schwierigen Geländes wegen recht holprig verlief, erstarb schließlich, und wenngleich Herr August den interessierten Zuhörer jetzt in seiner Nähe hatte, musste er sich darauf konzentrieren, auf den Boden zu schauen, allzu leicht hätte man hier stolpern und in die Tiefe stürzen können. Immerhin erfuhr Wojnicz aus den bruchstückhaften Sätzen, dass Herr August sich für einen Schriftsteller ansah.

»Mein Vater war österreichischer Beamter, er wurde in Jassy geboren, meine Mutter kam aus der Bukowina, sie war aber Österreicherin. Doch was wollte das schon besagen, wenn ihre Eltern Güter in Ungarn besaßen und sich als Ungarn betrachteten. Ich wiederum … schwer zu sagen. Was die Sprache anbelangt, so denke ich deutsch und rumänisch. Und selbstverständlich französisch, wie jeder Europäer.«

August vertrat die Auffassung, dass die Mode für Nationalstaaten vorläufig sei und nur ungut enden könne; die künstliche Zuordnung der Menschen nach so fragwürdigen

Kategorien wie dem Geburtsort entspreche nicht der verwickelten Realität der *identité*.

»Der Begriff ›Nation‹ sagt mir überhaupt nichts. Unser Kaiser, der Ihre und der meine, sagt, es gebe nur Völker, Nationen seien eine Erfindung. Das Paradox besteht darin, dass Nationalstaaten andere Nationalstaaten brauchen wie Pilze den Regen. Ein Nationalstaat alleine kann nicht existieren, seine ganze Daseinsberechtigung läuft auf Konfrontation und Abtrennung hinaus. Und das führt früher oder später zum Krieg.«

Hier sagte er etwas auf Französisch, was Wojnicz nicht verstehen konnte. Herr August warf gerne hier und dort etwas Französisches ein, am liebsten Zitate. »Das Zitat ist eine vollwertige literarische Gattung«, pflegte er zu sagen, »und ich bediene mich dieser Gattung als Literat.«

Oh ja, er wusste zu zitieren, doch nur ein Ebenbürtiger war imstande, es zu erfassen. Ebenso die Aphorismen. Wenn er einen Raum betrat, in dem bereits andere Menschen anwesend waren, umgab ihn stets eine Aura der Verallgemeinerung – alles wurde mit einem Male relativ, rückte in skizzenhafte Schwebe, nichts hatte mehr Gewissheit, denn Herr August vermochte eine Sache so darzustellen, dass sein Gegenüber einen gänzlich anderen Standpunkt als denjenigen einnahm, mit dem er gekommen war. Und Herr August vertrat die feste Überzeugung, dass dies Weisheit sei.

Nie sah man ihn ohne sein Foulard, und er besaß deren etliche, sodass er sie je nach Jahreszeit, Wetter und Kleidung auswählen konnte. Seine liebste Farbe war Tabak. So sah man ihn meist in einem ebensolchen Jackett, zu dem er ein Foulard trug, dessen Farbton an die *Schwärmerei*-Flasche erinnerte. Dazu braune Hosen, Lederschuhe und eine goldene Uhr an einer Kette, die sich aus der Tasche einer schokoladenfarbenen Weste hervorwand.

Wenn er über die Promenade ging, hatte man den Eindruck, er schleiche, leicht zog er die Füße nach, als ringe er mit einem unerwarteten Widerstand der Luft. So gehen Menschen, die sich bei einem angeborenen Gefühl der Unsicherheit in harter Arbeit das Gefühl angeeignet haben, von außergewöhnlichem Wert zu sein.

»Lieber Mieczysław« – er sprach den Namen mit der Mühe eines Kindes aus – »sind Sie mit mir einer Meinung, dass der Mensch allein in seiner Sprache existiert? Alles, was jenseits der Sprache liegt, ist animalisch und undifferenziert. Die Sprache macht uns zu dem, der wir sind. Deshalb plage ich mich mit jedem Satz, jedes Wort muss seinen richtigen Platz haben. Meine Leidenschaft ist es, phraseologische Verbindungen zu untersuchen, von einem kritischen Standpunkt aus. Jede dieser Wendungen ist wie ein verdickter Muskelstrang, eine Verspannung, die man massieren muss, damit der Organismus unseres Geistes beweglich bleibt und funktionieren kann.« Und wahrhaftig zeigte er ihm ein in dunkelblaues Leinen gebundenes Buch im Taschenformat: *Phraseologisches Wörterbuch der deutschen Sprache.*

Weiterhin erfuhr Wojnicz, dass August seit dem vergangenen Weihnachtsfest in Görbersdorf weilte. Ursprünglich hatte er nur für die Winterferien kommen wollen, um die Lunge zu lüften und wieder nach Wien zu seiner Arbeit zu fahren. Bei der Routineuntersuchung aber hatte Doktor Semperweiß eine raue Stelle im linken Lungenflügel aufgespürt, und August August musste brieflich um Urlaub ersuchen und seinen Aufenthalt verlängern.

»Dann haben Sie alle hier kennengelernt?«, fragte Wojnicz, in der Hoffnung, seinem Gesprächspartner ein paar

Geschichten und womöglich etwas Klatsch über die Kurgäste zu entlocken. Das heißt, vor allem interessierte ihn eine Person, doch um nichts in der Welt hätte er sich dazu bekennen wollen.

»Viele Kurgäste sind Kommunisten«, gab August bereitwillig kund, »nicht nur die Russen. Das ist eine alte Tradition, noch aus den Zeiten des Doktor Brehmer, er hatte eine Schwäche für allerlei Revolutionäre. Seinerzeit ist er nach London gefahren, um Seminare bei Karl Marx zu hören ... Ich weiß nicht, ob Ihnen dieser Name etwas sagt, lieber Mieczysław? Interessant, nicht wahr? Brehmer hat ja selbst ein großes Imperium geschaffen, und ich will nicht sagen, dass das ohne finanzielle Engpässe vonstattenging und ohne Schulden, aber am Ende hat es ihm etwas eingebracht. Und jetzt schauen Sie – welch Paradox –, da lässt er sich mit diesen Umstürzlern ein, die das Privateigentum abschaffen wollen. Ha!«

Wojnicz wusste nicht, was er sagen sollte, er hatte keine Meinung zum Gemeineigentum, und über Marx war er nicht recht im Bilde.

Nun hörte er also von Hermann Brehmer, dem Gründer des Sanatoriums, der – wenn er es richtig verstand – in den hiesigen Kreisen einen geradezu göttlichen Status genoss, da er in einem Dorf bei Breslau geboren worden war und in Breslau Naturwissenschaften studiert hatte. Als er dann, wie die meisten Breslauer, nach Berlin zog, erfasste ihn dort der »revolutionäre Geist«, er schloss sich der »Demokratie« an, und das mit einer solchen Leidenschaft, dass sein Verhalten öffentlichen Unwillen hervorrief und er in Breslau nicht mehr zu den Examina zugelassen wurde. So blieb er in Berlin, studierte weiter und träumte davon, einst wie Marx nach England fahren zu können, was ihm schließlich auch gelang. Wenn auch nur für kurze Zeit. Er lernte Marx persönlich kennen, besuchte dessen Vorlesungen für einen geschlossenen Zirkel. Und dann – hier legte Herr August die Hände wie zum Gebet zusammen, wie er es immer zu tun pflegte, wenn er etwas besonders unterstreichen wollte – erhielt er von der britischen Regierung eine Anstellung als Botaniker in einer britischen Kolonie, und er hatte schon die Schiffsfahrkarte in der Tasche, als er, getrieben von seiner unbändigen Neugier, am Abend vor der Abreise den Vortrag eines Physiologen besuchte, der ihn derart faszinierte, dass er Marx Marx sein ließ, die Reise in die Kolonie verwarf und Arzt wurde.

»Ist das nicht eine phantastische Biographie?«

Wojnicz drückte seine Bewunderung aus. Portraits des ernst wirkenden bärtigen Mannes hingen hier überall, Herrn Doktor Brehmers gedachte man mit dem größten Respekt.

»Und wissen Sie«, fuhr August fort, »nach dieser Tändelei mit den Kommunisten war es für ihn alles andere als leicht, noch einmal ein Studium aufzunehmen. Doch seine gut situierte Schwägerin konnte sich für ihn einsetzen, bei Humboldt persönlich«, hier legte er abermals die Hände zusammen, »bei Humboldt! Und der junge Hermann Brehmer durfte wieder an die Universität. Ihm zu Ehren wurde schließlich ein Pavillon errichtet. Verstehen Sie jetzt?«

»Ja, ja …«, so gefesselt hörte Wojnicz Herrn Augusts Erzählung zu, dass er immer wieder auf den Steinchen ausrutschte.

»Sie schauen mich mit ihren großen blauen Augen an, und wenn ich diesen Blick sehe, habe ich den Eindruck, ich würde mich zu sehr von politischen oder ökonomischen Belangen vereinnahmen lassen.« Herr August blieb stehen und musterte Wojnicz eine ganze Weile. »Doch im Grunde ist all das nicht wichtiger als das heutige Abendessen.«

Sie mussten noch einen Augenblick warten, Frommer war zurückgeblieben, Herr August rang nach Luft.

»Sehen Sie, junger Mann, die Tradition, Kommunisten kostenlos zu behandeln, gibt es hier bis heute, auch wenn Doktor Semperweiß und die Leitung des Sanatoriums mit dem Kommunismus nichts zu tun haben. Obgleich einige dieser Russen sich ihre Lungenkrankheit in Sibirien geholt haben.« Herr August dämpfte die Stimme, wandte sich direkt an Wojniczens Ohr: »Ein Freund unseres Thilo, eben ein Kommunist, hat hier gute Beziehungen, und unser guter Junge wird daher ebenfalls umsonst behandelt. Er zahlt nur für das Gästehaus. Das heißt, eigentlich nicht er selbst, sondern dieser Berliner Freund von ihm. Ein Philosoph.« Und wieder legte Herr August die Hände zusammen, als richtete er ein Gebet an das Wort »Philosoph«. Wojnicz bemerkte, dass Augusts Stimme sich veränderte, seltsam kehlig klang sie, und das Schweigen, das dann eintrat, endete mit einem Räuspern, dessen Ursache sich Wojnicz nicht erschloss.

Als August sich freigeräuspert und ins Taschentuch abgehustet hat, erfuhr Mieczysław noch, dass Thilo nicht mehr viel Zeit verbleibe und dass ihn das Bewusstsein des nahen Todes sehr »neurotisiere«. Dieses neumodische Wort hörte Wojnicz nun schon zum wiederholten Male aus Augusts Mund.

Betroffen von der Mitteilung, blieb er stehen, und nun holte ihn Opitz ein, mit geröteten Wangen:

»Sehen Sie, ich vernachlässige nicht meine Pflichten als Hausherr im Gästehaus für Herren«, sagte er, schnaufend vor Anstrengung. »Was auch geschehen mag, ich tue meine Schuldigkeit, gebe mich keinen Affekten hin. Ein Mann muss über all diesen Dingen stehen, über aller Gefühlsduselei, aller Wehleidigkeit. Die Frauen lieben es, sich überwältigen zu lassen …«

Wojnicz sah ihn an, um sogleich den Blick wieder abzuwenden, er musste an den Stuhl auf dem Dachboden denken.

»Mein aufrichtiges Mitgefühl.«

»Sie müssen mich nicht bemitleiden, Herr Wojnicz. Ich habe es selbst so gewollt. Wozu habe ich überhaupt geheiratet?«

Opitz klopfte ihm freundschaftlich auf die Schulter, und sie gingen weiter. Vier Mal, so sagte er, sei er verheiratet gewesen. Die erste Frau verließ ihn ohne ein Wort und ging zurück zu ihrer Mutter. Die zweite starb bei der Geburt, zusammen mit dem Kind. Die dritte wurde krank. Opitz bemerkte es knapp und verstummte. Wojnicz fragte nicht, was weiter mit der dritten geschehen war, es schien ihm zu aufdringlich. Und die vierte – das war ebendiese, die hier und jetzt … Nie hatte er die Frauen verstehen können, und er hatte es auch nie gewollt. Und mit keiner von ihnen hatte er sich wohlgefühlt. Jede hatte von Anfang an darum gekämpft, das Heft in die Hand zu nehmen, aber ein Wilhelm Opitz ließ sich von niemandem beherrschen. Entweder waren sie schwach und winselten herum, oder sie wollten in der Ehe die Macht übernehmen und alles manipulieren. Sicher war jedenfalls, dass sie alle das Leben nur so aus ihm herausgesogen hatten, für jede von ihnen musste er mit schierer Lebenskraft bezahlen. Eine unerwartete Bitterkeit lag in seinen Worten. Alle hatten sie an ihm schmarotzt, hatten ihre Kniffe versucht, um seine Wachsamkeit zu schwächen und ihn in die Knie zu zwingen.

»Nein, nie mehr werde ich heiraten«, sagte Opitz laut und schlug sich an die Brust. »Dasselbe kann man haben, wenn

man ein Dienstmädchen einstellt, eines dieser armen Dinger vom Lande, die aus den umliegenden Dörfern kommen und eine Anstellung suchen. Oder …«, hier hielt er inne und sah Wojnicz starren Auges an. Wojnicz war es, als wollte er ihm eigentlich zuzwinkern und hielte sich zurück. Ja, er war sich jetzt sicher, dass Opitz etwas verbarg. Er wusste nicht, was, und er wusste auch nicht, wie er sich dazu verhalten sollte. Also schwieg er.

»Leider kochen diese Mädchen schlecht«, fügte Opitz noch hinzu, als sie wieder den Hauptweg erreichten, auf dem es sich weit bequemer gehen ließ.

Bei jeder Gelegenheit wiederholte Opitz, dass er eigentlich Schweizer sei. Seine Mutter war Schweizerin gewesen, vom Vater sprach er nie. Als wollte er diese zweite Seite seiner Herkunft verschweigen, und als wäre es selbstverständlich, dass die Mutter ihm die nationale Identität gegeben hätte. Schweizer – das hatte einen stolzen Klang. Zumal ein Bruder seiner Mutter in der päpstlichen Garde gedient hatte. Opitz hatte eine gerahmte Photographie von ihm, sie stand auf dem Klavier, ein unscharfes Bild, die wunderliche Kleidung fiel ins Auge, die auffällige schwarze Kopfbedeckung, vom Onkel selbst war wenig zu sehen.

Wojnicz fiel es schwer, auf diese Beteuerungen des Schweizertums zu reagieren, zumal er keine klaren Vorstellungen von den Schweizern hatte, einzig der Stolz in Opitzens Stimme bei seinen fortwährenden Affirmationen war unüberhörbar, und mit diesem Faktum stand er gewissermaßen eine Stufe über den anderen, war *rassisch* – immer kühner bahnte dieses Wort sich seinen Weg in ihre Konversationen – von höherem Wert. Den armen August machte diese Schweizerei ungehalten, sah er sich doch als international an; wer er selbst eigentlich war, wusste er nicht genau zu sagen, und im Grunde interessierten ihn diese Dinge auch nicht.

Nun war es Longinus Lukas, der Wojnicz in Beschlag nahm, ihn am Ellbogen fasste und mit eisernem Griff eine Weile hielt, um dann in einem militärischen Ton anzuheben, in dem bald, wie bei ihm üblich, ein unpersönlicher Vorwurf schwang:

»Vernunft und Rationalismus. Alles Böse rührt von den Ideen und Ideologien her. Wir müssen der Welt keinen höheren Sinn andichten, die Welt ist, wie sie ist, so, wie wir sie sehen. Es gibt bestimmte Gesetze, die sich beschreiben lassen. Deren Zahl ist begrenzt. Einige davon kennen wir noch nicht. Es gibt einen Gott, und er hat die Welt erschaffen. Die Menschen sind von Natur aus Schurken und müssen stets kontrolliert und erzogen werden. Die Reichen sind reich, weil sie begabt sind und gute Beziehungen haben. So war es schon immer, und so wird es immer sein. Freiheit und Demokratie, ja, das kann es geben, aber alles hat seine Grenzen. Die Zehn Gebote sind ethischer Standard für jeden Europäer, gleich ob er Deutscher, Italiener oder Rumäne ist. Eine gewisse Ordnung muss es geben.«

Es war zu spüren, dass er seine eigene Stimme mochte. Mit erhobenem Kopf sprach er, weniger zu den anderen als über sie hinweg, über ihren Köpfen strömten seine Worte in breiter Woge in die Welt, und alles, was er sagte, schien feierlich von Autoritäten abgesegnet als unzweifelhafte, allgemein anerkannte Gewissheit. Auch neigte er dazu, alles mit Anekdoten auszuschmücken, die für gewöhnlich mit den Worten begannen: »Einmal, als ich in … war.« Und es fiel der Name eines Ortes, der mit seinen hochstehenden Freunden verbunden war oder für sich genommen entsprechendes Prestige besaß. Da er seine Bekannten immer nur mit dem Vornamen nannte, verstanden seine Zuhörer erst nach einer Weile aus dem Zusammenhang heraus – und mit der gehörigen Bewunderung –, dass es sich um öffentliche Personen handelte, hochgeborene Berühmtheiten, jedermann bekannt. Zudem wirkte er in seiner Art zu sprechen ungeduldig, als reizte es ihn, gewöhnlichen Sterblichen Dinge erklären zu müssen, die doch offensichtlich waren. Dann erhob er die Stimme. So wie jetzt, als er Wojnicz auseinandersetzte, wie hoch die Kosten eines solchen Kuraufenthaltes waren:

»Wissen Sie, lieber Freund, dass es im Kurhaus gerecht zugeht: Es gibt zwei Abteilungen, für die Kranken erster und für die Kranken zweiter Klasse. Für die erste Kategorie kostet die Kur mit Unterkunft zwischen 240 und 300 Mark pro Monat, je nach Art des Zimmers, und für die anderen zwischen 130 und 160 Mark. Es gibt auch Pläne, noch eine dritte Klasse einzurichten, für die ganz Armen, aber ich weiß nicht, wo sie dann untergebracht werden sollten. Vielleicht in der Leichenhalle.« Er amüsierte sich über den eigenen Witz.

Sein heller, kalter Blick und seine scharfen Gesichtszüge weckten Respekt, und sein gerader Rücken und der eingezogene Bauch ließen Wojnicz an den Turnlehrer des Gymnasiums denken, das er in Lemberg besucht hatte. Man konnte sich des Eindrucks nicht erwehren, dass Lukas verächtlich auf die anderen herabsah. Diese Verachtung stellte sein inneres Gerüst dar, ohne das er in sich zusammengesunken und dahingeschmolzen wäre wie ein Schneemann. Trotz alledem jedoch schien er Wojnicz schwach, gleichsam aus einem fadenscheinigen Material geschaffen, das vielleicht nach außen einen guten Eindruck machte, aber nicht beständig war.

Mehr über Lukas hatte Wojnicz zuvor schon von Herrn August erfahren, der stets bestens informiert war und sich für einen vorbildlich diskreten Menschen hielt. Auch Thilo hatte ihm dieses und jenes erzählt, und nicht zuletzt hatte der nicht minder diskrete Herr Frommer sein Teil beigetragen.

Lukas kam aus Königsberg. Sein Vater war ein russifizierter Pole (angeblich hieß er Łukasiewicz) und seine Mutter Russin deutscher Herkunft. Zu Hause hatten sie Russisch und Deutsch gesprochen. In einer polnischen Handelsgesellschaft, die Geschäfte in Sibirien betrieb, erwarb der Vater ein beachtliches Vermögen ebenso schnell, wie er es wieder verlor, weshalb Lukas die Polen für wankelmütige Schwächlinge hielt. Die Familie verarmte, und nach dem Tod des Pechvogels kehrte die Mutter nach Tula zurück und heiratete einen Beamten, der wohlhabend und großzügig genug war, den Stiefsohn zum Studium nach Königsberg zu schicken. Lukas gab sich für einen »Philosophen« aus, doch von Frommer wusste Wojnicz, dass er in Wirklichkeit Geschichtslehrer an einem Knabengymnasium war. Er hatte jung geheiratet und war jung verwitwet. Von seiner Tochter, die ihm die Kur bezahlte, sprach er nie. Er führte ein maßvolles und gesundes Leben, abgesehen vom Alkohol und den wöchentlichen Kartenpartien, bei denen die Einsätze jedoch so gering waren, dass man kaum von Glücksspiel sprechen wollte. Wie Wojnicz aus den Gesprächen der anderen erfahren hatte, wohnte Lukas im Parterre, in einem verglasten Anbau, der einen eigenen Eingang hatte. Dadurch hatte er eine andere, um nicht zu sagen höhere, Position inne. Der eigene Eingang gab ihm eine besondere Freiheit, um die ihn die anderen nur beneiden konnten. Der Eingang lag zwar zu einem wenig ansehnlichen Hof hin, und es boten sich auch keine einladenden Ausblicke – es war schlicht ein Waldhang –, der Graue Löwe aber zelebrierte sein Privileg, wenn er allabendlich nach dem Essen mit einem Seufzen verkündete: »Nun denn, es ist Zeit, ich gehe jetzt in meine Bleibe.«

»Ist es nicht so, dass man einen Menschen am besten beschreiben kann, wenn man seine Laster kennt?«, hätte Mieczysławs Vater January gesagt. Und der Sohn hörte geradezu die väterliche Stimme in seinem Kopf, als er Lukas in seiner Beredsamkeit betrachtete.

Ja, Longinus Lukas hätte als grelles Beispiel für diese Lebensregel gelten dürfen, mit seinem Hang zum Alkohol und den Frauen.

Letztere Leidenschaft hatte angeblich zur Folge gehabt, dass man ihn des Kurhauses verwies. Er soll Frauen mit auf sein Zimmer genommen haben (das hatte Wojnicz von Raimund erfahren), und jetzt musste er sich mit dem Gästehaus für Herren begnügen. Trotzdem war er in einer begünstigten Lage, es blieb ihm das Privileg des besagten eigenen Eingangs zu seinem besonderen Zimmer. Den Alkohol nahm er vor allem als Bier zu sich, offenbar mit ärztlichem Dispens, das heißt, er dachte wohl, dass ihm ein solcher gewährt sei. Das Bier brachte ihm Raimund, in braunen Flaschen mit Porzellanverschluss. Es kam aus der Waldenburger Brauerei, sämig war es und stark. Und natürlich die *Schwärmerei*. Für Doktor Brehmers Heilmethode galten bestimmte Mengen an Alkohol als Medizin. Schwäche behandelte man mit Champagner, gegen Schlaflosigkeit gab es abends Kognak mit Milch. Kein Wunder, dass Lukas sich mit größter Sorgfalt an diese Medikationen hielt. Täglich ab der Mittagszeit begann er zu trinken. Morgens konnte man ihm nüchtern begegnen, doch wirkte er dann gereizt. Am frühen Nachmittag machte er einen entspannten Eindruck, auf seinem Gesicht lag der Ausdruck eines mit sich selbst zufriedenen Lebens. Beim Abendessen hatte er einen leichten Schwips, dann wurde er gesprächig und ließ sich gerne auf Konversation ein. In der er stets eine fundamentale Ansicht vertrat. Gleich, welches Sujet gerade erörtert wurde.

Die ständig zugeführten Mengen an Alkohol hinterließen ihre Spuren an seiner aufrechten Figur, die er sicher für sportlich hielt. Sie verwischten die scharfen Konturen, ja man hätte sagen können, Longinus Lukas verschwamm mehr und mehr vor dem Hintergrund der Welt, unter den Augen in seinem gewiss früher hübschen Gesicht bildeten sich Säcke, und eine leichte Gedunsenheit machte sich bemerkbar. Er rasierte sich gründlich, an manchen Tagen aber gelang es ihm nicht, dieser Pflicht nachzukommen, dann ließen ihn die grauen Stoppeln sogleich um zehn Jahre älter erscheinen. Trotz alledem war er nach wie vor ein gut aussehender Mann.

Er hatte die Angewohnheit, seine Gesprächspartner zu unterbrechen. Diese Ungeduld gegenüber anderen war gleichsam die erste Antriebskraft seiner Existenz. Und ungeduldig wurde er, weil nichts seinen Vorstellungen und Erwartungen entsprach. Als käme alles, was er über die Welt dachte, aus gänzlich anderen Regionen des Geistes, aus einer höheren, besseren Sphäre. Seit seiner Jugend war er überzeugt gewesen, ein außergewöhnlicher Mensch zu sein, und diese Welt kam einfach nicht zurande damit.

Alles an ihm sagte: Ich weiß es! Längst schon weiß ich, was du sagen willst. Im Laufe der Jahre kam das Gefühl dazu, mehr erlebt zu haben als die anderen. Das verschaffte ihm eine große Befriedigung, doch schloss es ihn auch in sich selbst ein. Denn immer stärker wurde seine Überzeugung, dass es schade um die Zeit sei, mit anderen in einen Austausch zu treten – sie könnten ja ohnehin nicht begreifen, was er sagte, und etwas Interessantes wäre von ihnen gewiss nicht zu erfahren. So lebte er in seinem fortwährenden Gefühl der Überlegenheit und hielt sich im Grunde für eine tragische Figur.

Vor der Beerdigung hatte er Wojnicz auf überraschende Weise angesprochen:

»Ihre Landsmänninnen sind berühmt für ihre Schönheit. Das hat gewiss mit den gemischten Rassen zu tun. In den Mischungen finden wir mit der größten Wahrscheinlichkeit die schönsten und die hässlichsten Exemplare.«

Wojnicz hatte diese Ansicht in Verlegenheit versetzt. Er wusste nicht, was er sagen sollte. War es als Kompliment gemeint oder als Tadel?

Ein anderes Mal fragte Lukas:

»Woher können Sie eigentlich so gut Deutsch? Bei euch in Galizien leben doch nur analphabetische Bauern.«

Dennoch hatte Wojnicz Sympathien für ihn. Auf sein junges Gemüt wirkte das gönnerhafte Wesen väterlich. Er wollte mit Longinus' Art auch nicht ringen, er ordnete sich ihr unter. Das wiederum schmeichelte dem Königsberger, und so suchte er immer wieder Wojniczens Nähe, um ihn über die Geheimnisse der Welt zu belehren – in stets demselben Tonfall, der eine Mischung aus Herablassung und Vorwurf war.

*

Der Ausflug neigte sich seinem Ende entgegen. Unten am Weg wartete bereits die Kutsche. Sie blieben stehen, um noch einmal den Ausblick zu genießen, ehe es hinabging in die Tiefen des Tals. Hoch war der Horizont, die Berghänge glühten, von goldenem Licht übergossen, im Gelb und Rot der Buchen, vor dem dunkelgrünen Hintergrund der Tannen. Dazwischen waren weiße Kleckse zu sehen – Schafherden, wie Wojnicz verwundert erkannte, um sie herum bewegten sich die eiligen Punkte der Hütehunde, die schwarzen Beistriche der Hirten.

Wir sehen sie, wie immer, von unten. Als mächtige Säulen, auf deren Spitze sich ein redender Auswuchs befindet – der Kopf. Mechanisch zertreten ihre Füße den Waldboden, zerbrechen kleine Pflänzchen, reißen am Moos, zerquetschen winzige Insektenleiber, denen es nicht mehr gelungen ist, vor dem Unheil verkündenden Beben des Bodens zu fliehen. Nachdem die Füße sich weiterbewegt haben, erzittert noch eine Weile das Pilzgespinst in der weichen Humusschicht des Waldes, das weitverzweigte, urmütterliche Geflecht, durch das jetzt die Botschaften fließen – wo die Eindringlinge sich befinden, in welche Richtung sie ihre Schritte lenken.

7
Weh mir, o weh

Der mächtige Sanatoriumsbau war von fast jeder Stelle in Görbersdorf aus zu sehen wie auf der flachen Hand. Seine roten Backsteinmauern leuchteten herrlich in der Herbstsonne; die dem gotischen Stil nachempfundenen spitzen Türmchen ließen Wojnicz unwillkürlich an Grammophonnadeln denken, welche der Himmelsschallplatte verborgene Töne entlockten. Irgendwo in weiter Ferne donnerte es. Das gewaltige Gebäude mutete recht wunderlich an in diesem tiefen Tal, zwischen den bescheidenen Behausungen der hiesigen Einwohner und den wenigen prächtigen Villen des Heilbades an den Ortsrändern, welche aussahen wie im Vorhinein erbaut, als Teile einer Siedlung, die erst in der Zukunft hier entstehen sollte. Mit seiner wohlgestalten Form und intensiven Farbe wirkte das Sanatorium wie eine Attrappe, die kurz vor Wojniczens Ankunft zu welchem Zweck auch immer hier aufgestellt worden war, vielleicht als Bühnenbildelement für eine Vorstellung, die in Bälde beginnen sollte.

Er ging die Hauptstraße hinunter, die zu dieser frühen Stunde noch menschenleer war, und trotz des seit wenigen Tagen schlechter werdenden Wetters schritt er kräftig aus, wohl mit einem Lächeln im Gesicht, denn einige Männer, die Säcke auf einen Wagen luden, lächelten breit zurück.

Das Städtchen war so nett anzusehen, dass es an die Zeichnung auf der Lebkuchendose erinnerte, die er einmal vom Onkel bekommen hatte – adrette kleine Häuschen, in den Fenstern Spitzengardinen, an den Türen schöne Griffe und vor den Häusern Hecken, Blumen, hübsch gestaltete Schilder, alles gepflegt und reinlich, und dazu noch genau auf Menschenmaß zugeschnitten – der Inbegriff des für den Polen so schwer fassbaren Wortes »gemütlich«.

Einige Häuser waren im Gedanken an die Kurgäste erbaut worden und konnten sich daher schmucker Balkone, Erker und Terrassen rühmen, manche waren im schweizerischen Stil gehalten, mit hölzernen, hübsch verzierten Windfängen und Veranden. Mieczysław war fasziniert von den Kurhäusern, die über den Park verstreut standen. Das älteste – das *Weiße Haus* – zählte zwanzig Zimmer und war das erste Gebäude einer ganzen naturheilkundlichen Anstalt, die eine Schwägerin Doktor Brehmers gegründet hatte, als sie Mitte des 19. Jahrhunderts erfolglos versuchte, die Wasserheilkunde vor Ort zu etablieren.

Doktor Brehmer hatte das Gebäude als junger Mann von ihr übernommen, und es war ihm gelungen, einige erste Patienten dort zu heilen. Walter Frommer vervollständigte mit Sachverstand Wojniczens Kenntnisse über Görbersdorf, und er war es auch, der Augusts erstaunliche Aussage bestätigte, dass Brehmer sich um eine staatliche Konzession für den Ausbau der Heilanstalt bemüht habe, die ihm aber seiner kommunistischen Vergangenheit wegen nicht gewährt worden sei. Näher zur Straße hin stand das mächtige *Alte Kurhaus* – 1863 eröffnet, zählte es vierzig Zimmer. Das später entstandene *Neue Kurhaus* hielt gar siebzig Zimmer für Patienten aus der ganzen Welt bereit und beherbergte im Keller des Nordflügels ein Inhalatorium und Duschen für Heilbäder im Winter.

Beide Bauten waren geschickt durch eine verglaste Passage

miteinander verbunden worden, in der ein Wintergarten und ein Lesesaal eingerichtet waren. Wie Wojnicz feststellte, gab es hier hauptsächlich deutschsprachige Zeitschriften, von denen ihn eine satirische Wochenillustrierte namens *Kladderadatsch* am meisten interessierte, in der zahlreiche amüsante Zeichnungen publiziert wurden; die Lektüre der Witze hob seine Laune für den ganzen Tag, wenn er auch nicht alle ganz verstand. Tageszeitungen wie die *Kölnische Zeitung* oder die *Frankfurter Zeitung* nahm er eher selten zur Hand – diese wurden von Herren mittleren Alters gelesen, die später beim Kaffee über die wichtigsten Artikel debattierten. Wojnicz war zu jung, als dass ihn Politik wirklich interessiert hätte. Was in ihm selbst geschah, kam ihm um vieles eindrücklicher vor als die dramatischsten Ereignisse des Weltgeschehens. Für die polnischsprachigen Kurgäste gab es eine Ausgabe des *Czas*, die jedoch schon völlig zerlesen war, wobei einer der Patienten der scheußlichen Gewohnheit gefrönt hatte, mit dem Bleistift ganze Sätze zu unterstreichen, weshalb die Zeitschrift im Grunde unlesbar geworden war. An polnischen Buchtiteln fand Wojnicz einige Werke von Kraszewski sowie ein Buch namens *Poganka – Die Heidin* – aus der Feder einer gewissen Narcyza Żmichowska, das er sich sogleich als Lektüre aneignete, jedoch nach wenigen Tagen ins Regal zurückstellte; er konnte einfach keine Romane lesen. Es war ihm unmöglich, sich auf etwas derart Herbeiphantasiertes zu konzentrieren. Jeder, der die Sanatoriumsbibliothek mit einem Buch beschenkte, schrieb auf der inneren Titelseite seinen Namen hinein. *Die Heidin* hatte einer gewissen Franciszka Ulanicka gehört, der Kraszewski einem Antoni Bolcewicz.

Um die Ausleihe der Bücher kümmerte sich ein junger Bursche, ein Kind fast noch, mit Namen Tomášek. Derselbe, der Wojnicz bei der Begräbnismesse so durchdringend angeschaut hatte. Mit seinen dicken Brillengläsern galt er wohl als Bücherwurm, wahrscheinlich hatte man ihn deshalb mit dem Bibliotheksdienst betraut. Er stammte aus Böhmen und war, so schien es, ein Vetter der Sydonia Patek. Aus irgendeinem Grunde starrte nun dieser einfältige Bibliothekar Wojnicz jedes Mal, wenn dieser sich Bücher holte, geradezu aufdringlich an; einmal stieß er, tollpatschig, wie er war, vor lauter Starren gar ein Regal mit Zeitungen um. Der Vorfall war Wojnicz äußerst unangenehm, und von da an mied er diesen Menschen. Er passte einen Moment ab, in dem Tomášek sich mit anderem befassen musste, und tauschte seine Bücher und Zeitungen selbst aus, notierte die Titel auf seinem Bibliothekskärtchen.

Einmal war Tomášek zu ihm getreten, als Wojnicz einige Portraits von Schriftstellern betrachtete, mit denen die Wände der Sanatoriumsbibliothek geschmückt waren. Die meisten trugen Bärte, und alle schauten sie überaus würdevoll drein. Tomášek stellte sich seitlich von ihm, ja fast ein wenig hinter seinem Rücken hin. Und nun folgte eine seltsame Sache, die Wojnicz einen noch größeren Bogen um diese beunruhigende Gestalt machen ließ: Der junge Mann begann mit seinem böhmischen Akzent auf ihn einzuflüstern, wobei er seufzte und die Laute so merkwürdig in die Länge zog, dass Wojnicz sich im Grunde nicht sicher war, ob er ihn recht verstand.

»Diese alten Männer stellen stets den jüngeren nach«, behauptete er, und Wojnicz wusste nicht recht, ob der Bursche von den ehrwürdigen Autoren auf den Portraits sprach oder von den Männern im Kurhaus – oder ob er alle alten Männer auf der ganzen Welt im Sinn hatte. »Sie verwirren uns den Kopf, heißen uns Dinge tun, die nicht gut sind … Stacheln uns an … bringen uns in peinliche Situationen … bis es kaum noch möglich ist, sich ehrenvoll zurückzuziehen. Sie wissen sicher, wovon ich spreche, mein Freund … Dass wir uns hingeben, wollen sie, ja, sie fordern geradezu Hingabe … Ringen uns Schwüre ab … Sie sind alt, hatten daher viel Zeit, all das vorab zu ersinnen; wir dagegen sind schwächer, uns auszudrücken fällt uns schwerer, wir haben nicht so viele Argumente wie sie … Und obendrein fehlt es ihnen nicht an Geld … Und wir denken bei uns: Irgendwann werde ich sein wie sie, ich werde Macht haben und Geld. Und dann belohne ich mich für das alles …«

Wojnicz drehte sich mit hochgezogenen Brauen zu ihm um. Der Bursche war rot geworden vor Eifer, auf seiner noch kindlichen Nase perlte der Schweiß.

»Sag nicht, ich hätte dich nicht gewarnt«, setzte er noch hinzu und verschwand zwischen den Regalen.

In der *Villa Rosa*, die Wojnicz auf seinen Spaziergängen ganz besonders hübsch fand, lagen die Zimmer für die weniger schwer Erkrankten. Hier, so schien es, war auch die Frau mit dem Hut untergebracht. Ein Stück höher gelegen befand sich der Humboldt-Tempel mit einer Büste des Gelehrten; zu Brehmers Lebzeiten hatten sommers in der kleinen Muschel unweit des Tempels Konzerte stattgefunden. Es gefiel Wojnicz, dass Görbersdorf neben jenen schönen und repräsentativen Objekten für die wohlhabenderen Kurgäste auch eine *Volksheilstätten-Abteilung* besaß – dies waren Plätze für schlechter situierte Patienten, die, weitab vom Hauptbereich des Sanatoriums, in privaten Häusern unterkamen. Und hätte er nicht auf einen freien Platz im Hauptkurhaus gewartet, so hätte auch er zu jenen Menschen gehören können.

Das Ganze erinnerte ihn ein wenig an Truskawiec, wohin er einmal mit dem Vater zur Kur gefahren war – nur dass hier alles größer und solider war. Auf dem kurzen Fußgängerweg, der zum Sanatorium führte, schaute er sich die Kurgäste an – helle Hüte, Sonnenschirme, Anzüge, die irgendwo zwischen »festlich« und »alltäglich« anzusiedeln waren, vielleicht war eben dies die Mode des Sanatoriums. Auch bewegten sich die Menschen in einem nur dem Sanatorium eigenen Modus, langsamer als auf dem langsamsten Spaziergang bei ihm daheim in Lemberg – gingen sie schneller, hätten sie das Dorf sogleich längs und quer durchmessen und dieselben Wege mehrmals gehen müssen; so aber machten sie alle paar Schritte halt und plauderten, wobei ihre Blicke unentwegt nach links und rechts zu den anderen Kurgästen flogen, weswegen ihnen kein Detail an jemandes Kleidung entging, kein neues Gesicht unbemerkt bleiben konnte. Jede Neuheit in der Schneiderkunst, jede Geste, jede Frisur mussten wahrgenommen und entsprechend kommentiert werden.

Die Russen hielten sich bei alldem strikt abseits, auch hoben sie sich durch ihren übertrieben festlichen Aufzug von den anderen Kurgästen ab. Manche waren mit ihren ganzen Familien für einen kürzeren oder längeren Aufenthalt hier, in diesem Falle jedoch wohnten sie in Villen an den Hängen des dicht bewaldeten Buchberges und führten das Leben gesunder Menschen. Des Weiteren konnte man hier hochgewachsene Skandinavier sehen, blass waren sie und wirkten trübsinnig. Mehrere Male hörte Wojnicz auch Polnisch, es lag ihm aber nicht daran, sich zu erkennen zu geben. Die Polen gingen in kleinen Grüppchen, sie waren entweder unnatürlich still oder übertrieben laut.

In der bunten flanierenden Menschenmenge, bei der niemand gedacht hätte, dass es sich um Kranke handelte, suchte Wojnicz unwillkürlich nach der schlanken und aufrechten Gestalt der Frau aus der Kirche; allerdings nahm er an, dass sie vielleicht häufiger die andere Richtung einschlug, zum orthodoxen Kirchlein, für dessen Besichtigung er sich bereits mit Herrn August verabredet hatte. Er erkannte sie schon am Gang – es war ein gleichsam lässig schlendernder Schritt, nicht zielstrebig oder distinguiert. So gingen Menschen, die beschäftigt waren, in Gedanken vertieft, auf ihre eigenen Ziele konzentriert. Stets hielt sie eine Hand in der Jackentasche. Wann immer er sie sah, durchfuhr es ihn, und eine leichte Röte stieg ihm ins Gesicht, die er zu verbergen suchte, indem er vorgab, ihm sei kalt, und sich den Schal bis über den Mund zog; schon spürte er jedoch Lukas' forschenden oder Herrn Augusts leicht spöttischen Blick auf sich ruhen. Er wusste, seine Verlegenheit würde bei der abendlichen Konversation zum Anlass für Kommentare und Anspielungen werden. Gewiss würden sie, nachdem er in seinem Zimmer verschwunden war, noch lange die Frage seines Errötens drehen und wenden. Worüber die Herren zunächst auch sprachen – früher oder später lief es stets auf das Gleiche hinaus: die Frauen. Einmal angestoßen durch den sonderbaren Tod von Opitzens Gattin, kehrte das Thema immer wieder zurück; ihre leblos daliegende Gestalt hatte die Gemüter aufgewühlt. Ja, Wojnicz war bereits aufgefallen, dass jede Debatte – ob sie sich um Demokratie drehte, um die fünfte Dimension, um die Rolle der Religion, um Sozialismus, Europa, endlich um moderne Kunst – unweigerlich bei den Frauen endete.

*

Die Stunden während der Liegekur erschienen Wojnicz sterbenslangweilig, bis er gelernt hatte, sie als Zeit nur für sich selbst zu betrachten, gerade recht, um sich in eigene Gedanken zu vertiefen. Er bemerkte, dass ein Mensch, der intensiv am Leben teilnahm, keine Zeit zum Nachdenken und zur genauen Betrachtung der Dinge fand, und sei es nur in der Vorstellung. Daher legte er sich in den ersten Tagen immer neben Thilo, wusste er doch, dass der Freund ohnehin gleich in einen Dämmerschlaf verfallen und sogar ganz leise schnarchen würde. Dann ging in Wojniczens Kopf eine große Arbeit vonstatten – er verwandelte Empfindungen in Erfahrung, gewann einen Sinn aus dem, was ihn umgab. Nie gelang es ihm, auch nur eine Seite zu lesen, obwohl es doch so leicht zu sein schien. Stattdessen überkam ihn ein Zustand eigentümlicher Ruhe, in dem die Gedanken frei durch seinen Geist streiften – wer weiß woher kommend und wer weiß wohin wieder entschwindend – und sogleich durch neue ersetzt wurden. Ein Schlaf war es nicht, jedoch auch kein gewöhnlicher bewusster Wachzustand. Es sah ganz so aus, als existierten zwischen dem einen und dem anderen gewisse, ansonsten wenig beachtete Schichten jener Gedanken, die man zwar nicht steuern, aber in Bewegung versetzen konnte, um sie dann ihre eigenen Wege nehmen zu lassen.

Wäre Wojnicz in der Praxis der Selbstreflexion und Introspektion bewandert gewesen, die Doktor Semperweiß ihm beim nächsten Treffen empfahl, hätte er gewiss erkennen können, wie Gedanken entstehen und was ihre Natur ist – hauchfeine Schleier von Empfindungen sind es, durch die Zeit getragen wie Altweiberfäden und vom Wind bewegt, Streifen winziger Reaktionen, die sich zu zufälligen, nach Sinn strebenden Verkettungen zusammenfinden. Ihre Natur aber ist flüchtig und unbeständig, sie entstehen und verschwinden wieder, wobei sie den Eindruck hinterlassen, es wäre tatsächlich etwas geschehen und wir hätten daran teilgehabt. Als wäre das, worin wir uns befinden, stabil und sicher. Als existierte es.

In diesem Zustand kehrten, einem Echo gleich, einzelne Worte zu ihm zurück, hallten aus dem Kontext gerissene Sätze nach. Er wanderte in Gedanken zurück nach Lemberg und auf den Hof in Glinna, wo er seine ganze Kindheit verlebt hatte, und die so unnatürlich mitten am Tage eingenommene horizontale Position eröffnete ihm völlig vergessene Einzelheiten aus seinem kurzen Leben.

Zum Beispiel fiel ihm wieder ein, dass jedes Mal, wenn Onkel Emil nach Lemberg hatte kommen sollen, spezielle Vorbereitungen für seinen Besuch getroffen worden waren. Józef eilte zum Einkauf und kam immer mit einer Ente im Korb zurück, und der Bursche vom Markt half ihm, Gemüse und Äpfel hinaufzutragen – vor allem die Äpfel waren unverzichtbar.

In jener Zeit war Emil, Januarys jüngerer Bruder, bereits Offizier der Cavallerie bei der österreichischen Armee, ein großer, gut aussehender, hellhaariger Mann mit untadeliger Figur und Manieren. Er trug einen strohblonden Schnurrbart, der seinen zarten jungen Zügen Würde und Männlichkeit verlieh. Die blaugraue Jacke umspannte überaus ansehnlich seinen schlanken Oberkörper, ihre Farbe verlieh seiner Haut eine vornehme Blässe. Das Schönste aber – so erschien es Mieczysław – waren seine roten Hosen, die in hohen, stets wundersam blank gewienerten Stiefeln steckten. Emil kam, knallte seine Absätze zusammen und zündete sich sogleich eine Zigarre an, wobei der Vater ihm Gesellschaft leistete. Mieczyś bekam vom Onkel immer eine

Dose Plätzchen aus der Conditorei und ein militärisches Mitbringsel: Patronenhülsen, ein Taschenmesser oder ein blechernes Kochgeschirr. Dann musste er die Fragen des Onkels beantworten, was er, da er all das auswendig herunterbeten konnte, voller Inbrunst und mit großer Selbstsicherheit tat:

»Eine Cavalleriedivision besteht aus zwei Brigaden zu je zwei Regimentern.«

Oder:

»Ein Cavallerieregiment umfasst sechs Schwadronen.«

Außerdem galt es zu ergänzen, dass jeder Division eine spezielle berittene Artilleriedivision und vier Unterabteilungen, bewaffnet mit Maschinengewehren, unterstellt waren. Von den Patronen für diese Maschinengewehre stammten die Hülsen, mit denen Mieczyś im Übrigen nichts Rechtes anzufangen wusste. Er trug sie einfach in der Hosentasche und spürte ihre angenehme Schwere.

Einen Tag vor der Anreise des Onkels ging Józef stets gleich nach seinem Einkauf in den Keller, um der Ente die Kehle durchzuschneiden; anschließend hing der Vogelrumpf den ganzen Nachmittag am metallenen Rand des gekachelten Herdes, während das Blut langsam, Tropfen um Tropfen, in eine darunter aufgestellte Schüssel rann. Mieczyś Wojnicz wusste bereits aus früheren kummer- und schmerzvollen Lektionen, dass man sich mit der Ente vom Markt unter keinen Umständen anfreunden durfte, dass man kein Mitleid mit ihr haben durfte, daher ignorierte er ihr jammervolles, bisweilen auch empörtes Quaken, das aus dem Keller nach oben drang, bevor es ans Schlachten ging, ja er hielt sich die Ohren zu, um möglichst wenig zu bemerken von ihrer kurzen, nur einen Augenblick dauernden Anwesenheit im Haus. Doch der blutende gefiederte

Fetzen, der da vom Herdrand herabhing, stürzte ihn unweigerlich in Verzweiflung, und ein jämmerliches, hilfloses Weinen würgte ihn in der Kehle, das er vor dem Vater, dem Onkel, ja sogar vor Józef zu verbergen gezwungen war. Sie hätten doch nur gesagt, er flenne wie ein Weib. Der entsetzliche Anblick des dunkelroten, beinahe bräunlichen Blutes, das an der Halsöffnung der kopflosen Ente eintrocknete, versetzte ihn in einen schmerzlichen Widerstreit der Gefühle – es graute ihn, zugleich aber verspürte er eine merkwürdige, unbeschreibliche, fast lustvolle Faszination, die viel mächtiger war, als wenn er sich Schorf vom eben verheilten Knie kratzte oder einen bereits losen Milchzahn immerzu berührte. Eine Trauer, die in kein Weinen, in keine Erleichterung verwandelt werden konnte, zerriss ihm die Brust, drückte von innen und lähmte den Atem. Denn es bestand doch eine rätselhafte Gemeinschaft zwischen ihm selbst und der toten kopflosen Ente, aus der das Blut troff – etwas, das er in seinem Körper erspürte, eine Flauheit und Schwäche, die sich aus einer völligen Wehrlosigkeit ergab. Perfekt wurde das Grauen durch die Schönheit der blutverklebten Federn, die wundersam im Licht der Küche schillerten – dunkelblau und golden schimmernd, tintenschwarz und grünlich, azuren, saphirblau; es gab nicht die rechten Namen dafür, gewiss aber ähnelten sie den Flügeln des Vierfingrigen Engels. Der Tod der Ente wurde dadurch zur Schmähung, zum Anschlag auf die ganze Welt. Doch das Schlimmste sollte erst noch kommen.

Wenn nämlich das Schwarzsauer köchelte, das von Józefs Hand aus Blut, Essig und Gewürzen wie Piment, Lorbeerblättern, Majoran, Pfeffer, aus getrockneten Pflaumen und Aprikosen zubereitet wurde, wusste Mieczyś, dass unweigerliche Qualen nahten. Ein Teller mit der Suppe wurde vor ihn hingestellt – eine weitere Prüfung, ob er sich Manns genug erwiese, diesmal in Gegenwart seines Onkels, des Offiziers. Vorerst jedoch ließen sein Vater und Emil durch nichts erkennen, dass dies eine außergewöhnliche, besondere Angelegenheit wäre. Sie plauderten gelöst, meist über zukünftige Geschäfte oder Politik, noch nicht aber über Emils Heiratspläne – diese Frage würde erst beim Likör erörtert werden.

Mieczyś wiederum saß vor seinem Teller mit der schokoladenbraunen Masse voller Fettaugen, die Serviette unterm Kinn, innerlich verkrampft, machtlos gegen den Speichel, der sich in seinem Mund sammelte und den seine zugeschnürte Kehle nicht schlucken wollte. Dann streifte ihn flüchtig der Blick des Vaters, und Mieczyś nahm den Löffel wie ein zu Folterqualen Verurteilter und tauchte ihn in den dunklen Brei. Emil verdrehte indessen verzückt die Augen und seufzte, noch nie im Leben habe er etwas so Köstliches gegessen. Ein Ausdruck der Zufriedenheit erhellte Józefs sonst immer recht finsteres Gesicht; er zog sich nicht in die Küche zurück, sondern forderte durch seine Anwesenheit weiteres Lob ein. Mieczyś wusste, dass die Augen der beiden Männer sich gleich auf ihn richten würden, und er rief sich innerlich selbst zur Ordnung, indem er sich sagte, er müsse es tun, er dürfe die beiden Personen, die ihm auf der Welt am nächsten waren, nicht enttäuschen, denn sie wollten nur das Beste für ihn; damit ein echter Mann aus ihm würde, müsse er sich überwinden, setzten sie ihm dieses Gericht doch aus *Liebe* vor. Da stiegen ihm Tränen in die Augen, und der Löffel hob sich, zitternd und Tropfen vergießend, an seine Lippen, die nichts anderes mehr tun konnten, als sich zu öffnen und das Opfer entgegenzunehmen. Immer erwartete er, dass er sich von den letzten Malen falsch an den Geschmack des Schwarzsauers erinnerte und dass es sich plötzlich als erstaunlich wohlschmeckend erwiese. Jedoch entfaltete sich in seinem Mund auch diesmal etwas Widerliches, mit nichts anderem Vergleichbares, das kaum durch das Aroma von Lorbeer und Majoran übertüncht wurde, das nur mit buttrigem Pinselstrich lackiert, im Grunde aber scheußlich und abstoßend war. Es war ein schreiender, widerwärtiger, durchdringender Geschmack, der sich süßlich und fade zwischen Zunge und Wangen ausbreitete. Der Hals schnürte sich ihm zu, und Mieczyś verspürte wieder einen Brechreiz, konnte ihn diesmal jedoch unterdrücken, sodass das Gefühl sich nach einem Moment des Zögerns wieder in seinen Körper zurückzog, in den Eingeweiden versickerte und die Portion gekochten Tierblutes in seinen Magen hinabrinnen konnte. Beide Männer taten so, als sähen sie ihn nicht an, doch er wusste nur zu gut, dass sie ihn verstohlen beobachteten, wachsam und kühl. Nun nahm Mieczyś den nächsten Löffel und noch einen, sein Vater entspannte sich und begann zu scherzen. Tränen füllten die Augen des Jungen, doch auch die ignorierte er, sodass sie ebenfalls tief in seinem Körper versickerten.

»Das ist eine traditionelle polnische Suppe. Ein Narr, wer sie nicht probiert. Und wie viel Kraft sie gibt!«, freute sich der Vater. Onkel Emil lächelte, und die Enden seines strohblonden Schnurrbarts färbten sich dunkelrot.

Es ist doch ganz einfach, dachte Mieczyś Wojnicz, während er seine Tränen herunterschluckte, die sich in seinem zarten kindlichen Körper mit dem Tierblut mischten: Ein Mann zu sein heißt, zu lernen, alles zu ignorieren, was Probleme bereitet. Das ist das ganze Geheimnis.

Nun, bei seinem Aufenthalt in Görbersdorf, betrat er nach einem Spaziergang die Post und kaufte einige Ansichtskarten, lauter verschiedene, sowie Briefmarken, und begann zu überlegen, an wen er sie schicken könnte. Die Einzigen, die ihm einfielen, waren Vater und Onkel.

Für seinen Vater wählte er eine Ansicht des *Neuen Kurhauses* von Doktor Brehmer. Das Gebäude wurde in fliehender Perspektive gezeigt, die seine mächtige Silhouette noch betonte. Dieser Anblick würde dem Vater gewiss gefallen, der solide Eindruck sich auf den Glauben an die Wirksamkeit der Therapie übertragen. Der Vater würde glücklich sein, dass es ihm gelungen war, seinen Sprössling an einem so respektablen Ort unterzubringen. Die roten Backsteinmauern und hübschen Bögen der Kreuzgänge ließen, ähnlich wie die Türmchen und das Spitzdach, an ein mittelalterliches Schloss denken. Ja, sein Vater würde glauben, dass sein Kind in ein preußisches Paradies gelangt war, wo alle jungen Burschen letztendlich zu Männern heranreiften. Dem Onkel hingegen wollte er einen Ausblick über das Tal schicken, in dem dieser Ort – nicht Kleinstadt, doch auch nicht Dorf – gelegen war. Die von Menschenhand errichteten Bauten sahen aus der fernen Perspektive aus wie eine Schramme in der perfekten natürlichen Architektur, eine heilende, verkrustende Wunde. Der Anblick der

menschlichen Bauwerke auf der ersten Karte war wahrhaft triumphal, auf der zweiten aber wirkten sie vor dem Hintergrund der mächtigen Berge höchstens amüsant.

Auf beiden Karten war nicht eben viel Platz für eine Korrespondenz. Mieczysław schrieb daher nur, dass er Grüße sende, es ihm gut gehe und er das hiesige Essen voller Andacht genieße. Dass er sich Gerichte aus der schlesischen Küche notiere. Dass er Vater und Onkel vermisse und sie sich gewiss bald alle wiedersehen würden.

*

Für das orthodoxe Kirchlein interessierte sich Wojnicz nur, weil er eines Tages die Frau mit dem Hut, die ihn so sehr beeindruckte, aus dieser Kirche hatte kommen sehen; sie weilte wohl tatsächlich häufig dort. Zum zweiten Mal sah er sie, als er mit August und Lukas auf einem Spaziergang war. Langsam kam sie ihm entgegengeschlendert, eine Hand in der Tasche, mit der anderen stützte sie sich auf einen rüschenbesetzten Schirm.

In Wojnicz begann alles zu brodeln – ihr Anblick bereitete ihm ein überwältigendes, schwer beschreibbares Vergnügen, das mehr war als jene »Köstlichkeit«, die er in Görbersdorf auf Schritt und Tritt empfand – beim Anblick der Möbel, Teppiche, der Gardinen in den Fenstern, der mit weichem Leder bezogenen Stühle, überhaupt der Sorgfalt, mit der die Gegenstände an den entsprechenden Stellen im Raum arrangiert worden waren, voller Liebe zum Detail, stets so, dass ihre Muster im Einklang waren. Das Äußere der Frau mit dem Hut übertraf das bei Weitem, denn alles an ihr, und gewiss auch sie selbst, subsumierte sich zu dem, was ihn seit jeher anzog und faszinierte – die Vollkommenheit,

Sinnhaftigkeit, Harmonie, deren Schimmer er bisher nur an wenigen Dingen wahrgenommen hatte, immer fragmentarisch, nie zur Gänze.

Die beiden anderen zogen ihre Hüte vor der beeindruckenden Frau, er murmelte verlegen etwas in sich hinein, denn da er barhäuptig war, wusste er nicht, wohin mit seinen Händen; er schaute sie an, und die Zeit verlangsamte sich, denn in dieser kleinen Sekunde nahm er so viele Einzelheiten wahr, so viel Wundersames erfasste seine Seele, dass ihm ganz schwach zumute wurde, als sie an ihm vorüberging. Er blieb stehen, zwang sich zu einem Husten, um seine Verwirrung zu kaschieren, seine Bewunderung, seine verzweifelte Sehnsucht.

*

Die orthodoxe Kirche, zu der er einige Tage später in Gesellschaft der anderen Gäste aufbrach, erwies sich als erstaunlich klein, ja besaß eher die Größe einer Kapelle. Vielleicht erschien sie Wojnicz aus diesem Grund so heimelig (köstlich!), obwohl ihre Wände völlig schmucklos waren. Dabei war er doch an ganz andere orthodoxe Kirchen gewöhnt – farbenfrohe, ja schreiend bunte, mit Teppichen und Ikonen geschmückte fröhliche Gotteshäuser. Bei ihm daheim in Galizien waren sie dörflich, bäuerlich, Longinus Lukas hätte gewiss gesagt: kindlich, zeigte sich in ihrer Ausstattung doch eine Vorliebe für opulente Jahrmarktsdekorationen. Teppiche und Wandbehänge, Blumen aus eingefärbtem Seidenpapier, papierene Girlanden – so etwas kannte er aus der orthodoxen Kirche in Glinna. Dieses Kirchlein hier erschien ihm dagegen elegant und exotisch.

Der beauftragte schlesische Architekt hatte versucht,

das Gotteshaus an die Architektur der Sudeten anzupassen, deswegen sah es so merkwürdig aus – sollte sich im europäischen Gewirr der Religionen einmal eine preußisch-orthodoxe Glaubensrichtung herausbilden, so hätte dieses Bauwerk als deren erste architektonische Verkörperung dienen können. Wojnicz hatte in Erfahrung gebracht, dass ein reicher russischer Patient das Kirchlein für seine Glaubensbrüder hatte erbauen lassen, damit diese bei der Kur einen Ort der Einkehr hätten. Nun konnten sie dies bereits in dem eben fertiggestellten Gebäude tun, das trotz seiner hübschen neuen Backsteinwände recht altertümlich wirkte. Erst nach dem Betreten wurde der Besucher gewahr, wie klein der Raum tatsächlich war – vielleicht zu knapp bemessen für die immer größeren Ströme an Kranken orthodoxen Glaubens. Aber auch die Gruppe von Protestanten war in Görbersdorf nicht übermäßig zahlreich, wie um das Prinzip »Wen Sorgen plagen, mag's dem Herrgott klagen« zu widerlegen. Um das Kircheninnere so gut wie möglich auf dessen sakrale Funktion hin einzurichten, hatte der reiche Bauherr einen Maler angestellt, der von irgendwoher aus der Welt angereist war, sich aber sogleich in eine Romanze mit einer Patientin verstrickte, gemeinsam mit ihr vor dem eifersüchtigen Gatten flüchtete und die Wände leer hinterließ. Rasch stellte sich außerdem heraus, dass besagter großzügiger Stifter nach dem Tod seiner kranken Frau kein Herz mehr für Görbersdorf hatte und seine Gelder zurückzog, womit er Gott gewissermaßen mitteilte: Zu spät, die Sache ist nicht mehr aktuell. Jedenfalls war das kleine Kirchengebäude seit der Zeit seines Bestehens stets von Skandalen oder Skandälchen umwittert – hier der unanständig reiche Stifter, da die seltsame Gestaltung, die so recht zu nichts passen wollte, dort der flüchtige Maler –, und mittlerweile erzählten alle einander von einer Ikone, die jemand inkognito gestiftet hatte und die, wie es hieß, einen hohen künstlerischen Wert besitze, weshalb nun überlegt wurde, ob das Kirchlein nicht besser mit einem schweren Schloss versehen oder gar unter Bewachung gestellt werden solle. Angeblich war die Ikone kein Geschenk, sondern der Spender hatte das merkwürdige Werk als Leihgabe überlassen, und nun galt es nachgerade als gesellschaftliche Verpflichtung, sich sonntags dorthin zu begeben, um wieder und wieder über den Fall Emerentia zu debattieren.

Herr August, der unempfänglich für die Architektur der Kirche selbst war, ging sogleich festen Schrittes zur linken Wand bei der Ikonostase, wo hoch über den Köpfen der Betrachter jene berühmte Ikone mit der Heiligen Emerentia hing, und zeigte in nonchalanter Geste mit seinem Spazierstock darauf.

Was die Ikone darstellte, lässt sich am besten mit Wojniczens noch vollkommen unschuldigem Blick betrachten: Eine Frau mit Säugling sitzt auf dem Schoß einer anderen, etwas größeren und kräftigeren Frau in ziegelrotem Kleid, die eine Hand wie zum Gruß erhoben hat. Letztere wiederum sitzt auf dem Schoß einer noch größeren Frau mit dunklem runzligem Gesicht und durchdringendem Blick. Sie hat die Arme leicht ausgebreitet, sodass ihr dunkler, fast schwarzer Mantel die beiden kleineren Figuren und das Kind umgibt. Auf dem tiefblauen Saum des Mantels sind Sterne, Mond und Sonne zu sehen. Der Hintergrund des sich breitenden Mantels ist golden, das ewige Licht, *lux perpetua*.

Die Gesichter Marias und des Kindes sind in bleichen Farben gehalten; beide schauen dem Betrachter recht forsch entgegen. Das etwas dunklere Gesicht der Anna drückt

Anspannung aus, als nähme sie die Situation als bedrohlich wahr oder fürchtete sich, zu viel zu sagen. Emerentia wiederum sieht leidend aus; mit feinem Pinsel hat der Maler ihrem Gesicht unzählige Fältchen verliehen, weshalb sie beinahe wirkt wie ein eigentümliches Pflanzengewächs. Wojnicz dachte bei sich, dass im Blick der runzligen alten Frau etwas Unangenehmes liege.

»Brrr«, meldete sich Herr August zu Wort, »sehen Sie das? Wer kann, sollte sich einmal durchlesen, was dort steht. Natürlich keine Heilige Emerentia, das ist ein westlicher Name, sondern Panagia, die Allerheiligste. Die Urgroßmutter des Erlösers, Mutter der Heiligen Anna, Großmutter von Maria. Die weibliche Linie. Bilder wie dieses, die die Genealogie des Christus auf solche Weise darstellen, sind häufig als Heilige Anna selbviert tituliert.«

»Von einer solchen Heiligen habe ich noch nie gehört«, wunderte sich Lukas ein wenig gekränkt, doch nicht seiner Unwissenheit wegen, sondern weil die Welt ihm diese Figur vorenthalten hatte.

Thilo, der auf dem einzigen vorhandenen, gewiss nicht für die Gläubigen gedachten Stuhl Platz genommen hatte, wandte sich vor allem an Wojnicz: »Mir ist sie bekannt. In der flämischen Malerei wächst aus dem Herzen der hockenden Emerentia ein Baum mit der Gestalt der Anna empor, die ihre Tochter im Arm hält, und aus Marias Herzen wächst ein Baum mit einer einzelnen Blüte empor, dem Jesuskind.«

Wojnicz nickte. Mit einem Mal erinnerte er sich, dass Gliceria ihn einige Male aufs Dorf in die orthodoxe Kirche mitgenommen hatte, wobei er jedoch nie bis zum Ende der Messe hatte durchhalten können. Immer versagten die Beine ihm den Dienst, und das Übermaß an Eindrücken überwältigte ihn derart, dass eine unbezwingbare Müdigkeit ihn übermannte. Gliceria trug ihn, der tief und fest eingeschlafen war, hinaus, und später machte sein Vater ihr Vorwürfe.

»Und Sie, was denken Sie über dieses merkwürdige Bild?«, hörte er Herrn Augusts fragende Stimme.

»Ich?«, fragte er, aus seinen Gedanken gerissen. »Nein, nein, ich ... ich habe noch gar nicht darüber nachgedacht. Es ist sehr ...«, er suchte nach einem Wort, dass ihn in Herrn Augusts Augen nicht kompromittieren würde, »... ausdrucksstark.«

Nun begann das Erklären, Zitieren und Belehren.

Herrn Augusts wie zum Gebet zusammengelegte Hände wurden wieder zum hackenden Werkzeug, einem mächtigen Schnabel ähnlich, mit dem er, gleich einem Specht, schnurgerade Wissenspfade in die Köpfe der Zuhörer hämmerte, Verständniswege, grundlegende Bildungsbahnen. Kerzengerade stehend, wiegte er sich vor und zurück und zog die Aufmerksamkeit der Anwesenden auf sich, denen sich bereits ein gut gekleidetes Ehepaar und eine katholische Ordensschwester zugesellt hatten. Ein paarmal versuchte Thilo sich in Augusts Vortrag einzubringen, warf jedoch, da er wusste, dass er das Ruder nicht würde übernehmen können, jeweils nur ein oder zwei Worte ein, wodurch er Herrn August zu noch größeren Beweisen seiner Eloquenz anstachelte.

Was konnte Wojnicz in Erfahrung bringen, bevor er sich weiter nach vorne drängte und es wagte, seinen Blick vom perorierenden August abzuwenden? Dass dies ein seltenes Motiv in der Malerei sei, kaum je anzutreffen. Dass es im christlich-orthodoxen Glauben die einzige bekannte derartige Ikone sei (worin sich beide – August und Thilo – im Übrigen einig waren). Dass dieses Motiv im Mittelalter auch im Westen populär gewesen, im Laufe der Zeit jedoch verschwunden, ja vielleicht sogar bewusst aus den Gotteshäusern entfernt worden sei. Dass es an eine Legende anknüpfe, der zufolge ein Prophet namens Archos im Jahre siebenundsiebzig vor Christus vom Berge Horeb ein junges Mädchen von außergewöhnlichem Liebreiz erblickte und später einen Traum hatte, in dem aus dem Leib jenes Mädchens ein Baum mit herrlichen Früchten emporwuchs, von denen eine ganz besonders schön war, worauf der Prophet dem Mädchen sagte, es werde einen außergewöhnlichen Spross hervorbringen. Dass August das Alter der Ikone auf zweihundert Jahre schätzte (Thilo glaubte, es seien eher hundertfünfzig), und zwar anhand des charakteristischen Farbtons, den der goldene Hintergrund aufweise, und der Art, in der die Hände gemalt seien – oder waren es die Ohren? Wojnicz konnte nicht recht folgen. Und so ging es weiter und weiter …

Ehrlich gesagt, machte die Ikone auf Wojnicz einen eher düsteren Eindruck. In dunklen Tönen war sie gehalten, und die Körper der drei Frauen wirkten gedrängt, wie ineinander verflochten, einer ging in den anderen über, und aus diesem Geflecht ragten nur die von Heiligenscheinen umgebenen Köpfe heraus. Es fehlte an der klassischen Ernsthaftigkeit, mit der Ikonen geschrieben werden. In dieser hier lag etwas Dramatisches, Übermäßiges, etwas Verfehltes. Dämmer und Gold. Gerade Linien und spielerische Schnörkel. Golden war der Hintergrund, graviert zu einer geballten Dichte aus Blättern und biegsamen Stängeln. Vor diesem Hintergrund war die Figurengruppe platziert – im Zentrum das Kind in dunkelrotem Gewand, klein und kränklich sah es aus, hielt einen großen, prächtigen Apfel, der ein wenig zu rosa war, als wäre er gekocht;

und die Mutter des Kindes, eigentlich ein Mädchen noch, wirkte bleich und ausgezehrt, als überstiege die Mutterschaft ihre Kräfte. Sie wiederum saß auf dem Schoß einer viel größeren, erhabenen Frau mit ernstem, reifem Gesicht, die ganz in Blau- und Silbertöne gekleidet war. Doch auch diese wirkte eigentümlich verhärmt.

Diese drei Figuren, die einander auf dem Schoß sitzen, es ist schon etwas Unanständiges daran, dachte Wojnicz, etwas Übertriebenes, ein Schabernack. Ja, so stellte er sich vor, irgendwann würde ein Betrachter kommen, der dieser wunderlich ineinander verschlungenen Gruppe in ihr vierfaches Gesicht lachen, der in lautes Gelächter ausbrechen würde, statt den Ernst zu wahren, der den Besucher eines Gotteshauses gewöhnlich auszeichnete. Sie hatten recht, die wenigen, die sagten, diese sonderbare Ikone sei in der orthodoxen Kirche fehl am Platze, sowohl ihrer bizarren Vierfaltigkeit als auch besagter Emerentia wegen, die so hässlich und furchterregend, ja hexenähnlich erschien, als passte sie an keinen Ort und sei rein zufällig oder durch eine Arglist des Malers auf das Bild geraten. Es gab wohl niemanden, der sie sehen wollte. Aller Augen wandten sich vielmehr dem Kind und dessen mädchenhaft junger Mutter zu – voller Sorge, oder auch bereits vom Wunsch beseelt, ihnen Hilfe und Beistand zu leisten.

Wojnicz seufzte. All das wirkte so unästhetisch, ja hässlich geradezu – schockierend, aber auch provozierend; kein Wunder, dass das Bild Emotionen weckte und die Gedanken der Kurgäste beschäftigte.

Reichlich durchgefroren verließen sie die Kirche. Es war einer dieser bereits empfindlich kühlen Herbsttage. Der Erde entströmte ein intensiver Geruch, der in den Nasenlöchern kitzelte und vorwitzig bis in die Lunge vordrang, um sich dort umzuschauen: Was haben wir denn da? Halten wir noch bis zum Winter durch?

Der Wind bewegte nur die Wipfel der Bäume, und es fühlte sich an, als hielte sich fern hinter den Bergen schon der Winter bereit. Wojnicz fielen die Skier ein, die vor dem Gästehaus zum Verleih bereitgestellt und von Raimund mit einer Schmiere aus Tiertalg behandelt werden sollten. Da an den Sonntagen keine Anwendungen stattfanden, bogen nun alle in einen Seitenweg ein und betraten, statt sich zur Vesper zu begeben, das *Café Dreimädelhaus*. Es war ein gemütliches Lokal mit eichenholzgetäfelten Wänden, die Bergpanoramen und Bilder von Hirschen und Jagden zierten. Drinnen duftete es nach Kaffee und Glühwein.

»Oder darf es etwas Stärkeres sein?«

Der zuvorkommende Kellner mit den blauen Augen rückte die Tische zusammen, und nun konnten sie weiter konversieren. Ein längerer Aufenthalt im Café war – der abgestandenen Luft und des dichten Rauches wegen – von den Doktoren streng untersagt worden. Und so plagte nun alle ein Schuldgefühl, das ihnen den Geschmack des eigentlich recht guten heimischen Bieres verdarb. Thilo setzte sich neben Wojnicz und bestellte Eisenkrauttee mit Honig. Wojnicz war unentschlossen, nahm schließlich das Gleiche wie die anderen Herren – ein Bier, obwohl er es nicht sonderlich mochte.

»Warst du auf dem Friedhof?«, fragte ihn Thilo halblaut.

Wojnicz nickte zerstreut, studierte er doch gerade die Speisekarte, mit besonderem Augenmerk auf den Desserts.

Thilo sah ihn erwartungsvoll an.

»Hast du es gesehen?«

Mieczysław verstand nicht; er hatte keine Ahnung, wovon Thilo sprach.

»Was gesehen?«

Thilo drehte mit sichtlicher Ungeduld die Augen zur Decke.

»Nichts hast du gesehen«, meinte er nur knapp.

Beide widmeten sich wieder der Speisekarte.

»Hast du nicht auch den Eindruck«, begann Thilo nach einer Weile erneut und neigte sich so weit zu Wojnicz herüber, dass sein Gesicht fast dessen Kragen berührte, »dass uns hier alles durcheinandergerät? Dass wir uns nicht erinnern, worüber wir noch am Vortag gesprochen haben und zu welchem Schluss wir kamen? Auf welcher Seite wir standen, wer im Gespräch unser Gegner war und wer unser Verbündeter?«

Überrascht von dieser Frage, überlegte Wojnicz einen Augenblick.

Ja, Thilo hatte recht. Bis jetzt war Mieczysław davon ausgegangen, es liege an dem neuen Ort und am Übermaß der Eindrücke, an den zahlreichen Verpflichtungen jeden Tag – dies sei der Grund dafür, dass er keine Zeit zur Besinnung fand.

»Bei mir könnte es eine Frage der Akklimatisierung sein …«, antwortete er hoffnungsvoll.

»Nein, wir sind doch bereits seit Monaten hier«, widersprach ihm Thilo. »Man verfällt hier in einen merkwürdigen Gemütszustand.«

Darauf erwiderte Wojnicz nichts. Als der Kellner sich, das Tablett mit den Biergläsern und einer kleinen Teekanne auf der erhobenen Hand, geschickt zwischen den Tischen hindurchschlängelte, meinte Thilo flüsternd: »Sieh nur, all das wird irgendwann vergessen sein, alles. Schau es dir an, es wird alles verschwinden.«

Ins Kaffeehaus strömte eine lustige Gesellschaft. Der Geräuschpegel schwoll an, erstickte die Einzelgespräche. Selbst Herr August wurde übertönt; man musste die Stimme heben, um gehört zu werden. Deswegen brachen sie bald auf.

Als sie zurück zum Gästehaus spazierten, verspürten alle bereits die ersten Ausläufer des abendlichen Hungers. Es dämmerte schon, die Abendmahlzeit nahte, und vom Hauptgebäude des Sanatoriums wehte köstlicher Bratenduft herüber. Nach seinem Quantum Bier fühlte Wojnicz sich leicht benommen; er ging hinter den anderen, hörte nur Fetzen der Gespräche, die die vor ihm gehenden Herren führten:

»... besser ist das Bier im *Bergland* ...«

»... was Willi wohl heute zum Abendessen gekocht hat?«

»... hat er endlich eine Köchin eingestellt? Oder müssen wir weiter seinen Holzfällerfraß ertragen?«

»... wenn erst ein Platz im Kurhaus frei wird, dann werden Sie sehen, dass auch die Abendessen dort besser sind.«

»... es gelingt hier einfach nicht, irgendetwas zu sparen ...«

»... im *Neuen Kurhaus* würde ein Zimmer mit Verpflegung ebenso viel kosten wie im *Alten Kurhaus* ...«

Als er zu ihnen aufschloss, kehrte die Konversation in die alten Bahnen zurück und drehte sich wieder um die Ikone.

»... ich kann nicht umhin, immerfort daran zu denken, dass die Natur das Weib zwar mit der Macht des Gebärens ausgestattet, ihm aber zugleich keinerlei Kontrolle über diese Macht gegeben hat. Immer muss es darin von etwas Größerem unterstützt werden – einem Naturgesetz, einer gesellschaftlichen oder moralischen Ordnung. Und dieses Größere eben ist die Emerentia!«, hackte Herr August in die Luft.

»... denn der Leib des Weibes gehört nicht ihm allein, sondern der Menschheit.« Das sagte nun Lukas, der ein wenig gereizt war, weil sie keine weitere Runde getrunken hatten. »Da er gebiert, ist der weibliche Leib Allgemeingut; die Fähigkeit des Weibes, zu gebären, kann daher nicht als private Eigenschaft betrachtet werden.« Er betonte das Wort »private« und erwiderte gleichzeitig beflissen den Gruß eines Ehepaares, das ihnen entgegenkam. »Indem das Weib ein Weib ist, gehört es uns allen.«

»Da haben Sie natürlich vollkommen recht«, meldete sich unvermittelt Frommer zu Wort und beugte sich vor, als erwartete er, Steinpilze aus dem Trottoir sprießen zu sehen. »Der Objektcharakter und Subjektcharakter der Frau schließt ihren Leib mit ein, das liegt klar auf der Hand. Mir aber geht es um gewisse geistige und seelische Eigenschaften.«

»Woran denken Sie dabei?«, erkundigte sich Herr August bescheiden, der sich nun zurückhielt.

»Im philosophischen Sinne können wir das Weib nicht als vollkommenes, in seiner Entwicklung abgeschlossenes Subjekt betrachten, wie es der Mann aus sich selbst heraus ist. Daraus ergibt sich, dass das Weib sich im Raume des Mannes entwickeln und seine eigene Identität beibehalten kann. Der Mann verleiht der weiblichen Identität einen Rahmen.«

»Aber so wird die Frau doch wie ein Objekt behandelt!«, rief Thilo alarmiert.

Vor ihnen verwirbelte eine plötzliche Windböe einen Haufen Blätter, die sich zu einer kleinen Windhose, ja zu einem Windhöschen formten.

»Das ist wahr, das muss man einräumen – wie ein Objekt. Es ist aber wohl niemand so dumm, der Frau nicht doch einen gewissen Grad an Subjekthaftigkeit zuzubilligen. Sieht man einer Frau ins Gesicht, so muss man zugeben, dass sie durchaus etwas Persönliches, Individualisiertes und Subjekthaftes an sich hat. Nicht wahr? Auf der anderen Seite gehört aber ihr Körper, und somit auch sie selbst, allen, ist sie doch ein Gefäß, dem Menschen entspringen – und daher sind der Leib der Frau, ihr Bauch, ihre Gebärmutter Eigentum der gesamten Menschheit.«

Die Windhose erwies sich als Vorbotin des Windes, der – nun doch! – hier angelangt war, in den windstillen Regionen Görbersdorfs, und sie nun kräftig durchrüttelte. Wojnicz stellte seinen Kragen auf, zog sich den Schal bis über den Mund.

»Nun, selbstverständlich soll die Frau«, sagte Herr August – der schließlich Sozialist war – und hielt seinen schokoladenbraunen Hut fest, »selbstverständlich soll sie auch ihre Rechte haben, dennoch sollte sie nie vergessen, dass sie der Gesellschaft gehört, einer Gesellschaft, die zur Wahrung ihrer eigenen Interessen die Institution des Staates beruft – daher könnte der Staat, wenn man es logisch betrachtet, hm, über die Frau verfügen. Das ist wahr. Der Staat könnte ihr eine gesellschaftliche Rolle, bestimmte Aufgaben zuweisen, aber auch, und vielleicht vor allem, ihre Rechte als menschliches Individuum wahren.«

»Das Wahlrecht auch?«, fragte Lukas provokant.

»Nun ja, ich denke, sogar dafür wird die Zeit einmal kommen. Ich meine nun einfach das Recht, in Frieden zu leben, ohne Hunger, das Recht auf ärztliche Versorgung, auf Freiheit innerhalb der gesellschaftlichen und sittlichen Rahmen.«

Der Wind wirbelte Blätter und kleine Zweige vom Boden auf, kalt war er und schneidend. Schon erreichten sie das Gästehaus für Herren.

»Sie sagten, der Mann forme gewissermaßen die individuelle Identität der Frau. Der Staat wiederum forme ihre gesellschaftlichen Rollen …«, wandte August sich an Frommer.

»Und die Kirche ihr seelisch-geistliches Leben«, ergänzte Frommer bissig. »Ich stelle mich hier voll und ganz hinter die Frau. Ich weiß nicht, ob Sie davon gehört haben, aber eines der früheren Konzile befasste sich mit der Frage der weiblichen Seele. Damals, im frühen Mittelalter, war es nicht so offensichtlich, ob Frauen eine Seele haben. Ja, ja …«

»Nun, wenn ich mir manchmal meine Zimmerwirtin so ansehe …«, begann Lukas ironisch, führte seinen Satz aber nicht zu Ende.

»Jedenfalls wurde nach vielen Tagen der Beratung eine geheime Abstimmung angeordnet …«

»Und?« Wojnicz konnte den Ausgang der Geschichte kaum erwarten.

»Und es stellte sich heraus, dass eine Seite mit nur einer Stimme überwog. Stellen Sie sich das vor, meine Herren, mit nur einer Stimme!«

»Aber welche Seite denn nun?«, rief Wojnicz erregt dazwischen.

»Natürlich die, dass sie eine Seele haben. Das wollen Sie doch wohl nicht in Zweifel ziehen?«, meinte Frommer und fügte nach einer Weile hinzu: »Ich frage mich häufig, wer wohl der Bischof war, dessen Stimme die Schale neigte …«

*

Für drei Mark nahmen sie sich eine Kutsche und fuhren nach Langwaltersdorf, zum Friedhof. Wojnicz musste ein leises Unbehagen unterdrücken, weil er nun die Strahlendusche verpasste, eine Wasseranwendung, für die er schließlich extra bezahlte. Wenn der Vater davon erführe! Andererseits konnte er ein wenig frischen Atem, eine kleine Abwechslung gut gebrauchen; er wurde des engen Tales mit seiner Windstille und Bewegungslosigkeit bereits überdrüssig. Außerdem – wie groß war doch das Vergnügen, mit jemand Jungem, mit jemandem im selben Alter zu verweilen. Bereits auf dem Weg zur Haltestelle begannen sie zu albern und zu scherzen, doch in der offenen Kutsche wurde Thilo still, wahrscheinlich weil er seinen Schal wie stets bis über den Mund zog. Er fürchtete den kühlen Fahrtwind.

»Spürst du es auch?«, fragte er undeutlich. »Es gibt doch nichts Schöneres als einen Ausflug zum Friedhof, nicht wahr?«

Wojnicz imponierte Thilos sarkastischer Humor, seine ständig wechselnden Launen faszinierten ihn. Heute schien Thilo bei bester Laune zu sein, vielleicht weil es trocken und warm war.

Der Duft der Blätter war betörend, und überall roch es auch nach Tannen, nach dem Harz von Nadelbäumen, ein Geruch, der Wojnicz immer an die glücklichsten Momente aller Weihnachtsfeste seines Lebens erinnerte. Darüber sprachen sie nun auch, jedoch teilte Thilo nicht Wojniczens Weihnachtsbegeisterung. Bei ihm zu Hause war dies eine Zeit, in der die gesamte Familie zum Besuch anrückte, seine Mutter sich unwohl fühlte und sein Stiefvater ständig anwesend war – was sich kaum ertragen ließ. Der Stiefvater betrank sich an den Abenden und hatte an allem etwas auszusetzen. Manchmal musste Thilo im Pyjama vor ihm antreten und Fragen zur Geschichte beantworten, oder der Stiefvater befahl ihm strammzustehen, um »einen Mann aus ihm zu machen«, wie er es nannte. Die Mutter vermochte es nie, sich hinter ihren Sohn zu stellen. Sie verwandelte sich erst dann in eine Mutter, wenn der Stiefvater auf Reisen ging, was recht häufig geschah. Dann verstanden sie sich ausgesprochen gut, störten einander nicht und verbrachten nur die Abende zusammen, nachdem sie den ganzen Tag ihren eigenen Dingen nachgegangen waren. Die Mutter behandelte den Sohn wie ihresgleichen, wie einen alten Freund aus Kindertagen, der auf merkwürdige Weise in ihr Haus geraten war. Sie hatte ihre Schauspielkarriere aufgegeben, als sie Thilos Vater kennenlernte. Nach seinem Tod, als Thilo noch klein war, hatte ein Freund sie überredet, Morphium zu probieren. Inzwischen nahm sie die Droge regelmäßig. Thilo erzählte Wojnicz ganz ungerührt davon, ohne es ihr nachzutragen.

»Ich verstehe dich«, sagte Wojnicz und legte seine Handschuhhand auf Thilos ebenfalls behandschuhte Hand.

»Du bist ein seltsames Wesen, so vollkommen unbedarft, unschuldig …« Thilo sah ihn neugierig an. »Ich weiß nicht, wer du bist. Wo kommst du bloß her?«

»Aus Lemberg. Dort werden wir in Gewächshäusern gezüchtet«, scherzte Wojnicz, und Thilo lachte lange und herzlich.

Die Kutsche durchquerte das Dorf und blieb endlich vor dem Tor der Kirche stehen, hinter der sich der Friedhof befand. Von dort erstreckte sich der Ausblick über eine hügelige schöne, von Rottönen gesprenkelte Hochebene. Irgendwo dort unten lag Waldenburg. An den Spinnweben zwischen den Grabsteinen hingen Wassertröpfchen; die Luft hatte die Farbe des Tokajerweins, den sie sich am gestrigen Abend zu Gemüte geführt hatten, und sie schmeckte ebenso – belebend.

Thilo ging langsam voran, stützte sich auf einen altmodischen Gehstock. Sie kamen am frischen Grab von Opitzens Gattin vorbei, verließen dann die Hauptallee und gingen übers Gras, dessen spitze Halme unter ihren Schritten federten, als erwarte es noch nicht den nahenden Winter. Immer wieder musste Thilo schwer atmend anhalten, wobei er Wojnicz entschuldigend ansah. Bei einem kleineren Quartier des Friedhofs, in seiner entferntesten Ecke, ganz hinten beim Bach, blieben sie stehen. Dies war der älteste Teil der Ruhestätte. Die Gräber waren hier planvoll, in geraden Reihen angelegt wie überall, doch offenbar war die Ordnung rasch außer Kontrolle geraten – nun gab es hier zahlreiche gewundene Pfade und Sackgassen, und die Grabsteine hatten stilistisch nicht viel miteinander gemein. Manche waren sehr pompös, andere weniger, es gab spitz aufragende und gedrungene, die einen hatten Kreuze, andere ließen vermuten, dass ihre Besitzer von weit her kamen und sich nicht so leicht in die hier herrschende Bestattungskultur einordnen ließen.

Mit sicherem Schritt führte Thilo ihn zu der Pforte an der Hinterseite, wo sich hinter der Mauer rostfarben schimmernde Bergweiden erstreckten. Wojnicz blickte seinen Begleiter fragend an.

»Schau dir diese Gräber hier an. Lern endlich, hinzuschauen«, drängte ihn Thilo.

Nun gut. Wojnicz trat zwischen die Grabstätten und sah sich die Grabsteine an. Das Erste, was er bemerkte, waren natürlich die Namen, die sich kaum von denen im Hauptteil des Friedhofs unterschieden: Fischer, Opitz, Kluge, Tilch, lauter Männer, eher junge; er rechnete in Gedanken die Abstände zwischen Geburts- und Todesdatum aus, nie waren es mehr als vierzig Jahre. Fragend sah er Thilo an, dann wieder die Grabsteine. Vorname, Familienname, Geburts- und Todesdatum. Und noch etwas.

An der Stelle unter dem Namen und den Daten wurden

gewöhnlich noch einige Worte des Bedauerns oder der Trauer, ein Spruch oder ein Zitat platziert, doch hier war dem nicht so. Auf jedem dieser Grabsteine standen nur wenige kleine Buchstaben, die sich zu einer kaum sichtbaren Zeile zusammenfügten: *Weh mir, o weh!* Wojnicz wusste nicht, was das bedeutete. Und er fand, er habe wohl das gute Recht, diese deutschen Worte nicht zu kennen; schließlich wurde im Deutschunterricht eher selten das Vokabular von Grabinschriften gelehrt. Die Zeile weckte bei ihm schwache Assoziationen, jedoch hätte er nicht sagen können, welche eigentlich. Stammte sie aus einer Ballade?

Nun erreichten sie bereits das Ende dieses Friedhofsquartiers, die Mauer, vor der sich ein etwas eindrucksvollerer Grabstein mit einer recht frischen, auffälligen Inschrift erhob: *Rudolf Opitz, 1889–1908.*

»Der Bruder«, sagte Thilo. »Neunzehn Jahre alt.«

Er drehte sich um und wandte sich zum Ausgang.

Wojnicz warf einen letzten Blick zurück zu den Grabsteinen.

Rudolf Opitz

21. Sept. 1889 – 11. Nov. 1908

Weh mir, o weh!

Erst jetzt nahm er wahr, was er dort gesehen hatte, ohne es zu begreifen. Nov. – November –, diese drei Buchstaben waren in jeden der Grabsteine in diesem Bereich des Friedhofs eingemeißelt. All diese Männer waren im November gestorben.

»Thilo!«, rief er, in der Absicht, sich Gewissheit zu verschaffen, doch der Freund war schon in die Kutsche gestiegen und hatte sich eine Decke über die Beine gelegt. Wojnicz rannte ihm nach; er spürte, dass sich in seinem Gehirn eine leere Stelle aufgetan hatte, die er würde füllen müssen, andernfalls ließe sie ihm keine Ruhe.

*

Sie kamen zu spät, und der Pfleger Schwartz, der auf der Liegeterrasse die Decken austeilte, sah sie strafend an. Sie suchten sich zwei Liegen ganz am Rande der oberen Terrasse, von wo sich ein überwältigender Ausblick über die orange-grünen Berghänge bot. Mit der Hilfe von Schwartz hüllten sie sich in die Decken ein, obwohl es nicht kalt war. Erschöpft von ihrem Ausflug, fiel Thilo gleich in einen Schlummer, Wojnicz aber sortierte langsam seine Gedanken, so, wie er es mochte: systematisch und – wie man sagen könnte – köstlich. Es war eine Art des Denkens – nicht kühl, nicht geordnet –, die eher einem Spiel ähnelte, ein netter und behaglicher Gedankenzeitvertreib. Wojnicz stellte sich ganz Görbersdorf wie ein Märchen vor – ein Märchen auf einem Bild, das eine Lebkuchendose zierte.

Alles konnte man sich ausdenken, ohne befürchten zu müssen, in der Folge etwas Unangenehmes oder Unannehmbares zu Gesicht zu bekommen. Wojniczens Spiel erinnerte ein wenig an die Erstellung eines Herbariums: Jede Erfahrung wurde getrocknet, dann in die Sammlung eingeklebt und wie ein Schaustück betrachtet. Irgendetwas musste hier jedes Jahr im November vonstattengehen, bestimmt handelte es sich um eine gefährliche Sportart. Er hatte Skifahrer gesehen, wie sie in halsbrecherischer Manier über die bunten Blätter steile Pfade hinabschlitterten. Oder Springer, die sich an Seilen hielten und so von Baum zu Baum sprangen wie sein Herr Hüpf. Oder auch muskulöse Schwimmer, die halb nackt kopfüber in den Teich sprangen. Er müsste Opitz danach fragen – oder besser noch Doktor Semperweiß, der würde es am besten wissen. Ja, das würde er tun, denn war nicht Thilo sehr daran gelegen? Für ihn würde er es tun. Er stellte sich vor, wie sie beide auf Schlittschuhen über den zugefrorenen Teich fuhren. Thilos Schal wehte hinter ihm her, und er selbst trüge eine Pudelmütze. Plötzlich bricht unter Thilo das Eis, der Junge fällt ins Wasser, an der Oberfläche bleibt nur sein Schal zurück. Er verspürte eine bleierne Müdigkeit und schlug die Augen auf. Thilo neben ihm schlief ganz ruhig, und so hangelte Wojniczens Blick sich entlang des schmiedeeisernen Gitters zu dem Teil der Terrasse hinüber, in dem die Frauen ruhten. Er hoffte, dort wie durch ein Wunder einen breitkrempigen, mit Kunstblumen und Tüll besetzten Hut zu erblicken. Aber den würde sie hier wohl kaum tragen, an diesem Ort, wo kranke Menschen ihre armen Lungen mit der Wunder wirkenden Bergluft reinigen, welche mit ihrer geheimnisvollen Zusammensetzung jene winzigen Wesen tötete, denen gegenüber die Menschen sich schließlich nichts hatten zuschulden kommen lassen und deren verbissene Feindseligkeit sie daher gar nicht verstanden – die Koch'schen Bazillen.

8

Husten-Symphonie

Wir erzählen jetzt nichts mehr von all den kleinen Verpflichtungen der Kurgäste, vom morgendlichen Weg zu den Wasseranwendungen, die Wojnicz so verhasst waren, von den Handtüchern, Umkleideräumen, von den Stethoskopen, die an die Brust gehalten werden, von allem, was die Tage unseres Helden füllte bis zum Rand. Und wir berichten auch nicht mehr vom nächsten Spaziergang über die Promenade in Richtung der orthodoxen Kirche oder weiter hinauf, zum Humboldt-Sanktuarium, wie Herr August den Pavillon auf der Höhe nannte. Wojnicz wusste bereits, wie viele Geranienkästen vor Albynskys Café hängen, das angeblich zu Ehren der Töchter des Besitzers *Café Dreimädelhaus* benannt worden war. Und er wusste, wie viele mit Sägemehl gefüllte Spucknäpfe entlang des Weges zum Kurhaus standen. Auch den lakonischen Inhalt der Ansichtskarten an Vater und Onkel, die alle zwei Tage zur Post gebracht wurden, wollen wir nicht zitieren. Ebenso wenig die Namen aller Kurgäste aufzählen, die er täglich grüßte. Wir berichten nichts vom Wetter – damit befasste sich das Observatorium, das gewissenhaft Lufttemperatur und Luftfeuchtigkeit notierte, ebenso die Windstärke (die immer unter dem Mittel lag). Auch die Themen all der Gespräche, die auf den Spaziergängen geführt wurden, geben wir nicht wieder, wie wir auch die abendlichen Konversationen, bei der *Schwärmerei*, nicht zusammenfassen wollen.

Es genügt zu sagen, dass Mieczysław Wojnicz sich recht wohl befand, sein Husten war nicht mehr so heftig, und das Fieber plagte ihn nicht mehr so stark wie in Lemberg. Auch schlief er gut, vorausgesetzt, er hatte sich die Ohren gründlich mit Zellstoff verstopft, damit er das Husten jenseits der Zimmerwand und das seltsame nächtliche Rumoren auf dem Dachboden nicht hörte. Und doch war unter diesem geordneten Leben eine Unruhe am Werk, ein Unbehagen, das sich eingenistet hatte in seiner Seele. Er konnte es nicht benennen, doch fühlte er, es war beständig da. So wie kürzlich, als er nachts wach geworden war und mit offenen Augen in die Dunkelheit gestarrt hatte. Weil ihm mit einem Mal im Schlaf eingefallen war, dass die tote Frau Opitz einen Leberfleck am Mundwinkel gehabt hatte. Ein leicht erhabenes Mal, etwa so groß wie ein Stecknadelkopf. Die Erinnerung berührte ihn zutiefst, reglos lag er im Bett, und eine unerwartete Wehmut erfasste ihn.

Durch das Fenster sah er den dicht bewachsenen Berghang; fast wollte man glauben, Görbersdorf hätte kraft gewisser Verhandlungen mit der Natur eine ganz besondere Genehmigung bezüglich seiner Lage erhalten – unter der Voraussetzung, dass sich der Ort nicht von dem Bach entferne. Anfangs war Wojnicz die dunkle Wand des Waldes als schwarzer Fleck erschienen, als einförmig geheimnisvoller Raum, der ihn aber im Grunde nicht weiter interessierte. Doch seit er von dort Stimmen und Geraschel vernahm (bei geöffnetem Fenster war das Rascheln so laut, dass es an seinen Nerven zerrte), wandelte sich sein Blick. Eines Nachts im Oktober hörte er von dort eine grauenvolle Stimme. Schreckensstarr saß er in seinem Bett, wagte nicht, sich zu bewegen. Bis er endlich bangen Herzens in seine Pantoffeln schlüpfte und sich zitternd auf den Flur schlich.

»Das ist ein Hirsch! Sie brauchen keine Angst zu haben«, rief Opitz von unten, als wollte er einer Frage zuvorkommen.

Wojnicz schämte sich. Ein Hirsch. Ja, ganz einfach ein röhrender Hirsch.

Doch als das Tier auch in den kommenden Nächten mit bewundernswerter Pünktlichkeit sein Konzert gab, fiel es ihm schwer, sich damit abzufinden, dass dies die Stimme eines gewöhnlichen Tieres und somit alles ganz natürlich sei. Diese theatralisch monströsen Laute schien ihm ein galizischer Holzknecht auszustoßen, dem es ans Leben ging, ein Holzknecht, der den Kampf gegen einen Rivalen verloren hatte und nun hingemetzelt wurde. Als er sich dann gesagt hatte, dass es trotz allem ein Tier sei, das keine Vernunft habe und von seinen Instinkten getrieben werde, ergriff ihn eine heftige Empfindung – so mächtig waren diese Klänge, das Röhren des Hirsches weckte Träume von einer Stärke, in der Kraft und Verzweiflung sich verbanden – die Verzweiflung über die Verstrickung in eine Macht, die alles Menschliche überstieg, es war der Ruf eines sexuellen Fatums, ein Ruf, der alles auf die eine Karte setzte und in eine Sphäre drängte, in der nichts Geringeres als das Leben auf dem Spiel stand. Ein Wahnsinn klang in diesem Röhren, die Bereitschaft, die bekannten Pfade zu verlassen, alle Grenzen zu überschreiten, alle Vorsicht fahren zu lassen, ja die eigene Existenz zu verwerfen.

Der röhrende Hirsch begab sich in eine Welt jenseits der Nacht, jenseits des Traumes, jenseits der Reviere und Wildwechsel, um gleich einem Phantom in den Gefilden des Kurorts aufzutauchen, in dessen dunklen, feuchten, engen Winkeln, besessen von der eigenen Begierde, ein Monstrum der Männlichkeit. Das arme Tier war Opfer seiner inneren sexuellen Mächte, die das Leben selbst überragten – der grenzenlose Trieb, aus sich selbst herauszutreten, die Gattung zu vermehren, und sei es auf Kosten des eigenen Lebens. Wojnicz lauschte den fürchterlichen Lauten, und ein Gefühl der Scham glomm in ihm auf, diese Töne zerrten ans Licht, was besser verborgen blieb, sie zogen den Schleier des Schweigens von Dingen, die nicht offenbar werden sollten, und zum Vorschein kam das Durcheinander hinter dem Vorhang, die Unterwäsche, aus dem Korb geschüttet, wenn Gliceria sie sortierte, bevor sie sie zur Wäscherei brachte. Speckige Hemdkragen, Unterhosen mit Striemen am weißen Gewebe, die ganze widerliche Physiologie, vor der Vater Wojnicz seinen Sohn immer gewarnt hatte.

Die Herren lachten über das Röhren des Hirsches, der eine Partnerin suchte, gaben allerlei zweideutige Scherze zum Besten, die Wojnicz nicht ganz verstand. Rot wurde er trotzdem, denn ihm schwante wohl, dass es um die verborgenen Schlupfwinkel des Lebens ging.

*

Er mochte die Abendmahlzeiten, die sich in die Nacht hinzogen und unweigerlich in eine Konversation übergingen. Die Themen wiederholten sich, verloren sich und kehrten wieder. Hat der Mensch eine Seele? Verhält er sich stets und immer egoistisch? Monarchie oder Demokratie? Ist der Sozialismus eine Chance für die Menschheit? Lässt sich erkennen, wer einen Text geschrieben hat – eine Frau oder ein Mann? Sind Frauen verantwortungsbewusst genug, um das Wahlrecht erhalten zu können?

Als Wojnicz in Görbersdorf angekommen war, hatten alle

über das unvorstellbare Flugzeugunglück gesprochen, das sich wenige Tage zuvor in Schlesien ereignet hatte.

Den Herren wurde es zum Anlass, bei Tisch darüber zu streiten, ob die Menschheit den technischen Fortschritt brauche und ob die Opfer, die dieser Fortschritt koste, ein notwendiger Preis seien, den man dafür zu zahlen habe (August) – oder ob hier nicht vielmehr menschliche Hybris am Werk sei, die eine unselige Allianz mit dem Chaos eingehe, was dereinst in den Untergang führen müsse (Lukas).

»Die Menschen werden immer für ihre Neugier bezahlen und für ihr Bedürfnis, die Welt zu verbessern, das ist Teil unserer Bestimmung«, sagte Frommer, »doch muss mit dem Fortschritt auch eine Entwicklung des menschlichen Geistes einhergehen.«

Und er zeigte eine Zeitung, in der zu lesen stand, dass ein gewisser Roland Garros das Mittelmeer mit einem Flugzeug überquert hatte. Oder dass es einem Menschen gelungen sei, mit einem Fallschirm aus einem fliegenden Flugzeug zu springen und wohlbehalten zu landen. Solche Nachrichten weckten in Wojnicz Unruhe, eine Art inneres Jucken – so viel geschah auf der Welt, und er saß hier krank in diesem Kurort fest. Doch betrachtete er seine Klausur in der Herrenrunde des Gästehauses wie überhaupt seinen Aufenthalt in diesem Tal als eine Lektion in Sachen Geduld, die ihm einmal von Nutzen sein würde nach seiner Rückkehr ins normale Leben. Und die Konversationen bei der *Schwärmerei*, zwischen Lukas, August und – seltener – Frommer (der mitunter in gänzlich stuporösem Schweigen verharrte), waren durchaus lehrreich für ihn. Sein Vater und sein Onkel hatten solche intellektuellen Gefilde nie betreten, bestenfalls sprachen sie über die Politik des Tages, über das, was die Zeitungen dazu schrieben, und das betraf vor allem die Spekulationen, wann der Thronfolger sein Amt übernehmen und ob der alte Kaiser abdanken oder sterben würde. Und immer interessierte sie, was Russland als Nächstes tun würde, dieser unberechenbare Nachbar, den sie mit Misstrauen bedachten, und in jedem politischen Schritt witterten sie verborgene Machenschaften.

Sehr gerne hörte Wojnicz August zu (den er in Gedanken immer als »Herrn August« sah). Neben der charakteristischen Geste mit dem Fingerschnabel, der in die Luft stach, vollführte er ab und an auch eine Bewegung, die an theatralisches Haareraufen denken ließ. Auf Lukas' Gesicht erschien dann ein ironisch-mitleidiges Lächeln.

Wojnicz fiel auf, dass auch die hitzigsten Debatten unerwartet enden konnten, ohne dass die Diskutanten zu einer eindeutigen Conclusio gelangt wären. Die Herren verstummten, als hätte das Sprechen sie erschöpft, und höchstens versuchte sich noch einer von ihnen an einem »Jaaa, so ist das also …« oder ließ ein »Ja, ja, ja …« vernehmen, was wohl einen Abschluss anstelle einer Synthese markieren sollte, und dann versenkten sich die Blicke nach innen, als wären den Herren mit einem Male wichtige Angelegenheiten in den Sinn gekommen, Kümmernisse, die sie in tiefe Dunkelheiten verbannt hatten. Lukas stand in solchen Momenten meistens auf, verschränkte die Hände auf dem Rücken und starrte aus dem Fenster. August trommelte mit den Fingern auf den Tisch, als begleite er auf einem unsichtbaren Klavier das leise »Param, pam, pam, param, pam, pam«, das er vor sich hin murmelte. Frommer saß wie erstarrt, als hätte man ihn auf einer frischen Tat ertappt. Opitz verschwand in der Küche. Anfangs hatte Wojnicz in solchen Momenten versucht, das Gespräch mit einer Frage erneut in Gang zu bringen, doch niemand ließ sich darauf ein. Mieczysław war diese Stockung unangenehm. Als wäre ein Stillstand eingetreten im vertrauten Fluss des Lebens. Und immer musste er an die elektrischen Lichtschalter denken, die er hier so bewunderte. Man dreht den Schalter – und es wird dunkel.

Lange wälzte er sich dann im Bett hin und her, fand keinen Schlaf. Und das Gurren vom Dachboden erinnerte ihn an etwas, woran er sich nicht erinnern wollte. Er stand auf, spähte hinter der Gardine auf die zur Nacht verlassene Kurpromenade, die vom grünlichen Licht der modernen Gaslaternen beleuchtet war. Wusch sich das Gesicht. Versuchte zu lesen.

Manchmal vertrieb ihm auch der Husten hinter der Wand den Schlaf. Anfangs hatte es ihn gewaltig irritiert, doch mit der Zeit wurde der Husten zum festen Bestandteil der Klangarchitektur des Hauses. Und bald schon wusste er zu unterscheiden, welche Kehle welches Bellen hervorbrachte.

Augusts Husten etwa passte überhaupt nicht zu der schmächtigen Gestalt. August hustete mächtig in tiefer Lage. Gleichsam aus dem Resonanzrohr des Körpers dröhnte sein Husten, aus dessen tiefstem Punkt. Ein Bariton, den man wie aus einer Höhle hallen hörte. Wojnicz fragte sich immer wieder – hier trat der Ingenieur auf den Plan –, wie es möglich war, dass die doch eher kleine Lunge dieses Menschen einen solchen Widerhall ertönen ließ. Als wäre Augusts schmächtiger, wenngleich wohlgeformter Körper ein Instrument, auf dem die Krankheit ihre Akkorde spielte.

Frommer von gegenüber hustete trocken und bellend. Kaskadenhaft ergossen sich die Töne durch das Gebäude, als sprängen Perlen von einer zerrissenen Kette über den Boden. Zuerst erfüllten sie den Flur, dann bewegten sie sich durchs Treppenhaus nach unten, in den Salon, ein anderes Mal nach oben, ins Dachgeschoss. In Mieczysławs Zimmer drangen sie in kurzen Salven, und so suggestiv war deren Wirkung, dass er unweigerlich auf die Fortsetzung wartete. Ein trockener Husten, der durch den Genuss der Zigaretten umso mehr gedörrt wurde. Gänzlich saftlos war er, bar jeder Feuchtigkeit, ganz wie Frommers Körper. Wojnicz dachte zuweilen, er hörte es knistern, wenn Frommer sich bewegte. Als hätte er unter dem altväterlichen Bratenrock Holzwolle in den Gliedern statt Muskeln.

Gänzlich anders wiederum hustete der arme Thilo. Hinter der Wand seines Zimmers tönte der gurgelnde Laut faulender Materie, der Klang einer ewigen Fermentation. Als kochten in den Retorten des jugendlichen Körpers feuchte Miasmen, als wäre der Urschlamm in Gärung, aus dem vor Millionen Jahren das Leben entstanden war. Thilo hustete gewaltige Mengen an Schleim ab, und Wojnicz feuerte ihn, nolens volens, im Stillen dazu an, denn mühsam genug ging es vonstatten, mitunter plagte sich der Arme in nicht enden wollenden Anläufen, die Ablagerungen in seinen kranken Lungen loszuwerden, um endlich, wenn man alle Hoffnung schon hatte aufgeben wollen, ans Ziel zu gelangen. Dann hörte Wojnicz Laute, als reibe und reiße etwas, dann ein Klatschen und ein Stöhnen der Erleichterung. In dem Blecheimer, den Raimund aus Thilos Zimmer trug, um – gemäß Reglement – den Inhalt mit Sägespänen zu mischen und zu verbrennen, sah Wojnicz mehr als einmal blutigen Zellstoff. Die Verbindung von Weiß und Rot wirkte immer schockierend, es zu sehen, war wie ein Schlag.

Longinus Lukas konnte man selbst in seinem Anbau husten hören, er fügte seinem Bellen eine Note hinzu, die den Eindruck erweckte, er litte unter der Anstrengung einer schweren körperlichen Arbeit. Ein hoher Ton, ja regelrecht ein Diskant war es, der etwas von einem diffusen Vorwurf hatte, sodass jeder, der es hörte, unweigerlich von einem Schuldgefühl ergriffen wurde.

Auch Opitz und Raimund husteten – wenn auch weniger häufig und nicht so heftig. Es mochte damit zu tun haben, dass die Öfen schon beheizt wurden und häufig ein dünner, feuchter Rauch über dem Tal schwebte, der die Kleidung durchdrang und den Wunsch nach wenigstens einem leichten Windhauch weckte.

Dieser Hustensymphonie wegen plagte sich Wojnicz und wälzte sich in seinem Plumeau, das ewig klamm zu sein schien von der herbstlichen Kälte, die immer empfindlicher durch die Ritzen zwischen den Balken des Hauses drang.

Bald hatte er verstanden, dass es nur eine Person gab, die ihn zu dieser Stunde empfangen konnte: Thilo. Denn Thilo schlief eher am Tag als in der Nacht. Mieczysław zog Hose und Pullover über den Pyjama, und dann nahm er auf dem abgewetzten grünen Sofa in Thilos Zimmer Platz. Von dort konnte er die Landschaften betrachten, die über den Boden und an den Wänden verteilt waren, und auch das Bild auf der Leinwand.

Sie versuchten sich an einer Schachpartie, doch langweilte es sie bald. Wojnicz mochte das Spiel auch nicht besonders, zu oft hatte sein Vater ihn damit sekkiert. Sicher in der Hoffnung, das Spiel der Könige würde den widerspenstig nebulösen Verstand des jungen Mieczyś in die gewünschte Form bringen. Am Hof des Kaisers wurde schließlich Schach gespielt, der Kaiser persönlich schätzte das Spiel sehr. Es war ein Zeitvertreib für Männer von hoher Geburt, das Spiel verband sich mit dem Gedanken an eine gehörige Portion Intelligenz und die Fähigkeit, vorausschauend zu denken. Die Figuren auf dem Brett den Regeln gemäß zu bewegen, würde dem Leben des Sohnes einen gewissen Automatismus verleihen, und damit würde ihm gewiss die Welt – so die Auffassung Januarys – sicherer, ja freundlicher erscheinen. So setzten sie sich immer nach dem Mittagessen zu einer Partie an den Tisch. Gerade dann, wenn der Körper mit der Verdauung befasst war und eine leichte Schläfrigkeit heraufzog, stellten sie die Figuren auf, und der Vater überließ Mieczyś den ersten Zug. Machte der Junge einen Fehler, kam der Vater auf die Seite des Sohnes, stellte sich hinter dessen Rücken und bemühte sich, die Aufmerksamkeit seines Sprösslings auf den Zusammenhang von Ursache und Wirkung in der Abfolge der Züge zu lenken. Doch Mieczyś war entweder verstockt oder – mit den Worten des Vaters – »schwer von Begriff«, und der Vater ließ sich von seinem Zorn hinreißen, er verließ den Raum, um eine Zigarre zu rauchen, und der Sohn sollte so lange über dem Schachbrett brüten, bis er etwas Vernünftiges – Verteidigung oder Angriff – ausgebrütet hätte.

Der kleine Mieczysław Wojnicz verstand durchaus die Regeln des Spiels, und er war sehr wohl in der Lage, vorausschauend zu denken, doch interessierte es ihn ganz einfach nicht. Züge nach den Regeln zu führen, in der Absicht, den Gegner zu besiegen, schien ihm nur eine der Möglichkeiten zu sein, die in den Figuren steckten. Das Schachbrett wurde ihm zu einer Sphäre, in der sich Schicksale abspielten, die Figuren sah er als Gestalten an, die ihre Intrigen spannen, miteinander, gegeneinander, in ihre verzwickten Verhältnisse verwickelt. Sie in die strengen Regeln des karierten Bretts einzuschließen und einem formalisierten Spiel auszuliefern, schien ihm eine Vergeudung dieser Möglichkeiten. Wenn also der Vater das Interesse am Schachspielen verlor und sich wichtigeren Dingen zuwandte, versetzte Mieczyś die Figuren in die Steppe des Teppichs und auf die Berge des Sessels, wo sie sich ihren eigenen Geschichten hingeben konnten, sie gingen auf Reisen, richteten sich Küchen, Häuser und Paläste ein. Der Aschenbecher des Vaters wurde zum Boot, die Schreibfedern zu Rudern, und unter dem Stuhl öffnete sich eine Kathedrale, in der eine Trauung stattfand – die schwarze Dame vermählte sich mit der weißen.

Unter den Figuren des Schachvölkchens fand er sich im Springer wieder. Der Springer brachte Nachrichten, versöhnte die Zerstrittenen, sorgte auf Reisen für den Proviant oder warnte vor Gefahren (wenn Józef sich näherte, wenn die Figuren vom Teppich geräumt werden mussten, wenn zum Mittagessen gerufen wurde). Und hatte er vom Vater eine Rüge bekommen und wurde zur Strafe ohne Abendessen in sein Zimmer geschickt, machte er sich mit der Würde des Springers auf den Weg – zwei Schritte nach vorn, einen zur Seite.

*

»Mein Vater wollte, dass ich zum Militär gehe«, sagte Wojnicz, während er die Arbeiten seines Leidensgenossen betrachtete.

»Du machst Witze! Uniformen finde ich lächerlich«, erwiderte Thilo, den Blick auf seinen Pinsel geheftet, der Quader und Kugeln entstehen ließ, seine beliebtesten »abstrakten« Motive. »Und diese Epauletten und Orden, das ganze System von Zeichen, das an die Heldentaten ihres Trägers erinnern soll. Rang und Hierarchie, und dann die Uniform selbst, der schiere Gegensatz einer Bekleidung, steif und unbequem. Und je schmutziger der Krieg, desto glänzender die Uniformen. Diese ganze Staffage – bis hin zu den Knöpfen. Ein Staatswappen auf den Knöpfen! Kannst du dir das vorstellen? Wenn du den Standpunkt nur ein wenig verschiebst, vom Widersinnigen zur Vernunft hin« – hier bewegte Thilo auf ulkige Weise den Kopf – »dann ist so eine Uniform eine völlig unglaubliche Kostümierung. Denn was tun diese Männer in Uniform? Sie töten. Was ist ihr Geschäft? Gewalt.«

»Du bist Pazifist.«

»Ja. Aber wer, der bei Sinnen wäre, könnte denn das Töten wollen?«

»Mir haben Uniformen immer gefallen.«

»Oh ja, gerade bei euch, die Paradeuniformen in der österreichischen Armee ... Bei uns sieht es bescheidener aus. Die Uniform gibt dem Mann eine Form, das ist schon richtig. Und ohne Form wirkt ein Mann lächerlich. In Unterwäsche zum Beispiel, oder nur in Socken.«

Wojnicz schmunzelte und schaute auf die Hosenbeine seines Pyjamas, die unter den Hosen herausragten. Und er erinnerte sich, wie er einmal, mitten in der Nacht, als er aufgestanden war, weil die volle Blase ihn drückte, auf seinen Onkel getroffen war. Mit einer Bartbinde, die das Gesicht in zwei Hälften teilte und es flach erscheinen ließ. Die ansehnlichen Züge wirkten grotesk und lächerlich, Mieczyś war es, als sähe der das Gesicht einer Puppe. Die heruntergelassene Hose hing um die Knöchel, und eine bräunliche Gurke baumelte zwischen den behaarten Beinen. Eines Angehörigen des Militärs schien das nicht würdig – so ein verschrumpeltes Ding in der Hose zu tragen.

»Sollten sich die Frauen nicht auch mit Uniformen verkleiden und Barretts tragen, je nachdem, wie viele Kinder sie zur Welt gebracht, wie viele Mittagsmahlzeiten sie gekocht und wie viele Kranke sie gepflegt haben? Das wäre doch schön und gerecht. Aber wenn du solchen Gefallen findest an Uniformen – hat es dich dann nicht zum Militär gezogen?«

»Mein Vater wollte es. Aber du weißt ja, wir haben keine eigene Armee und kein eigenes Land. Ich hätte für den Kaiser gekämpft.«

Thilo nickte.

»Aber mein Vater meinte, ich sollte zur Armee des Besatzers gehen. Seinen jüngeren Bruder hatte er ja auch dorthin geschickt. Und wenn Polen eines Tages wieder frei wäre, würden wir nur die Uniform wechseln und hätten gleich eine gut ausgebildete Armee in unserem eigenen Staat. Aber dann stellte sich heraus, dass ich kränklich war und schwach.«

»Da war dein Vater sicher enttäuscht, oder?«

»Und wie. Er dachte sich auch gleich etwas Neues aus … Wenn sein Sohn nicht zur Armee kann, und sei es nur eine Phantomarmee, dann sollte er wenigstens einen anderen Dienst leisten. Also hat er mein Studium ausgewählt, ich sollte für mein Vaterland studieren, dessen zivilisatorisches Niveau heben, denn gegenwärtig sei es noch rückständig und primitiv. Und solange man nicht Ordnung schaffe bei uns, so meinte er immer, solange man die Städte nicht modernisiere und die Dörfer nicht zivilisiere, die Unwissenheit und den Analphabetismus nicht bekämpfe, könne man auch keine gesunde Gesellschaft aufbauen.«

»Damit hatte er ja recht.«

»Also habe ich in Dresden angefangen, das zu studieren, was er für mich ausgesucht hatte.«

»Hat es dir gefallen?«

Thilo betrachtete ihn aufmerksam, mit einer Spur von Mitleid, wie es Wojnicz schien.

»Ich habe mich verloren gefühlt. Eine Stadt wie Dresden passt nicht zu einem technischen Studium. Dort würde man besser Kunst studieren, so wie du, aber du weißt ja, Bürgern eines nicht existierenden Staates steht es nicht an, sich mit derlei erhabenen Dingen zu befassen.«

Thilo schloss die Augen:

»Du tust mir leid, Wojnicz. Du bist so sensibel, und so gut. Ich habe Sorge, dass dich einmal jemand ausnutzt. Aber du bist auch sehr stark, nur kannst du diese Stärke noch nicht richtig hervorholen.«

»Ich kenne mich in der Canalisationstechnik aus, und ein Wasserklosett kann ich bauen.«

Im letzten Jahr des Studiums war Wojnicz krank geworden, zwölf Monate hatte er in dem Haus auf dem Land verbracht. Dort gab es nun gewiss keine Wasserklosetts, nicht einmal etwas auch nur annähernd Ähnliches. Man ging zu einem hölzernen Abtritt, der hinter dem Haus stand. Im Winter, als er ständig fieberte, verließ er überhaupt nicht mehr das Haus, erledigte sein Geschäft in einen Eimer, den der Diener draußen ausleerte. Während dieses Jahres seines Krankenlagers begann er sich für Imkerei zu interessieren, in der bescheidenen Bibliothek seines Vaters hatte er ein Buch dazu gefunden. Im Sommer richtete er mit väterlicher Hilfe einen nicht allzu großen Bienenstock ein, und da die Imkerei ihm sichtlich guttat, befand der Vater, dass es genug sei mit den Wasserklosetts, nun sollte sein Sohn sich mit patriotischer Bienenzucht befassen.

»Frag mich besser nichts … sonst höre ich nicht mehr auf zu reden«, warnte Wojnicz Thilo freundschaftlich.

Würden die Polen sich intensiv mit der Imkerei befassen, sie könnten eine große Wirtschaftsmacht werden. Honig ist ein wertvoller Rohstoff, der nicht nur unmittelbar verzehrt werden kann, er dient auch zur Herstellung weiterer Lebensmittel, zur Fertigung von Produkten für die Körperpflege und als Grundlage für Arzneien. Weiterhin lässt sich aus dem Bienenstock natürliches Wachs gewinnen. Im Hinblick auf den gewaltigen Nutzen der Imkerei waren Vater und Sohn zum ersten Mal im Leben einer Meinung. Eine umfassende Förderung der Bienenzucht! Apitherapie! Honigliköre! Salbe aus Bienenwachs gegen Rheuma! Und January schwang sich gar zu der Überzeugung auf, dass es am besten wäre, wenn die Polen nicht nur alle Imker würden, sondern gleich selbst in Bienen sich verwandelten – was für eine wunderbare Gesellschaft wäre das! Was für eine Harmonie! Welch verantwortungsbewusster Gemeinschaftssinn! Denn eben dieser Instinkt fehlte den Polen, deshalb hatten sie sich in drei Stücke reißen lassen. Und jetzt steckten sie in ihrer Unfreiheit fest wie Fliegen im Bernstein, mit aufgerissenen Mündern, ein erstarrtes Volk. Hätten sie doch nur eine Königin, die auf Jahrhunderte hin eine Ordnung schuf! Eine Ordnung, in der Fleiß und Gründlichkeit die größten Tugenden wären! Und dann gab es noch etwas anderes – das allerdings hätte Mieczysław gegenüber seinem Vater nie erwähnt, denn dieser wurde immer sehr ernst, wenn er auf Polen zu sprechen kam, seine Miene verdüsterte sich, und Kummerfalten zerfurchten seine Stirn –, der junge Wojnicz dachte, dass es dem Leben vor allem an Süße fehlte, an dieser »Köstlichkeit«, die im Mund zerfließt mit dem Geschmack von Kräutern, Blumen, Sonne. Und hätte er genügend Mut besessen, er hätte zu seinem Vater gesagt: Äßen die Polen mehr Honig – das ganze Land würde sich verändern.

Nach seinen nächtlichen Besuchen bei Thilo kehrte Wojnicz nicht sofort auf sein Zimmer zurück, barfuß stieg er ins Dachgeschoss hinauf, um ins Zimmer der Frau Opitz zu gehen. Auch untertags schlich er sich öfters dort hinauf, wenn er sicher sein konnte, dass der Hausherr und Raimund nach Waldenburg gefahren waren oder in sonstigen Angelegenheiten das Gästehaus verlassen hatten und die anderen alle schliefen (wenn er Frommer in seinem Zimmer schnarchen und August im Schlaf husten hörte). Er tat dort nichts Besonderes, er setzte sich aufs Bett, die Matratze gab unter ihm nach, und er spürte, wie ihn trotz der wenig bequemen Haltung eine Kraftlosigkeit befiel, ja geradezu eine Lähmung. Er zog sich die Tischdecke mit den Fransen um die Schultern, saß einfach da und starrte vor sich hin.

Am Kopfende ein sorgsam gefaltetes Nachthemd aus Leinen, mit Spitze verziert. An einer Stelle ist der Stich gerissen, und das Garn franst aus. Wojnicz beugt sich über das Hemd, betrachtet die beschädigte Spitze. Und plötzlich kommt ihm etwas in den Sinn, von seinem ersten Tag im Gästehaus, als er in den Salon gekommen war und sah, was er sah. Die Einzelheiten dieses Nachmittags verschwammen ihm nach und nach in der Erinnerung, doch dieses eine Bild kehrt wieder, wie eine Photographie, die zu einer größeren Sammlung gehört – verloren gegangen und wieder aufgetaucht. Die Wange, die Kieferlinie, die pfirsichfarbene Haut mit dem zarten Flaum, der Mundwinkel, filigrane Zeichnung, die an einen Beistrich denken ließ, leicht geschwungen, als hätte der tote Mund noch einmal lächeln wollen.

Wojnicz ist überrumpelt von dieser Erinnerung. Er wusste nicht, dass er sie noch in sich trug. Er wusste nicht einmal, dass er hingeschaut hatte.

*

Ab Mitte Oktober kamen herrlich sonnige Tage. Nach einigen kalten Nächten hatte das Laub sich gelb und rot gefärbt, und in der dritten Woche des Monats wachte Mieczysław Wojnicz in gänzlich veränderter Dekoration auf – er war umgeben von allen Schattierungen in Gelb, Orange und Rot, die hier und dort noch durchwoben waren vom letzten verbliebenen Grün. Der Taumel der Farben, schärfer noch hervorgehoben durch das kalte Blau des Himmels, machte trunken, und Wojnicz wollte Thilo schon um Farben bitten, damit er diese wunderbaren Wandlungen festhalten könnte. Die einzelnen bunten Blätter fielen aufs Straßenpflaster, als wollte eine stille Kraft die harte Oberfläche mit einem Mosaikteppich bedecken. Wie weich die Welt jetzt wurde, wie sanft. Vom plötzlichen Sonnenlicht lebten die Schwalbenschwänze wieder auf und flogen, groß wie Spatzen, an die Scheiben, auf der Suche nach Unterschlupf vor der Kälte, um schließlich auf den Fensterbrettern zu sterben. Beim ersten Frühjahrsputz würde man ihre brüchig gewordenen grauen Flügel zusammenfegen wie Kehricht.

Wenn sechs Wochen der Kur verstrichen waren, begab sich jeder Patient zu einer Generaluntersuchung bei Doktor Semperweiß.

Nachdem Semperweiß eine halbe Ewigkeit lang Wojniczens Lunge abgehört hatte – eine ausgesprochen langweilige Untersuchung –, schien er recht zufrieden.

»Können Sie sich bitte nackt ausziehen?«, fragte er.

Wojnicz stand in Unterhosen vor ihm, die bis an die Knie reichten. Ganz dünn waren sie, aus weichem Batist. Ein ganzes Dutzend hatte ihm sein Vater gekauft, dazu Unterhemden aus Baumwolle und vier neue Hemden sowie ein elegantes Jackett in Rostrot. Es schien ihm allerdings nicht mehr ganz in Mode zu sein. Auch seine Unterwäsche entsprach nicht ganz dem, was bei den Patienten aus ganz Europa zum Vorschein kam, wenn sie sich den Wasseranwendungen nach Doktor Kneipp unterzogen.

»Das muss ich ablehnen«, sagte Wojnicz mit einer Entschlossenheit, die sich auch auf seinem Gesicht abzeichnete.

Doktor Semperweiß, der die Instrumente zur Untersuchung von Hals und Rachen beiseitelegte, drehte sich verwundert um.

»Was haben Sie gesagt?«

»Dass ich das ablehnen muss.«

»Warum das denn? Sie sind beim Arzt!«

»Aus religiösen Gründen«, stammelte Wojnicz.

»Sie sind doch Katholik, und Katholiken ziehen sich aus beim Arzt.«

»Das ist kompliziert ...«

»Wilde ...«, kommentierte Doktor Semperweiß nach einer Weile. »Da fehlt mir die Geduld. Wie wollt ihr euch auf moderne Weise behandeln lassen, wenn ihr euch ziert, den Arsch nackt zu machen?«

Wojnicz blieb ruhig, als wäre er es gewohnt, solche Dinge zu hören; ja, fast hätte man den Eindruck gewinnen können, er teilte die Empörung des Doktors.

»Ich sollte Sie hinauswerfen. Lasst euch doch von Quacksalbern und Kräuterhexen behandeln.«

Wojnicz schwieg weiterhin würdevoll.

»Und wie ist das, mein prüder Jüngling, bei der Wasseranwendung? Da musst du dich ja wohl ausziehen.«

»Ich lasse die Unterhosen und das Hemd an.«

»Das ist mir der rechte Katholik! Aber gut, mit dem Aberglauben werde ich mich nicht herumschlagen, dann ist die Untersuchung jetzt beendet, und ich schreibe es in die Akte. Dass er sich nicht ausziehen wollte. Ha!« Und Semperweiß wechselte sogleich das Thema: »Fünf ordentliche Mahlzeiten täglich, nicht vergessen! Viel Milch, viel Butter. Alles muss warm sein. Spaziergänge und Liegekur. In der Liegehalle kann man die besten Bekanntschaften knüpfen und, wer weiß, vielleicht noch mehr ... Sonst noch etwas, der Herr mit dem schwer auszusprechenden Namen?«

Wojnicz kleidete sich eilig an.

»Nein. Nein.«

»Was bekommt ihr bei dem Opitz denn jetzt zu essen, da ihm die Köchin gestorben ist?«, fragte der Doktor in einem plötzlichen Anflug von Sorge. »Wenn Sie möchten, können Sie zu uns kommen und die volle Verpflegung erhalten. Wir haben einen Koch aus Italien.«

»Ich frühstücke im Kurhaus, dort esse ich auch zu Mittag, die Künste dieses Kochs schätze ich sehr. Zu Abend speise ich im Gästehaus, und ich kann nicht klagen. Immer gibt es reichlich Käse. Um den Ziegenkäse fährt Herr Opitz eigens nach Friedland. Bisher kommen wir ganz gut zurecht, und Herr Opitz sucht eine Köchin.«

Semperweiß verschränkte die Arme vor der Brust und seufzte.

»Eine Köchin ... Wissen Sie eigentlich, wer verantwortlich ist für all unsere Misserfolge? Die Mütter! Sie prägen unser Verhältnis zur Welt und zum eigenen Körper. Das sagen die neuesten Erkenntnisse einer Wissenschaft, die Psychoanalyse heißt.«

Wojnicz war schon in der Tür, doch Semperweiß bedeutete ihm mit einer Geste, noch einmal zurückzukommen und Platz zu nehmen.

»Vielleicht interessiert Sie das ...«, fuhr er fort, »die Mütter impfen dem Kind eine übermäßige Emotionalität ein, was später zu zahlreichen Krankheiten und Schwächen des

Geistes führt, vor allem löst es eine innere Verweiblichung aus. Die stets wankelmütige Frau kann dem Kind nicht das Bewusstsein vermitteln, dass die Welt eine Herausforderung darstellt, dass ihre Gesetze hart sind und dass diese Ordnung eine feste Haltung erfordert, dass man fest auf dem Boden stehen muss, gefeit gegen die Anfechtungen irgendwelcher Hirngespinste.«

»Sie reden, wie mein Vater reden würde, wenn er …«, Wojnicz stockte, und Semperweiß wurde hellhörig.

»Wenn was?«, fragte er interessiert.

»Wenn er überhaupt jemals von meiner Mutter sprechen würde.«

»Tut er das nicht? Sie haben ja sicher ein enges Verhältnis zu ihrer Mutter. Daher rührt Ihre, wie soll man es ausdrücken … delikate Natur.«

In wenigen Sätzen fasste Wojnicz seine Familiengeschichte zusammen.

»Nun, es tut mir leid, dass Ihre Mutter gestorben ist«, sagte der Doktor, »das muss aber durchaus nicht heißen, dass sie schuldlos ist. Sie hat Sie allein gelassen, als Sie sie am nötigsten gebraucht haben. Aber ich sage Ihnen etwas, mein lieber Wojnicz, auch ich bin fast ohne Frauen aufgewachsen. Das heißt, ohne andere Frauen, denn meiner Mutter stehe ich sehr nahe. Bald wird sie ihren 80. Geburtstag begehen. Eine ganz und gar außergewöhnliche Frau. Ja, ja … Manchmal denke ich …«, der Doktor hielt inne. Und wechselte das Thema: »Dank dieser neuen Wissenschaft, der Psychoanalyse, kann der Mensch sich selbst besser kennenlernen. Die Psychologie des Unbewussten ist heute der einzige Weg, wahre Antworten zu finden auf die wahren Fragen. Analysieren Sie Ihre Träume?«

Wojnicz blinzelte überrascht.

»Ich träume nicht viel. Und hier eigentlich gar nicht. Weil die ganze Nacht hindurch die Tauben auf dem Dachboden gurren.«

»Wenn Sie von Wasser träumen würden, von Fröschen, von etwas Nassem, sagen wir, einer Grotte zum Beispiel, dann könnte das bedeuten, dass Sie an einem Komplex der Mutterabsenz leiden ...«

Wojnicz erinnerte sich an die Kröte auf den Kartoffeln. Und schüttelte sich unmerklich.

»Dann müssten Sie Ihre Männlichkeit festigen, sich dieser Energie der Verweichlichung entgegenstellen. Ja, das ist es, was Sie brauchen, Wojnicz! Sie müssen die Mutter in sich töten. Die Mutter, die Sie verlassen hat.«

»Sie ist gestorben, ich muss sie nicht töten«, korrigierte Wojnicz den Doktor.

»Und wenn schon – aber sie hat Sie verlassen, und das raubt Ihnen die Kräfte. Und um den Verlust auszugleichen, identifizieren Sie sich mit ihr auf gefährliche Weise. Daher kommt das Weibische in Ihnen, all das Weiche.«

Wojnicz verkroch sich in sich selbst.

»Na, na, mein Guter«, Semperweiß musste es bemerkt haben, »jetzt machen Sie mal nicht schlapp, hier wird nicht kapituliert! Sie müssen sich zusammennehmen. Die härtesten Männer werden unter den Zauberkniffen der Frauen weich wie Wackelpudding. Auch aus dem Jenseits können sie uns noch packen.«

Einen Augenblick lang dachte Wojnicz, er hörte seinen Vater reden. Ja, er sah ihn sogar vor sich – wie er dastand, vor der gemusterten Tapete, vor dem Fenster und den Asparagus-Pflanzen, mit der Zigarre in der Hand, und der Rauch kräuselte sich zu hübschen Schnörkeln, mäanderte in Mustern, deren einzelne Schleifen sich niemals wiederholten. Jetzt müsste Wojnicz zu ihm gehen und ihm die Hand küssen, wie er es immer getan hatte. Und sagen: »Ja, Vater.« Damit war die Unterwerfung vollzogen, der Vater nahm es befriedigt zur Kenntnis, die Geste beruhigte ihn, jedenfalls für den Augenblick. Mieczyś durfte das Zimmer verlassen und sich mit seinen Dingen beschäftigen: mit den Schachfiguren, dem Herbarium, seinem geliebten Latein. Der Vater verblieb vor dem verschlossenen Zimmer des Sohnes, und dass seine Kontrolle dort nicht mehr hinreichte, dass sie wirkungslos verpuffte vor dem gepressten Farnblatt zwischen Seidenpapier, der regelmäßigen Spiralzeichnung, war ihm nicht bewusst.

»Eigentlich könnte man ohne sie auskommen. Ohne die Frauen, meine ich natürlich. Wenn wir es nur verständen, stark zu sein«, beendete der Doktor seinen Vortrag und klopfte Wojnicz kameradschaftlich auf den Rücken, bis dieser vor Schmerz das Gesicht verzog.

Als er abermals in der Tür stand, fragte er leise nach Thilo, und der Doktor erwiderte, während er aus dem Fenster blickte:

»Binde dich nicht an ihn, mein Junge. Ihm bleibt nicht mehr viel Zeit.«

*

Lange sah Wojnicz der Fliege nach, die träge auf dem Tischchen umherkroch, ihr Interesse galt den getrockneten Pflanzen. Sie lebte von den letzten Energiereserven, und wohl allein deshalb, weil Raimund heute kräftig die Öfen angefeuert hatte. Die wohlige Wärme erinnerte alles, was existierte, an die sonnigen Tage des Sommers. Die bereits verendeten Gefährtinnen der Fliege lagen als schwarze Krumen auf den

Fensterbrettern. Angeekelt versuchte Wojnicz, sie an den Beinchen zu fassen, um sie zu entfernen, doch seine Finger waren zu ungeschickt. Er musste sich mit der Ansichtskarte behelfen, die er eben seinem Vater schrieb.

In dieser Nacht brachte ihn das Gurren auf dem Dachboden zur Verzweiflung. Er ging zu Opitzens Hausapotheke im Flur und nahm ein Fläschchen Baldrian heraus. Ohne Tropfen abzuzählen, goss er das halbe Fläschchen in ein Glas, verdünnte es mit Wasser und trank es aus.

Anschließend sehen wir Wojnicz wieder auf dem Bett der verstorbenen Frau Opitz sitzen. Seine Hände liegen auf den Oberschenkeln, er starrt vor sich hin, in seinen blauen Pupillen spiegelt sich der helle Fleck des Fensters mit dem Kreuz darin. Er atmet ruhig, in seiner Nase begegnen sich die Wellen der Gerüche – die Kräutermixtur gegen Motten, billige Parfüms, Staub, Wäschestärke und der schwer zu fassende Geruch eines lebendigen Menschen, der auch nach dessen Tod noch eine Weile spürbar bleibt.

Eine Viertelstunde sitzt er so da, vielleicht etwas länger, und es ist ihm, als hörte das Gurren auf, solange er in diesem Zimmer weilt.

9
Tuntschi

Willi Opitz und Raimund standen in Gummistiefeln, Mänteln und Regenpelerinen auf dem Hof. In den Händen hielten sie leichte Weidenkörbe. Wojnicz hatte nicht erwartet, ihnen hier zu begegnen; er wollte allein ein wenig spazieren gehen. Aus dem Salon hatte er sich einen der reich mit Plaketten von den umliegenden Bergbauden verzierten und mit einer Metallspitze versehenen Wanderstöcke mitgenommen. Wenn er über den Hinterhof hinausginge, so hatte er sich gedacht, werde er niemanden treffen, und so versuchte er nun, seine Überraschung und Enttäuschung zu überspielen.

»Sie sehen aus, meine Herren, als wollten Sie in die Pilze gehen«, sagte er und lachte, nicht allzu ungezwungen vielleicht, wie ihm wohl bewusst war. Die beiden sahen sich an, und ihre Blicke knüpften ein zartes Band der Verständigung, als wäre ihnen im selben Moment ein hervorragender Einfall gekommen.

»Weil wir in die Pilze gehen«, antworteten beide wie aus einem Mund.

Und als sollte dieser spontan und ehrlich geäußerte Satz auch in der materiellen Welt eine konkrete Wirkung zeitigen, fügte Willi Opitz hinzu:

»Vielleicht möchten Sie mit uns kommen?«

Wojnicz fand keinen Grund, dies abzulehnen. Er hatte seinen Spaziergang nicht in Einzelheiten geplant, sondern in Kauf genommen, dass »alles geschehen könne« – und ebendies erfüllte sich nun. Daher nickte er und schloss sich den beiden an. Bevor sie den Wald betraten, stärkten sie sich mit ein paar Schlucken *Schwärmerei* – die Flasche hatte Opitz unversehens aus seiner Brusttasche gezogen –, und sogleich erfasste sie das Jagdfieber, stellte sich doch heraus, dass sie mitten in einem Flecken wunderbarer goldener Pfifferlinge standen, genau am Rande des einsamen, stillen Waldes. Als Wojniczens Augen sich an den kaum merklichen Unterschied zwischen Blättern und Pilzen gewöhnt hatten, packte ihn eine solche Erregung, dass er auf die Knie fiel und begann, einen Pfifferling nach dem anderen aus dem weichen Moosteppich zu ziehen. So ergriffen war er von dieser Fülle, dass ihm wahrhaftig die Tränen in die Augen stiegen. Aus dem Augenwinkel sah er, dass auch die anderen beiden Männer sich auf Knien voranbewegten; bald würden ihre Körbe randvoll mit Pfifferlingen sein. Es war eine solche Überfülle – unmöglich, sämtliche Pilze einzusammeln. Schließlich ließ Opitz sich auf dem Waldboden nieder, nahm einen Schluck Likör aus der Flasche und reichte sie seinen Kumpanen weiter.

»Das wird eine herrliche Abendmahlzeit«, sagte er. »Einfach so, wie Mutter Natur sie uns schenkt. Wir benötigen nur saure Sahne.«

Opitz und Raimund begannen, im Dialekt miteinander zu reden, und Wojnicz versuchte nicht einmal, sie zu verstehen. Er streckte die Hände nach immer schöneren Exemplaren aus. Bald reckten, je höher sie hinaufgelangten und je dichter der Wald wurde, mehr und mehr herrlich samtige Maronenröhrlinge ihre Köpfe aus dem Waldboden, und als sie zwischen die hohen Buchen traten, zeigten sich auch Steinpilze. Deren wunderbare Exemplare weckten bei Opitz und Raimund jedoch nur mäßige Begeisterung. Wojnicz war es, der immer wieder freudig in die Luft sprang, hohe Schreie ausstieß und schließlich ein Stück beiseitetrat, um sein Unterhemd auszuziehen und einen zusätzlichen Sammelbeutel daraus zu binden. Mit dem Ende seines Stockes hob er die Blätter an, und es ging ihm auf, dass er nach Morcheln suchte, den Pilzen seiner Kindheit – damals war er mit dem Vater ganze Tage durch die Haine gestreift, auf der Suche nach diesen schönen und geheimnisvollen Früchten des Unterholzes, die schmeckten wie keine anderen auf der Welt. Jedes Mal wollte er sie nachher gemeinsam mit Gliceria säubern, ihre Körper von trockenen Blättchen, Tannennadeln und Erde befreien, unter ihre knittrigen Hütchen schauen, doch der Vater war dagegen. Sie ließen den Korb in der Küche, und der Vater hieß ihn, ganze Absätze aus Sienkiewiczs *Trilogie* abzuschreiben, damit er sich in Schönschrift übe. Um die Pilze hatte sich Gliceria zu kümmern.

Er war ein wenig hinter den anderen zurückgeblieben, sah von Weitem die gebeugten Gestalten der beiden Männer, die sich auf der Lichtung, nicht im Wald, nach etwas bückten. Vor Eifer waren sie verstummt.

»Und was sind das für Wunderdinge?«, fragte er im Näherkommen.

Sie antworteten nicht, sondern fuhren fort, vorsichtig mit zwei Fingern winzige Pilze auf dünnen Stielchen abzupflücken; mickrig waren sie und wenig beeindruckend von Aussehen und Gestalt. Wojnicz ging in die Hocke und sah sie sich genauer an – schwächliche kleine Geschöpfe mit gräulich brauner Kappe.

»Für den Likör«, sagte Opitz, ohne aufzuschauen. »Die *Schwärmerei.*«

So ist das also, dachte Wojnicz und kniete sich neben die beiden.

»Wie nennen sich die Dingelchen?«

»Die Leute haben verschiedene Namen für sie«, antwortete Opitz. »Spitzkegelige Kahlköpfe, unsere hiesigen reizenden Glatzköpfchen.« Er lächelte, und zum ersten Mal sah Wojnicz seine Zähne, sie waren groß und standen weit auseinander.

Mit Vergnügen schloss er sich der Sammelei der beiden an, und bald hatten sie jedes freie Plätzchen in ihren Körben mit den zarten Geschöpfen auf den langen dünnen Stielen gefüllt – Pilzjuwelen waren es, filigran und überaus kostbar, da sie zur Herstellung eines so erlesenen Trunkes dienten. Wojnicz setzte sich ins weiche Moos, ohne auf seine Hose achtzugeben – ob sie schmutzig werden würde oder nass –, und sah sich die unauffälligen kleinen Pilzchen erneut aus der Nähe an. Im Vergleich zu den fetten, prächtigen Steinpilzen oder den mit edlem Samt überzogenen Maronenröhrlingen wirkte dieses Glatzköpfchen recht jämmerlich, ja ein wenig feige sogar. Mit seiner empfindlichen weichen Haube sah es aus, als würde es allein vor dem Geräusch menschlicher Schritte erzittern, denn jeder unsanfte Griff könnte das schwächliche Hütchen zerstören – nein, ein Häubchen war es eher, wie man es Neugeborenen aufsetzt; selbst das frischeste Exemplar war schon beschädigt, sein Häubchen lief von unten her schwarz an, als wäre das früh erreichte Greisenalter ein dieser Gattung innewohnendes besonderes Kennzeichen. Und dennoch – nahm man es zwischen zwei Fingern an seinem Stiel, so bemerkte man eine unerwartete Festigkeit, einen Widerstand der Materie, die sich nur nach außen hin in der Gestalt des Pilzes als empfindlich und leicht zerstörbar präsentierte – ja, es steckte in ihm jene Stärke des

Schwachen, die so verbreitet ist in der Natur, eine camouflierte und die Sinne täuschende Kraft. Gäbe es sie nicht, so bestünde die Welt einzig aus starken, wohlschmeckenden, schönen und vollkommenen Exemplaren, aus edlen Steinpilzen allein.

Mit seinen nicht eben zarten Fingern fasste Opitz den Pilz knapp unterhalb des Hütchens, zog ihn vorsichtig aus der Erde und legte ihn in den Korb wie ein kostbares Kleinod. Wojnicz bemühte sich, es ihm nachzutun. Er erkundigte sich, wie viel *Schwärmerei* solch eine Menge Pilze wohl ergäbe, doch Opitz war so in sein Tun vertieft, dass er ihm nur einsilbig antwortete, und Mieczysław konnte nichts Rechtes in Erfahrung bringen.

Als alles aufgesammelt war von dieser hübschen Lichtung, kehrten sie in den Wald zurück und machten sich auf den Heimweg – so erschien es jedenfalls Wojnicz, der die Orientierung verloren hatte. Entlang des Saumes einer jungen Fichtenschonung gingen sie bergabwärts, kamen rechter Hand an einem schönen Buchenwald vorbei, zwischen dessen Stämmen saftig grünes Moos leuchtete.

»Seht einmal!«, sagte Raimund plötzlich mit seltsamer, irgendwie belegter Stimme und lachte heiser. »Dort liegt sie. Wie groß sie ist!«

Wojnicz begriff nicht gleich, was er da sah, und erkannte in der leichten Erhebung des Waldbodens erst nach einem kurzen Moment eine beunruhigende, ihm seltsam bekannt erscheinende Form. Beide traten sie näher heran – Raimund kicherte ohne Unterlass –, und nun war Mieczysław sich sicher: Es war eine menschliche Gestalt. Ein unangenehmer Schauer überlief ihn, ein kalter Schrecken, wie wenn man einen nahestehenden Menschen in Gefahr sieht. Doch war es nur eine Figur aus Moos, Ästen, trockenen Nadeln, von

Pilzgeflecht wie mit zarter Spitze umwachsenem morschen Holz. Der recht plastisch herausgearbeitete Kopf hatte ein Gesicht aus Zunderschwamm, mit Tannenzapfen als Augen und einem in die weiche Substanz hineingehöhlten Loch als Mund. Dünne Weidenruten mimten langes, rings um den Kopf sich fächerndes Haar. Die Puppe hatte seitlich ausgebreitete Arme und Beine, und zwischen den Beinen – das zog gleich den Blick eines jeden Betrachters an – befand sich ein dunkles, enges Loch, ein Tunnel, der ins Innere dieses organischen, aus den Früchten des Waldes geformten Leibes führte. Auch Brüste aus Stein gab es, die Brustwarzen waren offenbar mit dem Saft von Beeren aufgemalt, und breite Hüften. Der Bauch bestand aus weichem Moos.

Eine seltsame Verwirrung erfasste Wojnicz und ging ihm gleichsam durch und durch, er verspürte ein schwindelerregendes Gefühl der Unwirklichkeit, das ihm an die Kehle griff, sodass er einige Male schlucken musste, obwohl er ja noch gar nicht wusste, was er dort vor sich hatte. Raimund lachte rau, und beide Männer wechselten einen verständnisinnigen Blick. Fasziniert starrte Wojnicz diese Anomalie des Waldes an, diese Überschreitung der gewöhnlichen Ordnung der Dinge. Jemand musste viel Zeit darauf verwendet haben, die nicht menschliche, nicht pflanzliche Gestalt zu formen; er musste alles lange durchdacht und beizeiten die Materialien vorbereitet haben. Die Steine für die Brüste waren eigens hergeschafft worden, Flusskiesel waren es, sie stammten wohl aus dem Bach weiter unten.

»Das waren die Köhler. Es ist ihr Werk«, meldete sich Willi Opitz zu Wort. »Sie wollen sich daran vergnügen. Gehen wir weiter.«

Er nahm die Körbe und begann, bergabwärts zu gehen, die beiden anderen folgten ihm. Raimund zögerte noch ein wenig und sah sich um, als wollte er sich den Ort einprägen, überholte sie aber endlich, und eine Viertelstunde später waren sie bereits wieder im Dorf. Willi Opitz antwortete nur widerwillig auf Wojniczens Fragen, dennoch gelang es diesem, dem Herbergswirt die ganze sonderbare Geschichte zu entlocken, bis sie das Gästehaus erreichten. So hatten die Köhler, die er zuvor auf der Lichtung gesehen hatte – jene Männer mit schwarzem Gesicht und trübsinnigem Blick, die hin und wieder, sehr selten, ins Dorf herunterkamen, um sich zu betrinken –, seit ewigen Zeiten schon einen gewissen Brauch, über den man nicht viel sprach, der aber dennoch allseits bekannt war. Sie kamen von weit her für eine ganze Saison zum Arbeiten, und da sie hier keine Frauen hatten (die meisten von ihnen waren ohnehin nicht verheiratet), bauten sie sich nach einer langen Zeit der quälenden Abstinenz solche liegenden *Puppen*, um sich Erleichterung zu verschaffen. Sie hießen Tuntschi, so hatten die Männer sie genannt. Opitz ergänzte noch, dies werde überall so gehalten, wo es Männer gebe, brauche der Mann doch stets die sofortige Befriedigung seiner Triebe, sonst werde er krank und gefährlich. Die männliche Begierde müsse immer unverzüglich befriedigt werden, sonst versinke die Welt im Chaos. Da dieses Verlangen so stark sei, dass es die Männer vernichten könne, benötigten sie etwas, das ihrer Erleichterung diene. Dies solle auch bei jedermann auf Verständnis stoßen und gewissermaßen als normal betrachtet werden. Ähnliche Tuntschi-Puppen würden auch in den Alpen gemacht, blieben doch dort die Hirten den ganzen Sommer hindurch auf den Almen und hätten daher wohl das Recht, sich eine solche Form der Befriedigung zu suchen. Ebenso in den weiten Steppen, wo Männer Tierherden hüteten. Und bei den Goldsuchern ebenso.

»Überall dort, wo die Menschen ohne Frauen auskommen müssen«, sagte Raimund lachend, als er zu ihnen aufgeschlossen hatte. Die Tuntschis seien somit ein ganz gewöhnlicher Teil des Lebens, und dass Wojnicz nichts davon gewusst habe, bedeute nur so viel, dass er noch ein Milchgesicht sei und endlich zum Mann werden müsse. Als er das sagte, packte Opitz ihn am Arm und zog ihn mit einem groben Ruck an seine harte Männerbrust. Aus dem Unterhemd des Jünglings kullerten ein paar Pfifferlinge.

Mieczysław dachte über all das nach, während er sich für die Abendmahlzeit umkleidete – während er zerknickte Tannennadeln aus seinen Socken zupfte, ein Spinnennetz von seinem Jackenärmel streifte, das sich an den wollenen Stoff geheftet hatte, Baumsamen, kleine Aststückchen und Gott weiß was noch aus seinem Haar kämmte, eben alles, was der Wald an uns hinterlässt. Verspürte er denn ein solches Verlangen, von dem Opitz gesprochen hatte? Hatte er irgendwann einmal etwas so Übermächtiges erfahren? Als er das Speisezimmer betrat, wandten alle Anwesenden sich voller Neugier und mit einem kaum verhohlenen, aber wohlgesinnten Lächeln zu ihm um.

Zum Abendessen wurde gebackener Zander und ein ganzer Berg Kartoffeln serviert, dazu eine sämige, mit saurer Sahne angemachte und mit Petersilie bestreute Pfifferlingssoße. Es gab niemanden, der nicht um einen Nachschlag bat. Gewissenhaft notierte sich Wojnicz das Rezept in seinem Tagebuch.

*

Alle sprachen immer davon, ins Kurhaus umzuziehen, sobald dort ein Platz frei werde, wodurch der Eindruck entstand, sie wohnten nur vorübergehend im Gästehaus für Herren. Wojnicz war intelligent genug, um alsbald zu erkennen, dass hier ein gewisses, einem jeden recht genehmes Spiel im Gange war, an dem er selbst im Übrigen unbewusst auch teilzunehmen begann. Denn schließlich glaubte niemand daran, dass im Kurhaus jemals ein Platz frei werden würde. Und auch er selbst wollte nicht daran glauben. Ja, vielleicht wünschte er sogar, jener sagenumwobene Platz werde niemals frei – müsste er doch dann sein Versprechen halten und in das Hauptgebäude des Sanatoriums übersiedeln, was fatal für seinen Geldbeutel gewesen wäre. Während man im Gästehaus für Herren durchschnittlich einhundertfünfzig Mark zahlte, musste im Kurhaus der doppelte Betrag aufgebracht werden. Natürlich – es gab dort einiges mehr an Annehmlichkeiten, befand sich doch alles vor Ort, die Zimmer waren komfortabler und die Küche mit Sicherheit besser; manchmal wehten die köstlichen Gerüche von dort bis herüber in den Park. Auch erschienen die Kurgäste aus dem Kurhaus, wenn man sie auf der Promenade sah, größer und sauberer, und ihre Hemden waren weißer. Sie erinnerten an gut gemästetes Federvieh, auch wenn sie ebenso krank waren wie alle anderen – die Frauen trugen die seit einigen Jahren so moderne »Taubenbrust«, eine oberhalb der Brüste sich bauschende Masse an Batist- oder Seidenstoff, die den Anschein erweckte, sie sprudele eben schäumend aus dem eng anliegenden Rock empor; bei den Männern ragte der Kopf aus einem steifen Kragen, als werde er auf einem Tablett zum Nachmittagstee gereicht, und ihre Leibröcke ähnelten dem Gefieder von Täuberichen. Die Kurgäste wählten ihre Spazierkleidung voller Sorgfalt, als weilten sie nicht im Sanatorium, sondern wären geladene Gäste auf einem Staatsfeiertag. Von ferne klangen ihre Stimmen wie leises Taubengurren. Alle flanierten sie gemächlich einher und hinterließen mit ihren Stöcken und Schirmen kleine Löcher auf dem Spazierweg. Allein die Tatsache, dass jemand ein Zimmer im Kurhaus belegte, adelte ihn und verlieh ihm eine deutliche Überlegenheit bei allem, was sich auf der Promenade ereignen konnte – garantierte ihm stets den Vortritt sowie das Vorrecht, auf Bänken Platz zu nehmen, die siegreiche Meinung bei Debatten, die überragende Witzigkeit der erzählten Schnurren. Der tägliche Spaziergang war Teil des Triumphes, den jene Menschen hier, in der traurigen Wirklichkeit ihrer Krankheit, allein deswegen feierten, weil es ihnen aufgrund ihres Wohlstandes gelang, unter besseren Bedingungen, gleichsam auf zivilisierterem Wege, ihre Erkrankung zu pflegen. Die Kurgäste aus den Gästehäusern und gemieteten Villenzimmern spazierten in einem anderen, schnelleren, ja, sagen wir, pragmatischen Schritt, führte er doch an ein Ziel, was stets das Kennzeichen der niedriger Geborenen ist. Wer aber in der *Volksheilstätten-Abteilung* für die ärmsten Patienten wohnte, streifte wiederum ohne rechtes Ziel über das Sanatoriumsgelände, suchte er doch die teuren Heilanwendungen gleichsam durch die einfachste und möglicherweise wirksamste aller Therapien – die Luftkur – zu ersetzen.

Recht häufig kam es vor, dass Mieczysław auf der Promenade die polnische Sprache vernahm. Oder es drangen während der Liegekur vom anderen Ende der Veranda Worte an sein Ohr, die gewissermaßen runder, freundlicher klangen und ihn gleich ansprachen, nicht als reine Laute, sondern als fertige Bedeutung, und damit sofort Eingang in sein Gehirn fanden, von wo sie sich kaum wieder vertreiben ließen. In dieser ruhigen Gegend, die ihn heilen und nicht unangenehm erregen sollte, waren diese Worte wie hinterhältige, plötzlich aus dem Erdreich hervorstehende Wurzeln, über die man allzu leicht ins Stolpern geriet.

Wenn es irgend ging, versuchte Wojnicz, Begegnungen mit Landsleuten zu vermeiden, denn erstens war es wohl vorteilhafter, das Deutsche zu praktizieren, als seine Energie mit – wenn auch vertrautem, so doch belanglosem – Geplauder auf Polnisch zu verschwenden. Zweitens gingen ihm die Polen auf die Nerven mit ihrem ewigen Herdentrieb, immerfort hingen sie zusammen, ballten sich zu einem geselligen Batzen, der sich auf der Promenade mal hierhin, mal dahin, mal dorthin wälzte, nur mit sich selbst beschäftigt, nach außen hin selbstsicher auftretend, im Grunde aber voller Komplexe, durchdrungen vom Gefühl, nicht dazuzugehören. Sie bildeten eine Art beweglichen Nabel der Welt, der nur sich selbst betrachtete und blind für alles war, was sich ringsumher ereignete. Manchmal, wenn sie ihm entgegenkamen, immer als Gruppe, drangen Worte an sein Ohr, die ihn in Verlegenheit stürzten, auch wenn sie ganz harmlos waren: *aczkolwiek* – obzwar, *całuję rączki* – küss die Hand, *pan wybaczy* – Verzeihung, der Herr. Diese charakteristischen Phrasen versetzten ihn sofort wieder nach Lemberg, obwohl er doch so weit davongelaufen war, sich fast schon befreit hatte. Es störte ihn die sorgsam verborgene Unsicherheit der Polen, die sich auf jede mögliche Weise zu maskieren suchte, eher bereit, sich in Tollkühnheit zu verwandeln, als sich entlarven zu lassen.

Am häufigsten sah er drei Männer, die stets gemeinsam spazierten; sie waren etwa im gleichen Alter und etwas nachlässig, aber doch gut gekleidet. Ihrem Akzent nach mochten sie aus Warschau sein. Der älteste, ein leicht korpulenter Mann mit Brille und schütterem Haar, sah aus wie ein Lehrer, und als solchen bezeichnete ihn Wojnicz auch in Gedanken. Der zweite, ein wenig älter wohl als Mieczysław, war abgemagert und hustete – dieser hätte alles sein können: Student, Beamter, ein armer Schlucker, der auf dem Gutshof reicher Verwandter untergekommen war … Der dritte endlich, ein bärtiger, nicht besonders stattlicher Mann, stützte sich beim Gehen auf einen Stock und gestikulierte immerfort heftig mit der freien Hand. Manchmal schlossen sich ihnen zwei Damen an, beide in wenig kleidsamen Jacketts von unbestimmter Farbe – und dann wurde die Gruppe unangenehm laut, ja streitlustig gar. Eine der Frauen hatte ein perlendes Lachen, womit sie die Aufmerksamkeit aller Flaneure auf sich zog. Seltener wurden sie auch von einem gut gekleideten und würdevollen älteren Ehepaar begleitet, das dadurch auffiel, dass beide Eheleute ein goldenes Monokel trugen, und zwar in symmetrischer Manier auf den entgegengesetzten Seiten – einmal rechts, einmal links, so als betrachteten sie das goldene Rund anstelle eines Ringes als Zeichen ihres ewigen ehelichen Bandes.

Eines Tages steuerten die drei im Speisezimmer auf Wojnicz zu, als dieser gerade sein Mittagsmahl beendete und die letzten Löffel Vanillepudding aus seinem Schüsselchen kratzte. Zufrieden blieben sie vor ihm stehen, mit triumphalem Gesichtsausdruck, als hätten sie eben ein seltenes Tier erlegt:

»Wie angenehm, hier in der Fremde endlich einen Landsmann zu finden«, begann derjenige mit der rundlichen Statur, um sich dann als Ingenieur Mroczek vorzustellen. Der verlegene Wojnicz war außerstande, etwas zu sagen, hatte er doch noch den Pudding im Mund – den er nun, in die Enge getrieben wie ein gehetztes Tier, nicht mehr herunterschlucken konnte.

»Und wir dachten schon, Sie wären ein Teutone«, ergänzte der Zweite vorwurfsvoll.

Mieczysław legte die Serviette beiseite und stand auf, als riefe man ihn zu einem Examen. Die Herren luden ihn zu einem Verdauungskaffee an einem anderen Tisch, unter einer großen Palme. Wojnicz konnte die Einladung nicht ausschlagen und folgte ihnen in einem Kreuzfeuer der Fragen: woher, wohin, wie und so weiter. Sie fragten ihn nach allem aus, doch Wojnicz gab ihnen lediglich ausweichende Antworten, als hätte er etwas zu verbergen, was wiederum die Fragenden in ihrem Eifer noch bestärkte. So wollten sie wissen, woher er komme, was er mache, wie alt und ob er verheiratet sei, was er studiere und bei welchem Professor, was er ein ganzes Jahr lang in Dresden getrieben habe. Und warum er so blass sei, wie fortgeschritten die Krankheit bei ihm sei, welches Jahreseinkommen sein Vater verzeichne. Und was er anschließend machen wolle. Und ob Semperweiß ihn ebenfalls fortwährend beleidige. Und endlich: wer die anderen Bewohner aus dem Gästehaus seien und was er von den Preisen im Dorf halte. Wie viel sein Zimmer koste und ob er eine billigere Unterkunft wisse. Wer Sydonia Patek sei, ob sie einen Gatten habe oder möglicherweise eine »Jungfrau von Lesbos« sei. Als sie alle Fragen gestellt hatten, war der Kaffee bereits ausgetrunken; nun gingen sie dazu über, sich zu rühmen. Ingenieur Mroczek etwa war der angesehenste Experte für moderne Dreschmaschinen, eine der Damen hingegen betrieb Seidenmalerei. Sie sprachen durch die Nase und dehnten die Vokale, wobei sie über die Köpfe der Sitzenden hinwegblickten, als befände sich irgendwo weit oben, in höheren Gefilden, ihre wahre Heimat, als schöpften sie von dort ihre Kraft.

Es wundert daher kaum, dass Wojnicz nun, sobald er

bemerkte, dass das Grüppchen sich näherte und ihre Wege sich kreuzen könnten, eilends abbog und das nächste Brückchen über den Bach nahm, um in Richtung Wald zu gehen, oder aber die Gegenrichtung in den oberen Teil des Dorfes einschlug, oder es gar riskierte, die Conditorei oder die Post zu betreten, um sich vor ihnen zu verbergen. Ihnen zu begegnen, war die größte Gefahr auf seinen Spaziergängen.

Wovor fürchtete sich Mieczysław, dass er diese Leute tunlichst mied? Etwa davor, dass sie sein so sorgsam errichtetes Selbstbild eines Menschen, der mit sich im Einklang war, sich wohl und selbstsicher fühlte, einreißen könnten? Dass sie ihn zurückschaffen könnten nach Lemberg, vor das Angesicht aller seiner damaligen Verfolger – in der Schule, auf der Straße, in den Arztpraxen, in der eigenen Wohnung? All jener Ärzte, die angesichts seiner besorgt die Köpfe wiegten und schnalzten? Dass sie ihn in niedrige, heiße Küchen zerren könnten, in denen ohne Unterlass Schwarzsauer gekocht wurde? In die Keller, in deren Dunkel Kröten auf Haufen von keimenden Kartoffeln hockten und vor deren Fenstern die Stiefel des Onkels knallend vorbeimarschierten, während seine Hand sich eisern um den Oberarm des kleinen Mieczyś schloss?

Er zog es vor, zu dieser Welt zu gehören, die ihn noch nicht kannte und gegenüber der er noch die Zeit hatte, sich zu definieren. Lieber wollte er riskieren, dass diese Welt ihn auch irgendwann enttäuschte und er sich wieder irgendwohin flüchten, an einen abermals anderen, noch ferneren Ort begeben müsste, um nicht erneut jenem wohlbekannten, hoffnungslosen Zustand anheimzufallen, in dem man für sich selbst und für andere nichts als Belastung ist. Fast hatte er es sich schon bewusst gemacht – dass die Krankheit ihm zu einem überaus passenden Zeitpunkt in seinem kurzen Leben geradezu gelegen kam, indem sie ihm die Chance gab, sich selbst neu zu formulieren, und dass er sich eigentlich glücklich schätzen konnte, hier zu sein, in diesem an den Wassern eines unterirdischen Sees erbauten kleinen schlesischen Kurort.

*

Von allen ihm verschriebenen Anwendungen verabscheute Wojnicz das *Regenbad* von Anfang an aus tiefstem Herzen – eine Dusche mit einer Wassertemperatur von sechs bis acht Grad, mit der sein halb nackter Körper nahezu zwanzig Sekunden lang traktiert wurde, um auf diese Weise die Abwehrkräfte seines Organismus zu stimulieren. Wo es ging, versuchte er, diese Anwendung zu vermeiden, indem er vor dem Doktor angab, an erhöhter Temperatur oder »Schwäche« zu leiden – auch, weil die Regenwasser-Vorrichtung von einem älteren Mann mit militärisch-vierschrötigem Aussehen bedient wurde – dem Pfleger Schwartz –, der die Delinquenten mit umso sadistischerem Vergnügen übergoss, je mehr sie unter dem eisigen Wasser bibberten. Mit einer Hand hielt Wojnicz seine Badehose fest, mit der anderen bedeckte er seine empfindlichen Brustwarzen, während Herr Schwartz das mit Löchern versehene Ende des Schlauchs erbarmungslos auf seinen armen, zitternden Körper richtete. Schwartz versuchte jedes Mal, ihn zu beschämen, indem er ihn anbrüllte wie einen Kadetten: »Komm schon, Bursche, sei kein Jämmerling! Mehr Willensstärke! Sei ein Mann, kein Weib!« Und: »Strammgestanden, Soldat!« Außerdem musste Wojnicz sich einer Anwendung namens Strahlendusche unterziehen, die in zweimal täglichen kalten Güssen über den Hinterkopf bestand. Die Güsse sollten die Aktivität der Haut anregen und Wojniczens schwächlichen Körper stärken und abhärten, vor allem aber sollten sie den Organismus widerstandsfähig gegen die Wetterbedingungen machen.

Manchmal war Mieczysław dem Weinen nahe, und er hasste Herrn Schwartz, der in Langwaltersdorf zu Hause war, von ganzem Herzen. Außer diesem betätigte sich dort noch ein Bademeister, der von allen nur »Oskar« genannt wurde – ein großer und breiter Kraftlackel mit kahl rasiertem Kopf, der meistens schwieg und ansonsten sanft von Gemüt war.

War der durchgefrorene Wojnicz endlich der Hand von Henker Schwartz entronnen, rubbelte Oskar ihn fest mit einem rauen Handtuch ab und knetete seinen bejammernswerten Körper wie einen Brotteig, während er ein wärmendes Öl in seinen Rücken einrieb. Am Anfang des Aufenthaltes hatte Wojnicz über leichten Durchfall und Magenbeschwerden geklagt. Dies war gewiss eine Folge der Ernährungsumstellung und der Anpassung an das hiesige Klima und Wasser. Doktor Semperweiß verordnete ihm Pepsin, das die Magentätigkeit anregen sollte, sowie – zum Abend – die Einnahme von Dover'schem Pulver, das sich hier äußerster Beliebtheit erfreute: Es war eine Mischung aus einem Teil Opium, einem Teil pulverisierten Brechwurzes und acht Teilen Milchzucker, die schweißtreibend und schlaffördernd wirkte.

Wojniczens Lieblingsplatz im Kurhaus war der Wintergarten, in den man vom Speisezimmer aus gelangte, das von sechs großen Tischen beherrscht wurde, an denen alle Patienten in mehreren Partien nacheinander speisen konnten. Die Mittagessen waren für Mieczysław recht ermüdend, weswegen er überlegte, auf sie zu verzichten und gänzlich zu Opitzens und Raimunds Küche überzugehen.

Wojnicz bekam seine Mahlzeiten in der letzten Runde, wenn das Speisezimmer bereits recht leer und – das Wichtigste – jenes Grüppchen von Polen nicht anwesend war, das mit der ersten Runde speiste. Mieczysław saß meist in Gesellschaft eines betagten Ehepaars aus Schweden und zweier älterer Russinnen bei Tisch, die andere Sprachen außer der eigenen nur dürftig beherrschten, weswegen er sich nicht zur Konversation zwingen musste. Das Mittagessen war meist außerordentlich schmackhaft; so gab es etwa heute gebratene Forelle in Mandelsoße – die Spezialität des Hauses –, dazu gebackene Schwarzwurzeln sowie Bratkartoffeln mit Speck und viel Zwiebel. Außerdem sehr gelbe, mit Schnittlauch garnierte Setzeier. Zum Dessert Sorbets verschiedener Geschmäcker. Am meisten mochte er das Brombeersorbet. Wojnicz hatte schnell gelernt, dass nach einem solch üppigen Mahl ein Kaffee guttat, den er im Wintergarten an einem Metalltischchen mit durchbrochenem Muster zu trinken pflegte; dabei sah er auf den Park hinaus. Diesem saß er auch zugewandt, damit niemand ihn ansprechen konnte, und blätterte deutsche Zeitungen durch, in denen er mit echtem Interesse die Anzeigen und Artikel über Mode las. Im Wintergarten wuchsen gewaltige Philodendren mit löchrigen Blättern, und Palmen versuchten mit gespreizten Fingern die großen Fenster zu öffnen, um nach draußen zu gelangen. An der sonnigsten Stelle standen Kakteen, der größte Kaktus maß über zwei Meter, und ein Stückchen weiter verschiedene Pflanzen, deren Namen er nicht kannte. Es war hier immer feuchter als in den anderen Räumen, und es roch wundervoll nach aufgelockerter Erde und, so wollte es ihm scheinen, nach Ozon.

Der Korbsessel, in dem er sich bequem zurücklehnte, knisterte bei jeder Bewegung – das leise Geräusch erinnerte Mieczysław an die schönen Zeiten mit Vater und Onkel in Zaleszczyki, wo sie in Korbsesseln aus Weidengeflecht am kalten flachen Fluss saßen und der Onkel ihnen Eiscreme in Waffelhörnchen holte. Der Geschmack dieser Eiscreme setzte den Maßstab für Mieczysławs ganzes Leben, sodass er alle weiteren Eiscremes mit jener einen verglich.

In dem Korbsessel im Wintergarten des Kurhauses nun kamen ihm verschiedene Erinnerungen. Er hatte nicht einmal gewusst, dass er so viele besaß, schließlich war er ein junger Mensch und hatte bisher nicht viel über sich selbst nachgedacht. Es zeigte sich, dass er sich an kleine, vollkommen unwichtige Begebenheiten erinnerte, wie zum Beispiel, dass er einmal vom Onkel ein wenig Kleingeld bekommen hatte und zum Kolonialwarenladen gegangen war, um sich Grillagebonbons zu kaufen. Als er vor der Ladentheke stand, stellte er fest, dass das Geld nicht mehr in seiner Jackentasche war, wo er es eben noch hineingesteckt hatte. Sein Erstaunen war gewaltig, er tastete jeden Winkel seiner Kleidung ab, versuchte, die Form der Münzen zu ertasten, doch das Geld war und blieb verschwunden. Kaufmann Mincer, der ihm eben die Papiertüte mit der Süßigkeit über die Theke reichte, sah ihn mit wachsender Ungeduld an, bis er schließlich ärgerlich wurde und den nächsten Kunden heranbat.

Der kleine Mieczyś verließ den Laden und brach im Hauseingang in Tränen aus. Danach suchte er mit den Augen Zentimeter um Zentimeter des Weges ab, den er von ihrer Wohnung im ersten Stock bis zum Laden gleich an der Ecke zurückgelegt hatte. Er fand nichts. Bis heute wusste er nicht, was mit dem Geld geschehen sein mochte. Zu Hause erzählte er aber, dass er alle Bonbons bereits aufgegessen habe, was den Onkel zum Lachen brachte und den Vater missbilligend seinen Mund verziehen ließ. Doch lieber wollte Mieczyś der Gier bezichtigt werden denn einer derartigen Tölpelei.

Auch an das Baden zu Kinderzeiten erinnerte er sich, war es doch stets von einer nervösen Hektik begleitet gewesen. Der Vater übergab ihn ungern in Glicerias Hände und zog das Abfragen der Gebete in die Länge. Danach brachte er das Kind in Glicerias Königreich – die Küche, auf deren Boden bereits eine Zinkwanne voll heißen, dampfenden Wassers wartete. Gliceria empfing das Kind mit ihren molligen Armen, die Ärmel bis zum Ellenbogen aufgekrempelt, das lächelnde Gesicht von der Hitze gerötet – und von hier an hatte der kleine Mieczyś teil am Baderitual: Gliceria half ihm, sich zu entkleiden, er tauchte in das warme Wasser, und sie schrubbte ihn mit einem Schwamm, der nach der Seife duftete, die sie eigens für seine zarte Haut bereithielt und die niemand außer ihm benutzte. Dabei plapperte sie unentwegt auf Polnisch und Ukrainisch auf ihn ein, wie es niemand sonst tat. Er war ihr Perlchen, ihr Seifenbläschen, ihr Leberblümchen, ihr Korällchen und Engelchen … Die Fülle an Namen berauschte den kleinen Mieczyś, er war schier überwältigt von den Bildern, die sich wie durch Magie vor seinem inneren Auge eröffneten: kostbare Kleinode, Kirchen, weite Wälder, Gärten – die ganze Welt war darin und noch andere Welten, die er zwar nicht aus eigenem Erleben kannte, deren Gestalt er sich aber ausmalen konnte. Seine Körperteile waren »Beinchen«, »Füßchen«, »Härchen«, das »Brüstchen«, und so benannt, fühlte er sich wohl und zufrieden mit sich selbst, ja verspürte sogar einen gewissen Stolz auf seine Existenz, und das war ein Gefühl, das sich niemals einstellte, wenn er mit dem Vater zusammen war. Er schaute hinab auf seinen gewölbten Bauch, und dieser Bauch war ein »Bäuchlein«, und das Loch darin ein »Näbelchen«. Gliceria gurrte ihre Koseworte, und von ihrer Stirn tropfte der Schweiß, weil die ganze Küche sich in ein Dampfbad verwandelt hatte.

Später hob sie Mieczyś auf den Tisch, auf dem ein Handtuch ausgebreitet lag, und trocknete ihn ab, kitzelte ihn unter den »Ächselchen« oder tat, als wollte sie ihm die »Zehchen« abbeißen. Mieczyś dachte stets daran, nicht zu laut herauszulachen; er fürchtete, den Vater zu alarmieren – der dann gewiss hereingestürmt käme und die Kälte aus dem Flur mit sich brächte, die dieses köstliche Spiel erfrieren ließe –, daher kicherte er nur leise.

Der frische Flanellpyjama war steif und kratzte, doch Mieczyś wusste schon, dass er sich morgen früh, nach der ersten Nacht, wieder anfühlen würde wie sonst auch – weich und behaglich. Die Zeit glättete alle rauen Kanten und machte die Welt freundlicher. Wenn er dann im Pyjama dasaß, holte Gliceria den Kamm und kämmte sein blondes, zum Pagenkopf geschnittenes Haar. Nie konnte sie sich dann zurückhalten, es in Zöpfe zu flechten.

»Es ist so fest, dein Haar, so dicht«, sagte sie jedes Mal, und das war wundervoll, kam doch zu seinem ganzen Repertoire an kostbaren Dingen, die er besaß, nun noch das Haar hinzu.

Natürlich entflocht Gliceria die Zöpfe gleich wieder, legte ihm das Haar aber über der Stirn in Wellen, die der Vater gleich wieder zerzauste, wenn er kam, um ihm eine gute Nacht zu wünschen, und Mieczyś im kalten Zimmer in der frisch gestärkten Bettwäsche lag, eine Wärmflasche bei den Füßen, und in Erinnerungen an die allwöchentlichen Liebkosungen beim Bad schwelgte.

Einmal betrat Wojnicz auf dem Rückweg zum Gästehaus *Laugers Conditorei und Café* und kaufte sich eine Schachtel Pistazienmakronen, deren Farbe – ein Ton zwischen Seladon- und Olivgrün – ihm elegant erschien und, wie er meinte, von einem kaum exakt zu bestimmenden Geschmack zeugte, auf den er neugierig war. Später notierte er in seinem Notizbuch: »Der Teig an sich sehr luftig, mit knuspriger Kruste. Nicht so süß wie unsere Makronen von Zalewski. Die Füllung hingegen ohne Geschmack, und die Farbe wohl künstlich, mit Spinat, erzeugt.«

Kurz bevor er das Gästehaus erreichte, hörte er aus der Ferne, wie jemand auf Polnisch rief: »Ein vorzüglicher Witz! Sie haben vielleicht eine Phantasie, mein Herr!«, und er beschleunigte instinktiv seinen Schritt, um sich so schnell wie möglich ins Haus zurückzuziehen.

*

Wie geschah es nun, dass er sich noch am selben Nachmittag am Rande des Waldes wiederfand? Ein leichter Regen nieselte, der etwaige Spaziergänger vielleicht verschreckte, was auch gut war, so sah niemand, dass er das Gästehaus wieder verließ und in einen Seitenweg einbog, statt artig unter einem Schirm die altbekannte Promenade auf und ab zu flanieren.

Beharrlich, hin und wieder nach Luft schnappend, kämpfte er sich den Berghang hinauf – gut, dass er seine alten Schuhe angezogen hatte. Manchmal blieb er stehen und blickte sich aufmerksam um, er wollte keine Einzelheit des Waldesdickichts übersehen. Er suchte nach irgendwelchen Zeichen, über Kreuz liegenden Ästen, in einer besonderen Ordnung aufgereihten Zapfen, Wurzeln von merkwürdiger Gestalt, etwas, das ihm bedeuten würde, dass er in der Nähe war. Die feuchte Luft, schwer von Gerüchen, war sättigend wie ein Mahl. Alles drehte sich in Wojniczens Kopf, bisweilen musste er stehen bleiben und sich an einen Baum lehnen. Er fühlte sich wie im Fieber – musste wohl Temperatur bekommen haben – und nahm sich vor, gleich den Rückweg wieder einzuschlagen; Doktor Semperweiß wäre gewiss entsetzt gewesen über einen solch eigenmächtigen Ausflug. Und auch er selbst wusste, dass er jedem gesunden Menschenverstand zuwiderhandelte, jenem Heiligen Graal des Herrn Lukas, der sich gewiss nicht bergaufwärts durch das Dickicht geschlagen hätte. Oder vielleicht doch? Vielleicht ging gerade er dorthin, wenn kein anderer es sah? Und tauchte auch August dort auf, atemlos und verschwitzt, und wischte sich mit dem Zipfel seines Foulards die von Schweiß benetzte Stirn? Und Opitz? Führten ihn seine Schritte nicht an diesen Ort, wenn er vorgab, seine kleinen behüteten Pilze zu suchen – waren sie nicht im Grunde nur Vorwand, um zu jener Stelle zu gelangen? Denn Raimund – davon war Wojnicz überzeugt – hielt sich häufig dort auf.

Nun begann der Buchenwald, das Dickicht endete, und Mieczysław verlangsamte seine Schritte. Er fand einen mächtigen Steinpilz, zögerte, ob er ihn mitnehmen sollte, hatte er doch weder Rucksack noch sonst eine Tasche dabei, aber es ging nicht an, eine solch üppige Gabe auszuschlagen, also trug er den Pilz in der Hand.

Es gibt nichts Schöneres, nichts Überwältigenderes als einen Buchenwald. Zu dieser Jahreszeit waren die Blätter bereits dunkelrot und fächerten sich über Wojniczens Kopf in purpurnem Gewölbe, das den grauen Herbsthimmel von ihm abschirmte. Die sauberen, silbrigen Baumstämme stützten das gewaltige Gemach, formten Seitenschiffe und Kapellen. Gefärbtes Licht fiel durch die bunten Glasfenster der Baumkronen; jedes Blatt war ein Stückchen Glas, das nach seinen eigenen Regeln mit dem Licht spielte. Wojnicz schritt durch das Hauptschiff auf einen fernen Altar zu, der noch nicht sichtbar war, obwohl doch alles ringsumher von seiner Nähe kündete. Es war dies eine Kirche voller Labyrinthe, Krypten unter Steinen, Tabernakeln in Baumhöhlen, wundersamen Altären, die für eine flüchtige Weile auf bemoosten Stämmen umgestürzter Buchen entstanden. Diese Kirche war ganz und gar nicht augenscheinlich, wie von Menschenhand erbaute Kirchen augenscheinlich sind, obgleich sich doch auch hier ein immerwährender Wandel vollzog, von Wasser in Leben, von Licht in Materie. Alles hier raschelte, dehnte sich, schwoll, benetzte und vermehrte sich, knospte und tirilierte. Das grünliche Moos und die grauen Flechten ließen den Eindruck entstehen, der Wald sei mit Tuchen ausgekleidet – mit Samt, Schaffell, Wollfilz, weichem Flanell. Warum war er nur früher nie hergekommen?

Er gelangte an eine Schneise; wie eine Strafkolonne standen unzählige angepflanzte Fichten – von Bayern waren sie hierher implantiert worden, im Glauben, sie würden sich auch in Schlesien hübsch darbieten, doch sie blieben fremdes Element. Die Fichten erinnerten Wojnicz an das preußische Heer. Und die Buchen? Die Buchen erinnerten ihn an eine bunte exotische Armee, die aber nicht in den Kampf gezogen, sondern stolz in ihrer Uniform aufmarschiert war, mit Federbüschen, goldenen Glanzlichtern auf dem Metall ihrer Helme, und seither reglos verharrte, um sich ganze Jahre hindurch selbstverliebt zu bewundern. Eine Armee für die Oper, nicht für einen Krieg.

Fast wäre er auf sie getreten.

Vor ihm öffnete sich eine Lichtung mit Birken und einer kleinen Eiche, voller Steine und wucherndem Moos. Es war eine andere *Puppe*, sie war kleiner als diejenige, die er mit Opitz und Raimund gesehen hatte. Sie lag mitten im Moos, ja eigentlich war sie Moos, ihr Körper zeichnete sich deutlich ab, üppig, die Brüste waren zwei Steine und das Gesicht diesmal aus Birkenrinde, auf die jemandes Hand mit Kohle zwei Augen gemalt hatte. Die Feuchtigkeit hatte die Augen verlaufen lassen, sie waren nur mehr zwei Flecken. Der ganze Leib gipfelte gewissermaßen in einer Stelle unterhalb der Hüften, wo die Beine sich spreizten und dazwischen ein Loch gähnte, wie ein Mauseloch oder der Eingang zu einer Maulwurfshöhle – ein häufig benutzter, ausgetretener und glatt geschliffener Pfad. Vorsichtig wich Wojnicz zurück, den Blick auf die Füße geheftet, voller Angst, er könnte auf etwas Lebendiges treten. Mit einer Mischung aus Faszination und Grauen starrte er auf die Puppe, die sorgsam aus den vorhandenen Materialien des Waldes geformt worden war – aus Steinen, Moos, Zweigen, Rinde, Pilzen, Blättern, lehmiger Erde. Er hörte nur seinen eigenen raschen Atem – es schien ihm, als sei der Wald verstummt und beobachtete gebannt diese Begegnung eines Menschen mit etwas Nicht-Menschlichem, das das Menschliche kühn imitiert. Ja, alles hier starrte ihn an. Er spürte ihn geradezu, es war eine Art Ultrablick, der unter den Filz seiner Jacke kroch, unter den handgestrickten Pullover, das leinene Hemd, das baumwollene Unterhemd … sehr unangenehm, vergleichbar fast damit, wenn Doktor Semperweiß seinen ganzen Körper in Augenschein nahm. Er trat einen Schritt zurück, bereit, stehenden Fußes ins Dorf zurückzukehren. Doch noch hatte er sich schließlich dieses scheinbar der Natur entsprungene

Geschöpf gar nicht genau angesehen. Natürlich – auch dies war ein Werk der Köhler mit den schmutzig dunklen Gesichtern. Wider Willen musste Wojnicz sich vorstellen, wie sie der Puppe beiwohnten; vor seinem inneren Auge sah er die Heftigkeit männlichen Begehrens, die drängende Ungeduld, die Wucht. Nur einmal hatte er Ähnliches zu Gesicht bekommen, auf dem Land, in der Scheune – die rhythmisch sich bewegenden Gesäßbacken eines Burschen aus dem Dorf, der mit seinem Körper die Milchmagd bedeckte. Der ganze Vorgang schien verschwommen von Gewalt und Blut zu künden. Er spürte, wie eine heiße Welle des Schreckens von seinem Bauch aufstieg und ihn bis über die Ohren durchflutete. Nun wollte es ihm scheinen, als stöhnte die Waldesgestalt, als bewegten sich ihre Hüften, würden von einer unterirdischen Kraft nach oben gedrückt. Er riss die Augen weiter auf, die Sinnestäuschung zerstob.

Das unangenehme Gefühl, jemand beobachtete ihn, erreichte seinen Höhepunkt. Der Schweiß brach ihm aus. Plötzlich erfasste ihn ein Schrecken, weil es so rasch zu dunkeln begann. Langsam, jedes Geräusch vermeidend, schlich er rückwärts von der Lichtung; dann eilte er mit weit ausgreifenden Schritten seiner langen Beine, ja lief beinahe ins Dorf zurück und schwor sich, diesen Ort niemals wieder aufzusuchen.

10

Eine Kulmination der Geometrie

Alle Vorhänge in Thilos Zimmer waren aufgezogen, so viel Licht wie möglich sollte in den Raum gelangen, und jetzt erst sah man die roten Fieberflecken in seinem Gesicht. Die blonden Haare, schweißnass, drehten sich in kleinen Locken, er sah aus wie ein Junge, dem heiß geworden war vom Toben. Auf der saumselig gefertigten Staffelei – vermutlich von Raimunds Hand, vielleicht stammte sie aber auch von einem örtlichen Handwerker – stand ein Gemälde, mit Musselin verhüllt, die Ränder des Gewebes waren ausgefranst. Auf dem Tisch lagen Öldrucke, dazwischen jeweils Seidenpapier. An der Wand lehnte eine große, flache Mappe; hier bewahrte Thilo seine Schätze auf.

»Warst du bei Doktor Semperweiß?«, fragte Thilo mit einem Hoffnungsschimmer in den Augen.

»Ja.«

»Hat er etwas über mich gesagt?«

»Er hat gesagt, du hättest jetzt eine schwierigere Phase, aber das sei normal.«

»Normal?«

»Dass es wie eine Amplitude sei … mal besser, mal schlechter.«

Diese Erklärung schien Thilo zu beruhigen.

»Hat er dir nicht vorgeschlagen, ins Kurhaus zu kommen? Angeblich sind dort Plätze frei geworden«, fragte er misstrauisch.

Wojnicz angelte mit seinen langen Fingern Pistaziengebäck aus einer Schachtel und legte es auf einen Teller.

»Ich denke, wir haben es hier besser, und der tägliche Spaziergang zum Kurhaus tut uns gut. Außerdem, du weißt ja … ich muss sparen.«

»Setz dich«, sagte Thilo und schob Wojnicz einen Stuhl hin. »Seit letzter Woche empfängt er mich nicht mehr, da muss es schlecht um mich stehen.«

»Was sagst du denn da?«, erwiderte Wojnicz tadelnd, doch klang es ihm wenig überzeugend.

»Hast du schon einmal gesehen, wie Moore brennen? Genauso fühle ich mich. Als würde diese ganze Feuchtigkeit in mir brennen. Und ich ersticke an dem Qualm.«

Sie schauten sich Reproduktionen und Stiche an. Thilo erzählte von seinem Freund György, nach dem er sich sehnte. »Ich habe große Sehnsucht nach ihm« – so drückte er sich aus. Da Thilo so gut wie keinen Kontakt zu seiner Familie hatte, musste er alleine zurechtkommen oder die Hilfe anderer in Anspruch nehmen. György hatte auch dafür gesorgt, dass Thilo hier seine Bildbände und Reproduktionen haben konnte, die er für seine Dissertation brauchte – über die Bedeutung der Landschaft in der Kunst. Unter besonderer Berücksichtigung des flämischen Malers Herri met de Bles. Eine schwierige und anspruchsvolle Arbeit, die Bilder von de Bles waren über viele kleine Sammlungen verstreut, bei etlichen musste zudem offenbleiben, ob sie tatsächlich von ihm stammten.

»Selten erkennen wir, wie eine Landschaft tatsächlich ist. Wir richten unser Auge auf den Horizont, orientieren uns an der Aussicht. Sehen die Linie der Berge und Hügel, Wälder und Bäume, die Dächer der Häuser, die Linien der Wege, und weil wir wissen, wie dies alles benannt wird, sehen wir alles auch in diesen Kategorien, einzeln für sich. Da sagen wir dann: Der Weg schlängelt sich durchs Tal. Oder: Der Hang ist bewaldet. Die Bergkuppen sind kahl. So sehen wir es.«

Mit funkelndem Blick sah er Wojnicz an.

»Aber es gibt noch eine andere Art zu sehen, einen umfassenden, einen totalen, absoluten Blick, ich nenne es das transparente Schauen.« Und er wiederholte das Wort, als wollte er sichergehen, dass Wojnicz es auch im Gedächtnis behielt. »Dieser Blick überwindet das Detail und führt, wie Herr August sagen würde, zu den Fundamenten einer bestimmten Ansicht, ihrer grundlegenden Idee, ohne die Einzelheiten, die unseren Blick und Verstand immerzu ablenken. Und wenn man so schauen würde«, er kniff die Augen zu einem Blinzeln zusammen, ja Wojnicz hatte den Eindruck, er schielte gar, »und dazu auch hier, hier«, er klopfte sich an den Kopf, »die Perspektive wechseln würde, dann würde man etwas gänzlich anderes sehen.«

Auf seinen Wangen zeigte sich wieder die Röte, die ihn so kindlich wirken ließ. Die Begeisterung teilte sich Wojnicz durchaus mit, doch verstehen konnte er es noch nicht.

»Kennst du das? Hast du es auch schon mal versucht?«

Er zog eine geometrische Zeichnung aus der Schublade, präzise angefertigt, auf der ein Gefüge von ineinander verschränkten Vierecken zu sehen war.

»Schau!«, sagte er und drückte Wojnicz die Zeichnung in die Hand. »Du musst die richtige Entfernung finden und so lange hinsehen, bis du eine dreidimensionale Bewegung erkennen kannst.«

Wojnicz wusste nicht recht, was er tun sollte. Also tat er, was Thilo tat, kniff die Augen zusammen, schielte ein wenig, nun sah er alles seltsam doppelt und verschwommen, doch dann begannen die Würfel sich zu seinem Erstaunen zu bewegen! Schwierig war es, diesen Blick beizubehalten, es war, als gäbe es verschiedene Bahnen dafür, und nur auf dieser einen schmalen Spur boten die Würfel sich auf diese Weise dar. Es bereitete einige Mühe, eine besondere Form der Aufmerksamkeit war dafür nötig, er musste sich konzentrieren, den Blick nicht wieder entgleiten zu lassen. Die kleinste Kopfbewegung genügte, und der Zauber war verflogen. Dann sah er wieder nur die Zeichnung, die Ansammlung der flachen Quadrate und Rhomben. Aus reiner Neugierde versuchte er, den Blick noch einmal auf diese Spur zu bringen, sie entzog sich ihm, dann endlich glückte es, und wieder sah er die Bewegung der Würfel. Der Wechsel der Wahrnehmung war sehr angenehm, nicht für die Augen, für den Geist. Es war wie die Entdeckung eines bis dahin unbekannten Getränks, einer neuen Speise. Eine Fähigkeit, die – nie genutzt – eingeschlafen war, die er aber von Geburt an besessen hatte. Noch etwa eine Viertelstunde lang hatte er sein Vergnügen damit.

»Hast du noch andere Zeichnungen?«

Thilo nickte.

»Aber das ist kein Spielchen mehr, das ist eine todernste Sache.«

Thilo schob die Staffelei ins Licht des Fensters.

»Warum sollte ich es dir nicht zeigen? Also ... schau!«

Er stellte ein nicht allzu großes Ölgemälde auf die Staffelei, eine Gebirgslandschaft. Welche Gegend es sein sollte – schwer zu sagen, die Berge schienen der Phantasie entsprungen, sie wirkten überzeichnet, als wären sie aus geballter Luft geformt. Und höher und höher türmten sich die Formen. In der Mitte die grünen Bausche eines Olivenhains, doch der Blick wurde sogleich von den Figuren angezogen, die sich ebenso farbig wie dramatisch gruppierten.

»Das ist doch Abraham. Und das ist Isaak«, sagte Wojnicz selbstsicher. »Jeder Tölpel kann das sehen.«

»Der Mensch ist hier unwichtig. Du musst blinzeln.«

Mieczysław lächelte unsicher. Er schaute noch einmal, in Erwartung einer Bewegung, wie er sie auf der Zeichnung gesehen hatte, doch nichts dergleichen konnte er bemerken.

»Schau hin und rede nicht«, herrschte Thilo ihn an.

Das Bild zeigte die Opferszene mit Abraham. Wie ein durchschnittlich bibelkundiger Mensch diese Erzählung aus mythischer Vergangenheit kannte. Dass Gott einen seiner treuen Knechte auf die Probe gestellt hatte – seinen geliebten Sohn solle er ihm opfern. Also begab sich Abraham mit Isaak an einen Ort in der Einöde, wo das Opfer vollzogen werden sollte. Und Gott empfand solche Befriedigung über den Gehorsam des Menschen, dass er im letzten Augenblick eingriff und mithilfe eines seiner Engel die Hand mit dem Messer zurückhielt. Das Bild zeigte den dramatischsten Moment – das Messer in der Hand des Vaters will eben in den Nacken des Sohnes niederfahren, und dieser, nichts ahnend von der Gefahr, lässt demütig geschehen, was geschehen soll. Über ihnen der Engel, der sich mit all seiner Engelsmacht bemüht, es zu verhindern. Was alles andere als leicht ist, denn schwungvoll hat der Vater ausgeholt, gleich wird sich das Messer in den zarten Nacken des Kindes bohren. Vielsagend wäre wohl das Gesicht des Engels gewesen, doch blieb es verdeckt von goldenem Engelshaar, verborgen zudem in einem Schatten, den man auf dem Gesicht eines himmlischen Wesens nicht erwartet hätte, ja fast hätte man glauben wollen – einem Bart. Wüsste man nicht, dass Engel kein Geschlecht haben, geschweige denn einen Bart! Hinter den Figuren gähnte ein Schlund im Grün der Bäume, dieser dunkle Fleck zog

Wojniczens Blick an, dort war doch etwas, blinkte, schillerte. Schaute nicht von dort ein Augenpaar?

Er näherte sich dem Gemälde, strengte seine erschöpften Augen an, dass sie zu tränen begannen und die Landschaft auf dem Bild verschwamm, löste sich in Flecken auf aus Ocker und Grün, aus Braun und wässrigem Grau. Das Gemälde wurde zu dem, was es in Wirklichkeit war – Flecken und Streifen, Pinselstriche, Pinseltupfer, die sich zu unbestimmten Formen häuften. Und war die Aufmerksamkeit des Betrachters genügend eingelullt, trat eine gänzlich neue Ansicht hervor, die alten Konturen ließen etwas völlig anderes entstehen, etwas, das scheinbar zuvor dort nicht enthalten gewesen war, aber dennoch präsent gewesen sein musste, wenn es jetzt zum Vorschein kam. Wojnicz stieß erschrocken einen Schrei aus, wandte sich zu Thilo. Der sah ihn mit Genugtuung an.

»Was hast du gesehen?«

»Etwas wie ... ich weiß es selbst nicht. Ein Gesicht, einen Körper? Etwas Lebendiges?«

»Jeder sieht etwas anderes. Es ist eine Projektion. Eben das ist Herri met de Bles.«

»Was war das?«, fragte Wojnicz entsetzt.

»Nicht ›war‹, das ist noch immer dort. Eine Illusion. Keine Angst!«

»Aber das Bild ... Welches ist denn das echte?«

»Beide sind echt, dieses und das andere, das sich in ihm verbirgt und das du sehen kannst, wenn du deinen Blick veränderst.«

»Woher hast du das? Ist das eine Kopie?«, fragte Wojnicz und näherte sein Gesicht der Leinwand, im Bemühen, jede Einzelheit des Gemäldes zu erfassen. Am liebsten hätte er eine Lupe genommen, um die tieferen Hintergründe zu studieren. Wunderliches war dort zu sehen, eine Gestalt, die sich in goldenem Lichtschein in die Luft zu erheben schien, eine Gestalt im Grün des Waldes, zwei glühende Augen im dunklen Abgrund des Dickichts. Striche und trügerische Flecken, ein einziges Labyrinth von Pinselspuren ... Wojnicz erschauerte, sah Thilo fragend an. Dieser sagte nichts. Er rutschte auf den Kissen tiefer, legte sich auf den Rücken.

»Das ist keine Kopie«, sagte er schließlich, »ich habe das Bild gestohlen.«

Aus unwillig hervorgebrachten Halbsätzen konnte Wojnicz erfahren, dass das Gemälde sich im Besitz von Thilos Familie befunden habe und dass es das Einzige gewesen sei, was er aus seinem Elternhaus mitgenommen habe, als er es verließ, um nie wieder dorthin zurückzukehren.

»Ich betrachte es als Mitgift, die mir zusteht.«

Wojnicz hatte den Eindruck, dass sein Freund die Lippen zusammenpresste, seine Augen schienen glasig zu werden.

»Täglich schaue ich, ob die Hand mit dem Messer nicht zugestoßen hat. Man könnte sich auch vorstellen, man würde das Ganze eine Sekunde später betrachten. Wenn die Klinge sich in den Nacken des Jungen gebohrt hat und das Blut herausspritzt, über die raue Oberfläche des Opfersteins rinnt, wo das menschliche Blut sich mit dem Blut der Tiere mischt. Es wäre eine Erleichterung, oder? Was meinst du?«

»Im Übrigen stimmt es ja«, fuhr Thilo fort, »Abraham hat seinen erstgeborenen Sohn getötet, denn das hatte Gott von ihm verlangt. In der Bibel ist es klar zu sehen. Abraham kommt alleine nach Hause zurück aus dem Land Moria. Nur der Diener ist bei ihm. Von Isaak ist nicht die Rede. Er hat Isaak getötet. Und derjenige, der dann später in der Bibel auftaucht, ist ein anderer. Gott residiert auf dem Berg der

Mörder. Ständig nimmt er Geiseln, und ständig verlangt er Menschenopfer. Ein solches Opfer scheint uns schrecklich, barbarisch, aber das sind nur unsere modernen Vorstellungen. Früher brauchten die Menschen Opfer, um sich Gott gegenüber nicht ohnmächtig zu fühlen. Und sie brauchen die Opfer noch immer, ständig suchen sie nach Gelegenheiten und Begründungen, damit sie ihr Opfer darbringen können. Ein Opfer ist Ausdruck der eigenen Stärke, der Macht über die Welt. Du teilst dir die Welt mit Gott, lässt ihn ein Stück davon abreißen und stellst damit zugleich seine Größe und Allmacht infrage. Denn wozu bräuchte er ein Opfer, wenn er sich doch nehmen könnte, was er will? Warum sollte er etwas bekommen, wenn er doch über alles verfügt?«

Und Thilos Rede wurde noch seltsamer, er sagte, dass eine Landschaft einen Menschen sogar töten könne. Eine gewaltige Kraft habe sie, denn sie stelle eine Konzentration verschiedener Energien dar, sie sei eine Kulmination der Geometrie. Und ebendas geschehe hier, in Görbersdorf. Einmal im Jahr fordere die Landschaft ihr Opfer und töte einen Menschen. Und ein großer Fehler sei es, dass sie alle hierhergekommen seien, denn jeder werde damit zum potenziellen Opfer dieses Ortes. Und ohne Unterlass würden sie alle beobachtet von der Landschaft.

»Schau mal nach draußen … als hätte das alles ein Gesicht, verstehst du?«

Wojnicz war sich sicher, dass das Fieber des Freundes gestiegen war. Er überlegte, ob er nicht den Arzt des Kurhauses verständigen sollte. Ja, Thilo redete im Fieberwahn. Doch dann kam, ohne anzuklopfen, Opitz ins Zimmer. Mit ernster Miene legte er Thilo die Hand auf die Stirn.

»Raimund soll kommen«, sagte er zu Wojnicz. »Er soll Eis bringen.«

*

In dieser Nacht hatte Wojnicz einen seltsamen Traum. Er war bei Doktor Semperweiß und überreichte ihm Untersuchungsbefunde, die auf einem Blatt notiert waren, das man aus dem Gästebuch des Gästehauses gerissen hatte. Der Doktor warf einen Blick darauf und sagte: »Mit diesen Werten sind Sie schon seit drei Tagen tot, guter Mann.«

Wojnicz wurde unbehaglich. Er wusste nicht, wie er auf den kategorischen Ton des Arztes reagieren sollte. »Für solche Patienten habe ich eine besondere Passage«, sagte Doktor Semperweiß, nun schon versöhnlicher, »hier entlang, bitte.« Und er zeigte Wojnicz eine kleine, schmale Tür in der Ecke des Untersuchungszimmers. »Bitte, bitte, und hurtig jetzt, nicht lange gezaudert!« Und mit diesen Worten schob er Wojnicz in die Öffnung. Dieser fand sich in finsterer Dunkelheit wieder und hörte das Gurren der Tauben. Und er erwachte voll Entsetzen.

Mit offenen Augen lag er im Bett und lauschte. Jenseits der Zimmerdecke war wieder das rätselhafte Rumoren zu hören. Doch hatte es durchaus auch etwas Angenehmes, Dinge, an die wir uns gewöhnen, beginnen wir zu mögen. Er begriff, dass es mitten in der Nacht war. Er sah auf die Uhr seines Vaters – elf Minuten nach eins. Das konnten keine Vögel sein. Eine heiße Welle überlief ihn, die sich in Schweißtropfen niederschlug. Reglos lag er da, wagte nicht einmal, sich die vom Schlaf trockenen Lippen zu lecken. Er überlegte, welcher Raum das sein konnte, der sich über ihm befand. Nebenan, über Thilos Zimmer, lag das Zimmer der Frau Opitz. Aber weiter?

Jetzt hörte er ein Schnarren auf dem Korridor, als schleifte jemand etwas Schweres über den Boden. Wojnicz hörte

Schritte, und in den Spalt zwischen Tür und Fußboden sickerte ein rostfarbenes Licht. Es flackerte, erlosch und glomm von Neuem auf, als wäre es in Bewegung. Der schreckensstarre Wojnicz zwang sich dazu, sich aufzusetzen, tastete mit den nackten Füßen nach den Pantoffeln. Jähe Kälte überschauerte ihn, es war, als bliese ein Wind durch den Baumwollstoff seines Pyjamas, der Schweiß trocknete im Nu und hinterließ ein unangenehmes Gefühl der Kälte. Es blieb ihm nichts anderes übrig, er musste nachschauen, was das war, die Anspannung wurde unerträglich. Im Bemühen, nicht das geringste Geräusch zu verursachen, schlich er zur Tür. Wiederholte dabei im Stillen: »Gegrüßet seist du, Maria …« Öffnete leise, leise die Tür. Wie gut, dass Raimund sie geölt hatte, sie quietschte nicht. Nachdem er sich bekreuzigt hatte, streckte er den Kopf in den Flur. Drehte den Schalter aus Ebonit. Sogleich flammte die elektrische Glühbirne an der Decke auf. Der gläserne Lampenschirm, der sie umgab, hatte die Form eines Pilzes.

Eine wunderliche Gestalt drückte sich durch den Flur, barfuß, gebeugt, in einem langen Gewand. Wojnicz brauchte eine Weile, ehe er August erkannte. In dem flattrigen, altmodischen Nachthemd schien er nicht er selbst zu sein, zudem wirkte sein Gesicht, ohne das übliche freundliche Lächeln, finster und verschlossen. Wojnicz hatte es früher schon bemerkt – wenn August sich sicher glaubte, dass niemand ihn sah, verschwand der Anflug eines Lächelns, der seinem Gesicht etwas wohlwollend Sanftes verlieh, eine senkrechte Falte erschien zwischen seinen Brauen, und um die Augen wölkten Schatten. Im Handumdrehen wirkte August älter und verlor seine angenehme Ausstrahlung. Wojnicz fand diese Veränderung immer höchst überraschend.

Erschrocken fuhr August herum.

»Zum Teufel, wer ist da?«, fragte er mit heiserer Stimme.

»Ich bin es, Herr Professor, ich, Mieczysław Wojnicz. Ich hatte Geräusche gehört. Sie haben mir aber auch einen Schrecken eingejagt ...«

Erleichtert atmete Wojnicz auf.

Im Bruchteil einer Sekunde versuchte August, seinem Gesicht den alltäglich vertrauten Ausdruck zu geben – freundlich, mit einer Spur von Ironie. Es wollte nicht recht gelingen. Seine Wangen bebten, während seine Lippen sich bemühten, etwas der Situation Angemessenes zu formulieren, was in einem »Puff, puff« endete. Wojnicz empfand plötzlich Mitleid mit August.

»Ich hatte Geräusche gehört, konnte nicht schlafen, da wollte ich nachschauen, was das ist. Hören Sie auch von oben dieses Gurren? Mich stört das sehr. Züchtet Herr Opitz Tauben? Aber fliegen die nicht im Herbst nach Süden?«

August straffte sich, und dank des Moments, den Wojnicz ihm gegönnt hatte, sich zu fassen, war er jetzt in der Lage, in seinem üblichen Tonfall zu erwidern:

»Tauben sind keine Zugvögel.« Und distinguiert schon fügte er hinzu: »Ich wollte einen Schluck Wasser trinken.«

Ein peinliches Schweigen trat ein.

»Wenn wir nun schon aufgestanden sind«, ließ sich Herr August wieder vernehmen, »gehen wir doch vielleicht nach unten, auf ein Gläschen *Schwärmerei.*« Und ohne Wojniczens Antwort abzuwarten, sagte er: »Gehen Sie schon vor, ich komme gleich, ich hole mir nur die Hausjacke aus meinem Zimmer, damit ich hier nicht im Nachthemd herumspaziere. Die Gläschen sind im Klavier.«

Mieczysław, nun gänzlich erwacht, freute sich sogar über diesen Vorschlag. Sein pochendes Herz beruhigte sich und verlangte nach einer kleinen Annehmlichkeit als Entschädigung für den Schrecken. Auf dem Weg nach unten blieb er an einem Gemälde stehen, das ihm früher schon aufgefallen war. Ein Stillleben, und gar nicht übel gelungen, mit einem kopfüber hängenden Hasen mit durchschnittener Kehle, aus der das Blut in eine Schüssel troff. Unter dem Hasen lagen auf einem Tisch ein Laib Brot, ein Messer und ein Stück Käse. Einzelne Zwetschken, dunkelviolett und glänzend, erweckten den Eindruck, als wären sie aufgeschwollen.

Als Wojnicz seinen Weg fortsetzte, bemerkte er einen bräunlich trüben Lichtschein im Salon, dann sah er eine brennende Kerze, sah Frommer dort stehen, in voller Adjustierung. Allerdings trug er nicht seinen Bratenrock, sondern ein anderes, bis unters Kinn geschlossenes, frackähnliches Kleidungsstück. Gerade eben vor Wojnicz musste er gekommen sein. In dem Glauben, unbeobachtet zu sein, zog er ein Gläschen aus der Tasche, und behutsam, um nur ja kein Geräusch zu machen, goss er sich aus der dunkelgrünen Flasche den nahezu schwarzen angesetzten Likör ein. Den ersten Schluck kostete er, ließ ihn auf der Zunge wandern, den zweiten stürzte er in einem hinunter. Wojnicz hüstelte warnend, begab sich dann zügig ins Speisezimmer. Ihre Blicke streiften einander. Frommers Gesicht konnte er kaum erkennen, die Kerze warf nur ein schwaches Dämmerlicht in den Raum, doch schien ihm, dass er nicht sonderlich berührt wäre davon, beim Genuss der *Schwärmerei* ertappt zu werden.

»Ich lese«, sagte Frommer und deutete auf das aufgeschlagene Buch auf dem Tisch. »Sehen Sie, mich interessiert die Geometrie, *l'esprit géometrique*, Herr Ingenieur.«

»Ich bin noch kein Ingenieur, der Krankheit wegen konnte ich mein Studium nicht abschließen«, erinnerte ihn Wojnicz, doch Frommer überhörte es.

»Allerdings bewegen mich nicht die Gründe, welche die naturwissenschaftlichen Geister zur Geometrie ziehen. Für mich ist die Geometrie eher ein Erkenntniskonzept. Überlegungen zu einer Vision der Welt, die gleichbedeutend wäre mit ihrer Rekonstruktion von allen Punkten der Betrachtung aus. Können Sie mir folgen?«

»Das wäre dann eher etwas Mystisches«, sagte Wojnicz unsicher, er fürchtete, dem gestrengen Mann mit dieser Äußerung vielleicht zu nahe zu treten.

Doch Frommer schien geschmeichelt von der Analogie.

»Unsere Sinne zwingen uns eine bestimmte Form des Wissens über die Welt auf. Aber sie sind schließlich nur beschränkt. Und was wäre, wenn die Welt, die uns umgibt, gänzlich anders beschaffen wäre, als unsere unvollkommenen Sinne uns glauben machen wollen? Haben Sie schon einmal darüber nachgedacht?«

»Genau darüber habe ich mich mit Thilo unterhalten.«

Ohne Scheu schaute Wojnicz ins Klavier und sah dort, brav in einer Reihe, die Gläschen auf ihren dicken Füßchen stehen. Er nahm eines heraus, goss sich von der berühmten Köstlichkeit ein.

»Ich weiß nur, dass sich in der Wirklichkeit die Blickpunkte wahrscheinlich nicht in Einklang bringen lassen.«

Und er lächelte, als wäre ihm just etwas in den Sinn gekommen.

»Herr Doktor Frommer, kennen Sie das Stück, das der Trompeter hier immer spielt? Er spielt es übrigens ziemlich falsch.«

Vom Beginn seines Aufenthalts an verfolgte ihn diese Melodie. Kinder hatten sie vor sich hin gesungen, als er zum Kurhaus gegangen war. Raimund summte sie. Und die Uhr des Doktors schlug mit diesen Tönen.

»Ich bin kein Doktor, Herr Wojnicz, so wie Sie kein Ingenieur sind. Mit der Wissenschaft befasse ich mich aus Liebhaberei.«

Frommer ging zum Klavier, öffnete die Klappe und klimperte über die Tasten. Um dann, ebenso unerwartet wie gekonnt, die besagte Melodie zu spielen.

»Habt ihr noch nicht lang genug geschlafen?
Die Uhr hat eins geschlagen … tü, tü, tü.
Habt ihr noch nicht lang genug geschlafen?
Die Uhr hat zwei geschlagen … tü, tü, tü.«

Es sah so aus, als wollte Frommer ewig so weitersingen mit seinem erstaunlich gut ausgeformten, wohlklingenden Tenor, doch nach dem vierten Mal beendete er die Darbietung:

»Ist der Jakob noch am Schlafen? Jakob, steh auf!«

Zufrieden mit seinem Auftritt klappte er das Klavier zu und sagte:

»Das ist ein altes Spiellied aus Schlesien. Ich kannte es schon als Kind …«

Und während er begann, die komplizierten Regeln des Spiels zu erklären, zu dem das Lied gehörte, goss er sich noch ein Gläschen *Schwärmerei* ein.

Die Flasche mit der legendären Köstlichkeit stand immer auf der Kredenz. Unscheinbar wirkte sie – das dunkelgrüne Glas musste noch in Handarbeit hergestellt worden sein, die Flasche war sicher in einer der Glashütten im Riesengebirge geblasen worden. Sie war nicht ganz ebenmäßig geformt, der schlanke Hals bog sich ein wenig, als wollte er die menschlichen Lippen einladen, sich ihm zu nähern. Sie hatte kein Etikett, nicht der kleinste Hinweis auf ihren Inhalt war an ihr zu finden. Neben der Flasche standen, auf einem versilberten Tablett, eine Karaffe mit Wasser und ein Glas. Dass ein Likörgläschen fehlte, gab zu verstehen, dass bestimmte Regeln galten, an die man sich zu halten habe, um schließlich, wenn der richtige Moment gekommen war, eingeweiht zu werden.

Mehrmals schon, wenn Wojnicz zum Essen erschienen war, hatte er der Flasche Blicke zugeworfen. Sie stand auch recht herausfordernd auf der Kredenz, ja war eigentlich das Erste, was im schwerblütigen Ambiente dieses Raumes, das von Holz und Jagdtrophäen bestimmt wurde, ins Auge fiel. Erst wenn Raimund nach dem Mittagessen das Tablett mit der entsprechenden Anzahl an Likörgläschen brachte, machte die Flasche ihre Runde. Unerschöpflich schien sie, füllte mit hartnäckiger Freigebigkeit die nächsten Gläschen, lockte ein Lächeln auf die Gesichter der Beschenkten. Der wunderliche Geschmack und Geruch ließen Wojnicz an das Wort »unterirdisch« denken. Die *Schwärmerei* schmeckte nach Wurzeln und Moos, nach Pilzgeflecht und Lakritz. Ganz sicher enthielt der Trunk Anis und Wermut. Was die Zunge als Erstes empfand, war nicht angenehm, ja widerlich, doch währte das nur kurz. Im nächsten Moment schon füllte eine angenehme Wärme den Mund, und eine ungeahnte Fülle an Geschmacksnuancen breitete sich aus, Waldbeeren und eine exotische Note. Für einen Augenblick hatte Wojnicz gedacht, dass Ameisen so schmecken. Ja, das war der Geschmack von Ameisen, Wojnicz kannte ihn. Als Kind hatte er einmal eine Ameise probiert, und der Geschmack war ihm für immer in Erinnerung geblieben. Doch damit erschöpfte sich auch sein Wissen als Buffetier hinsichtlich der legendären *Schwärmerei.*

Er goss sich noch einmal ein, jetzt wollte er Frommer fragen, was ihm die ganze Zeit durch den Kopf ging:

»Sie sind ja schon länger hier. Haben Sie von dem schrecklichen Tod im Wald gehört, im vergangenen Jahr? Angeblich wurde eine in Stücke gerissene Leiche gefunden.«

Frommers längliches Gesicht spannte sich.

»Sie wissen also schon davon.«

»Ist es denn wahr?«, fragte Wojnicz beunruhigt, der das Thema begonnen hatte, um die Stimmung zu lockern, ein wenig zu plaudern. Die ganze Geschichte schien ihm dem Fieberwahn des armen Thilo entsprungen.

»Ich weiß nicht, ob ich mit Ihnen darüber sprechen kann, weiß nicht, wie Sie aufnehmen werden, was ich sage.«

»Ich bin im Geiste des Rationalismus erzogen worden. Nach dem Grundsatz, dass sich auch für die seltsamsten Dinge Erklärungen finden lassen.«

Frommer blickte sich um, dann sagte er unvermutet in ganz ordentlichem Polnisch: »Es gibt Dinge, die wir noch nicht erfassen können. Über die wir kaum etwas Verlässliches zu sagen wissen. Zumal sie nicht auf rationale Weise erklärbar sind. Aber wenn sie existieren, müssen sie auch ihren Platz haben in der Ratio der Welt.«

Wojnicz, bass erstaunt, konnte den Blick nicht von ihm lösen, mit erhobenen Brauen schaute er ihn an.

»Sie sprechen Polnisch?«, fragte er ungläubig.

»Meine Mutter war eine geborene Wawrzynek.« Mit bewundernswerter Leichtigkeit sprach er den schwierigen Nachnamen aus, er übte ihn wohl schon ein Leben lang.

»Das ist ja wunderbar, dann kann ich mich mit Ihnen in meiner Sprache unterhalten.«

»Aber wir wollen das geheime Band der Verständigung auch nicht überspannen. Jedenfalls sage ich Ihnen jetzt die Wahrheit: Ihre Frage ist leider berechtigt. Ja, es stimmt. Ständig kommen hier Menschen ums Leben. Und sie sterben eines grausigen Todes. Eben jetzt kommt wieder die Zeit.«

»Welche Zeit?«

»Der erste Vollmond im November. Um den Sankt-Martins-Tag. Manchmal ist es auch schon um Allerheiligen.«

Wojnicz starrte ihn an, bewegte tonlos die Lippen.

»Sie scherzen …«

Doch Frommer erzählte ihm nun dasselbe, was Thilo erzählt hatte, nur geordneter.

»Jedes Jahr im Herbst, um den Sankt-Martins-Tag, kommt jemand im Wald ums Leben, meistens ein Hirte oder ein Köhler. Ein Mensch, das heißt ein Mann. Jung oder in den besten Jahren. Und das Schrecklichste – man findet die blutigen Teile der zerfetzten Leiche im Wald verstreut, sie müssen dann aufgelesen werden, damit man sie bestatten kann. So geht es schon immer. Und in den letzten Jahren sind nicht nur einheimische Menschen, das heißt Männer, die Opfer. Die grausamen Morde betreffen auch Ankömmlinge von außerhalb.«

»Männliche Kurgäste?«, fragte Wojnicz beunruhigt.

»Ja, nun …« Frommer hielt versonnen inne, rieb sich das glattrasierte Kinn. »Meistens Kurgäste. Ein Mann pro Jahr ist nicht viel, gemessen an der hiesigen Bevölkerung. Hier wird schließlich mehr gestorben als anderswo. Statistisch gesehen …«

Frommer erging sich in Erörterungen über den Tod, als wäre er ein ebenso belangloses wie offenkundiges Phänomen, gleich dem Bau einer Eisenbahnstrecke, für den man lediglich festlegen müsste, in welchen zeitlichen Abständen die nächsten Schienen und Schwellen geliefert werden. Eine Statistik für die Region stellte er vor, verglich sie mit anderen Orten. Zeichnete mit knochigem Finger eine Diagrammkurve auf den Tisch, die tatsächlich für einen Augenblick als vage Spur sichtbar blieb.

»Wissen sie, Erklärungen gibt es etliche. Es könnten wilde Tiere sein. Angeblich tauchen hier immer wieder Wölfe auf, die aus dem Süden kommen, aus dem Böhmischen. Oder ein sächsischer Bär, der sich hierher verirrt. Verwilderte Hunde. Und dann ist es auch ein außergewöhnlicher Zeitpunkt. In den Bergregionen feiert man das Ende der landwirtschaftlichen Arbeiten. Das Vieh wird von den Weiden getrieben und in die Ställe gebracht. Die Gänse werden für Weihnachten gemästet, man rüstet sich zum Schweineschlachten. Da beginnt eine blutige Saison, mein Lieber.«

Was er ihm damit sagen wolle – diese Frage lag Wojnicz auf der Zunge, doch erschien in diesem Moment eine Gestalt auf der Treppe.

»Möchten Sie ein Gläschen *Schwärmerei*?«, fragte Frommer rhetorisch Herrn August, der die Stufen hinunterschritt, in einer hübschen, weinrot schimmernden Hausjacke. »Wir unterhalten uns über Geometrie.«

»Gerne schließe ich mich der Unterhaltung an, auch wenn ich mit Leib und Seele Humanist bin.«

»Aber von der vierten Dimension haben Sie gehört?«, fragte Frommer eilig, goss August großzügig ein, und ohne eine Antwort abzuwarten, sagte er: »Wir leben in drei Dimensionen, Höhe, Breite, Tiefe.«

Und der Breslauer Theosoph hub zu einer längeren Rede an:

»Aber leicht könnte man sich sogenannte Flächler vorstellen, die in einem zweidimensionalen Land leben, wie auf einem Blatt Papier, das keine Tiefe hat. Sehen Sie es vor sich? Nutzen Sie Ihre Phantasie! Diese Wesen haben keinerlei Vorstellung von uns, die wir in drei Dimensionen leben. Wir erscheinen für sie nur dann, wenn wir ihre zweidimensionale Welt durchqueren, also sehen sie uns auch immer nur als Querschnitt. Sie verstehen, was ich meine? Die Flächler sehen nicht unsere ganze Gestalt, nur das, was gerade durch ihre Zweidimensionalität gleitet. Nehmen wir besser eine dreidimensionale Figur als Beispiel, einen Würfel. In dem Moment, in dem er mit einer Ecke die Welt der Flächler durchschneidet – stellen Sie sich am besten einfach ein Blatt Papier vor –, sehen diese Wesen zunächst nur einen Punkt, der sich in einen immer länger werdenden Flächenabschnitt verwandelt, der schließlich wieder kleiner wird, um am Ende als Punkt zu verschwinden. Tauchten Sie nun, junger Mann, mit einem Kopfsprung in die Welt der Flächler, so sähen diese für einen Sekundenbruchteil gleichfalls einen Punkt, dann einen Flächenschnitt, der dem Umfang Ihres Kopfes entspräche, dieser würde sich vergrößern, zum Querschnitt Ihres Rumpfes, um am Ende in zwei immer schmaler werdende Ausschnitte überzugehen, bis sie das Flachland ganz durchquert haben. Und keine Ahnung werden sie davon haben, wie Sie in Wirklichkeit aussehen.« Frommer lachte befriedigt.

»Sie gestatten …«

Er fasste Wojnicz am Unterarm, eisern war sein Griff, unangenehm. Mieczysław wurde zur Kredenz gezogen, auf der die *Schwärmerei* stand. Frommer füllte ihm das Gläschen, sich selbst zündete er eine Zigarette an.

»Worauf ich hinausmöchte … dass auch wir solche in der Wahrnehmung eingeschränkte Bewohner einer Welt sein können, die aus drei Dimensionen besteht, und dass wir keine Vorstellung davon haben, wie eine vierdimensionale beschaffen wäre. Verstehen Sie? Wir haben weder Geräte noch Sinne, um eine Welt zu erfassen, die noch eine weitere Dimension besäße. Oder auch eine fünfte, eine sechste, eine sechsundzwanzigste. Unser Verstand versagt davor.«

Wunderlich genug war dieser Vortrag, das Thema kam aus heiterem Himmel, und eigentlich war auch niemand besonders interessiert daran. Wojnicz versuchte, den Vortragenden zu unterbrechen, doch Frommer hatte sich derart in Begeisterung geredet, dass es fruchtlos war. August nippte mit geschlossenen Augen an dem Trunk; er saß im Sessel, als ginge ihn Frommers Perorieren überhaupt nichts an.

»Sie haben von der Möbiusschleife gehört, nicht wahr? Ein Phänomen der Topologie ... Sie sind im Bilde? Das berühmte Band, das an den Enden zusammengeklebt wird, nachdem man das eine Ende zuvor um 180 Grad gedreht hat. Flächler, die auf dieser Schleife leben, leben in zwei Dimensionen, auch wenn es ihnen scheint, dass ihre Welt unendlich ist. Was nun, wenn auch wir Menschen in unseren drei Dimensionen eingeschlossen sind und keine Ahnung davon haben, wie die Wirklichkeit tatsächlich beschaffen ist, die in Wahrheit vier Dimensionen besitzt?«

»Sie berücksichtigen ja sicher auch die Zeit ...«, versuchte August ihn zu unterbrechen. Frommer überhörte es.

»Nun stellen Sie sich einen Zylinder vor, in der Art einer Zigarettenhülse. Und jetzt kleben Sie die beiden Enden zusammen, zuvor aber drehen Sie die Hülse in der vierten Dimension. Es entsteht eine merkwürdige Figur, die einem Horn oder einem Pilz ähnelt. Können Sie es sich vorstellen?«

Wojnicz war sich nicht sicher.

»Ein Torus«, warf August ein, als hätte er in den Tiefen seines Gedächtnisses einen lange verloren geglaubten Schatz gefunden.

Frommer war entzückt.

»Ich sehe, die Humanisten wissen Bescheid«, sagte er lobend und wandte sich wieder an Wojnicz:

»Unsere Welt kann nur ein Schatten sein, den die vierdimensionalen Phänomene auf die Leinwände unserer Sinne werfen.«

Dann stellte er ihnen eine Theorie vor, die er bei englischen Autoren gelesen hatte – dass die Welt der Gedanken diese zusätzliche Dimension sein könne, die dort eine konkrete, materielle Form hätten, zu uns aber nur als geistige Phänomene gelangten. Der kollektive Geist ziehe sie an, bilde »Denkformen« aus an der Grenze zwischen der geistigen und der materiellen Welt, und diese Denkformen entstünden aus kollektiven Hoffnungen und Ängsten.

»So etwa wie Götter?«, fragte August mit Unschuldsmiene, als Longinus Lukas auf der Treppe auftauchte, einen Mantel über den nicht mehr taufrischen Pyjama geworfen.

»Gott existiert objektiv«, konstatierte Longinus und strebte zügig dem Klavier zu, um sich ein Gläschen zu holen.

Ihm folgte Thilo, gleichfalls im Pyjama, eine Decke um die Schultern. Elend sah er aus.

»Ich konnte nicht schlafen«, sagte er. »Da hörte ich die Stimmen und dachte, ich schließe mich an.«

Er bekam ein Gläschen *Schwärmerei* – alle anderen waren auch bereits versorgt –, und als er hörte, wovon die Rede ging, trug er gerne seinen klugen Teil dazu bei. Die Herren legten also ihre Standpunkte dar und fingen an, sich gegenseitig zu belehren. Es war, als zöge jeder das Thema zu sich her wie eine zu kurze Decke. Gut, dass Wojnicz zu dieser

Materie nichts zu sagen hatte, er konnte schweigen. Doch ebendeshalb wohl wandte man sich an ihn, als sollte er das Wissen und die rhetorischen Leistungen der anderen bewerten.

»Die heutige Kunst«, sagte Thilo, »ist der Auffassung, dass der dargestellte Gegenstand nur eine Projektion unseres Geistes sei. Er ist das, was wir über den Gegenstand wissen. Seine tatsächliche Beschaffenheit aber, wie er wirklich aussieht – das können wir nicht erfassen ... So erschafft auch die traditionelle gegenständliche Kunst den Gegenstand eher, als dass sie sein tatsächliches Wesen wiedergibt. Und damit verschließt sie unseren Geist, anstatt ihn zu öffnen.«

»Fürwahr, junger Freund«, ereiferte sich Herr August, »unsere eingeübten Projektionen lähmen unsere Erkenntnis.«

»Die moderne Kunst aber, die fortschrittliche Kunst im Geiste des 20. Jahrhunderts, strebt nach Höherem. Sie will diese Beschränkungen überwinden, eine Revolution der Wahrnehmung vollziehen, sie will die Dinge von Neuem sehen, aus mehreren Perspektiven zugleich, und von Standpunkten aus, die schier unmöglich scheinen. Kubismus, Futurismus. Diese Strömungen gelangen natürlich nicht in solche Krähwinkel wie diesen.«

Wenn Thilo mit seiner leidenschaftlichen Überzeugung sprach, wirkte er trotz der fiebrigen Schatten in seinem Gesicht sehr hübsch. Jetzt zählte er Namen auf, große Maler, wie er sagte, die die Geschichte der Malerei für immer verändern würden: Delaunay, Kandinsky, Léger, Feininger – sie waren ihm die Liebsten. Bedauerlicherweise sagten diese Namen niemandem etwas.

Nur Lukas kommentierte die glühende Rede, allerdings ironisch:

»Was früher einmal Fortschritt hieß, heißt heute Dekadenz.« Und er setzte zu seinem eigenen Vortrag an:

Dass wir eine feste Burg bräuchten in Dauer und Beständigkeit – ergo im Glauben. Ohne Glauben seien wir wie Tiere. Wie Bestien (bei dem Wort »Bestien« bewegte Lukas heftig den Kopf, und seine Wangen zitterten, was ihn wie ein zorniges Nagetier aussehen ließ). Allein das Christentum bewahre uns davor, dass wir uns gegenseitig an die Gurgel gingen. Selbst diejenigen, die nicht glauben, sollten die geistige Anstrengung unternehmen, wenigstens so zu tun, als glaubten sie, anstatt atheistische oder deistische Unruhe zu säen. Im Grunde seines Wesens sei der Mensch böse und unzivilisiert, von Instinkten getrieben, seine eigentliche Natur sei unmoralisch. Das Christentum habe uns zu Menschen gemacht, und wenn dessen Verhaltensnormen schwänden, blieben wir mit leeren Händen zurück, dann herrsche der schiere Nihilismus. Während er dies vortrug, brummte er zwischendurch mit Genugtuung, als bereitete ihm seine apokalyptische Vision die größte Freude.

»Und das geschieht ja schon! Das Ende ist nahe!«, prophezeite er.

Hier ergriff August das Wort, die Hände wie zum Gebet zusammengelegt.

»In gewisser Hinsicht muss ich Ihnen recht geben. Was uns rettet, ist der Glaube an eine Beständigkeit der Kultur, an den Mythos, der das Fundament unserer Verständigung darstellt. Zu diesem Mythos gehört selbstverständlich auch das Christentum, aber es macht ihn nicht alleine aus! Der Kreis der abendländischen Zivilisation, mein werter Herr, umfasst weit mehr, es ist der Bruch mit dem Egoismus des Menschen, es ist das Bekenntnis, dass der Mensch im

Grunde seines Wesens gut ist, allein die Welt verdirbt ihn. Wenn jeder Mensch die Chance auf ein Leben in Wohlstand erhielte, bräuchten wir keine Polizei und keine Armee. Die Religionen sollte man betrachten, wie wir die Mythologie betrachten, als eine Sammlung erbaulicher Erzählungen, die uns im Leben helfen.«

Befeuert noch von seiner Rede, griff nun Herr August, ohne es recht zu bemerken, nach der Flasche, um sein Gläschen erneut zu füllen. Diesen Moment nutzte Lukas, um Argumente anzubringen, die er bereits mehrfach formuliert hatte.

In Lukas' idealer Welt hatte alles seinen Platz, und ganz besonders sensibel war er hinsichtlich des Platzes der Frau. Mit ihrer ungezähmten Biologie, ihrer beunruhigenden Nähe zu allem Natürlichen stellte sie ein Moment dar, das die gesellschaftliche Ordnung destabilisierte. Deshalb sollten die Frauen so weit wie möglich in private Gefilde verbannt werden, wo sie die Ordnung der Welt nicht mehr gefährden konnten.

Auf der Straße störten ihn ihre Hüte – ein derart ostentativ ästhetisches Gebaren ließ ihn zornig schnauben, er verglich es mit dem Präsentieren der Genitalien bei den Schimpansen oder anderen Affenarten. In den Cafés störte ihn ihr Zwitschern. Der Zugang zu Cafés sollte ihnen verwehrt werden. Und mit großer Hochachtung berief er sich auf Otto Weininger.

Hier mischte sich August ein und erinnerte daran, dass vor einigen Jahren in Wien ein Beisel eröffnet worden sei, die *Kärntner Bar*, zu der Frauen keinen Zutritt hätten, was einigen Protest ausgelöst habe. August wollte diesbezüglich keinen Standpunkt einnehmen, er äußerte sich lediglich lobend über die Inneneinrichtung – alles soll »sehr männlich« gewesen sein. Hier dämpfte er die Stimme und wandte sich an Wojnicz, als wüsste allein er dieses Faktum gebührend einzuschätzen.

»Sie wissen schon, Marmor, Onyx, Mahagoni, echtes Leder. Der Fußboden schwarz-weiß, ganz minimalistisch und sehr männlich, er wirft das warme, aber weiß Gott nicht sentimentale Licht zurück, das von den angeleuchteten Tischen aus Bakelit strahlt …«

Doch Thilo, Lukas und Frommer sprachen schon über Politik. Ein einzelner Satz drang an Wojniczens Ohr, Frommer sprach ihn aus, in seinem quäkend hohen Tonfall.

»Jetzt wird nichts mehr passieren, die Krise auf dem Balkan ist überwunden, die Türkei hat um Waffenstillstand gebeten!«

Die *Schwärmerei* schmeckte köstlich. Wie sie auf der Zunge zerging – der reinste Genuss! Was Opitz wohl alles hinzugab? Wojnicz wollte ihn morgen unbedingt danach fragen, jetzt aber umfängt ihn große Schläfrigkeit, er hat die wonnig lockende Vision seines Bettes vor Augen, die kühle Bettwäsche, das große Kissen. Und dann sind da noch die morgigen Verpflichtungen der eigenen Gesundheit gegenüber. Benommen erhebt er sich, mit dem Gefühl, jede Bewegung wäre unterteilt in kleine Abschnitte. Als bestünde der fließende Ablauf aus einer Serie einzelner Bilder. Alle stehen im Licht, das die elektrische Glühbirne verströmt, doch in den Ecken des Speiseraums nistet die Dunkelheit. Aus dem Augenwinkel sieht Wojnicz Funken blitzen – wie auf dem Bild von de Bles – glühende Augen, ein schwarzer Schlund, das Opfer Abrahams, er schüttelt den Kopf, eine Strähne seines zurückgekämmten Haars fällt ihm ins Gesicht, und aus unerfindlichen Gründen schlägt Mieczysław jetzt vor Herrn August die Hacken zusammen:

»Sie gestatten, dass ich mich abmelde.«

Herr August, ebenso überrascht wie enttäuscht, schaute mit verschleiertem Blick auf die salutierende Hand, dann bat er darum, dass Wojnicz ihn nach oben begleite. Weit kamen sie allerdings nicht. Auf dem Treppenabsatz ließen sie sich nieder, dort standen zwei Sessel bei einem runden Tischchen, und auf dem Tischchen eine Karaffe Wasser und zwei Gläser. Eine Weile nippten sie von dem etwas abgestandenen Nass, dann machte Herr August Wojnicz mit seiner Lebensgeschichte bekannt. Es war eine Erzählung voller Seufzer, Gehüstel und nicht zu Ende geführter Sätze. So nah saßen sie beieinander, dass Wojnicz Augusts Atem spürte – sauer wie Dickmilch, die man lange vergessen hatte.

In der Rolle eines vertraulichen Zuhörers war Mieczysław jedoch etwas schwerfällig, er hatte Mühe, seine Gedanken zusammenzuhalten, auch erschöpfte es ihn, wenn er so lange Deutsch sprach, und des Trunkes wegen musste er sich auf die einzelnen Wörter konzentrieren, was wiederum dazu führte, dass sie ihm ständig in allen möglichen weiteren Bedeutungen aufgingen, worüber er die ersten, eigentlichen Inhalte vergaß. August erzählte ihm von der Stadt Braşov, in der er aufgewachsen war, an irgendeinem rumänischen Ende von Europa lag sie, und Wojnicz begriff nicht recht, warum August zu Hause Spanisch gesprochen hatte. August wurde rührselig in seinen Erinnerungen daran, dass sein Vater – offenbar ein Kaufmann – Wiener Zeitungen abonniert hatte. Zum Kaffee, den der Vater leidenschaftlich gerne getrunken hatte, lasen sie die *Neue Freie Presse*. Da ergriff auch Wojnicz die Rührung, sein Vater hatte in Lemberg dieselbe Zeitung gelesen, und in einer Aufwallung trunkener Vertrauensseligkeit legten sich die beiden auf männliche Art die Arme um die Schultern. Wojnicz wurde es jedoch bald unangenehm, er hatte den Eindruck, August wollte ihn nicht mehr loslassen, ihn einpferchen in seinen sauren Atem und sein stickiges Wienertum.

Als Mieczysław sich wieder befreit hatte aus der Umschlingung, erzählte August, dass seine Familie von Brașov nach Wien gezogen sei und er im Knabenalter (sich August als Kind vorzustellen, war nicht leicht) das Theresianum besucht habe, das beste Gymnasium überhaupt, dort sei seine Liebe zum Altertum geweckt worden, er habe erfahren, dass diese Welten hier und heute noch existierten, nur in einer anderen, einer besseren Dimension, und dass sie bis heute auf uns wirkten, auch wenn wir uns dessen nicht bewusst waren.

Eine Weile sannen sie der Existenz dieser Welten nach, die selbst hier, in einem feuchten Gästehaus in Schlesien, fortbestehen mussten.

»Wissen Sie, was Pausanias in Platos *Symposion* sagt? Dass es zwei Aphroditen gebe – eine himmlische, die keine Mutter habe, ihr Vater sei der Himmel, und die zweite sei eine unrühmliche Tochter des Zeus und der Dione. Nur diese Aphrodite ist eine Frau mit einem weiblichen Wesen. Die erste, die himmlische, hat nichts von einer Frau an sich, sie ist männlicher als die Männer, und sie steht für die vollkommenste Liebe, die man sich denken kann, die Objekte ihrer Liebe sind Knaben …« August verstummte mit erwartungsvollem Lächeln, um eilig hinzuzufügen: »Aber nicht ich sage das, das sagt Plato.«

Da Wojnicz auf diese Offenbarung nicht reagierte, fuhr August fort:

»Die griechische Zivilisation ist das Universum eines Menschen, der befreit ist von der Natur, befreit von seinen schlimmsten Instinkten, es, es …« Er suchte nach Worten, und Tränen rannen ihm über die Wangen.

Um Gottes willen! August weinte wie ein Kind!

Wojnicz wusste nicht, wie er sich verhalten sollte, als er jetzt den älteren Herrn in seiner weinroten Hausjacke schluchzen sah. Er erhob sich, verbeugte sich höflich, nun ohne zu salutieren, und ging auf sein Zimmer.

*

Wir Wesenheiten machen jetzt eine Ausnahme und lassen Wojnicz auf diesem Weg allein. Soll er nur gehen. Und sich nicht beirren lassen von den seltsamen Geräuschen auf dem Dachboden. Auch wenn es dort nichts gibt, was den Ursprung des Rumorens erklären könnte. Als würden Wesen aus Staub winterliche Dispute führen, geheimnisvolle Streitgespräche – die einen Stimmen versuchen, die anderen zu überzeugen, und es erhebt sich Widerspruch, gleich werden die nächsten Argumente vorgebracht in diesem Gurr-di-Gurr, und die ganze Auseinandersetzung beginnt noch einmal von vorn. Die tiefste Stimme führt das Regiment, einer allzu aufgeplusterten Geschwätzigkeit schneidet sie das Wort ab mit einem einzigen Gru – für einen Moment währt Stille, und sogleich setzt das Parlieren wieder ein.

Folgen wir Herrn August nach oben, auf sein nach Süden hin gelegenes Zimmer mit den zwei Fenstern im Giebel des Hauses, wo dieser träge Literat seit fast einem Jahr nun wohnt und nicht an seiner Weltgeschichte schreibt, dem Buch, das diese Welt – da es nicht existiert – auch nicht in höchstes Erstaunen versetzen wird.

Etwas Besonderes dürfen wir freilich nicht erwarten in seiner Bleibe, alle Zimmer hier sind ähnlich eingerichtet, bürgerlich gemütlich, mit allen möglichen Mustern und voller Nippes.

Ein Bett, das tagsüber mit einer dunkelgrün gemusterten Tagesdecke überzogen wird, ein Schrank, an dessen Tür die besagten Foulards hängen, ein runder Tisch mit einer etwas schmuddeligen Häkeldecke, zwei Stühle dazu, am Fenster ein kleiner Schreibtisch, vollgepackt mit Papieren und Büchern, darunter Lyrikbände von Rilke und Werfel. Die Wände, in Seladongrün, waren mithilfe einer entsprechenden Malerrolle mit einem goldenen Pflanzenmuster überzogen, und da untertags viel Sonnenlicht ins Zimmer fiel, entstand eine wohlig heimelige Atmosphäre. Durchs Fenster sieht der Bewohner dieser Stube die endlos sich breitende Landschaft, die gediegenen Wellenlinien, die weichen Schattierungen des Grüns. Herr August ist kurzsichtig – das hatten wir bisher noch nicht erwähnt –, deshalb kann er erst dann die dem Himmel zustrebenden Berge und den Anblick der an ihrem Fuß gelegenen letzten Häuser des Ortes genießen, wenn er seine Brille mit dem goldenen Drahtgestell aufgesetzt hat.

Jetzt, da es dunkel ist, zieht Herr August sorgsam die Vorhänge vor und setzt sich an den Schreibtisch. Hilflos schaut er auf die Papiere, befreit sich vom Foulard, nimmt die Brille von der Nase, putzt die Gläser. Blinzelnd betrachtet er die Maus, die mitten im Zimmer stehen geblieben ist, ihrerseits erstaunt über die Rückkehr des riesigen Mitbewohners. Eine Weile schauen sie sich in die Augen, dann verschwindet die Maus, und von den anderen Augen, die ihn noch beobachten, weiß Herr August nichts. Langsam zieht er sich aus. Seufzt immer wieder. In langen Unterhosen und im Unterhemd wäscht er sich – ohne Seife – Gesicht und Hände in der Waschschüssel.

Er beginnt, sich mit der Linken zu befriedigen, in langsam-sanftem Rhythmus. Sein Penis wird steif, und die Bewegungen werden heftiger, jetzt öffnet seine rechte Hand geschickt die Sicherheitsnadel, die sie – scheinbar zufällig – hält, und sticht sie mehrfach kräftig in die Hinterbacke, dass sich auf der von Schweißpickeln gepunkteten Haut kleine Blutstropfen zeigen. Jetzt erst erklimmt Herr August den Höhepunkt, ein Zucken, das ihn übermannt, wirft ihn aufs Kissen.

*

Wojnicz wunderte sich immer wieder, dass nach dem Genuss des wundersamen Getränks alle zuerst überaus redselig wurden – und dann? Je mehr man davon trank, desto kürzer wurden die Sätze und desto größer die Zahl derer, die nicht zu Ende geführt wurden. Als würde eine seltsame Kraft sie beschneiden, was auch die Wörter unverständlich werden ließ. Eine Art Stupor erfasste den Menschen, als hätte er sich auf die entferntesten Bergmatten seines Geistes begeben und erlebte dort die unfasslichsten Ausblicke. Und damit verlor sich das Bedürfnis, zu sprechen. Oft hatte Mieczysław den Eindruck, dass sich in diesem Zustand alle hervorragend verstünden, ein wissender Blick genügte, und alles wurde klar. Ja es konnte sein, dass die Herren gänzlich verstummten und einander nur noch ansahen, als hätte sich die bis dahin lebhafte Konversation in ein kollektives Innenleben verlagert. Das geschah aber nur, wenn sie größere Mengen des Trunkes zu sich nahmen, sagen wir, nach der dritten Flasche – was aber so selten auch nicht vorkam. Dann schauten sie einander an, seufzten verständnisinnig, und Herr August legte seine Hände zum Gebetsschnabel zusammen, als wollte er die anderen an etwas erinnern, und mühsam konzentrierten sie sich auf das Zeichen der Hände, in der wortlosen Überzeugung, es müsste im Kosmos etwas geben, das sie keinen Augenblick lang vergessen dürften, einen Fluchtpunkt, auf den Herr August verwies, und dieser Punkt verwandelte sich im Laufe der Zeit in eine Achse der Unendlichkeit, vertikal bis zur Schmerzgrenze, und um diese Achse drehte sich das Karussell mit ihnen, auf dem sie alle, jeder auf seinem eigenen Sitz, dahinschwebten. Bedauerlicherweise konnte es auch vorkommen, dass die Ketten rissen – dann schwirrte der Betreffende alleine davon, um in der silbrigen Aura der Erde zu verschwinden.

Wojnicz hatte auch den Eindruck, die *Schwärmerei* löste optische Effekte aus. Wenn er sich nach einer Zecherei zu Bett legte (so oft schon hatte er sich versprochen, nicht mehr so viel von dem Teufelszeug zu trinken!), sah er unter geschlossenen Lidern Blitze oder Figuren, die aus kleinen Spiegeln geformt schienen und alles ringsum aus verschiedenen Perspektiven zurückwarfen, einschließlich ihrer selbst, was den Blick in einen wahrhaft ermüdenden Bann schlug. Eine seltsame Welt bestürmte dann seinen Körper, in sein Gehirn wollte sie eindringen, und als Erstes sandte sie Lichtblitze und Trugbilder.

So war es auch jetzt. Nach der Rückkehr in sein Zimmer fühlte er sich völlig zerschlagen. Er hatte Mühe, den Blick auf eine Stelle zu richten – er entglitt ihm wie sein Herr Hüpf bei dem Spiel im Zug. Und als der arme Mieczysław jetzt den Kopf aufs Kissen legte, spürte er, wie die Welt um ihn herum große Kreise beschrieb, wovon ihm übel wurde. Die Sprachen vermischten und verwischten sich. Er setzte sich im Bett auf, zündete die Kerze an, die auf dem Nachttisch stand – falls der Strom aussetzen würde.

»Sterbe ich?«, fragte er die Kerze.

Sie antwortete nicht sofort. Ihre Flamme flackerte, als fühlte sie sich beunruhigt durch die Frage.

»Unsterblich sind nur sehr kleine oder sehr große Dinge«, sagte die Kerze vorsichtig. »Atome sind unsterblich, und Galaxien. Das ist das ganze Geheimnis. Die Reichweite des Todes ist fest umschrieben, wie eine Radiowelle.«

Wojnicz erfasste bei diesen Worten ein großes Weh. Durch die Kerzenflamme sah ihn sein Vater an mit seinem strengen, vorwurfsvollen Blick.

»Mein Vater, du hättest es lieber, wenn ich sterben würde«, sagte Mieczysław und wünschte sich, dass sein Vater, January Wojnicz, ein pragmatischer und überaus männlicher Mann, Ingenieur aus Lemberg, ihn umarmen und an sich drücken würde, und sei es ein wenig unbeholfen, nach Soldatenart, dass er Mieczyś auf den schmächtigen Rücken klopfen würde, wie man es tut, wenn man Kriegern, die auf dem Schlachtfeld einen Zusammenbruch erlebt haben, Mut zusprechen will. Oder auch wie Herr August, in steifer Manier und mit dramatischer Entschlossenheit. Wojnicz sehnte sich nach der Berührung, der körperlichen Anwesenheit seines Vaters, und er verspürte sogar den Geruch des Vaters, den er immer wahrgenommen hatte, wenn er an ihm vorbeigegangen war oder das väterliche Schlafzimmer betreten hatte – englisches Rasierwasser, wie altes Leder, das man mit Zitrone abgerieben hatte, geglättet vom vielen Gebrauch, von zahllosen Berührungen poliert. Der arme Vater, dachte er. Er ist wie ein Gegenstand. Ein abgenutztes Werkzeug.

11

Weiße Bänder, dunkle Nacht

Der Graue Löwe aus Królewiec und Herr August vollführten tagtäglich dasselbe Ritual, bei dem sie scherzhaft darum wetteiferten, wer als Erster durch die Tür gehen dürfe und wer wem den Vortritt lasse.

»Aber bitte, Herr Professor, kommt überhaupt nicht infrage, nach Ihnen!«

»Gestatten Sie, mein Herr, dass ich heute warte, in Hochachtung für Ihr enormes Wissen und Ihre immense Gelehrtheit.«

»Nein, nein, das kann ich nicht zulassen, dass jemand, der sich derart um die Geisteswissenschaften verdient gemacht hat, nach mir durch diese Türe tritt. Bitte, gehen Sie voraus, verehrter Herr.«

»Völlig ausgeschlossen, nach Ihnen, nach Ihnen!«

Und so ging es fort.

Irgendwann gelang es ihnen dennoch, den Raum zu betreten. Sie setzten sich an den Tisch und führten einen Disput wie Schauspieler in einem Stück für zwei Personen, verbissen fast in ihrem Bemühen, sich so gut wie möglich in Szene zu setzen und den Gegenpart zu diskreditieren, wenngleich sie sich nach außen hin geradezu ausgesucht höflich gaben. Bisweilen übernahm Frommer die Rolle des Moderators und gab ihnen Themen ein, die zunächst vollkommen harmlos wirkten, im Gespräch aber mit einem Mal wesentlich, ja drängend wurden, sodass ihre Klärung keinerlei Aufschub zu dulden schien. Zugleich sprangen die beiden allzu gern von Thema zu Thema und nahmen diese lediglich zum Vorwand, um ihre Eloquenz und Gelehrtheit herauszustreichen, ließen sie dann ohne Bedauern wieder fallen und störten sich nicht daran, dass sie zu keiner Synthese fanden – wenngleich jeder von ihnen der Meinung war, den Gesprächspartner übertrumpft zu haben, zumal keiner dem anderen so recht zuhörte.

»Der Demokratie, mein Freund, ergeht es in polytheistischen Systemen um einiges besser«, sagte etwa Herr August.

»Aber aus welchem Grund? Den Zusammenhang verstehe ich nicht.«

»Aus dem Grund, dass der Polytheismus unseren Geist dafür präpariert, die Welt als vielfältig zu betrachten, voller unterschiedlicher Energien, die miteinander koexistieren. Der Monotheismus entspricht aufgrund seiner hierarchischen Strukturen von übergeordneten und untergeordneten Wesen eher dem Feudalismus.«

Lukas nickte anerkennend: »Ein interessanter Gedanke, leider lässt er sich nicht beweisen.«

»Es sei denn, wir gehen zurück bis zu den alten Griechen, dort funktionierte es.« August war daran gelegen, den Gegner in sein Gebiet herüberzuziehen. Dort war er unschlagbar. Doch Lukas ließ sich nicht aufs Glatteis führen.

»In meinen Augen, werter Herr, ist die Demokratie nur ein Scheinsystem, sie ist in gewissem Sinne ein Theater und neigt ihrem Wesen nach dazu, einen starken Führer hervorzubringen, der die Alleinherrschaft anstrebt. Exzellente und talentierte Individuen werden zum Glück immer geboren und finden keinen Platz für sich in einer Demokratie, sie nutzen höchstens deren Mechanismen, um den Löwenanteil der Macht zu übernehmen und sich die demokratische

Gemeinschaft unterzuordnen. So funktioniert das, es ist das Gesetz der gesellschaftlichen Entwicklung. Die Demokratie ist somit ein Übergangssystem und von Natur aus unbeständig. Unsere Welt ist eine hierarchische Welt, so hat Gott sie eingerichtet. Nichts bestätigt diese Hierarchie deutlicher als deren Festschreibung in der Schöpfungsgeschichte.«

»Lebten wir im Polytheismus, Sie dächten anders, lieber Freund. Die Demokratie ist ein horizontal angelegtes System, es geht davon aus, dass viele Menschen einen potenziell gleichen Einfluss auf die Welt haben können.«

Lukas schnalzte eine Weile nachdenklich und schaute hinauf zum Himmel, als befände sich dort eine treffende Antwort, die August zu Fall bringen würde.

»Wir müssen den Polytheismus als ursprüngliche, zivilisatorisch niedrigere Ordnung betrachten. Dank dem Monotheismus sind wir zivilisierte Menschen geworden, denkende Individuen von unnachahmlicher, einzigartiger Natur. Der persönliche Gott ist der Garant für unsere Persönlichkeit. Nach Gottes Ebenbild – darum geht es, nicht um äußerliche Eigenschaften, sondern um das Wesen des Menschen, er ist einzigartig, individuell ...«

»Dennoch ist eine flache, horizontale Welt vorstellbar, ohne all diese Hierarchien, die letztlich nur zu Ungerechtigkeit führen ...«

»Sie Sozialist!«, rief Lukas, für den August eben die Grenzen des Anstands überschritten hatte. »Ein Matriarchat vielleicht? Ein System, in dem Fleischeslüste und Affekte regieren und nicht der reine Geist des Rationalismus!«

»Gestatten Sie, dass ich mich einmische«, meldete sich Opitz zu Wort, der eben einen Braten, Kartoffelsalat und Salzheringe hereinbrachte, die besten – wie er sagte – in ganz Schlesien. »Es gibt wohl in der Geschichte der Menschheit keine einzige Zivilisation, die auf dem Matriarchat fußt, nicht wahr?«

Alle sahen ihn interessiert an, doch wandte sich ihre Aufmerksamkeit sogleich den Heringen zu, die sich, frisch und rötlich schimmernd, zu Röschen gerollt, deren Mitte Kapern und marinierte Knoblauchzehen zierten, auf der Servierplatte darboten.

»Frauen«, fuhr Opitz fort, »sind überhaupt nicht in der Lage, eine staatliche oder auch nur eine Stammesorganisation zu formen, ordnen sie sich doch, wie es ihrer Natur entspricht, stets den Stärkeren unter ...«

Nun löste sich die Debatte im wundervollen Duft der eingelegten Heringe auf. Anschließend kam noch *Schlesisches Himmelreich* auf den Tisch, eines der wenigen Gerichte, die Raimund zubereiten konnte – Kartoffelklöße mit Stücken von Schweinefleisch in einer Tunke aus getrockneten Pflaumen und Pilzen (mengte Raimund auch dieser etwa die geliebten Kahlköpfchen bei?). Die Speise gab es mindestens einmal pro Woche, und ihr Name wurde hier *Schläsches Himreich* ausgesprochen, weshalb es Wojnicz zunächst schwergefallen war, die Bedeutung zu erraten. Stets aß er nur die Klöße und das Schweinefleisch, die Tunke erschien ihm gänzlich unverdaulich, was er bereits gewissenhaft in seinem Tagebuch festgehalten hatte.

»Ich lese in den hiesigen Zeitungen Literaturkritiken aus der Feder einer Frau«, führte Lukas die durch den Hering unterbrochene Debatte fort. »So wollen also auch hier die Suffragetten etwas zu sagen haben. Das ist wahrlich grotesk.«

»Wenn es um literarisches Genie geht, werte Herren«, griff August das Thema auf, »so ist es ein untrügliches Zeichen für den herausragenden Charakter eines Werkes, wenn Frauen es als schlecht beurteilen.«

Er schwieg einen Moment und ließ seinen Blick über die Gesichter der Tischgefährten wandern, zufrieden, dass er diese griffige und runde These formuliert hatte, die ihn genauso überraschte wie die anderen. Niemand widersprach. Alle waren mit dem Essen beschäftigt.

Nur Frommer brummte: »Schade, dass wir es nicht überprüfen können, wir haben hier ja keine Frau«, und er schob seinen Teller beiseite, enttäuscht, dass Raimund zum Nachtisch Kompott servierte – für ihn war Kompott kein Nachtisch.

Auch August war bereits fertig. Nach einer Weile setzte er sich hinüber in einen Sessel und steckte sich, während er auf das rituelle Gläschen *Schwärmerei* wartete, eine Zigarre an, begann aber sogleich zu husten, weswegen er sie bedauernd auf dem Rand des schweren Aschenbechers aus geschliffenem Kristall ablegte. Er seufzte, trommelte mit den Fingern auf den Tisch und sagte:

»Versuchen Sie ein Experiment: Erwähnen Sie, wenn Sie die Gelegenheit dazu haben, einer Frau gegenüber den Namen eines Schriftstellers, der Ihnen wichtig ist, und fragen Sie sie, was sie von ihm hält. Je höher Sie jemanden schätzen, desto geringer werden die Frauen ihn schätzen, und zwar deshalb, weil Frauen in der Literatur lediglich einen Vorwand suchen, ihre Affekte zu erregen, aber weit davon entfernt sind, sich höheren Ideen zuzuwenden. Frauen haben eine Neigung zu Literatur, die gefährlich um zwischenmenschliche Dinge kreist, und hier gewiss vor allem um die Dinge zwischen Mann und Frau« – an dieser Stelle huschte ein Viertellächeln über sein Gesicht, ja ein Achtellächeln nur, bei dem sich ein Mundwinkel hob, was an einen nervösen Tick hätte erinnern können – »welche sich auf den emotionalen und körperlichen Austausch konzentrieren.

So schildern sie stets ausführlich, bis zur letzten Einzelheit, Kleider und Tapetenmuster. Es zieht sie zu den niederen Klassen hin, sie ergehen sich in Gefühlsduseleien über Tiere. Häufig erliegen sie auch der Anziehung durch alle möglichen Absonderlichkeiten wie Geister und Traumgesichte, ebenso merkwürdige Fügungen und überhaupt jegliche Zufälle, womit sie ihr mangelndes schöpferisches Talent zu maskieren suchen, sie sind nicht in der Lage, eine schlüssige Handlung zu erschaffen.«

»Geben Sie uns bitte ein Beispiel«, bat Frommer. »Sie generalisieren doch recht stark.«

»Nun, um Beispiele ist es schlecht bestellt, schreiben doch im Allgemeinen nur wenige Frauen. Und wenn sie schon schreiben, so lesen wir es nicht.«

»In der Tat«, stimmte Frommer ihm zu.

»Den Mann interessiert die Sprache selbst, als das ausgefeilteste Kommunikationswerkzeug, die Sprache als größte Errungenschaft in der Entwicklung der Gattung Homo sapiens. Das Ziselieren von Sätzen, das Ausloten von Bedeutungstiefen, das Spiel mit dem Sinn. Warum waren die größten Dichter immer Männer?«, fragte August rhetorisch und leerte sein Gläschen Likör, wobei er genießerisch die Augen schloss.

»Sie haben recht«, sekundierte Lukas. »In der Geschichte der Literatur kommt das Weib nicht vor, ebenso wenig wie in der Wissenschaft. Vereinzelt nur gibt es Fälle, da ihnen infolge noch unerforschter Arkana der Vererbung von ihren Großvätern und Vätern ein gewisses Quantum männlicher Seele, mithin Apollinischer Gabe zuteilwurde.«

»Dionysos ist keine Frau und gehört ebenfalls zum Erbe der Männer«, warf August ein.

»Doch ist er seinem Wesen nach eine männliche Verkörperung des Weiblichen – des Wahns der Selbstvergessenheit, der Triebe, der Körperlichkeit, der Berauschung, jener natürlichen Neigungen, die so stark sind in dem – wie man meinen möchte – doch so schwachen weiblichen Leib«, fasste Lukas zusammen, und damit verlagerte sich die Debatte ins Gefilde der griechischen Mythologie.

Und so ging es dahin – eine Darbietung von August, eine weitere Tirade von Lukas über den Untergang der Zivilisation, nebulöse Andeutungen von Frommer, bis die Wirkung der *Schwärmerei* die Zungen der Diskutanten lähmte und sie allesamt wieder von einem Gefühl der Schwere ergriffen wurden, in der sie sich – sei es aus Schwäche, sei es aus Trägheit – kaum mehr rühren konnten. Als wäre die Welt aus Sperrholz erbaut und zerfaserte vor ihren Augen, verwischten nun alle Konturen und ließen die fließenden Übergänge zwischen den Dingen zutage treten. Denselben Prozess durchliefen die Begriffe, und so wurde die Debatte immer unsachlicher, verloren doch die Redenden plötzlich alle Sicherheit, und jedem bis dahin verlässlichen Wort wuchsen neue Kontexte zu, ellenlange Schwänze von Anspielungen zog es hinter sich her, blinkte mit fernen Assoziationen. Schließlich verfielen sie in einen furchtbaren Überdruss und verschwanden einer nach dem anderen, während sie keuchend die Treppe erklommen, auf ihren Zimmern.

*

An einem jener geschäftigen Herbsttage, an denen das Licht kontinuierlich seine Minuten verlor wie ein unachtsamer Müller, aus dessen löchrigem Sack die Körner rieseln, traf Wojnicz vor dem Haus auf Longinus Lukas, der ihn in sein – wie er es zu nennen pflegte – »Refugium« im Anbau einlud.

Er hieß seinen Gast auf dem Bett Platz nehmen, reichte ihm einen Krug des hiesigen Bieres. Wojnicz fand an Bier keinen besonderen Geschmack, und während Lukas sich an dem Trunk labte wie jemand, der kurz vor dem Verdursten stand, nippte er nur an seinem Krug und schaute sich in dem verglasten Raum um, den sein Gastgeber gemietet hatte und der eigentlich eher als Veranda mit einem angehängten Zimmerchen zu bezeichnen gewesen wäre. Ein mehr schlecht als recht gemachtes Bett stand darin, auf dem mehrere Wolldecken lagen, die auch vonnöten waren, denn es war hier kühler als im Gästehaus, was gewiss an besagter Veranda lag. An der Tür des Eichenschranks hingen Krawatten. In der Waschschüssel stand schmutziges Wasser. Der abgenutzte Teppich war von Flecken übersät und machte nicht den besten Eindruck. Unter dem Fenster, gleich neben dem Ausgang zur Veranda, befand sich ein ausladender Sessel und direkt daneben ein interessantes Möbelstück – ein drehbares Regal, beladen mit Büchern. Die Veranda wiederum beherbergte einen großen Schreibtisch voller Zeitungen, Papiere und abgebrochener Bleistifte. Alles hier lag ungeordnet durcheinander, als hielte der Bewohner dieser Räume immer mitten im Schritt inne und führte das Angefangene nie zu Ende.

Mit dem größten Behagen monologisierte Lukas vor sich hin, zunächst über das Christentum, dann über einen starken Staat, der mit Gewalt strenge Normen einführen und auf religiöser und kultureller Einheit gründen solle. Anschließend wechselte er unversehens zu Doktor Semperweiß und »dieser ganzen Kuranstalt hier«, die es Kommunisten erlaube, sich unentgeltlich zu kurieren, während die anständigen Leute gesalzene Rechnungen vorgelegt bekämen. Und als sich seine Zunge ein wenig gelöst und sein Gesicht sich gerötet hatte, kam er auf den »armen«, wie er sagte, August zu sprechen. Selbst im beschwipsten Zustand bemühte er sich jedoch, keinerlei Emotionen zu zeigen, und war seiner eigenen Meinung nach vollkommen objektiv.

»August ist schlicht und einfach Jude, was er jedoch verbirgt. Deswegen tut er so, als interessierte ihn die *Rasse* nicht.«

Lukas mochte dieses Wort, es erklärte so viel, man konnte damit so hübsch einfach kulturelle, politische, wirtschaftliche Dinge zusammenfassen, es ließ sich auf alles anwenden, überdies kam es zunehmend in Mode.

»Außerdem hat er«, fuhr er fort, »so etwas Weibisches, Schwaches an sich, eine Art Bereitschaft, sich unterzuordnen. Selbst wenn er seine Weisheiten von sich gibt, tut er dies wie jemand von niederer *Rasse*, ein Weib etwa oder ein Mohr.«

Im Weiteren ließ er sich darüber aus, dass Menschen dieses Schlages – was wohl besagen sollte: minderwertige – heutzutage ihre Rechte einzufordern begannen, die Rechte gewöhnlicher Bürger, scheine es ihnen doch, in völliger Verkennung der biologischen Sachverhalte, sie könnten ebendiese Rechte in Anspruch nehmen. Auch vermutete er, Doktor Semperweiß wäre Jude, da er sich mit ominösen jüdischen psychologischen Theorien beschäftige, die sich »Psychoanalyse« nannten. Zu diesem Thema hatte er ebenfalls eine Meinung:

»Denn, siehst du, mein lieber Junge, das Wesen des Menschen auf irgendwie geartete primitive Triebe zu reduzieren, bedeutet im Eigentlichen den Niedergang der gesamten Philosophie und Wissenschaft. Im Übrigen lassen sich die Lehren dieses Herrn Freud einzig auf Juden anwenden.«

Leider war Wojnicz außerstande, der Aufforderung zur Kritik jener neumodischen Fachrichtung nachzukommen, wusste er doch rein gar nichts darüber. Nicht viel sagen konnte er auch über Triebe, hatten ihn doch, ehrlich gesagt, in seinem bisherigen Leben sexuelle Dinge kaum interessiert. Er war sich wohl bewusst, dass dieses Interesse sich irgendwann einstellen sollte – alle sprachen davon und ergingen sich in entsprechenden Andeutungen –, doch er selbst hielt sich aus irgendeinem Grunde noch für zu unreif. Manchmal fühlte er sich ein wenig ausgeschlossen aus dieser Gemeinschaft der sexuellen Anspielungen und schlüpfrigen Witze. Es war, als hätten die anderen eine Begabung, die ihm selbst fehlte.

Nachdem Longinus Lukas – mit vorwurfsvoller Stimme, wie stets bei solchen Themen – die Psychoanalyse hinreichend kritisiert hatte, schlug er einen vertraulicheren Tonfall an, rückte näher an Wojnicz heran, ja stieß ihn gar mit dem Ellenbogen leicht in die Seite und sprach dann gleichsam in den Raum zwischen ihnen:

»Wenn du einmal, mein Junge, nun, ein Bedürfnis verspürst, so wie ich ... Wenn du den Wunsch verspürst, dann sag es mir ruhig. Ich kann dir besorgen, was immer du willst. Gar nicht teuer – wer weiß, für dich machen sie es vielleicht sogar umsonst ...« Er lachte krächzend. »Die Mädchen sind aus Waldenburg, sauber, gepflegt, gesund, mit einem Wort: die reinste Natur.«

Der überraschte Wojnicz begriff erst nach einer Weile, worauf Lukas hinauswollte, und da er nicht wusste, was er zu diesem Angebot sagen sollte, blinzelte er nur verwirrt. Mit einem Mal überkam ihn Mitleid für Lukas mit seinen hängenden Wangen, dem am Kopf klebenden Haar, mit seiner ganzen Gestalt, die scheinbar so kräftig war, aber zugleich wie aus Watte wirkte. Mitleid für sein »Refugium« – diese schmutzige Bude – und sein ganzes Leben. Der Hals wurde ihm eng, schließlich wusste er, dass Lukas bald sterben würde. Und so fragte er ihn nach dem Preis und setzte eine nachdenkliche Miene auf, als zöge er die Sache in Erwägung. Er sagte, gewiss, er werde es sich merken und darüber nachdenken, und er danke recht herzlich für das großzügige Angebot unter Männern. Dann gab er Lukas – ein wenig unbeholfen vielleicht – den vertraulichen Stups mit dem Ellenbogen zurück, gekrönt von einem verständnisinnigen Blick, und verabschiedete sich.

*

Eine der lang ersehnten Abwechslungen sollte ein Ausflug zum nahe gelegenen Wirtshaus am Teich sein, wo nur um diese Jahreszeit ein spezielles Gericht serviert wurde, das man wohl außerhalb von Görbersdorf nirgends zu kosten bekam. Gruppen von Kurgästen reservierten sich Tische, und da das Wirtshaus nicht allzu groß war, hieß es warten, bis man an der Reihe war.

Bei Brehmers Methode war es von wesentlicher Bedeutung, dass die Rückkehr zur Gesundheit in harmonischer Weise, als Effekt eines angenehmen und guten Lebens vonstattenging. Am vorletzten Oktobersamstag machten sich daher alle gemeinsam auf den Weg, leider jedoch ohne Thilo, der nicht mehr aus dem Bett aufstand. Sie gingen zu Fuß – zum Teich war es nicht weit –, begierig nach neuen Eindrücken, angeregt durch die beinahe frostige Luft, die ihren Atem in großen Dampfwolken aufsteigen ließ, was die Gegenwart der Wanderer noch betonte. Vorn leuchtete Opitz ihnen den Weg mit einer Karbidlampe, die ein hässliches graues Licht warf, den Schluss der Prozession bildete Raimund mit einer gewöhnlichen Sturmlaterne. Am Himmel herrschte ein bereits gehörig angeknabberter Mond, der kalt und abweisend wirkte, gewiss weil die raschen Wolken sein Antlitz abwechselnd verdeckten und freigaben. Vor dem Hinausgehen hatten sich alle zur Anregung des Appetits ein Schlückchen *Schwärmerei* genehmigt, und nun verspürte Wojnicz, der das Gläschen Likör trotz seiner festen Vorsätze nicht ausgeschlagen hatte, bereits dessen Wirkung: die angenehme Benebelung des Geistes, die Dekadenz der täglichen Aufmerksamkeit – ein ebendarum so schöner Zustand, weil er von allen gewöhnlichen Ängsten befreite, während er diejenigen, die er auslöste, so phantastisch anmuten ließ, dass sie nicht weiter beachtenswert erschienen. Wojnicz wusste nicht, wie es geschah und wer damit begann, aber das Gespräch verlagerte sich auf seine Person. Lukas musste das Thema wohl aufgebracht haben. Sie machten sich lustig über ihn, weil er auf der Promenade den Frauen nachsehe und sich im Besonderen für Frau Großhut interessiere. Wojnicz wurde rot. Gut, dass es schon dunkel war und niemand es sah. Er fühlte sich unwohl, weil sie über ihn redeten und ihm obendrein etwas zuschrieben, was er nicht fühlte, wenn er es auch eigentlich gern gefühlt hätte. Ja, sie sprachen über einen Mangel an ihm, eine Leerstelle, die das Leben erst füllen sollte. Vielleicht kam ihm ihre von reichlich Gelächter durchzogene Konversation also gerade zupass.

»Das Weib ist stets über Kreuz mit der Redlichkeit«, sagte Lukas. »Wenn unser junger Mann hier es nur einmal versuchte, wäre es um ihn geschehen. Denn er dächte sich gewiss, das Weib hätte irgendein Schuldgefühl, irgendwelche Prinzipien ... Und dann wäre er sicher sehr enttäuscht –

oder ist es gar schon geschehen? Nichts ist dort zu finden, keine Tiefe.«

Er lachte hell auf, als hätte er eben die Wahrheit entdeckt.

»Jaja«, sagte Opitz, »keinerlei Tiefe haben sie, die Frauen. Passen Sie bloß auf sich auf, Herr Wojnicz. Es hat Sie gewiss schon auf Sie abgesehen, das eitle Püppchen. Und lassen Sie sich nicht davon täuschen, dass sie Slawin ist. Die Slawinnen sind nach wie vor Heidinnen.«

Darauf meldete sich Herr August zu Wort, der wie stets zu allem einen Vers fand. Er ging hinter ihnen, direkt vor Raimund, dessen Lampe August von hinten beleuchtete, sodass er recht geheimnisvoll aussah, sein gelocktes Haar bauschte sich wie eine Art Heiligenschein um seinen Kopf:

> O, warum schuf der Schöpfer,
> Der weise, der des Himmels Höhn bevölkert
> Mit Geistern männlichen Geschlechts, zuletzt
> Auf Erden diese Neuheit, der Natur
> Reizvoll Gebrechen; füllte nicht die Welt
> Mit Männern, wie mit Engeln, ohne Weib …

Eben kamen ihnen zwei Frauengestalten mit Kapuzen über den Köpfen entgegen, die beiseitetraten, um ihnen auszuweichen – sicher Dienstmägde oder Köchinnen aus einem der Gästehäuser. Als die Männer sich ein Stück von ihnen entfernt hatten, ergriff Herr August wieder das Wort:

»Möglich, dass wir uns hier in einem nördlichen Thessalien befinden, und alle hiesigen Frauen sind Hexen.«

»Ganz gewiss die beiden alten Kröten, die da vor ihrem Haus hocken, wie heißen sie noch gleich, Frau Brecht und Frau … habe ich vergessen«, brummte Lukas in sich hinein, sprach jedoch laut genug, dass Wojnicz, der endlich in den Männerchor einstimmen wollte, sich zu Wort meldete:

»Eine Hexe ist ganz gewiss auch Sydonia Patek. Ich habe Angst vor ihr.«

»O nein, Entschuldigung, aber die nehmen Sie bitte davon aus, die ist überhaupt kein weibliches Wesen. Und außerdem ist sie auf unserer Seite. Übrigens, wenn sie mir eine Spritze gibt, entblöße ich meinen Hintern ohne jede Scham. Ich sage es Ihnen: Die ist kein weibliches Wesen«, scherzte Lukas.

»Verstöße gegen das Reglement sollten die Doktoren mit einem kleinen Tête-à-tête mit Sydonia Patek bestrafen«, warf Herr August mit boshaftem Lächeln ein.

Lukas verzog das Gesicht.

»Ich täte es wohl lieber mit einer Ziege als mit diesem Schreckgespenst.«

»Sie hat geradeso viel Anmut wie eine Vogelscheuche«, setzte Opitz hinzu.

Nun meldete sich von vorne Frommer zu Wort, der bis dahin geschwiegen hatte:

»Mich erinnert sie an einen Hasen, bei Frost draußen aufgehängt, damit sein Fleisch hübsch mürbe wird …«

Auch Wojnicz erfüllte ihre Gestalt mit wahrem Schrecken. Es war weniger ihr Äußeres, der Mangel an Reizen, als ihr starres Gesicht, auf dem sich niemals eine Gefühlsregung abzeichnete. Auch war sie unangenehm wortkarg, antwortete stets einsilbig, dabei sah sie ihren Gesprächspartner nicht an, hielt den Blick auf einen Punkt links unten gerichtet, und ihre Brille mit Schildpattgestell hatte eine gräuliche Farbe wie Schmutzwasser. Ihre weiße Uniform, der hinten zugeknöpfte Kittel mit dem Gürtel, an dem ein Schlüsselbund hing, raubte ihr endgültig jegliche Eigenschaften. Sie war eine Funktionärin der Heilanstalt, eine Agentin des Kurhauses. Einmal hatte Wojnicz gesehen, wie sie einem Unglücklichen eine Spritze verpasste, sich über den auf dem Bauch liegenden, auf seine Gesäßbacke reduzierten Patienten beugte. Da erinnerte sie ihn an einen Raubvogel, eine Harpyie, die sich über einen saftigen Fleischbrocken neigt, bereit, den Schnabel darin zu versenken und ihn in Fetzen zu reißen.

»Ich ertrage den geistigen Umgang mit den Weibern lediglich in kleinen Dosen. Selbst wenn ein Mädchen nicht beschränkt ist wie eine Suffragette und nicht jeglichen Geschmacks entbehrt wie eine sogenannte Künstlerin«, mit dieser hübschen Synthese setzte Lukas dem Thema ein Ende.

Der versehrte Mond zog sich gänzlich hinter die dunkle Masse der nassen Herbstwolken zurück.

»Diese alte Geschichte, die ich Ihnen erzählt habe«, ergriff wieder Frommer das Wort, »von den Frauen, die in die Berge geflüchtet sind ... Einige von ihnen haben angeblich ihre Kinder und Männer zurückgelassen und auf magische Weise aus der Ferne für sie gesorgt, ihnen Essen und Arzneien vor die Tür gelegt. Bis heute sollen sie im Wald leben und völlig verwildert sein, angeblich fallen sie über Köhler und andere Männer her, die ihnen über den Weg laufen.«

Lukas lachte laut auf, doch wurde sein Lachen sogleich von einem Hustenanfall abgelöst. Sie machten für eine Weile halt.

»Es ist ein altes Leiden – jedoch seit Kurzem erst benannt –, dass Frauen ohne Männer an Hysterie erkranken«, fuhr Frommer fort und wischte sich die Lippen mit einem Taschentuch, das in der Dunkelheit grau aussah. »Doktor

Semperweiß führt Forschungen dazu durch. Ein nie befriedigter Sexualtrieb macht Frauen zu Verrückten.«

»Wie – sie leben heute noch?«, fragte Wojnicz.

»So glauben es die Menschen hier im Dorf. Dass diese Frauen auf irgendeine Weise hier in den Wäldern fortleben. In den Erdlöchern, die wir gesehen haben.«

Hier mischte sich nun Lukas ein, der eine kleine Rede gegen den Aberglauben hielt. In seiner Stimme schwang ein überheblicher Ton mit; er wandte sich fast ausschließlich an Wojnicz. Als sie weitergingen, erzählte er von Hysterie und was Hippokrates darunter verstanden habe. Er sprach von der Gebärmutter, die im Leib des Weibes auf der Suche nach Feuchtigkeit umherwandere, und Wojnicz spürte, dass er beim Zuhören stark errötete.

»Hat das Weib aber Geschlechtsverkehr«, erklärte Lukas geduldig, »wird die Gebärmutter befeuchtet und muss nicht mehr im Leib herumirren. Aus diesem Grund ist die körperliche Vereinigung für das weibliche Wesen ein unerlässliches Heilmittel. Selbst wenn es nicht will, muss es auf diese Weise vor der schrecklichen Krankheit bewahrt werden.«

»An diesen Gerüchten muss etwas Wahres sein. Vielleicht ist irgendwann einmal wirklich jemand in den Wald geflüchtet, irgendein verrücktes Weibsbild, und so entstand die ganze Geschichte …« Wojnicz wollte das vorige, ihm interessant erscheinende Thema wieder aufgreifen, aber es war keine Zeit mehr, denn Opitz blieb stehen und wandte sich zu ihnen um. Von der Karbidlampe beleuchtet, sah sein Gesicht wahrlich gespenstisch aus. Die struppigen Augenbrauen warfen lange Schatten.

»Meine Herren, wir sind am Ziel«, teilte er ihnen mit.

Der in der ganzen Umgebung bekannte Teich oder kleine See war in der Dunkelheit kaum zu erkennen. Als der Mond für einen Moment hinter den Wolken hervorkam, ergoss sich sein Schein wie Quecksilber, und sie sahen die im Wald verborgene Wasserfläche. Am Ufer stand ein recht heimelig aussehendes kleines Wirtshaus mit einem hölzernen Steg, der direkt aufs Wasser hinausführte. Das Licht in den Fenstern sah so bezaubernd aus, dass Wojnicz sich an Bilder aus Märchenbüchern erinnert fühlte, auch die Etiketten von den hübschen Dosen mit den Leckereien fielen ihm wieder ein – eine Märchenhütte, die Ruhe und die Rückkehr in das glücklichste Reich der Kindheit versprach. Eben banden zwei Gestalten ein Boot am Anlegesteg fest und trugen flache Körbe, die gewiss voller Fische waren, zum Wirtshaus hinauf. Von irgendwo wehte der wunderbare Duft nach etwas Geräuchertem und Heißem herüber, gemischt mit dem Geruch von Buchenholzrauch.

Als sie das Wirtshaus betreten hatten, kam neues Leben in die nächtlichen Wanderer. Ungeduldig drängten sie zu einem Tisch, nahmen hastig Platz, ohne auf irgendeine Ordnung oder die Regeln der Höflichkeit zu achten. Mäntel und Jacken warfen sie nachlässig über die Stuhllehnen. Die mit Feuchtigkeit, Karbid und Petroleum vollgesogene Wolle begann ihren Geruch zu verströmen, der zwischen den Fasern haftete und nun durch die Wärme zum Leben erweckt wurde. Er erhob sich in der erhitzten Luft des Wirtshauses im Tiroler Stil, bereichert um das angenehme Aroma von verbranntem Holz aus dem Kamin und den rauen, nur ganz leichten Hauch der steinernen Wände.

Die erschöpften Männer unterhielten sich nur in Halbsätzen, konnten das Essen kaum noch erwarten. An den anderen Tischen waren alle Plätze besetzt, offenbar war die *spécialité de la maison* weithin bekannt. Opitz hatte gut daran getan, sie herzubringen. Hungrig und ungeduldig bestellten sie erst einmal jeder einen Krug des hiesigen Bieres, das allmählich ihre Launen besänftigte.

Vorerst nehmen wir nur die Gerüche ihrer Körper wahr, die von ihrer Kleidung aufsteigen und sich miteinander verbinden; jeder ist anders. Frommer verströmt einen staubigen Geruch, leicht moschusartig, papieren, trocken, ja raschelnd gleichsam – den Geruch nach alter, ausgetrockneter Haut, nach einer abgegriffenen ledernen Geldbörse. Lukas riecht streng – es ist der Geruch der Angst und der Kampfbereitschaft, die unsichtbare Aureole des unbefriedigten Kriegers, der seine Körperkraft verloren hat und nun aus der Distanz am Krieg teilnimmt, indem er Kommandos brüllt und die Taktik der Strategen kommentiert. Augusts Geruch ist vollkommen anders – er sondert die organischen Dünste verdorbener Materie ab, an der Fäulnis und Zersetzung zu nagen beginnen; ein milchsaurer Speisekammergeruch nach vergessenen Lebensmitteln umdünstet ihn, ein Geruch, der sich demnächst jeder Kontrolle entziehen wird, nun aber eben noch mit *Kölnischwasser* und erlesener Rasierseife in Schach zu halten ist. Opitz wiederum umgibt eine scharfe Wolke von Karbid, es ist ein Geruch zum Zähneknirschen, der Speichel sammelt sich im Mund. Nichts kann diesen Geruch durchdringen. Auch Wojnicz breitet sich aus mit seinem Geruch, auch wenn er nichts davon ahnt. Und er drängt alle anderen Gerüche in den Hintergrund, dominiert sie, obwohl der Mensch, von dem dieser Geruch ausgeht, sich verloren und unsicher fühlt. Gleichsam elektrisch geladen sind seine überwältigenden Pheromone, sie ähneln dem Geruch, den das Fell eines Fuchses oder eines vor dem Jäger flüchtenden Rehbocks verströmt.

*

Am nächsten Tag während der Liegekur überkam Wojnicz, sobald er an das Abendessen zurückdachte, ein unangenehmer Brechreiz. Zuerst war Bier serviert worden, dann rühmte man sich eines vor Ort produzierten, der *Schwärmerei* ein wenig ähnelnden Likörs, und als endlich der berühmte Hauptgang gereicht wurde, verspürten alle bereits einen solchen Hunger, dass sie ihre Portionen hastig herunterschlangen und noch um einen Nachschlag baten. Das Gericht bestand aus eigentümlichen bandnudelartigen Gebilden, sie waren lang, recht dünn und weißlich, sehnig, als wären sie nicht ausreichend gekocht worden. Die Tunke erinnerte an Béchamelsoße, nur ein wenig schärfer und würziger. Im Mund erwiesen sich die Bänder als knackig, im Ganzen war das Gericht überaus schmackhaft. Vergebens fragte Wojnicz nach dem Rezept, er wollte es unter dem Namen »Weiße Bänder« in sein Büchlein notieren. Als die anderen Herren zum Schluss über den Konflikt auf dem Balkan diskutierten und jeder von ihnen seine Prophezeiung kundtat, führte ihn der Wirt, ein gewisser Herr Kudlik, in die Küche, wo die zuvor erwähnten, nun leeren Körbe und mehrere Eimer mit den Überbleibseln von der Zubereitung jener »Bandnudeln« standen – hübsch geformte weißliche Knorpel.

Es hat keinen Sinn, sich hier weiter über Ursprung und Entstehung des schmackhaften Gerichts auszuschweigen, auch wenn Wojnicz lange überlegte, wie er die ganze Angelegenheit in Worte fassen sollte, damit Vater und Onkel Emil ihm Glauben schenken würden: Sollte er die Biologie der Fortpflanzung von Wirbellosen heranziehen oder die Sache vielmehr als etwas kulinarisch vollkommen Gängiges darstellen (war denn das Schwarzsauer etwas Erleseneres)? Einmal im Jahr nämlich, eben um diese Jahreszeit, erreichte der Fortpflanzungszyklus eines bestimmten Schmarotzers von Süßwasserfischen den Zustand, dass die in den Bäuchen der Fische sich vermehrenden Exemplare diese Bäuche aufplatzen ließen und nach draußen gelangten. Auf der Oberfläche des Teiches trieben dann Inseln von lebenden Bändern im hingebungsvollen Ritual des Austauschs von Samen, der gegenseitigen Befruchtung, des Bespritzens mit Sperma. Das war die Zeit, in der die örtlichen Fischer mit großen Sieben jene »weißen Bänder« abschöpften, sodass das berühmte Gericht daraus zubereitet werden konnte. Es fiel Wojnicz schwer, die Liegekur am darauffolgenden Vormittag ruhig zu überstehen, ergriffen ihn doch immer wieder Wellen von Übelkeit – er stellte sich vor, wie die Geschöpfe nun in seinem Magen aussahen. Der ganze Akt der menschlichen Verdauung, dass man seinen Körper mit fremder Materie füllte, erschien ihm mit einem Male so widersinnig, dass ihn heftige Zweifel befielen, ob er sein Rezeptbüchlein weiterführen sollte. Schließlich entschied er sich für einen kleinen Spaziergang durch die Sträßchen und Gässchen, die er im letzten Monat seines Aufenthaltes hier bereits so gut kennengelernt hatte, dass er ihrer nun außergewöhnlich rasch überdrüssig wurde. So wandte er sich schnellen Schrittes Richtung Wald, kam am Sanatorium vorbei und bog hinter der orthodoxen Kirche ab. Er bemühte sich, an nichts zu denken, zählte nur seine Schritte, bis die Atemnot ihn aus dem Takt brachte. Nun erreichte er den Wald und schlug den Pfad ein, der bergauf führte. Der Anblick des Waldbodens der bemoosten Steine, der kleinen Pilze, die gewiss ungenießbar waren und deren Namen er nicht kannte – all das heilte sein Unwohlsein und vertrieb die Übelkeit. Ähnliches tat der Duft der Tannennadeln. Er spürte, wie sich in seiner Brust eine Schwere ausbreitete, eine angenehme Schwere voller Liebe, voller Lebenssäfte. Ja, so war es, das Leben durfte nicht leicht sein, man musste es spüren, es war ein guter Ballast. So ging er lange, warf schließlich einen Blick auf die Uhr, die der Vater ihm geschenkt hatte; sie zeigte ihm stets an, dass er sich verspätete – und so war es auch diesmal: Mittagessen! Als er durch den Ort zur Mahlzeit eilte, bemerkte er etwas, das ihn stutzig machte. Aus dem Augenwinkel sah er in einem Hinterhof einen Mann, der sich über ein Möbelstück beugte, das vor ihm auf dem Erdboden stand und offenbar repariert werden sollte. Erst ein Stückchen weiter blieb Wojnicz stehen und erstarrte. Vorsichtig, um nicht die Aufmerksamkeit des Mannes zu erregen, ging er ein paar Schritte zurück und erblickte einen solchen Stuhl, wie er ihn auf dem Dachboden des Gästehauses entdeckt hatte – ein solides Möbel mit Lederriemen an Lehne und Beinen. Der Mann schlug mit einem Hammer etwas ein; wahrscheinlich hatte er den Stuhl, der längere Zeit nicht benutzt worden war, hervorgeholt, um ihn wieder instand zu setzen. Da trafen sich ihre Blicke, Wojnicz grüßte den Mann, indem er mit einer Handbewegung andeutete, einen unsichtbaren Hut zu lüften. Der andere erwiderte seinen Gruß nicht, kehrte an die unterbrochene Arbeit zurück.

Auf dem Brückchen gleich vor dem Gästehaus stieß er auf Frommer, der bis oben hin zugeknöpft und steif war wie immer. Nachdenklich sah er aus, rauchte und schnippte die Asche in das Wasser unter der Brücke. Könnte man die Menschen anhand der Süchte beschreiben, denen sie verfallen, so wären es im Falle Walter Frommers die Zigaretten, die ihn gänzlich hatten vergilben und vertrocknen lassen. Er rauchte leidenschaftlich, hielt die Zigarette zwischen Mittel- und Ringfinger und drückte das Mundstück schmal zusammen, wodurch er den Rauch fester, kraftvoller einsaugen musste – dann wölbten sich seine Wangen nach innen, und sein edles, von sorgfältig geschnittenem, aschgrauem Haar umrahmtes Gesicht nahm unvermittelt raubvogelhafte Züge an. Ein Mensch von so nettem und unauffälligem Erscheinungsbild sollte nicht rauchen. Übrigens fiel an seiner ganzen Person eine merkwürdige Spannung zwischen Elan und Reserviertheit auf, als müsste der Mann sich unentwegt im Zaume halten – gäbe er nur einen Moment nach, befreite sich aus seinem vertrockneten, rauchumwölkten Leib etwas Ungeheuerliches, Wahnsinniges und Furchterregendes, gleich einem Dschinn, der seinem Mund entwiche und alles widerlegte, was Frommer in seinem Leben gesagt und getan hatte.

Sie tauschten die gewohnten Höflichkeiten aus, schimpften ein wenig über das wechselhafte Wetter, äußerten ihre Hoffnung auf dessen baldige Verbesserung und schlugen sich bei ihren Prognosen eher auf die Berliner Seite. Das gestrige Abendessen übergingen sie stillschweigend. Wojnicz war nicht eben gern bei Frommer stehen geblieben, schließlich war er schon verspätet, und nun schauten sie hier beide in den Bach, der unter ihnen floss.

Frommer ergriff erneut das Wort:

»Wissen Sie, ich spüre ganz deutlich die Einflüsse des unterirdischen Sees. Haben Sie nicht den Eindruck, dass das unterirdische Gewässer unsere Gedanken verschwimmen lässt? So fällt es mir jetzt etwa schwer, auch nur einen Gedanken in Worte zu fassen, um das Geschehene zu beschreiben.«

»Meinen Sie?«, fragte Wojnicz zweifelnd.

»Und ich weiß auch, woher die hiesige Vorliebe für die exakte Planung und jegliche Art von Regime rührt. Ohne eine solche Ordnung würde hier alles zerfließen. Die Nebel rissen uns dahin, ohne Sinn und Verstand müssten wir daherreden wie im Traum. Die Nebel würden die Fugen zwischen den Ziegelsteinen unserer Häuser aufweichen, die Nähte unserer Kleider lösen.«

Wojnicz warf ihm einen überraschten Blick zu.

»Ja, es ist ein seltsamer Ort. Voller Mysterien …« Er hielt inne, bereit, von dem Gurren zu erzählen, vom Dachboden, von den Stühlen, dem Hut, dem Zimmer von Opitzens Frau – oder all das wenigstens anzudeuten.

Frommer sah ihn durchdringend an, als verlangte er irgendein Zeichen von Wojnicz, und sei es nur ein bedeutungsvolles Zwinkern.

»Wollen Sie mir etwas sagen, Herr Frommer?«

»Sie müssten mir vollkommene und absolute Diskretion schwören«, sagte der andere in seinem steifen, jedoch korrekten Polnisch mit so gleichgültiger Stimme, als spräche er über das Wetter.

Natürlich stimmte Wojnicz dem zu und schlug vor, sich auf eine Bank vor dem Haus zu setzen.

»Nein, das lenkt nur die Aufmerksamkeit der anderen auf uns. Kommen Sie, ich begleite Sie zum Mittagessen ins Kurhaus.«

Sie kehrten auf die Promenade zurück.

»Was ich Ihnen gesagt habe, war nicht die ganze Wahrheit.« Frommer senkte die Stimme. »Ich bin Polizist, Herr Wojnicz. Letzten Herbst bin ich nach Görbersdorf gekommen, nachdem sich im November das furchtbare Verbrechen ereignet hatte. Und weil ich bei schwacher Gesundheit bin, haben meine Vorgesetzten mir gestattet, mich hier behandeln zu lassen und gleichzeitig Ermittlungen anzustellen. Sie versprechen sich nicht allzu viel davon, denn die Sache ist der Polizei bereits seit Jahren bekannt und lässt sich bislang nicht zur Aufklärung bringen.«

Wojnicz verstand nicht: »Wie – lässt sich nicht zur Aufklärung bringen?«

»Die Geschichte wiederholt sich seit Jahren. Das geht aber wohl seit Langem schon so, nur wurde vorher alles geheim gehalten, vor allem da die Mordopfer Köhler, Hirten oder Dorfbewohner niederen Standes waren. Seit wenigen Jahren aber sind die Opfer nun Kurgäste, deswegen sorgt der Fall in Breslau für etwas mehr Aufsehen.«

»Warum sagen Sie mir das, Herr Frommer? Kann ich Ihnen irgendwie bei den Ermittlungen behilflich sein?«

»Nun, ich sage es freiheraus: Ich habe Angst um Sie.«

»Angst um mich? Aber was habe ich denn mit alldem zu tun, um Himmels willen? Meinen Sie etwa, ich glaubte dieses dumme Zeug von der Rache der Tuntschis im Wald? Erstens – wenn es sich tatsächlich so verhielte, schrieben doch alle Zeitungen darüber. Und zweitens – wenn die Sache sich bereits seit so vielen Jahren hinzieht, dann müsste der Mörder inzwischen doch alt sein wie Methusalem …«

»Oder unsterblich«, warf Frommer ein, um sogleich einen sachlicheren Tonfall anzuschlagen. »Sie kommen von weit her und haben hier niemanden. Was immer Sie tun, Sie werden immer ein wenig abseits stehen. Ich habe Sie beobachtet, Sie sind eben ein solcher Typ. Niemanden würde es besonders kümmern, wenn Ihnen etwas zustieße …«

Wojnicz machte abrupt halt und fuhr zu ihm herum.

»Sie scherzen doch, nicht wahr?«

Frommer hielt nicht einmal inne, sondern wich ihm geschickt aus, indem er an das Schaufenster eines Cafés herantrat, wo auf eleganten Kuchenplatten feines Gebäck auslag.

»Ich führe Ermittlungen und nehme alles genau unter die

Lupe«, sagte er. »Dabei habe ich viele Beobachtungen gemacht und beginne langsam, das große Ganze zu sehen. Im passenden Moment werde ich Ihnen sagen, was ich herausgefunden habe. Vorerst möchte ich Sie einfach bitten, besonders auf sich achtzugeben.«

»Was haben Sie herausgefunden? Nein, so kommen Sie mir nicht davon. Erst wecken Sie meine Neugier, und nun wollen Sie mich abwimmeln.«

»Ich kann nur sagen, dass ich übernatürliche Ursachen nicht ausschließe.«

Frommer drehte sich um und ließ Wojnicz in grenzenloser Verwunderung zurück.

12

Herr Hüpf

Nein, es ist nicht so, dass die Patienten des Herrn Doktor Semperweiß in Görbersdorf ihre Zeit einzig auf Ausflügen und bei Abendmahlzeiten verbrachten. Wir übergehen nur in unserer Erzählung die eintönigen Herbsttage, die allein aus Kuranwendungen, Untersuchungen und endloser Liegekur bestanden. Und aus der Fadesse, die hier überall lauerte wie die Feuchtigkeit. Großzügig breiteten sich die Tage, dehnten sich bis in die Abende aus. Im Kurhaus brannte mitunter bis Mitternacht noch Licht, obwohl doch die Nachtruhe galt. Schatten huschten zwischen den Gebäuden hin und her, Lukas verschwand und tauchte wieder auf, nicht übel beschickert, den Körper erhitzt von einer Frau. Und sein dunkelbrauner Mantel war getupft von Gänsedaunen.

Die Vorliebe der Görbersdorfer für Gänse war recht naheliegend, gab es doch überall in der Umgebung Teiche, Bäche, kleine Seen. Als drängte das unterirdische Wasser an die Erdoberfläche, als wollte es sich ständig in Erinnerung bringen. Ja, es wohnte dem ein Moment der Bedrohung inne – was, wenn es eines Tages beschlösse, gänzlich emporzuquellen in die Leidener Flasche dieses Tals? Den hiesigen zahlreichen Gänsen jedenfalls tat es wohl. Zweimal täglich wanderten sie von ihren Schlafstätten, die sie mit den Hühnern teilten, zu den Wasserstellen. Stets vorneweg der Gänserich mit mächtigem Kropf, wachsam aufgeplustert, hinter ihm der Harem seiner Damen in Weiß, die unentwegt schnatterten, als kommentierten sie alles, was es unterwegs zu sehen gab. Gelegentlich machte der Gänserich auch den Kurgästen Angst, dann reckte er den Hals lang vor und tat, als wollte er jeden Augenblick zuschnappen. Die weiblichen Kurgäste suchten fiepend das Weite, und auch das gehörte zu den Abwechslungen der Sanatoriumstage. Überall lagen und flogen die Gänsefedern herum, jene großen, mit denen man unsere Geschichte hätte aufschreiben können, und die kleinen Flaumfedern, die die Vögel beim Bad verloren oder sich ausrupften, wenn sie sich inniger Körperpflege hingaben. Der Wind wehte sie über die Promenade, über die Brückchen, die den Bach überspannten, und einige schwebten hoch über den Dächern und betrachteten von dort oben die Menschenwelt. Sie hefteten sich auch gerne an die Kleidung, und dass der eine sie dem anderen von Jacke oder Mantel zupfte, gehörte hier zu den gängigen Gesten, mit denen man einander eine Zuneigung erwies, wie sie aus der Verbundenheit von Kranken entstehen kann, die letztlich zum Tode verurteilt waren.

Auch für die Gänse kam nun leider eine tragische Zeit. Sie waren in diesem – wie in jedem – Herbst für den Tod bestimmt. Gemästet mit dem üppigen Futter des Sommers, erhobenen Hauptes und gut im Saft, watschelten sie dem Ende ihres Lebens entgegen.

Opitz wetzte die Messer, und Frau Weber und Frau Brecht hülsten keine Sau- und keine Stangenbohnen mehr, sie nähten jetzt leinene Kissenbezüge für die Daunen.

Die schönen Gänse sollten sich in Kürze in Gläser voller Schmalz verwandeln. In eingewecktes Fleisch, in Gulasch und Pasteten. Und wenn sie stolz und voller Würde den herausgeputzten Kurgästen entgegenzogen, ahnten sie nicht einmal, wie wehrlos sie waren und dass ihr Schicksal als unausweichlich besiegelt galt. Die Menschen waren den Vögeln überlegen, ihre eigenen Absichten kannten sie ja. Und so verzogen sie nur den Mund zu einem wissenden Lächeln, wenn sie die Gänseparade sahen, die sich mit einer Selbstsicherheit durchs Dorf bewegte, wie nur unsterbliche Wesen sie an den Tag legen können.

*

Wojnicz fiel es immer schwerer, vor sich selbst zu verbergen, dass ihm die Besuche im Zimmer der seligen Frau Opitz längst zur Sucht geworden waren. Er begab sich immer dann dorthin, wenn er gewiss sein durfte, dass Opitz nicht im Haus war und der allgegenwärtige Raimund nicht auf dem Anwesen seine schattenstillen Runden drehte, sondern Eier besorgte oder die Post holte. Nur in Socken und auf Zehenspitzen, schlich sich Mieczysław dann ins Dachgeschoss. Es war ein gänzlich unschuldiges Unterfangen. Er musste einfach alle paar Tage in dieses Zimmer. Der Ordnung halber – wie er zu sich selbst sagte. Um nachzuschauen, ob alles an seinem Platz und nichts verändert wäre. Nun ja, was hätte im Zimmer einer verstorbenen Frau nicht in Ordnung sein sollen? Zunächst blieb er an der Schwelle stehen, um jedes Detail der bescheidenen Gemütlichkeit in sich aufzunehmen, mit der der Raum eingerichtet war. Die Pastelltöne, die verschossenen Farben, die blassblaue Tapete, den leinenen Läufer mit den schmuddeligen Fransen. Dann trat er ein, schloss leise hinter sich die Tür. Für diesen Moment wäre er bereit gewesen, auf jede Behandlung, jedes noch so interessante Gespräch zu verzichten, selbst Kaffee und Kuchen im *Café Dreimädelhaus* wurden in diesem

Augenblick unwichtig. Das ganze Haus verstummte, wenn er diesen Raum betrat, selbst das Gurren auf dem Speicher setzte aus. So still wurde es, dass er das Pochen seines Herzens hörte. Er setzte sich in den Sessel mit der abgeschabten Lehne, schaute sich um, und immer blieb sein Blick an einer neuen Einzelheit hängen. Eine Haarnadel, von einer Wollmaus umhüllt, lag in einer Dielenritze beim Fenster; ein langes helles Haar, kräftig und gesund, haftete an der Tagesdecke, es reichte fast bis an den Boden. Dass der eine Pompon der Pantoffeln eingerissen und an einer Stelle die Farbe von dem eisernen Bettgestell abgeblättert war, wusste er bereits, und er verspürte eine große Befriedigung, wenn er diese kleinen Makel betrachtete. Als existierte das Zimmer der Frau Opitz schon immer in seinem Innern.

Nach einer guten Viertelstunde stand er dann auf und verließ den Raum so leise, wie er gekommen war. Im Hinausgehen berührte er noch sacht die Tagesdecke und das Tuch, das an einem Holznagel an der Tür hing. Auf dem Weg die Treppe hinunter erlangte er seine Gestalt wieder, wurde zu Mieczysław Wojnicz, dem 24-jährigen Studenten des Lemberger Polytechnikums.

Häufig auch sah er Doktor Semperweiß, der in der Mittagspause den Kurgästen seinen Mercedes präsentierte. Er öffnete die Motorhaube, erzählte ergriffen von den Pferdestärken, den Kilometern, die sich mit dieser Kraft zurücklegen ließen, vom Benzinverbrauch. Die Kurgäste, vornehmlich Herren, beugten sich über die komplizierte Maschine mit ihren Kolben, Röhrchen und Leitungen und hüstelten anerkennend angesichts der unbekannten Zukunft, die sie vor sich sahen. Auch machte sich der Doktor gelegentlich mit seinem Gewehr auf, um hinter dem Humboldt-Tempel auf Vögel anzulegen. Als Wojnicz ihm einmal folgte, sah er, dass der Doktor nur zielte, ohne abzudrücken. Er drehte sich auf der Ferse, verfolgte mit der Waffe im Anschlag den Flug des Vogels. Aber es fiel kein Schuss.

»Ist das Gewehr geladen?«, fragte Wojnicz lachend.

»Ah, Sie sind es ...«, sagte der Doktor und gestattete ihm mit einer Handbewegung, ihn zu begleiten.

»Aber natürlich ist es geladen, schließlich gehe ich auf die Jagd. Wissen Sie, es geht darum, dass man die Wahl hat: Schießen oder nicht schießen. Aber ich will keine Vögel töten, ich bin nicht hungrig.« Und er lachte laut über den eigenen Scherz.

Wojnicz dachte, es könnte dies eine Variante der Fasanen-Spanne sein.

Es war einer der wenigen tatsächlich schönen Herbsttage. Alles roch nach Fülle und Erfüllung. Im Tal wartete nach dem Spaziergang ein warmes Zimmer auf sie, eine Tasse Nachmittagskaffee und etwas Süßes.

»Sagen Sie mir, Herr Doktor«, begann Wojnicz, »was hat es mit diesen Gräbern auf dem Friedhof auf sich? Alle haben denselben Monat im Todesdatum, den November.«

Offen blickte er dem Arzt in die Augen.

»Was kann ich Ihnen dazu sagen? Der menschliche Glaube hat es mitunter mit dem Absurden. Gewiss, es kommt vor, wir haben hier solche Fälle, da haben Sie recht, Jahr für Jahr, regelmäßig, hm, im Herbst, Anfang November, wenn ich meinen rituellen Urlaub nehme und zu meiner Mutter fahre, wir haben dort bei Hirschberg ein kleines Gut.«

Der weiteren Erzählung entnahm Wojnicz, dass dieses »wir« sich auf den Doktor und dessen bereits betagte Mutter bezog. Semperweiß hatte keine Geschwister, er war ein gehätscheltes Einzelkind. Der Vater war vor Jahren schon verstorben, so widmete die Mutter alle Aufmerksamkeit dem begabten Sohn. Semperweiß hatte mit einer Studie zu Lungenkrankheiten promoviert, die Arbeit in Görbersdorf sah er als Praktikum an, von dem er eines Tages zurückkehren würde an die Universität, um dort zu lehren. Auch konnte Wojnicz erfahren, dass Semperweiß hier einen überaus günstigen Vertrag hatte und dass sein Fleiß es ihm gestattete, auch noch das Krankenhaus in Waldenburg zu betreuen. Seine Mutter wohnte in der Nähe von Hirschberg, Anfang November hatte sie Geburtstag, auch jährte sich in dieser Zeit der Todestag seines Vaters. In diesem Jahr wollte der Doktor die Reise mit seinem wunderbaren Mercedes machen, gewiss wären alle beeindruckt von dem Automobil.

»Wussten Sie übrigens, dass Mercedes ein weiblicher Vorname ist? Der Wagen ist also eine ›Sie‹. Die Mercedes …«

Als sie ins Dorf zurückkehrten wagte Wojnicz, nach Thilo zu fragen. Der Doktor schüttelte nur traurig den Kopf.

»Steht es so schlimm?«, fragte Mieczysław beunruhigt.

»Er wird sterben. Wir haben seiner Familie schon geschrieben.«

Wojnicz nahm einen tiefen Atemzug.

»Vielleicht lässt sich ja noch etwas machen, Herr Doktor?«

»Vielleicht, vielleicht. Gäbe es etwas, was man schlucken oder spritzen könnte und das gleich einem Sturm durch den menschlichen Organismus ginge, um all die Koch'schen Bazillen abzutöten, sämtliche todbringenden Zivilisationen, die sich in seinem Leib eingenistet haben, um ihn von innen aufzuzehren, ohne es recht eigentlich zu ahnen – ich würde es ihm auf der Stelle geben. Aber solch ein Mittel existiert nicht.«

Und nach einer Weile fuhr er fort:

»Bitte bedenken Sie, mein junger, übersensibler Freund,

das ständige tuberkulöse Fieber versetzt den Körper in Unruhe und Erregung. Ihr Freund hat nicht mehr viel an Leben vor sich, er kam zu spät hierher. Zu lange hatte man gezögert in dem Glauben, dass er jung sei und die Krankheit überwinden könne. Zudem war sein Freund und Betreuer, ein bekannter Philosoph, ständig auf Reisen und wollte sich nicht von ihm trennen.«

Hier lächelte Doktor Semperweiß auf seltsame Weise, vielsagend genug, und einen Augenblick lang erwartete er wohl eine Reaktion von Wojnicz. Sie blieb jedoch aus.

»Man lebt zu schnell heute«, fuhr er fort, »zu viele Verlockungen gibt es. Zu viele philosophische Ideen haben die Vorstellungskraft dieses Jungen entflammt, und seine Sensibilität wurde zur Überempfindlichkeit. Das sage ich Ihnen im Vertrauen, damit Sie ihm gegenüber nicht allzu große Erwartungen hegen. Es steht wirklich schlecht um ihn. Das hiesige Klima hilft, wenn Körper und Geist bei Kräften sind. Viele sind aber auch dazu verurteilt, hier zu bleiben. Die Angst vor dem Tod trübt den Menschen den Verstand, sie verfallen falschen Hoffnungen, geben sich Illusionen hin. War er es, der Sie auf den Friedhof geführt hat?«

Wojnicz nickte.

Tags darauf, als Wojnicz zur Untersuchung kam, kehrten sie zu dem Gespräch über den Aberglauben zurück. Mieczysław hatte die Hoffnung, bei der Untersuchung käme heraus, dass er schon gesund wäre. Mit entblößtem Oberkörper saß er da, der Doktor hörte ihn gewissenhaft ab, klopfte hier und klopfte dort auf Wojniczens Rücken. Und ein ums andere Mal seufzte er dabei, was Mieczysław unruhig werden ließ. Anschließend vermerkte Semperweiß Symbole auf einem Blatt Papier. Es musste eine Art Landkarte von Wojniczens Lunge sein. Liebend gerne hätte er gewusst, was der Doktor dort gehört hatte. Doch dieser widmete sich nur, als er das moderne, schimmernde Stethoskop beiseitegelegt hatte, seinen Notizen, lehnte sich dann in seinem Sessel zurück und sprach über Opitz.

»Denken Sie bitte daran, dass Herr Opitz nur an der Oberfläche zivilisiert ist. Sie sind klug genug, es zu bemerken. Tief im Innern ist er ein archaischer Mensch. Durchaus möglich, dass er es ist, der diese Ammenmärchen verbreitet. Die Sache verhält sich nämlich ganz einfach: Hier wohnt ein ungebildeter, um nicht zu sagen primitiver Menschenschlag. Wenn die Köhler und Hirten ihre Arbeit im späten Herbst beenden und von den Bergen herunterkommen, betrinken sie sich bis zur Besinnungslosigkeit, fangen Raufereien an, und immer gibt es Opfer. Mal stürzt jemand von einer Brücke auf die Felsen, mal erfriert jemand, zu dieser Jahreszeit kann es durchaus schon Fröste geben, oder sie schlagen sich eines Frauenzimmers wegen den Schädel ein. Das ist nicht Ihre Welt, junger Mann. Sie sind hier, um sich zu kurieren, nicht um Schauermärchen zu hören. Wenn diese Leute an irgendwelche Waldgeister und Schreckenswesen glauben, die angeblich unschuldige junge Herren zerfleischen, dann ist das ihre Sache. So fassen sie eben die Welt auf. Die Männer aus der Gegend hier haben immer großen Nutzen aus der Landschaft gezogen. Das ist ein ärmliches Fleckchen Erde. Entweder sind sie mit ihren Herden auf die Bergweiden gezogen oder sie haben einen Sommer lang als Köhler in den Wäldern gearbeitet. Dabei haben sie sich nach den Frauen gesehnt und sie zugleich gefürchtet, weil sie nicht wussten, wie sie sich ihnen gegenüber verhalten sollten. Kein Wunder, wenn in ihren Köpfen verrückte Geschichten entstanden.«

Er erhob sich, trat auf Wojnicz zu.

»Und jetzt öffnen Sie bitte den Mund …«

Er zog einen Metallspatel hervor, schaute dem Patienten lange in den Rachen.

»Jeder von uns ist ein potenzieller Irrer, mein junger Freund. Die Norm ist ein Hirngespinst. Jeder von uns hockt an der Grenze zwischen der eigenen inneren Welt und der Außenwelt und vollführt dort einen gefährlichen Balanceakt. Das ist eine äußerst unbequeme Position, nur wenigen gelingt es, das Gleichgewicht zu halten.«

Er nahm wieder Platz und machte sich daran, zu notieren, was er in dem Rachen gesehen hatte.

Wojnicz sprach ihn auf die Frauen an, die angeblich vor Jahrhunderten in den Wald geflüchtet waren.

»Auf der Grundlage dessen könnte man ja eine ganze Geschichte spinnen – die wahnsinnigen Nachfahrinnen ermorden die Nachfahren derer, die ihre Vorfahrinnen sekkiert haben …«

»Ah ja, ich sehe, Sie sind schon der Indoktrination des Herrn Frommer erlegen. Nicht, dass er kein vertrauenswürdiger Mann wäre, aber er sieht die Welt stets als System einer Verschwörung an. Eine besondere Form unschuldigen Wahns. Doch stimmt es durchaus, mit dem Wahn der Frauen ist es ein eigenes Ding. Er ist von gänzlich anderer Natur als der Wahn der Männer. In vielen Spitälern schon konnte das durch Beobachtung bewiesen werden. Wenn Männer in Wahn verfallen, dann infolge körperlicher Gebrechen, etwa nach einem Blutandrang im Kopf, nach einer Schädigung des Blutes bei falscher Ernährung oder – leider muss ich es sagen – infolge der Syphilis. Bei Frauen verhält es sich völlig anders. Da die weibliche Psyche schwächer ist, ist auch die Schicht, die das Instinktive und Animalische überdeckt, bei den Frauen dünner. Eine Geisteskrankheit, die diese Schicht affiziert, bewirkt, dass ebendiese archaischen Instinkte nach außen treten und die Herrschaft über die zerbrechliche Psyche übernehmen.«

Er wusch sich die Hände nach den Untersuchungen, die er vorgenommen hatte. Wojnicz knöpfte versonnen sein Hemd zu.

»Und Ihr Gastgeber, Opitz«, fuhr der Doktor fort, »ist aufgebrochen, um die Welt zu erobern, zu seinem Onkel nach Rom ist er gefahren, dort brach die Krankheit aus, also kam er rasch wieder zurück, hat geheiratet und begann dann, im Rhythmus der Krankheit zu leben. Allein das hiesige Klima hat bewirken können, dass sie in ihrem Verlauf gebremst wurde und nicht fortschreitet. Denken Sie, wir hätten uns auf eigenen Wunsch hier eingeschlossen in diesem feuchten tragischen Tal, in dem Doktor Brehmer ein so kostspieliges und modernes Gefängnis für uns gebaut hat? Für uns und viele andere …«

»Aber mich betrifft das doch nicht? Ich kann doch zu Weihnachten nach Hause?«

»Wenn Sie mir, mein lieber schamhafter Jüngling, gestatten würden, dass ich Ihren ganzen Körper gründlich in Augenschein nehme, Ihre Lymphknoten untersuche …«

»Ich habe Ihnen bereits gesagt, dass das eine Frage religiöser Auffassung ist«, unterbrach ihn Wojnicz. »Außerdem wurde ich ja ständig untersucht, und das hat mich vor der Krankheit nicht bewahrt.«

»Sie sind ein Philister und damit holla. Ganz wie Opitz. Alle Katholiken sind so, nur an der Oberfläche ein wenig Zuckerguss der Zivilisation.«

»Warum müssen Sie mich ständig beleidigen, Herr Doktor? Habe ich das verdient?«

Doktor Semperweiß erstarrte für einen Moment, erstaunt über den Mut des jungen Patienten.

»Sind wir denn für Sie nicht einfach kranke Körper? Aus Ihrer Perspektive ist schließlich nicht zu sehen, wer Katholik ist oder Pole, in der Lunge sind Nationalität und Konfession nicht vermerkt, in den Bronchien auch nicht, und auch sonst nirgendwo im Körper. Sehen Sie in der kranken Lunge des Herrn Frommer, dass er Protestant ist und eine polnische Mutter hat?«

»Hat er die?«, rief der Doktor aus. »Um Himmels willen, mein heißblütiger polnischer Jüngling, Sie können keinen Spaß verstehen. Ich foppe Sie doch nur, damit Ihr Blut ein wenig rascher zirkuliert.«

»Aber Sie wissen nicht, dass mich das persönlich schmerzt. Und es schmerzt mich wirklich.«

»Das sollte es nicht.«

»Vielleicht bin ich nicht selbstsicher genug. Sie sind der Arzt, ich bin der Kranke. Ich spreche mit Ihnen in einer Sprache, die nicht meine Muttersprache ist. Ich fühle mich hier fremd und einsam.« Wojniczens Stimme bebte. »Meine Lunge ist real, aber meine Nationalität ist es nicht mehr. Sie ist Teil einer Sphäre, zu der wahrscheinlich Herr August etwas zu sagen hätte. Meine Nationalität gehört vermutlich schon lange ins Reich der Mythologie.«

»Aber das bedeutet nicht, dass sie nicht intakt ist. Man sieht es auf den ersten Blick, wenn man die Grenze überschreitet. In der Architektur, in den Gepflogenheiten des Umgangs. Nicht wahr?«

Wojnicz stand hinter dem Paravent, nestelte an seiner Garderobe.

»Wissen Sie«, sagte Semperweiß, »als Arzt vertraue ich auf die Wissenschaft. Und die Wissenschaft liebt, allgemein gesagt, einfache Sätze, mit denen sich die Fülle der komplizierten Welt beschreiben lässt. Die Dinge verhalten sich so oder so, und wenn A, dann B und nicht C.«

»Aber damit erliegen Sie ebenfalls Vorurteilen«, bemerkte Wojnicz knapp und trat hinter dem Paravent hervor, zugeknöpft bis zum Hals, bereit zu gehen.

Als er die Tür hinter sich schloss, sann Semperweiß lange nach und rieb sich die zwei Tage alten Stoppeln am Kinn. In der Stille des Untersuchungszimmers hörte er das angenehme Knistern. Dann griff er nach dem Messingglöckchen, einen Augenblick später eilte Sydonia Patek ins Zimmer und sah, wie üblich, ernst und gelblich drein.

*

Noch immer aufgewühlt, ging Wojnicz in sein Lieblingscafé und bestellte heiße Schokolade. Er drückte sich in die Ecke, in der er schon seinen Stammplatz hatte. Er löffelte die Köstlichkeit. Bestellte eine zweite Tasse. Der Geschmack erinnerte ihn an seine Kindheit, an die Jahre, als Gliceria noch bei ihnen gewesen war. Zur Vesper hatte sie ihm immer einen Becher Kakao gemacht. Und danach gab es noch etwas Besseres – Goggelmoggel. Gliceria schlug das Zuckerei, bis es gänzlich weiß war, bis alle Zuckerkristalle sich zu himmlischer Süße aufgelöst hatten. Als Gliceria sie dann verließ, verschwanden auch Kakao und Goggelmoggel. Und es setzten die Arztbesuche ein.

An solchen Tagen weckte ihn der Vater in aller Frühe und gab dem Sohn, indem er auf die Uhr deutete, zu verstehen, dass es eigentlich schon zu spät sei. Der verschlafene Mieczyś verfiel alle Augenblicke in Starre, ständig musste man ihn antreiben – der Zug würde schließlich nicht warten. Mit ungeschickten Fingern knöpfte ihm der Vater die Jacke zu, strich ihm die Haare zurecht. So früh am Morgen ist der Magen noch verschlossen und nicht bereit, einen Schluck Malzkaffee aufzunehmen, ganz zu schweigen von Butterbroten.

»Gut, gut, dann essen wir später. Und jetzt beeile dich!«

Die Schuhe hatten über Nacht die Form der Füße vergessen, man hatte seine liebe Not mit ihnen. Erst wenn sie nach draußen traten und die Droschke mit einem nicht weniger verschlafenen Fuhrmann sie zur Bahnstation brachte, kam Mieczyś langsam zu sich.

Wojnicz erinnerte sich noch immer an die heiße raue Hand des Vaters, mit dem er Schritt zu halten versuchte, wenn sie den Bahnsteig betraten. Sogleich umgab sie der Geruch von Schmieröl und Metall, umhüllte sie der Dampf aus der Lokomotive, und lange noch hielt sich auf dem Mantel des Jungen dieser typische Duft einer Bahnreise, der unangenehm war und unnatürlich, voll der Erwartung des Zwanges, der ihm bevorstand.

Hatte der Zug die Stadtgrenze passiert, wurde Wojnicz richtig wach, jetzt verspürte er auch Hunger. Der Vater packte die Butterbrote aus, die Józef am Abend zuvor gerichtet hatte. Im Zug zu essen, bereitete ein besonderes Vergnügen, das durch nichts getrübt wurde. Das säuerliche Roggenbrot, mit Butter bestrichen, schmolz im Mund, als wäre es der raffinierteste Imbiss. Mieczyś schaute auf die weiten Felder, die sich hinter Lemberg breiteten, selten nur von Bäumen gesäumt. Als brächte man in diesem Landstrich den Bäumen wenig Achtung entgegen, weil sie die atemberaubenden Horizonte störten. Hinter ihnen ging die Sonne auf, stieg höher und höher, gleichsam im Wettlauf mit dem Zug, der nach Westen fuhr. Reglos wie furchtsame Tiere lagen die Dörfer da, nur die Türme der Kirchen, römisch-katholische und russisch-orthodoxe, wagten es, sich in den Himmel zu recken.

Der Vater begann mit der Zeitungslektüre, im Vorbeieilen hatte er sich das Blatt auf dem Bahnhof gekauft. Anschließend – stets war er bestens gerüstet – schraubte er die deutsche Thermoskanne auf – ein teures Stück –, goss den Tee in den Metallbecher. Er teilte sich das heiße Getränk mit seinem Sohn; es schmeckte, wie die ganze Reise, nach Metall. Dann sah Mieczyś zu, wie der Vater einnickte, und später schaute er nur von Zeit zu Zeit auf dessen Schnurrbart, damit sein Blick sich beruhigen konnte, wenn er über die vorbeihuschenden Landschaften tanzte.

Für die Zugfahrt hatte sich der Junge ein eigenes Spiel ausgedacht. Mit dem Blick verschob er eine kleine dunkle Gestalt, die er »Herr Hüpf« nannte. Herr Hüpf konnte sich nur an markant aufragenden Stellen aufhalten – auf einem Baum oder einem Turm, auf hohen Zaunpfosten, auf einem Kamin. Und niemals durfte er auf den Boden fallen. In der flachen Landschaft bekam dieses Spiel seinen besonderen Reiz, Mieczyś musste sich mächtig konzentrieren, und immer dachte er, wenn es ihm gelänge, Herrn Hüpf nach Krakau zu bringen, ohne dass dieser den Erdboden berührte, dann würde ihm nichts Böses widerfahren und er würde nicht unter Scham und Schuld leiden müssen. Doch es gelang ihm nie. Wenn der Zug nur durch dichter bewaldetes Gebiet gefahren wäre oder an Industrieanlagen vorbei, wo Hunderte von Schornsteinen in die Luft ragten, wenn er doch durch große Städte gefahren wäre – da wäre Mieczyś sicher gewesen, es zu schaffen. Aber hier?

In Krakau angekommen, nahmen sie am Bahnhof eine Droschke und fuhren zum Arzt. Dem nächsten in der langen Reihe. Einmal stiegen sie um und besuchten in Alwernia einen berühmten Professor. Auch das hatte nichts geholfen.

Jeder Arztbesuch glich den vorherigen. Zuerst sprach der Vater mit dem Doktor, dann wurde Mieczyś hereingebeten. Hinter dem Paravent sollte er sich nackt ausziehen. Nie war ihm in den Sinn gekommen zu protestieren. Die beiden Männer wussten, was sie taten, sie machten besorgte Mienen, und schließlich geschah dies alles nur zum Besten des Buben.

Mieczyś zog sich nur ungern aus, man musste ihn antreiben. Alles, was er am Morgen zu Hause angezogen hatte, legte er wieder ab, nun in umgekehrter Reihenfolge: die Jacke, das Hemd, das Unterhemd, die Schuhe, die Hosen, die Strümpfe. Es hatte etwas Tückisches – der Mensch verbarg sich unter seiner Kleidung, die Kleidung war wie ein sicheres Versteck; und jetzt wurde man gezwungen, hervorzukommen, damit man sich wieder untersuchen ließe. Seit er sich erinnern konnte, wurde er untersucht, ständig hatte man sich über seinen Körper gewundert, und ständig hatte dieser Körper auf allen Gesichtern, die ihn musterten, den Ausdruck der Sorge entstehen lassen. Zumeist waren es ältere Herren, Ärzte und Spezialisten, mit rasierten Backen und Schnurrbärten, aus denen es nach Kölnischwasser roch, nach ungemachten Betten und dem abgewetzten Leder lange benutzter Brieftaschen. Ihre hässlich-klugen Köpfe schoben sich an den Körper des Jungen heran, und ihre Augen behalfen sich mit Brillen und Monokeln. Manchmal berührten sie ihn. Der Vater gestattete es, den Jungen fragte niemand.

Jedes Mal hatte er die Hoffnung, nicht berührt zu werden. Nein, nicht jetzt, dachte er, wenigstens nicht dieses eine

Mal. In der Unterwäsche stand er vor den beiden Männern, spürte, wie es vom Holzboden her aus irgendeiner Ritze zog.

»Auch die Untergatte.«

So nannte man in Krakau die Unterhose.

»Bitte auch die Untergatte ausziehen.«

Er spürte, wie wichtig das für den Vater war, also wandte er den Blick ab von dem Mann, der ihn untersuchte, und bemühte sich, einen Punkt zu finden, der möglichst weit entfernt war. Manchmal wählte er einen Baumwipfel, den er im Fenster sah, manchmal auch einfach eine Spinne in der gegenüberliegenden Ecke des Arztzimmers.

Nun, er war, wie er war. Er konnte nichts dafür. Er selbst sah sich als normal an. Einmal hatte er versucht, es dem Vater zu sagen, doch fand er nicht die passenden Worte. Er dachte an das Mysterium aufgehenden Hefeteigs oder an die Taube, die in der Nische eines blinden Fensters ein trauriges Ei bebrütete.

»Consultationen« sagte sein Vater zu diesen Arztbesuchen. Und er glaubte fest daran, dass es eine Arznei geben müsste. Als er nach und nach zu verstehen begann, dass es eine solche nicht gab, formte sich in seinem Kopf die Idee einer Operation – dass man mit dem Skalpell alles zur richtigen Form zuschneiden könne.

Als Wojnicz heranwuchs, nahmen die Untersuchungen einen anderen Charakter an. Die Stimmung wurde immer nervöser, immer gereizter. Dies alles führte in eine große Ungeduld. Als müsste nun eine – medizinisch gerechtfertigte – Gewaltanwendung erfolgen.

In Wien bestrich Doktor Kubitschek seinen Finger mit Vaseline und versuchte, ihn in die Öffnung dort unten zu stecken. Was einen solch grauenhaften Schmerz verursachte, dass der Doktor, trotz aller Anstrengungen des vierschrötigen Assistenten, der Wojnicz festhielt, buchstäblich eine gescheuert bekam, die Nickelbrille flog ihm von der Nase, die Gläser zerschellten auf dem Boden.

So also sah es aus. Es war beim besten Willen nichts zu machen.

13
Geister

In diesen recht düsteren Regentagen Ende Oktober lag Thilo im Bett, zugedeckt bis zum Kinn, abwechselnd von Fieberschüben und vom Schüttelfrost gebeutelt. Beim Bett stand ein Spucknapf, den Wojnicz sich bemühte nicht zu sehen, wenn er den Freund besuchte. Klumpen weißen Zellstoffs waren darin, mit Spuren von Blut. Mieczysław musste an das Einstecktuch denken, das sein Vater zu besonderen Anlässen trug, zu einer Beerdigung, einer Hochzeit, zum Nationalfeiertag, zu den Jahrestagen der Verfassung vom 3. Mai – ein schimmerndes Stück Stoff, weiß-rot, der Kontrast der beiden Farben konnte nichts Gutes verheißen.

Von Zeit zu Zeit erschien ein großer und kräftiger Pfleger. Thilos geheimnisvoller Betreuer hatte ihn engagiert. Er leerte das unselige Gefäß, verabreichte Arzneien und warf Wojnicz vorwurfsvolle Blicke zu, dass er – als angeblicher Freund – untätig blieb. Der Kontakt zu Thilo wurde leider immer schwieriger. Oft war er kaum bei Bewusstsein, phantasierte fiebernd vor sich hin. Dann kehrten die Gedanken wieder, dass die Landschaft töte. Oder er stieß Drohungen aus gegen jemanden, der ihm angeblich Böses wollte. Wojnicz setzte sich ans Bett, wischte den Schweiß von der glühenden Stirn des Freundes, netzte ihm die Lippen. Er streichelte Thilos Hand, was den Kranken sichtlich beruhigte. Ja, er sang auch leise für ihn, flüsternd fast.

Ganze Stunden verbrachte er bei dem Freund, ließ sich für manche Anwendungen entschuldigen, vor allem auf die Kneipp-Bäder verzichtete er, die er für barbarisch hielt. In Thilos Zimmer herrschte eine von Trauer durchzogene Stille – eine Stimmungslage, die Wojnicz schon als Kind gemocht hatte. Diese Form einer alltäglichen Melancholie war ihm bestens vertraut. Dagegen half jene »Köstlichkeit« des Lebens, die er ständig suchte. Die Melancholie hatte kosmische Ausmaße, doch er erfuhr nur einen mikroskopisch kleinen Teil davon. Wenn er Thilo verstohlen musterte, schnürte es ihm die Kehle zu, ein Schmerz drückte ihm die Brust zusammen, als hätte ihm jemand ein Zentnergewicht auf die Rippen gelegt, das ihm jeden Augenblick das Herz zerquetschen sollte. Keine Tränen. Wojnicz konnte nicht weinen, das hatte ihm sein Vater gründlich ausgetrieben. Es war eine der ersten Lektionen gewesen: Reiß dich zusammen! Sei kein Waschweib!

So fand der Körper andere Wege, Trauer zu erleben.

Die meiste Zeit bei seinen Besuchen bei Thilo verwandte er jedoch darauf, mit einer Lupe in der Hand das Gemälde von de Bles zu betrachten, das ihn stets aufs Neue in Staunen versetzte.

Wie war es möglich, dass die feinen Bewegungen eines in Farbe getauchten Pinsels eine ganze Welt mit solchen Tiefendimensionen entstehen ließen? Er hatte den Eindruck, das Gemälde sei unendlich – in der Vergrößerung konnte er weitere Einzelheiten erkennen, winzige Farbspuren, Striemchen und Schlieren, rätselhafte Makel. Er suchte die Wolken ab, aus denen bogig geschwungene Linien zum Vorschein kamen, die Gestalten, Gesichtern und Flügeln ähnelten. Wenn er sich auf die Pflanzen zubewegte, entdeckte er in den Blättern Augen und Nasen, Bruchstücke von Füßen und Händen, flüchtige Körper, die für den einen Moment nur entstanden, da der Blick sie so und nicht anders streifte. In den Fenstern der luftigen Schlösser öffneten sich ihm Kemenaten, in denen nahezu durchsichtige Geschöpfe zu schweben schienen, und doch hatte jedes seine eigene Tragik, seine eigene Trauer. Vielleicht vollzog sich auch dort das Opfer Abrahams, nur in anderen Konstellationen, mit anderen Beteiligten. Das Gemälde war voller Bedeutungen, es glich einer höchst detaillierten Landkarte, auf der die einfachsten Zeichen fortwährend ihren Sinn verzweigten, und je weiter der Blick in die Tiefe drang, desto unendlicher wurde die Welt.

Während Thilo immer schwächer wurde, fühlte sich Wojnicz mehr und mehr von dem schwarzen Fleck der Höhle angezogen. Dort führte er die große Lupe hin und her, rang mit der Finsternis, und Thilos Atemzüge beruhigten ihn. Den Blick im Bann des Vergrößerungsglases, konnte er nach und nach etwas erkennen. Zwei glimmende Fünkchen. Augen vielleicht. Die Seher eines wilden Tieres? Die Augen eines Wesens, das uns die ganze Zeit betrachtet, ohne dass wir es ahnen? Womöglich Gott, der sich aus der Nähe vergewissern will, ob Abraham auch gehorsam ist?

»Du hast so erstaunlich lange Finger«, hatte Thilo einmal gesagt und seine Hand ausgestreckt, um Wojniczens Hand mit seinen kalten Fingern zu umfassen. Wojnicz hatte gerade sein Herbarium durchgesehen. Auf jeder Seite eine sorgsam getrocknete Pflanze, die von einem winzigen aufgeklebten Papierstreifen gehalten wurde, aufbewahrt für die Ewigkeit.

»Schau, das ist ein Maiglöckchen. *Convallaria majalis*«, sagte er zu seinem Freund. »Es scheint so gewöhnlich, nicht? Du hast die Blume sicher schon oft gesehen, aber aus dem Gedächtnis könntest du sie wohl nur recht allgemein beschreiben. Habe ich recht?«

Thilo beugte sich über das Maiglöckchen, beglückt, dass seine Aufmerksamkeit gefordert war.

Sein Interesse hatte etwas Rührendes, die Anteilnahme an der Pflanze, die zwar tot war, aber noch immer ihre wundervolle Struktur bewahrte, die Ordnung der Kapillaren, die barocken Ränder, die Wiederholung der Muster.

»Schade, dass wir schon Herbst haben«, sagte Wojnicz, »ich hätte sonst ein paar der hiesigen Exemplare sammeln können.«

»Du kannst auf das Frühjahr warten, der Winter ist rasch vorbei.«

»Ach nein«, widersprach Wojnicz, »zu Weihnachten fahre ich nach Hause. Und du doch auch.«

»Ich bleibe hier. Auf dem Friedhof, auf dem Frau Opitz liegt, mit all den anderen.«

Wojnicz legte das Herbarium beiseite, sah Thilo tadelnd an.

»Umarme mich«, sagte Thilo leise.

Ohne zu zögern, nahm Wojnicz den schmächtigen, vom Fieber erhitzten Körper in den Arm. Ein seltsames Gefühl war es, so lange hatte er niemanden umarmt, und lange auch hatte ihn niemand in den Arm genommen. Die Nähe eines anderen Menschen, die Zerbrechlichkeit der Knochen unter der dünnen Schicht an Kleidung, die Weichheit des fremden Körpers – es erfüllte ihn mit wohliger Wärme. Als wäre er wieder in Glicerias Küche und löffelte Goggelmoggel. Diese Küche war der beste Ort seines Lebens gewesen. Wie gerne hätte er Thilo dorthin mitgenommen! Er schloss die Augen in dieser unerwarteten Seligkeit, an seiner Brust schlug Thilos Herz, diese winzige Kleinigkeit in den riesigen Werkhallen der Natur. Und Wojnicz wusste nicht mehr, wie es kam, dass Thilo von Hahn, der junge und begabte Kenner der Landschaftsmalerei, sein Gesicht in beide Hände nahm und ihm einen langen Kuss auf den Mund gab, den er nicht erwidern konnte. Bewegt nahm er es hin, erfüllt von einer wunderbaren Ruhe.

»Wenn ich sterbe, nimm den de Bles. Er ist für dich. Ich schenke ihn dir.«

*

Seit Längerem schon kam Thilo nicht mehr zum Abendessen herunter. Für eine Weile noch stand sein Stuhl am Tisch, dann wurde er entfernt. Und alles sah aus, als wäre es schon immer so gewesen. Wojnicz wartete zumeist bis zum letzten Moment. Bis von unten der Gong ertönte. Es stand ihm nicht der Sinn danach, früher in den Speiseraum zu gehen. Da er die meiste Zeit bei Thilo verbrachte, war er zwischendurch auch gerne ein Weilchen allein. Dann saß er in seinem Zimmer, betrachtete gedankenversunken sein Herbarium.

An den Nachmittagen fühlte er sich meistens auch schlechter. Oft hatte er gedacht, dass er zuvor nicht wirklich krank gewesen und lediglich aufgrund der Verkettung bestimmter Umstände hier gelandet wäre, und dass eigentlich erst Doktor Semperweiß die Krankheit in ihm entdeckt hätte, die sich jetzt bemerkbar machte – mit einem Leiden, das in den medizinischen Lehrbüchern weder beschrieben noch benannt war. Seltsame Dinge gingen in ihm vor. Die Landkarten verwandelten sich, Kontinente kamen in Bewegung, Flüsse traten über die Ufer, in Ebenen falteten sich Gebirge auf. Das zehrte an seinen inneren

Energien, ließ ihn matt und schläfrig werden. Dann legte er sich auf die Steppdecke, die über das von Raimund saumselig gemachte Bett gebreitet lag, und fiel in einen Dämmerschlaf.

Beim Abendessen wurde gewöhnlich Konversation geführt, doch Wojnicz ergriff so gut wie nie das Wort, auch nicht, wenn August oder Lukas ihn ansprachen. Seit einigen Tagen hatten sie es mit dem Ende der Zeit. Dass die Welt dem Untergang geweiht sei – für Lukas gab es nicht den geringsten Zweifel daran. Und je weniger die anderen widersprachen, desto größer wurde der Nachdruck seiner Reden. Der Mensch der westlichen Zivilisation, so seine Überzeugung, sei am Ende der Entwicklung angekommen. In den menschlichen Krankheiten finde es sein Spiegelbild – es fehle schlicht die Luft zum Atmen. Insofern sei auch die Schwindsucht eine symbolische Krankheit.

»Die große Zeit des Menschen geht ihrem Ende entgegen, kann das wirklich niemand sehen?«, tönte er durch die Serviette, mit der er sich das von Tomatensoße bekleckerte Kinn abwischte.

Worauf sich vom anderen Ende des Tisches Frommer vernehmen ließ mit seiner zum wiederholten Male vorgebrachten Ansicht, jede Kultur habe einen Anfang und einen Höhepunkt, um danach ihren Niedergang zu erleben und für immer zu verschwinden. Und in ebendieser Phase des Niedergangs träten Geister in Erscheinung, weil der Kampf auch an den Grenzen der Welten ausgetragen werde.

Des Weiteren wurde Wojnicz der Botschaft inne, dass Frommer sich für den letzten Menschen hielt, der den Mechanismus der Apokalypse begreifen könne. Das schien Wojnicz doch reichlich theatralisch.

Unterdessen verschwanden die mit Hackfleisch gefüllten

Klöße in dunkler Tunke von den Tellern, ebenso die übrigen Köstlichkeiten, Paprika mit Fleischfüllung etwa, Cornichons und gebratene Mortadella-Bällchen. Da Raimund mit allem Kulinarischen heillos überfordert war, bestellte Opitz jetzt die Speisen bei Frauen im Dorf. Das Köstlichste, was von dort serviert wurde, war eine Reiscreme mit Äpfeln, sämig wie ein Wolkentraum.

Nach dem Essen saßen die Herren in der zwanglosen Haltung am Tisch, wie sie ein Körper in satter Zufriedenheit gerne einnimmt. Im Kachelofen war tüchtig angefeuert, wohlige Wärme breitete sich aus, was bei dem garstigen Wetter als besonders wohltuend empfunden wurde – es schüttete, und der erste richtige Herbststurm warf den Regen in Bächen an die Fenster. In den Scheiben spiegelten sich nur die Gesichter, die gleichsam aus der Dunkelheit ragten. Auf dem Tisch lagen noch Brotkrumen, und auf dem Tischtuch prangte, in der Form eines großen Tropfens, ein Soßenfleck.

Ja, die Abendessen zogen sich jetzt in die Länge, und Wojnicz wusste nicht, ob es die kurzen Tage waren, die diese Wirkung hatten, oder ob sich Thilos immer bedenklicherer Zustand als Schatten über das Gästehaus legte, dass die Herren zur Erbauung der Herzen die gegenseitige Nähe suchten. Wie aus dem Nichts tauchte dann eine stattliche Flasche *Schwärmerei* auf, und Herr August entzündete seine einzige Zigarre für den jeweiligen Tag, zog ein paarmal daran und hustete, bis ihm die Tränen kamen.

*

Eines Abends trommelte Lukas mit den Fingern auf den Tisch, in unbewusster Nachahmung der Angewohnheit Augusts – oder äffte er ihn absichtlich nach? – und sagte, mit einer Grimasse des Widerwillens:

»Ich sehe, dass gewisse irrationale Belange auf äußerst ungesunde Weise eure Köpfe in Beschlag genommen haben. Ihr werdet unruhig und furchtsam.«

Worauf Herr August erwiderte:

»Das liegt in der Natur des Herbstes. Man denkt an den Tod, und der Gedanke an den Tod löst Schrecken aus. Zumal wenn es ein gewaltsamer Tod ist, wie hier. Kein Wunder, dass die Menschen sich an Märchen und Mythologien gehalten haben, wenn sie nicht verstehen konnten, was um sie herum vor sich ging.«

Raimund, der die *Schwärmerei* gebracht hatte, stand in der Tür, lehnte sich an den Rahmen.

»Geister«, bemerkte er knapp.

Opitz warf ihm einen tadelnden Blick zu. Lukas griff das Stichwort dankbar auf.

»Wir bewegen uns auf dem Feld der Dämonologie, das heißt, wir haben es mit einer Denkweise zu tun, die einem frühen Stadium der menschlichen Entwicklung entspricht. In dem Moment, in dem der eine transzendente Gott erscheint, verschwindet die Dämonologie. Sie verweht wie Rauch. Der Verstand übernimmt das Regiment, und der moderne Mensch muss die alte Art zu denken als Atavismus und Kinderei ansehen, nicht wahr?« Bei den letzten Worten sah er August an. »Dämonen gibt es nicht. Seit der Gottessohn sich für uns geopfert hat, haben sie nichts mehr zu sagen.«

»Nichts mehr zu sagen«, wiederholte August und ahmte Lukas' baltischen Akzent nach. »Und doch existieren Dämonen, allein schon aufgrund der Tatsache, dass wir von ihnen sprechen und an sie denken. Dass Poeme über sie entstehen und Theaterstücke. Dass es Menschen gibt, die an ihre Existenz glauben, und dass die Menschen hier im Dorf panische Angst vor ihnen haben …«

Darauf erwiderte Frommer, eingehüllt in eine Wolke aus Rauch:

»Es gibt zu viele Beweise für ihre Existenz, als dass wir die Frage einfach vom Tisch wischen könnten. Ich kenne Menschen, die Kontakt hatten mit Geistern.« Und geheimnisvoll fügte er hinzu: »Auch ich persönlich habe außergewöhnliche Dinge gesehen …«

Alle warteten, ob Frommer noch etwas sagen würde, vielleicht eine jener albernen Geschichten zum Besten gäbe, an denen sich Küchenmädchen ergötzen. Doch er verstummte, hüllte sich in die nächste Wolke Rauch.

Nun konnte August natürlich nicht schweigen:

»Da bin ich mit Ihnen einer Meinung. Einzig und allein in dieser Form existieren sie, in unserem Inneren, als subjektive Erfahrung. Als Illusion und Fata Morgana.«

»Mit Verlaub«, warf Frommer aus seiner Rauchwolke ein, »eine Fata Morgana ist kein subjektives Phänomen, es ist eine meteorologische Erscheinung.«

Jetzt meldete Lukas sich zu Wort. Er befand sich in einem seiner Zustände besonderer Reizbarkeit.

»Die Dämonen stehen für das Chaos, für Negation und Lüge. Dämonen sind die Vielheit gegenüber der göttlichen Einheit. Es sind die größten Feinde des Menschen, und wenn sie auch nicht existieren, müssen wir dennoch fortwährend mit ihnen ringen.«

»Entschuldigung, aber wie sollte man mit einem nicht existierenden Gegner ringen?«, wagte Wojnicz zu fragen und wunderte sich selbst über seinen Mut.

»Die Vielheit gegen die Einheit«, wiederholte Lukas beharrlich, ohne auf die Frage einzugehen. »Das Chaos gegen die Ordnung. Die Natur gegen den Logos. Das Heidentum gegen den Einzigen Gott. Das sind die Dämonen. Die Dämonologie zeigt uns eine in sich geschlossene Welt, ohne jegliche Transzendenz, denn Dämonen agieren in der Welt, will sagen, in jener Form der Welt, in der sie existieren. Gott steht außerhalb der Natur, der Mensch aber ist ein Gefangener der Natur.«

Gewissenhaft und mit sichtlichem Bedauern drückte Herr August seine Zigarre aus.

»Ich sehe hier gewisse Widersprüche. Wir könnten uns darauf einigen, dass Dämonen als Symbole existieren, als Bilder in unseren Köpfen. Dass es sie gibt, weil wir an sie glauben.«

Frommer tauchte aus seinem verrauchten Schattenwinkel auf, um nach dem Gläschen *Schwärmerei* zu greifen, das im Licht der Lampe auf dem Tisch stand. Und er verkündete:

»Für mich sind Dämonen eine Garantie für die Kontinuität des Seins. Was wäre denn wohl, wenn zwischen der Welt und Gott ein großes Loch klaffen würde, ein Abgrund sozusagen, mit nichts gefüllt als ätherischer Leere? Ebendiesen Raum füllen die Dämonen. Die Heiligen der katholischen Kirche sind ja auch nichts anderes als eine Art von Dämonen, nur angeblich in der Rolle von Helfern. Und wenn Platz ist für die Heiligen, sollten Sie ihn auch den Dämonen zugestehen. Wer an den Heiligen Antonius glaubt, muss ebenso an die Dämonen glauben, die ihm zugesetzt haben. Das ist nichts anderes als logisch.«

Alle schauten auf Lukas, sie wussten, dass er Katholik war, diese Aussage betraf ihn persönlich. Wojnicz kam ihm mit einer Frage zuvor:

»Können Dämonen sprechen? Haben sie eine Stimme?«

»Plotin sagt in den *Enneaden*, dass sie sich der menschlichen Sprache bedienen können, und wie! Die Kirchenväter aber haben sich mit der Zeit darauf versteift, dass sie keine Stimme hätten. Die Macht des Wortes stünde ihnen nicht zu. Also haben sich die Dämonen darauf verlegt, anderweitig Radau zu machen.«

Herr August schmunzelte verstohlen.

Darauf erwiderte Lukas:

»Ich meine, man sollte auf rituelle Weise die Wirklichkeit der Dämonen negieren, und wenn das nicht möglich ist, bleibt nur ein Exorzismus. Es gibt Gott und es gibt die Welt, dazwischen gibt es nichts. Geist und Materie. Philosophie und Wissenschaft. Das Heilige und das Säkulare. Verstand und Körper. Unsere ganze Zivilisation ist darauf errichtet, unsere Vernunft ist so beschaffen. Entweder dies oder jenes.«

»Das ist ein radikaler Dualismus asiatischer Provenienz, möchte ich sagen, unmittelbar von Zarathustra«, erwiderte August. »Aber wir, die wir in der griechischen Tradition erzogen wurden«, er blickte in die Runde, als erwartete er von allen Anwesenden ein entsprechendes Bekenntnis, »müssen uns auf Plato besinnen und seine Idee der mittleren Welt. Diese Sphäre vermittelt zwischen dem transzendenten Gott und dem immanenten Menschen. Zwischen Geist und Natur. Zwischen Empirie und Metaphysik. Und paradoxerweise trägt diese vermittelnde Welt dazu bei, dass die Unterschiede zwischen den beiden Sphären erhalten bleiben.«

»Plato war Heide. Wir haben Aristoteles!«, protestierte, nicht gänzlich logisch, Lukas.

»Gewiss, die alte Welt war heidnisch«, fuhr August fort, »wie Aristoteles selbst, doch ändert das nichts daran, dass es auch unsere Welt gewesen ist und dass wir ihr sehr viel verdanken. Ich möchte dafür plädieren, dieser Zwischenwelt ihr Existenzrecht zuzugestehen, der Sphäre zwischen dem Entweder-oder. Es wäre die Grauzone zwischen dem einen und dem anderen.«

»Angeblich sind Sie Atheist – und sprechen jetzt im Namen einer Grauzone, in der Dämonen existieren sollen«, bemerkte Lukas vorwurfsvoll.

»Ich suche lediglich einen Platz für die Dämonen, von dem Sie sie dann vertreiben und exorzieren können. Ich tue nur so, als gäbe es das alles, es ist ein Denken, *als ob* … Die Existenz der Dämonen ist nicht zu fassen, sie sind eine Proteus-Armee, ständig durchlaufen sie Verwandlungen, kehren in neuen Gestalten und neuen Formen zurück.«

»Ich würde eher sagen, es ist das Nichts, das die Macht hat, verschiedene Formen anzunehmen, die mehr oder weniger unheilbringend sind«, entgegnete Longinus Lukas. »Das Nichts, das verlockt und verführt und seine Leimruten auslegt. Und immer agiert es auf dieselbe seltsame Weise … als wäre es da und doch nicht da. Aus unseren Projektionen setzt es sich zusammen, aus unseren Ängsten, ja, es ernährt sich buchstäblich von unserer Furcht.«

»Ich sagte es bereits – das sind unsere Dämonen: diese ganzen Tuntschis, die Empusen.«

Herr August deutete mit dem Finger auf seine Schläfe, als ein so heftiger Windstoß gegen das eine Fenster fuhr, dass es aufsprang und ein Topf mit einer Eberraute auf den Boden fiel. Von diesen Pflanzen standen mehrere im ganzen Haus verteilt.

Opitz, der bisher geschwiegen hatte, machte sich sogleich daran, den Schaden zu beseitigen.

Nach einer Weile ergriff wieder Wojnicz das Wort:

»Herr Lukas, auf der einen Seite verneinen Sie die Existenz

von Dämonen, auf der anderen Seite sprechen Sie lobend über den Kampf mit ihnen. Wie soll ich das verstehen?«

»Ich bin der Auffassung, dass sie aus dem Bezirk des menschlichen Verstandes verbannt werden müssen, damit sie aufhören zu existieren. Die Menschheit muss sich ihrer Dämonen entledigen.«

»Entledigen?«

»Ja, die Kontrolle über sie gewinnen und sie ausrotten …«

»Aber, wissen Sie, das wird nicht möglich sein«, warf Frommer plötzlich ein. »Diese Wesen agieren nach anderen Gesetzen als den irdischen.«

»Es gibt keine anderen Gesetze als die irdischen. Und außer diesen Gesetzen gibt es nur noch Gott.«

*

Einige Tage lang war Wojnicz auf seinen ausgetretenen Pfaden unterwegs – vom Gästehaus zum Kurhaus, und zwei Spaziergänge täglich. Zweimal täglich besuchte er auch Thilo, dessen Zustand sich derart verschlechtert hatte, dass man ein Telegramm nach Berlin aufgab. Doch ob es an die Eltern ging oder an den besagten Freund, das wusste Wojnicz nicht. Jeden Morgen kam Doktor Semperweiß in das nach Ölfarben duftende Zimmer und verließ es mit immer ernsterer Miene. Man hatte erwogen, den Kranken ins Kurhaus zu bringen, wo er besser versorgt wäre, doch schließlich ließ man es, wie es war. Ein weiterer Pfleger wurde beauftragt, und durch die Etage zog jetzt der spezifische Geruch von Seife und Desinfektionsmittel. Den kräftigen Pfleger sah man, wie er, in einem Kittel mit stets aufgekrempelten Ärmeln, hofseitig vor dem Gästehaus stand und Zigaretten rauchte.

Opitz schlug noch einmal einen kleineren Ausflug vor. Damit die Lungen durchlüftet und die dunklen Gedanken der Herren im Gästehaus vertrieben würden. Man müsse weitermachen, sagte er. Weiter sein Leben leben. Hier sterbe schließlich ständig jemand.

August wartete oft im Speiseraum, um Wojnicz abzupassen und ihn auf einen Spaziergang mitzunehmen, und sei es nur bis zum Kurhaus. Immer leicht zur Seite gewandt, dem Gesprächspartner entgegengebeugt, mit seinen wie zum Gebet zusammengelegten Händen, hielt er seine Vorträge, die mit griechischen Zitaten garniert waren, und Wojnicz wagte nicht einzugestehen, dass er sie nicht verstand.

Am Nachmittag vor dem Ausflug zum *Heurigen*, wie August das Landgasthaus nannte, besuchte er Wojnicz auf dessen Zimmer. Frisch rasiert und mit einer Woge Rasierwasserduft, die sogleich den ganzen Raum erfüllte, kam er herein. Unter seinem tabakfarbenen Herrenrock zog er eine grüne Flasche hervor.

»Ich habe einen kleinen Aperitif mitgebracht«, sagte er mit dezentem Lächeln, »es reicht gerade für zwei. Trinken wir auf die Freundschaft.«

Er setzte sich an den kleinen Tisch, an dem Wojnicz eben dabei war, Ansichtskarten an Vater und Onkel zu schreiben. Auch wenn August kein Polnisch konnte – hier wenigstens durfte Wojnicz ihm einmal überlegen sein –, schob er die Karten unter das Herbarium. Sie sprachen über dieses und jenes, über die Vorzüge eines Herbariums, Thilos Gesundheitszustand, den nahen Winter. Da beugte sich August vertraulich vor und sagte:

»Ich habe dich jetzt durchschaut, du schönes Wesen Mieczysław«, er sprach den Namen aus, als hätte er ihn lange geübt, »ich weiß, wer Sie sind, mein Herr. Wenn Jupiter und

Venus zugleich ihren Segen geben, entsteht ein wunderliches Geschöpf von würdig liebreizender Gestalt.«

Als Erstes musste Wojnicz an das Loch in der Wand denken. Dass er es nicht ausreichend verstopft und womöglich weitere Löcher in den Wänden und der Tür übersehen hätte. Er sehnte sich plötzlich nach seinem Vater – er hätte jetzt gewiss gewusst, was er antworten, wie er sich verhalten sollte. Wojnicz spürte, wie sein Körper sich versteifte, und um Zeit zu gewinnen, griff er nach dem Gläschen und leerte es – allen Vorsätzen zum Trotz – in einem Zug. August goss großzügig nach.

In diesen Momenten, in denen August gesprochen hatte und die *Schwärmerei* durch die Speiseröhre in den Magen geronnen war, um sich bald mit dem Blut zu vereinen, spürte Wojnicz, wie Ruhe ihn umfing.

»Wir sollten aufbrechen«, sagte er. Und er erhob sich und ging zum Schrank, um seinen Mantel herauszunehmen. »Ich wusste nicht, dass Sie sich auch für Astrologie interessieren. Das wäre ein Thema für eine Diskussion mit Herrn Lukas.«

Ohne sich vom Platz zu rühren, betrachtete August ihn über die Schulter hinweg.

»Und das ist von Plutarch: ›... die Frage, ob er zum Weiblichen mehr Hang hat als zum Männlichen?‹ ... ›Wo Schönheit wohnt, da bin ich beidhändig geschickt.‹«

Wojnicz stand in der Tür, mit dem Rücken zu seinem Gast. Er senkte nur den Kopf.

»Auch Cicero spricht davon«, sagte August geheimnisvoll. Und fügte hinzu: »Weißt du, dass man solche wie dich im Meer ertränkt hat?«

*

Sie fuhren mit einem ulkigen Gefährt, das lokale Findigkeit ersonnen hatte. Die Sitzbänke waren der Länge nach angebracht, so saßen sie, wie Feuerwehrmänner, einander gegenüber, die meiste Zeit schweigend, nur einzelne Bemerkungen gingen hin und her, denn das Vehikel knarrte, rumpelte und quietschte. Unter halb geschlossenen Lidern blinzelte Wojnicz in die von Herbstfarben entflammte Welt. Es war eine neue Übung des Sehens – wie Thilo es ihm beigebracht hatte. Die Welt wurde flach, setzte sich aus Flecken und Linien zusammen, die zuweilen völlig überraschend waren. Erstaunliche Formen kamen zum Vorschein, wenn der Blick seine vertraute Perspektive, auf wohlbekannte Dinge zu schauen, verwarf. Der Weg nach Langwaltersdorf, in Richtung Reibnitz, den sie eben zurücklegten und der über eine weite, offene Bergwiese führte, wurde zu einem Dreieck mit weichen Linien, die umspielt waren von Streifen in Braun- und Siena-Tönen, in modrigem Grün und Rost. Diese Streifen trieben ihren Schabernack mit der Symmetrie, sie tauchten hinter der nächsten Biegung wieder auf, stichelten die unscharfen Konturen des Dreiecks mit der wechselnden Struktur der Wegesränder, in die die dunklen Striche der Bäume hineinwuchsen. Der Himmel senkte seine Zähne zwischen die Berge am Horizont und knabberte an der Erde. Die roten Blätter, die von den Buchen wehten, waren die Spuren in Blut getauchter Krallen.

»Tun Ihnen die Augen weh?«, fragte Frommer, und Wojnicz sah aufrichtiges Interesse in seinem Blick.

Als sie die nicht sehr große, aber recht schmuck wirkende Bergbaude erreichten, war die Sonne schon hinter dem hohen Buckel verschwunden. Auf der anderen Seite ergoss sich sicher noch ihr goldener Glanz ins Tal. Samtene Dunkelheit breitete sich aus.

Der Baudenwirt, nach Alpenart gekleidet, in Lederhosen und dicken Wollsocken, bat sie herein und servierte einen hausgemachten Wein (der mäßig schmeckte), anschließend gab es den Sieben-Kräuter-Likör, dessen Rezept ein streng gehütetes Geheimnis war. Eine besondere Attraktion der Baude war einer der Bergseen, von denen es hieß, dass dort das unterirdische Wasser an die Oberfläche trete, immer kristallklar und eiskalt.

Opitz wandte sich respektvoll an den Baudenwirt, begann ein Gespräch mit ihm. Herr August und Lukas entfachten, als der genossene Alkohol sie kühner werden ließ, eine weitere Debatte. Aus der Küche drangen köstliche Düfte – offenbar wurde ein Gulasch zubereitet. Alle waren hungrig, warteten schon ungeduldig auf das Essen.

Im Streit der beiden ging es dieses Mal um die Tradition, und soweit Wojnicz es mit einem Ohr wahrnahm, vertrat Lukas den Standpunkt, dass man die Tradition ebenso ernst wie wörtlich nehmen solle, enthalte sie doch die ganze Weisheit von Generationen. August hingegen sah die Tradition als einen steifen äußeren Panzer an, der eine Gemeinschaft besser zusammenhalte als die Religion. In einer befreiten Welt aber, der wir mit Sicherheit entgegensähen, werde von dem einen wie dem anderen keine Spur mehr bleiben.

»Der dritte November ist unser *Kaninchentag*«, unterbrach der Baudenwirt die Ausführung und verteilte Teller und Besteck. »Dann essen wir hier unser Gericht, das wir *Angstel* nennen.«

Wojnicz zog sein Heft hervor und notierte den Hinweis, er war gespannt, was für ein Gericht das wohl wäre. In gusseisernen Kasserollen wurde es serviert. Er wich Augusts Blick aus – vorsorglich hatte er schon am anderen Ende des Tisches Platz genommen. In tönernen Schüsseln wurde jetzt ein Püree aus Kartoffeln und Kürbis aufgetragen, das eine herrlich goldene Farbe hatte. Dazu gab es eingelegte Gurken und gebratene rote Rüben. Alle machten sich mit Appetit über das Gulasch her. Wojnicz spießte zunächst nur zögerlich ein unregelmäßiges Stück Fleisch auf die Gabel, doch als erneut Wein nachgeschenkt wurde, erwachte ein wahrer Wolfshunger in ihm.

Nach der Frage der Tradition erörterten die Herren beim Gulasch das Phänomen des Daimonion, doch wurde ihr Gespräch bald vom Baudenwirt in Beschlag genommen, der eine Flasche von seinem anderen Hausgemachten brachte, den er lautstark anpries:

»Nun wollen wir sehen, wer die bessere *Schwärmerei* hat, ich oder Herr Opitz?«, rief er und begann, den allseits bekannten Trunk in hübsch geschliffene Gläschen einzuschenken.

Wojnicz kostete interessiert. Ja, der Geschmack war ein wenig anders, süßer, nicht ganz so würzig, dafür kam die moosige Note stärker zur Geltung, das Aroma des feuchten Waldbodens, der Hauch von im Welken zart gewordenen Nadeln und von Ameisen. Wojnicz bat um ein weiteres Gläschen. Das Getränk zerfloss in seinem Magen, schickte sich an, die Nervenbahnen zu erobern, um seine vertraute belebende Wirkung zu entfalten. Die Wahrnehmung schärfte sich, das bereits bekannte Kreisen um Einzelheiten setzte ein … Wojnicz wusste selbst nicht, wie er es genauer benennen sollte.

»Das Gulasch war vortrefflich! Nie habe ich etwas Ähnliches gegessen!«, lobte August das Essen und zog seine tägliche Zigarre hervor. Doch zündete er sie nicht an, drehte sie nur sinnlich in den Fingern.

»Was für ein Aroma«, begeisterte sich Lukas, der schon

ein wenig beschwipst war. »Das sind sicher hiesige Gewürze. Nun sagen Sie schon, was haben Sie alles hinzugegeben? Mit Sicherheit Nelkenpfeffer ...«

Der Baudenwirt hörte es gerne, dass es nirgends sonst so etwas Gutes gebe. Er ließ sich am Ende einer Bank nieder, wohl um mit einer längeren Geschichte zu beginnen. Sein Gesicht zerfloss in einem seligen Lächeln.

»Die Vorbereitungen für dieses Gericht haben schon im Frühjahr begonnen. Zunächst benötigt man mindestens drei Dutzend Kaninchen, die etwa im selben Alter sind.« Breitbeinig saß er da, stützte jetzt die Hände auf die Knie, und alle anderen am Tisch rückten ihre Stühle, wandten sich ihm zu. Als lauschten sie ergriffen einer Portion Jägerlatein. »Das sind ja so furchtsame Tierchen! Am Vorabend des Kaninchentags geht man mit einer geladenen Flinte zu ihren Ställen und schießt ein paarmal in die Luft.« Er warf die Hände in die Höhe und rief: »Paf! Paf!« – »Die meisten Kaninchen sterben dann an einem Herzschlag. Es zerreißt ihnen das Herz, wie wir sagen.«

Stille trat ein, und dem Baudenwirt ging auf, dass er offenbar nicht verstanden worden war.

»Das ist die wesentliche Zutat im Gulasch, meine Herren!«, rief er ihnen zu, als wären sie Kinder. »Ebendas habt ihr gegessen. Die erschrockenen Herzen füllen sich prall mit Blut und schmecken dann hervorragend. Das ist unser *Angstel*. Aus dem Fleisch macht man Pasteten, und die Felle werden verarbeitet, sie schmücken die Garderobe der Damen.«

Er lachte so breit, dass sein Gesicht jegliche Kontur verlor.

Wojnicz ging nach draußen, und sogleich umgaben ihn die samtig-kräftigen Arme der Berge, über denen ein zartgelber Himmelsschimmer glomm, wahrscheinlich die Lichter von

Waldenburg. Er verspürte einen tiefen Widerwillen, fühlte sich verzweifelt. Er war in eine Falle getappt, aus der er sich nie mehr würde befreien können. Und wieder müsste er in Angst leben und in dem Gefühl, etwas Falsches zu sein, ein schäbiges Imitat. Sein Magen, gefüllt mit erschrockenen Kaninchenherzen, krampfte sich zusammen vor Furcht und Ekel. Er stützte eine Hand an die warme Holzwand und erbrach sich ausgiebig.

*

Eine schmale Treppe führte nach oben, zum Aufgang auf den Speicher. Die Ausmaße dieser Stiege wirkten, als hätte jemand die Stufen für Kinder gezimmert, auch die Tür zum Speicher war viel kleiner als die übrigen Türen im Haus. Nachlässig hatte man sie mit dunkelbrauner Farbe gestrichen, unter der andere Farbschichten hervorschimmerten. Seit wer weiß wie vielen Jahren wurde diese Tür offenbar immer wieder übermalt. Wojnicz blickte sich um und lauschte. War niemand zu hören? Er stieg nach oben, legte die Hand auf die Klinke. Er musste kräftig drücken, die Tür war wohl lange nicht mehr geöffnet worden. Zwischen Fußboden und Tür hatte sich ein Streifen Staub angesammelt, Wojnicz sah vertrocknete Insekten, Haare, spröde Blätter. Als er gebückt den Dachboden betrat, musste er einen Moment lang den Atem anhalten, ein intensiver Geruch von Erde, modrigem Holz und Schimmel drang ihm in die Lunge. Er hätte Kühle erwartet, doch im Gegenteil – ein feuchtwarmer Luftstrom wehte ihn an. Der ganze Boden war mit Nadeln und Moospolstern bedeckt, die auch Teile der Wände bewuchsen, bis zur hölzernen Dachschalung hinauf. Die kleinen Fensterluken waren von grauen Flechten überzogen – oder waren es uralte Spinnweben? Wojnicz tat ein paar Schritte, doch hatte er das Gefühl, seine Füße versänken in dem Nadelteppich. Erschrocken zog er sich auf die Schwelle zurück. In einer Ecke des Dachbodens stand ein recht großes Möbelstück, Wojnicz erkannte es als Kommode, üppig von einem Moos überwachsen, dessen lange Stiele mit den kugeligen Sporenkapseln nach unten hingen wie eine wunderliche Juwelierarbeit.

Er ging in die Hocke, stützte die Hände auf den Boden, so verteilte er das Gewicht besser, sank nicht in dem Nadelteppich ein. Auf diese Weise, auf allen vieren, näherte er sich der Kommode. Plötzlich spürte er etwas Kaltes und Glitschiges unter einer Hand. Wie verbrannt zuckte er zurück, wollte wieder auf die Schwelle, als er bemerkte, dass es Butterpilze waren; die Pilze wuchsen prächtig, ihre honiggelbe Farbe leuchtete fast im Dämmerlicht. Nach einem Augenblick grenzenlosen Erstaunens begann er, sie einzusammeln, doch wusste er nicht, wohin mit dieser Gabe. Er beschloss, sein Taschentuch zu nehmen, das bald nicht mehr genügte. Der Anblick der Pilze verdrängte jegliches Gefühl von Gefahr. Er zog das Hemd aus, bewegte sich halb nackt über den Dachboden, um die Butterpilze zu ernten, und seine Brüste streichelten die Sporenkapseln der üppigen Moosbuschen. Die Luft war feucht und schwer. Er bemerkte nicht einmal, dass er den Atem mit einem heiseren Reiben ausstieß, das an ein Gurren erinnerte. Jetzt irritierte es nicht mehr, ja angenehm klang es, so wohlig vertraut wie die Stimme der eigenen Mutter. Das Hemd war schon schwer von Pilzen, Wojnicz musste wieder zurück. Schwierig war es, sich auf allen vieren rückwärtszubewegen, und er wusste, dass sich noch so viele goldene Hütchen in dem Nadelteppich verbargen. »Ich werde sie später sammeln, wenn ich wiederkomme«, sagte er sich in einem Zustand der Erregung, der ihn überglücklich stimmte. Wie schade, dass er den Ort dieser Schätze verlassen musste! Und wieder drang der Laut aus seiner Kehle: gruchu-grao – als wollte er sich über etwas beklagen, grao-gruchu, als wollte er jemanden herbeirufen. Aus dem Augenwinkel bemerkte er ein Huschen, das mussten die Tauben sein, die sich hier eingenistet hatten. Oder andere Vögel, die im Winter nicht nach Afrika flogen. Welche Reichtümer dieser Willi Opitz hier hatte! Wusste er denn davon? Und Wojnicz wollte schon daran denken, wie er stolz von seiner Entdeckung erzählen würde, doch spürte er, dass er keine Lust hatte, den anderen von diesem Schatz zu berichten. Teilten sie denn ihre Geheimnisse mit ihm? Nein, niemandem würde er davon erzählen.

Er gelangte wieder auf die Treppe und eilte, in der einen Hand den Hemdbeutel, während er mit der anderen seine Brüste bedeckte, auf Zehenspitzen in sein Zimmer.

14
Die Fieberkurve

Seit jenem makabren Abend, als sie den Ausflug zu der Bergbaude an dem See gemacht hatten – den Ausflug zu den Kaninchenherzen –, hatte Wojnicz beschlossen, keine *Schwärmerei* mehr zu trinken. Etwas war nicht geheuer an diesem leckeren, sämigen Likör, der so wunderlich abhängig machte. Die bittere Süße war eine Wonne, doch dann brachte der Trunk Nerven und Wahrnehmung durcheinander. Wojnicz hatte das Gefühl, als drängten ganze Nebenarme an Zeit mit allen möglichen Säumen oder Taschen in seine Wirklichkeit eines Sanatoriumspatienten. Die Zeit legte sich in Falten, die Minuten verschwanden in den Sekunden oder dehnten sich zu Viertelstunden – wie leicht verlor man da die Orientierung. Ähnlich war es mit dem Raum. Das ganze Dachgeschoss schien ihm noch immer ein Rätsel – kamen dort nicht ständig neue Türen hinzu? Manchmal schien ihm auch das Gästehaus größer zu werden. Als dehnte es sich auf geheimnisvolle Weise, als sprössen dort über Nacht neue Räume. Häufig träumte er, der Flur würde länger und länger, und neue Zimmer tauchten auf, aus denen er das Gurren hörte oder einen röhrenden Hirsch. Es kam vor, dass Wojnicz nach dem Genuss der *Schwärmerei* nicht mehr zu seinem Zimmer fand. Dann stand er auf der Treppe, versunken in den Anblick der vom Rauch eingedunkelten Stillleben. Er trug jetzt immer die Lupe bei sich, mit der er das Gemälde von de Bles studierte.

Und er entdeckte, dass das Treppengeländer mächtig vom Holzwurm zernagt war. Die jahrelange Arbeit der Insekten hatte das Holz in ein Skelett verwandelt, das eines Tages unter einer Hand zerbrechen würde. Er versuchte, mit der Lupe die kitschigen Landschaftsbilder zu betrachten, doch war es zu schummrig im Gästehaus, und die neumodischen Glühbirnen, die summend ihr spärliches Licht verströmten, förderten auf den Leinwänden nichts zutage. Um das Bild mit dem aufgehängten Hasen aber machte er stets einen Bogen, dort nahm er mehrere Stufen auf einmal. Die *Schwärmerei* hatte ihm das Gefühl eingegeben, dieser Hase zu sein. Dass er am Tisch eines Riesen hinge, und mitunter war ihm wahrhaftig, als sähe er alles kopfüber.

Morgens setzte ihm nicht so sehr der Kater zu, vielmehr schienen ihm die Worte abhandengekommen, als hätte er Erinnerungslücken, ja regelrecht Löcher im Gedächtnis, durch die ein unbestimmtes Rauschen in sein Gehirn strömte. Er beschloss, nur noch vorzutäuschen, dass er trank. Einmal goss er sogar ein Gläschen aus; niemand bemerkte es.

*

Die letzte Oktoberwoche war besonders feucht. Tagelang regnete es, mal in Schnüren, mal in einem feinen Sprühen, das vom Himmel stob. Der Bach beim Gästehaus für Herren schwoll an, unterspülte die Ufer und schwemmte die Reste des Sommers davon, Staub und Gänsefedern, riss kleine Pflänzchen aus, die sich während der warmen Jahreszeit allzu nah an das Gewässer vorgewagt hatten. Unablässig hörte man es rauschen, und es war wohl nicht allein der Bach, Wojnicz hatte den Eindruck, dieses Wasserrauschen breitete sich überall aus, es war, als dränge es aus der Erde, klänge unter den Fundamenten des Hauses, unter den Rasenflächen des Parks. Selbst auf der gepflasterten Straße begleitete es die Schritte der Menschen, das Rattern der Droschken, das Brummen der wenigen Automobile. Als feine Glasur überzog die Feuchtigkeit das Laub, das sich längst rot und gelb gefärbt hatte und immer noch an seinen Lebensadern hing, sich noch nicht trennen wollte von den Bäumen. In der feuchtschweren Luft fiel ein einzelnes Blatt theatralisch langsam und erstaunlich hörbar zu Boden. Klapp-klatsch, heftete es sich an seine Genossen, die bereits Straßen und Trottoirs mit weicher Polsterung überzogen.

Es gelang Wojnicz, August zu entkommen, der ihn so bedeutungsvoll ansah und ihm ständig zu folgen schien – und er entging Lukas, der ihn stets mit verständnisinnigem Lächeln begrüßte, als sollte Wojnicz sein Kompagnon werden für ein zukünftiges Verbrechen – ebenso Frommer, der ihn für einen Eingeweihten in allen Belangen seines eigentlichen Berufes ansah. Um ihnen aus dem Weg zu gehen, vermied er die Promenade, bog in Seitenstraßen ein, die sich an die Berge schmiegten, dort sah er unterwegs nur kleinere, sorgsam gepflegte Vorgärten. Wenn er keine Atemnot bekam, stieg er weit hinauf und konnte sehen, dass die Behauptung, der Ort im Tal sei ein »Städtchen«, eine Übertreibung war. Ein mit Häusern bebautes Tal, in das nach Sonnenuntergang (und jeden Tag schwand mehr und mehr das Licht) eine empfindliche Kälte von den Bergen zog, feucht und durchdringend, die sich mit dem bitteren Rauch aus den Kaminen und dem Geruch des ewig klammen Holzes mischte. Der Ort war ein Gefäß, in dem ein seltsames Gericht vor sich hin köchelte, eine Speise, die die Welt noch nicht gesehen hatte.

Bei diesen Gängen hatte Wojnicz Zeit nachzudenken. Und da er das nicht gern im Gehen tat, suchte er sich einen umgestürzten Baum oder eine Bank, und während er auf das Dorf schaute und auf das monströse, von überall sichtbare Gebäude des Kurhauses, dachte er nach. Doch nicht nach vorne richteten sich seine Gedanken, nicht in die Zukunft, er konnte nur nach rückwärts denken. All seine Reflexion war Erinnerung, sein Kopf war noch nicht frei, noch immer rang er mit dem, was ihm widerfahren war.

Einzelne Momente, alles andere als bedeutungsvoll, er wusste selbst nicht, warum er sie im Gedächtnis behielt. Der Geruch des Mittagessens, der aus der Küche zog – seinen Vater erboste dieser Geruch so sehr, dass er schließlich die Mahlzeiten in einem Restaurant bestellte. Das Erschrecken, als er den Vater einmal betrunken und in Tränen gesehen hatte, er musste noch recht klein gewesen sein, er spürte Glicerias kräftige Hand, die ihn aus dem Zimmer zog und ihn das Erlebnis für längere Zeit vergessen ließ. Oder seine Expedition ins Dorf, im Alter von fünf Jahren. Bis heute hätte er nicht zu sagen gewusst, was ihn damals eigentlich angetrieben hatte. Gegen Abend erst war er zurückgekommen, und der Vater, außer sich vor Angst um den Sohn, verabreichte ihm vor allen eine Ohrfeige.

Doch nach und nach verließ Wojnicz den Raum des Vergangenen in seinem Inneren, und er gewann den Eindruck, nicht er selbst hätte das alles erlebt, sondern ein gewisser Mieczyś Wojnicz aus Lemberg. Er betrachtete die Szenen, wie man Ansichtskarten betrachtet. Er hätte einen Gruß dazuschreiben können. Dafür stellte er sich immer häufiger die Frage: »Wie kommt es, dass …?« – und dann fügte er alle Paradoxa, Ungerechtigkeiten und Leiden der Welt ein. Es war wie eine neue Version des Herrn Hüpf, jenes Spiels, das er so versessen auf den Bahnfahrten gespielt hatte. Und diese Variante war bestens geeignet für die Liegekur, für Spaziergänge im Park oder für Stunden, die er im Bett liegend verbrachte, bis die Turmuhr sich anschickte, Jakob zu wecken.

So fragte er sich etwa: »Wie kommt es, dass man so jung stirbt, ohne etwas erlebt zu haben?« Oder: »Wie kommt es, dass jeder seine eigene Art findet, mit der schrecklichen Tuberkulose zurechtzukommen?« Oder: »Wie kommt es, dass Menschen, die dasselbe betrachten, Verschiedenes sehen?«

Natürlich fand er auf diese Fragen keine Antwort. Er wollte bei Gelegenheit Longinus Lukas oder August danach fragen, doch sie entzogen sich immer in die Sphäre, für die nur sie sich interessierten, und ließen ihn selten zu Wort kommen. Auch fürchtete er, eine klare und verständliche Antwort würden sie ihm nicht geben können – eine schlichte Antwort ohne Zitate, Paraphrasen und Belehrungen.

Wenn er nach dem einsamen Spaziergang zum Gästehaus zurückkam, vergewisserte er sich, dass außer Thilo und dem draußen rauchenden Pfleger niemand da war, und ging nach oben ins Zimmer der Frau Opitz. Schon vom Morgen an wartete er auf diesen Moment, und immer fürchtete er, ein unerwartetes Ereignis könnte ihm in die Quere kommen.

Doch sahen diese Besuche jetzt anders aus als zuvor. Sobald er eingetreten war, beschleunigte sich sein Atem. Reglos stand er in der Mitte des Zimmers, atmete flach. Sein Körper spannte sich, in Erwartung von etwas, das nicht eintrat, doch ganz nahe sein musste. Das Gurren vom Speicher war hier deutlicher zu hören, die frühere Unruhe aber löste es nicht mehr aus. Jetzt war es ihm, als könnte er in den kugelig gefiederten Klängen einzelne Silben erkennen, halb Menschenlaut, halb Vogellaut, dem Ohr war es angenehm.

Er setzte sich auf das Bett, strich über den Stoff der Tagesdecke, das verblichene, weiche Gewebe. Dann streifte er seine ausgetretenen Schuhe ab und griff mit sicherer Hand unter dem Bett nach den Schuhen der verstorbenen Frau. Er schlüpfte hinein, sie passten wie angegossen. Er spürte, wie ihn ein Schauer überlief, wenn er den dicken Pullover auszog und das Hemdchen aus Batist mit den schmalen Trägern überstreifte. Bald waren seine zunächst ungelenken Finger auch geschickter geworden, schlossen immer rascher die kleinen Knöpfe und die Bänder. Gespannt wie eine Saite und vor Kälte zitternd legte er den gefältelten schlesischen Rock mit Unterröcken an, zog das Korsett fest zu. Aufrecht stand er da, ohne sich zu bewegen. Als wollte er der Welt Gelegenheit geben, sich auch an diese Variante des Herrn Wojnicz zu gewöhnen: mit Rock und Unterrock. Sein Herz hörte auf, so heftig zu hämmern, er fühlte sich sehr ruhig jetzt, völlig befreit – ja – von allen Gedanken. Nach diesem stillen Augenblick, der ganz der Besinnung und dem Sich-Innewerden gewidmet war, kleidete er sich wieder aus und kehrte zur vorherigen Version seiner selbst zurück.

Sorgfältig legte er die Kleidungsstücke an ihren Platz zurück, verließ leise das Zimmer und ging nach unten.

*

Thilo lag mit geschlossenen Augen da. Wojnicz schien es, als hätte sich der Freund sehr verändert. Als wäre er kein junger Mann mehr, sondern gleichsam ohne Alter und Geschlecht. Wojnicz überlief es eisig bei dem Anblick, im ersten Reflex wollte er zurück zur Tür. Er überwand sich, als er bemerkte, dass der Kranke die Augen öffnete und ihn ansah, in der Erwartung, dass Wojnicz näher käme.

»Schau«, sagte Thilo und nahm Mieczysław am Ärmel. »Das ist meine Fieberkurve. Siehst du? Schau sie dir an!«

Wojnicz nahm die Tafel mit dem eingesteckten Blatt Papier in die Hand. Eine gebrochene Linie, die nicht übermäßig gezackt verlief.

»Und jetzt schau hier«, sagte Thilo und deutete auf die Linie der Berge vor dem Fenster.

Sein Gesicht erglühte, vielleicht vor Anstrengung, denn er versuchte, sich auf die Ellenbogen zu stützen. Bis in die Stirn stieg ihm die Röte.

»Es ist dieselbe Linie, siehst du? Genau dieselbe. Wie ist das möglich?«

Wojnicz ließ den Blick von der einen Linie zur anderen wandern und musste mit Erstaunen feststellen, dass dem tatsächlich so war: Thilos Fieberkurve und die Linie der Berge waren einander sehr ähnlich. Um nicht zu sagen, sie verliefen gleich.

»Ich habe dir doch gesagt, die Landschaft hier ist todbringend. Das ist einer der wenigen Orte auf der ganzen Welt, an denen die Landschaft tötet«, brachte Thilo unter sichtlichen Mühen hervor. »Hier findet keine Heilung statt, hier wird man getötet, nur weiß das niemand. Wie genau geht es vonstatten? Vielleicht sendet der Ort Energien aus, irgendwelche topographischen Kraftfelder … Frag Frommer. Und schwöre, dass du György ein Telegramm schicken wirst …«

»Das hat man schon getan. Er wird in Kürze kommen. Vielleicht auch deine Eltern …«

»Nein, nicht die Eltern. Ich will sie hier nicht. Sie haben mich nicht geliebt, haben sich meiner nur geschämt. Bloß nicht die Eltern, mit ihnen habe ich nichts zu tun.«

Er verstummte, als müsste er die Befriedigung verarbeiten, die ihm diese Äußerung verschafft hatte. Dann hob er wieder an:

»Die Landschaft hat uns umzingelt, und jetzt tötet sie uns langsam, reißt uns in Stücke. Diese Landschaft ist eine Mörderin. Sag es Frommer. Ich weiß, wer Frommer ist, ich bin nicht dumm.«

»Thilo, warum sollte man uns denn töten?«, fragte Wojnicz im Bemühen, den Freund zu beruhigen. Er setzte sich an den Bettrand, nahm Thilos Hand.

»Wer sollte uns töten wollen, und warum? Was haben wir denn getan?«

»Es reicht, dass wir geboren wurden«, erwiderte Thilo.

Dann schwieg er wieder, die Röte verflog, und die Blässe kehrte zurück auf sein Gesicht. Blut trat ihm auf die Lippen. Wojnicz lauschte auf die Atemzüge. Als er glaubte, dass Thilo eingeschlafen wäre, erhob er sich und ging auf Zehenspitzen zur Tür.

»Denk an das Bild«, sagte Thilo, als Wojnicz die Klinke drückte. »Ich habe es meinen Eltern gestohlen und möchte nicht, dass es zu ihnen zurückkehrt. Pass auf, dass es nicht verlorengeht, falls sie mich ins Kurhaus bringen sollten.«

Wojnicz sah, dass an der Wand ein Päckchen stand, nachlässig in hiesige Zeitungen eingeschlagen, nicht sehr groß, mit einem gewöhnlichen Spagat verschnürt, wie man Pakete schnürt, damit sie leichter zu tragen sind, wenn man sie auf die Post bringt. Niemand hätte vermutet, was das Päckchen enthielt.

*

In dem Sessel, in dem sonst Frommer zu sitzen pflegte, schlummerte jetzt, die Hände vor dem Bauch verschränkt, ein Mann in seinen Dreißigern, mit gesträubtem schwarzem Schnurrbart und einem üppigen Lockenschopf. Die Brille mit Drahtgestell saß ihm ulkig schräg auf der recht prominenten Nase. Über der Sessellehne hing ein Reisemantel. Neben seinen Beinen stand ein Koffer. Wojnicz erstarrte. Doch hatte der Mann die Anwesenheit wohl gespürt, er öffnete die Augen und sagte undeutlich: »Ich warte, dass er aufwacht.«

Wojnicz ahnte sofort, wer der Ankömmling sein musste. György – den Thilo »Kai« nannte – wirkte verschreckt. Wie jemand, der sich an einem fremden Ort befindet, an dem er nicht weiß, wie er sich verhalten soll. Seine intelligenten Augen musterten Wojnicz. Der stellte sich vor.

Sie tauschten einige verhaltene Höflichkeiten aus, der Mann schien im Übrigen auch nicht interessiert an Gesellschaft.

»Ich bringe Sie zu ihm, er schläft nicht mehr.«

Als sie das Zimmer betraten, beschlugen die kleinen Brillengläser in dem Drahtgestell.

»Kai, Kai«, flüsterte Thilo und versuchte, den Kopf zu heben.

Er wirkte so klein wie der Kopf eines Kindes. Die Haare waren aschgrau geworden, als wären sie von Staub bedeckt, farblos und strohig. Die Wangen brannten von dem wütenden Fieber. Aus seiner Lunge drang unablässig ein Rasseln.

»Mein Gott, mein Gott«, stieß der Berliner Philosoph und Kommunist hervor.

Er kniete sich neben das Bett, nahm Thilos Hand.

Wojnicz konnte es nicht sehen. Zusammen mit dem Pfleger verließ er das Zimmer. Dieser entzündete sogleich eine selbst gedrehte Zigarette.

»Schwule«, sagte er angewidert.

*

Am nächsten Morgen begriff Wojnicz gleich nach dem Erwachen, dass Thilo nicht mehr lebte. Als er auf den Flur hinausschaute, sah er fremde Männer über die Treppe verschwinden, ihre schwarzen Mantelschöße wehten wie Rabenflügel. Der eine trug Thilos Kleidung, der andere die Schuhe. Wojnicz sank aufs Bett, saß reglos da. Alles krampfte sich in ihm zusammen, drängte nach innen, suchte Schutz in einer hypothetischen Mitte seines Körpers. Dort, wo die Seele wohnte, die unmittelbaren Kontakt mit dem Jenseits hatte, mit der grenzenlosen Zeit, den Galaxien, mit Gott. Tränen stiegen ihm in den Kehlkopf, bildeten ephemere Blasen, doch seine Augen blieben trocken.

Heute konnte er nicht zu seinen Behandlungen gehen, konnte nicht Augusts freundliches Gesicht sehen, die verächtliche Miene von Lukas, konnte Frommer nicht ertragen und erst recht nicht Opitz, und Doktor Semperweiß wäre er an die Kehle gesprungen. Er zog die Decke über den Kopf, um nichts von der Geschäftigkeit im Gästehaus zu hören, die Schritte auf der Treppe, das Klappern der Tassen, das Flüstern – an einem derart öden Ort wie hier war sogar jemandes Tod eine Attraktion.

Er musste an das Gemälde denken. Barfuß, nur im Schlafanzug, ging er in Thilos Zimmer, wo er zerwühltes Bettzeug vorfand, mit Blut befleckt. Er bückte sich nach dem in Zeitungspapier eingeschlagenen Päckchen, drückte es an die Brust, in der Erinnerung an das, was er dort gesehen hatte. Zurück in seinem Zimmer, packte er es aus, suchte mit der Lupe den schwarzen Fleck in dem grünen Ozean ab, die Stelle, an der die geheimnisvollen Punkte geleuchtet hatten. Doch brachte auch die Lupe nichts mehr zum Vorschein, selbst die Struktur der Pinselführung war verschwunden. Er sah nur noch ein großes Nichts.

»Das Wichtigste ist das Schauen«, hatte Thilo einmal gesagt. »Und das ist nicht allein eine Frage unserer Augen, wir müssen auch mit den anderen Sinnen schauen, es ist nur noch nicht in ausreichendem Maße bewiesen worden. Schließ die Augen und schau. Du siehst dasselbe Zimmer, nicht wahr? Siehst, wo du Gegenstände sich befinden, siehst ihre Umrisse. Ich lösche jetzt das Licht, wir brauchen es nicht mehr.«

Ja, Thilo hatte recht gehabt. Seit jenem Tag übte Wojnicz das Schauen, immer vor dem Einschlafen, und stets konnte er etwas sehen in dem dunkelgrauen Licht, dessen Ursprung nicht auszumachen war. Unter den geschlossenen Lidern war es niemals gänzlich dunkel oder schwarz, wie man es hätte erwarten wollen. Woher aber der dunkelgraue Schimmer kam – er wusste es nicht zu sagen. Unter den Lidern erstand das ganze Zimmer wieder, alles befand sich an seinem Platz: der Schrank, der Waschtisch, die Vorhänge, die Fenster, sogar seine nachlässig auf dem Boden liegenden Schuhe. Das Interessante war, dass er nicht wusste, ob er tatsächlich etwas sah, oder ob er sich nur vorstellte, etwas zu sehen oder – ein unangenehmer Gedanke – ob die Vorstellung ihm von selbst erschien. Waren die Lider ein wenig durchsichtig? Oder ein Filter, durch den jetzt die Mondseite der sichtbaren Welt sickerte, eine Zwillingswelt, doch nicht dieselbe. Woher kamen die feinen Lichtschleier, die sich kräuselten wie Rauch? Drangen sie aus den Ritzen zwischen den Dielenbrettern? Schimmerten sie hinter den Rahmen hervor, in denen die Ansichten mit den Bergen hingen? Strahlte es von den Teppichfransen? Aus den Schlüssellöchern im Schrank?

Ich sehe, sagt Wojnicz zu sich und erhebt sich aus dem Bett, um zum Fenster zu gehen und mit geschlossenen Augen nach draußen zu schauen.

Deutlich kann er den Kontrast zwischen Himmel und Erde erkennen, der Himmel ist dunkler als die Erde, ein phosphoreszierender grauer Schein geht von ihr aus – das Leuchten der Dunkelheit. Die Straßen sind zu sehen, die Konturen der Häuser zu ihren beiden Seiten. Doch stehen sie nicht senkrecht, sie wirken verschoben, die Dächer reichen so tief herab, dass die Gebäude wie riesige Pilze wirken, und die Bäume, ausladend stolz untertags, ragen kläglich gen Himmel gleich struppigen Besenbuschen. Das Straßenpflaster, so schimmernd bei Tag, sieht aus wie mit Nadelstreu bedeckt, ein weicher Teppich, der die Schritte schluckt.

»Das kommt alles von der *Schwärmerei*«, sagte sich Wojnicz und kehrte ins Bett zurück.

Und jetzt, als er unter der Decke liegt, schließt er die Augen, wie Thilo es ihm beigebracht hat, um wieder die grau schimmernde Welt zu schauen. Er sieht, wie ein Sarg über das Brückchen getragen und fachmännisch behutsam in einen Leichenwagen geschoben wird. Er sieht Opitz, der wie immer Kommandos erteilt, sieht György mit eingefallenem Gesicht, Herrn August mit einem Tuch an der Wange, den steif in der Tür stehenden Frommer. Lukas sieht er beim Eingang zu seinem Anbau, nicht ganz sicher auf den Beinen. Sogar Frau Weber und Frau Brecht kann er erkennen, düstere, wenig ansehnliche Gestalten, auf der Straße hinter dem Brückchen.

Der Sarg ist in einer noblen Leichenhalle aufgebahrt, auf einem von zwei Katafalken. In derselben Nacht ist auch im Kurhaus ein Patient gestorben. Vielleicht ein Trost für

Thilo. Dass er Gesellschaft hat auf dieser letzten Etappe vor seinem Weg in die Erde. Dort liegen sie nun, die beiden, die sich zu Lebzeiten nicht gekannt haben, durch ein gemeinsames Schicksal verbunden, kolonisiert von den Koch'schen Bazillen.

Unter den Lidern kann Wojnicz auch sehen, dass Opitz und Raimund, die den Sarg vom Gästehaus zum Leichenhaus begleitet haben, bereits zurückgekehrt sind und beim Eingang stehen. Sie unterhalten sich, einander zugewandt, werfen ab und an einen Blick auf sein Fenster. Das erschreckt ihn. Er öffnet die Augen.

Gegen Mittag kleidete er sich an und ging nach draußen. Es trieb ihn durch das ganze Dorf, mit raschem Schritt durchquerte er es, einmal hin und einmal her, ohne einen der zufrieden satten Kurgäste zu grüßen, denen es gelungen war zu vergessen, dass sie bald dasselbe Schicksal ereilen würde wie Thilo. Als er einer polnischen Gruppe ausgewichen war, die schon auf ihn zusteuern wollte, offenbar um zu kondolieren, gelangte er zur orthodoxen Kirche. Da sie leer war, ging er hinein, schloss hinter sich die Tür und verbarg sich in der Ecke unter der skurrilen Ikone. Die Figurengruppe schien ihm mit einem Mal vertraut, als betrachtete er ein Familienbild. Er musterte die ernsten Gesichter der Frauen, in der Gestalt des heiligen Kindes erkannte er Thilo wieder. Der Mantel der heiligen Emerentia wirkte auch nicht mehr so düster wie beim ersten Mal, jetzt schien er ihm eher etwas Fürsorgliches auszustrahlen, gleich dem Futter im Pelz seiner Mutter, der so wertvoll war, dass sein Vater ihn niemals hatte hergeben wollen. Noch immer hing der Pelz in ihrer Lemberger Wohnung im Schrank. Das Parfüm, mit dem er besprengt gewesen war, hatte sich längst verflüchtigt, geblieben war der Geruch von Naphthalin. In der Abwesenheit des Vaters war der kleine Mieczyś in den Schrank geschlüpft und hatte das angenehm weiche Fell gestreichelt, hatte die Hände in die Taschen gesteckt und sich, ohne den Mantel vom Bügel zu nehmen, in ihn eingehüllt, um das glatte, kühle Futter zu spüren. Die Berührung des seidigen Futters war ihm lieber gewesen als der weichste Pelz eines getöteten Tieres. Das fiel ihm jetzt wieder ein, als er das Gesicht der heiligen Emerentia betrachtete – die gewiss die Patronin der Kleiderschränke war, die Heilige des Naphthalins, Matrone der Verstecke und Schlupflöcher, der finsteren Flure und der Fuchsbauten.

Nach seiner Rückkehr passte August ihn im Salon ab, aufgekratzt, mit roten Flecken im Gesicht. Er hatte den bleichen György an den Tisch gebeten, Raimund aufgetragen, Kaffee und Gebäck zu servieren – und selbstverständlich musste György die *Schwärmerei* kosten. Zerstreut trank der Philosoph ein Gläschen, er redete noch immer von Thilo und den Worten des Arztes. György hatte einen harten Akzent, der aber nicht berlinerisch klang. Diesen Zungenschlag hatte Wojnicz noch nicht gehört. Ohne rechte Überzeugung wiederholte György Mal für Mal: »Nun denn, da war also nichts mehr zu machen.«

Dann wandte er sich an Wojnicz:

»Thilo besaß einen gewissen Gegenstand von großem Wert. In dem Sinne, dass der Wert … von sentimentaler Natur … ein Familienstück, wenn Sie verstehen … Hat er nicht etwas für mich hinterlassen? Sie haben sich doch mit ihm angefreundet.«

Es war einer der schwierigsten Augenblicke in Wojniczens Leben. Noch ehe György den ersten Satz beendet hatte, wusste Wojnicz, wovon die Rede war. Ein Glück, dass dieser gut aussehende Mann mit den Locken keine Gedanken lesen konnte. Er hätte sonst das Gemälde von de Bles gesehen – wie auf dem Präsentierteller –, in Zeitungspapier eingeschlagen, zwischen Nachttisch und Wand geschoben, in Wojniczens Zimmer. Bis György seine Frage ausgesprochen hatte, blieb Wojnicz Zeit, sich eine Antwort zu überlegen. Und alles in ihm wollte sagen: Aber ja, ein Gemälde, es ist in meinem Zimmer, ich hole es gleich.

Doch sagte er es nicht. Eine andere Stimme sprach aus seiner Kehle, eine Stimme, die er nicht erwartet hätte. Auch wenn er in den vergangenen Wochen bereits geahnt hatte, dass er sie in sich trug. Es war wie ein neuer Gleichgewichtspunkt in ihm, um den herum sich alles von Neuem ordnete.

»Leider nein. Davon weiß ich nichts. Thilo hat mir nichts übergeben.«

Und er fügte noch hinzu:

»Ich bedaure.«

15

Die schwächste Stelle in der Seele

Wojnicz legte seine Kleidung ab und senkte den Blick. Wieder war er dem ausgesetzt, was er am meisten hasste – dem Blick eines anderen, der Bewertung, dem Vergleich damit, wie es sein sollte, sein müsste, wie es woanders war, nicht hier, sondern dort, bei »allen«, wie es so schön hieß. Er wandte den Kopf ab und fühlte sich genauso wie damals, als der Vater ihn von Arzt zu Arzt gebracht hatte – wie losgelöst von seinem Körper. Auch Herr Hüpf kehrte zurück, jenes schwerelose Wesen, das von Ding zu Ding hüpfte und selbst mit fahrenden Zügen Schritt halten konnte. Schon war er auf die Vitrine gehüpft, dann auf die Fensterbank, auf den Kleiderbügel, an dem des Doktors weißer Kittel hing, dann war er draußen auf dem Wipfel einer Fichte, auf dem Sims des Gebäudes nebenan. Ja, Herr Hüpf sprang höher und höher, um ihn aus sich selbst herauszuholen, und er wäre gewiss bereit gewesen, bis auf die Berggipfel zu hüpfen oder auf die weichen Ränder der Wolken. Da ertönte draußen vor dem Fenster auf einmal die Melodie vom »schlafenden Jakob«, und Herr Hüpf zerplatzte wie eine Seifenblase, während Mieczysław sich wieder in Doktor Semperweiß' Untersuchungszimmer befand, entkleidet, wehrlos, bleich vor Scham und Kälte. Gegen seinen wohlgeformten, schönen Körper drückten die Kanten medizinischer Geräte, all diese Waagen, Spritzen, Sterilisatoren, die sich gegen ihn richteten, ja selbst

Semperweißens Schreibfeder, welche gleich die Diagnose niederschreiben und Wojnicz zu einer Anomalie erklären würde.

Doch Doktor Semperweiß kam auf ihn zu und reichte ihm sein Unterhemd und seine langen Unterhosen, ja er legte ihm sogar – und dies könnte fast als eine Geste der Zärtlichkeit gedeutet werden – den Pullover um die Schultern.

»Nun denn. Bitte kleiden Sie sich wieder an.«

Wojnicz zog sich hinter dem Paravent an, spähte dabei durch einen Spalt. Er hatte gedacht, der Doktor werde sich an den Schreibtisch setzen, aber Semperweiß stand nur da, die Hände hinter dem Rücken, und starrte aus dem Fenster. Als der Patient sich vor ihm auf den Hocker setzte, wie schon so viele Male, und des Urteils harrte, das seine hoffnungslose Situation in medizinisch präzise Worte kleiden würde, sagte Doktor Semperweiß:

»Die Menschen haben ihre Fiktionen und glauben an das, was sie miteinander vereinbart haben. Wissen Sie, es muss nicht die Wahrheit sein, dass es nur entweder so sein kann oder so. Das hilft nur bei der Navigation, in der Praxis, Tuberkulose oder Syphilis, entweder das eine oder das andere – doch Sie wissen wohl selbst am besten, dass der größte Teil unseres Erlebens sich nicht in solch simple Kategorien fassen lässt.« Hier blickte er Wojnicz durchdringend an. »Ich möchte Ihnen zuraten, sich Ihre eigene Fiktion zu schaffen, zum Beispiel die, dass Sie vollkommen sind, so wie Sie sind.«

Was Doktor Semperweiß da sagte, war erschreckend und doch zugleich verlockend. Mieczysław duckte sich auf seinem metallenen Hocker unter dem Gewicht dieser Wahrheit, verspürte aber zugleich den Wunsch, jedes dieser Worte aus dem Mund des Doktors zur Eile anzutreiben, es zu beschleunigen, damit es umso schneller Wojniczens Ohren erreiche.

»Jaaaaa«, fuhr Semperweiß gedehnt fort, »in jedem von uns steckt ein Gefühl der Minderwertigkeit, die Überzeugung, uns selbst würde etwas fehlen, was alle anderen haben. Unser ganzes Leben lang müssen wir sehen, wie wir mit diesem Gefühl der Mangelhaftigkeit zurechtkommen, es überwinden oder aber es im Sinne unserer Ambitionen und unseres zerstörerischen Strebens nach Vollkommenheit einzuspannen wissen. Was aber ist Vollkommenheit, weiß das irgendjemand?«

»Sie sehen doch, dass ich nicht wie jeder bin. Ich bin eine Anomalie.«

Nach kurzem Schweigen fuhr der Doktor fort: »Sie sollten diese Anomalie betrachten wie Ihre kleine Lungenschwäche, wie etwas, womit Sie lernen müssen zu leben und wovon Sie sich nicht zerstören lassen dürfen. Das ist der Kosmos des Körpers. Hier kann alles Anomalie sein – die sich schon im nächsten Moment als Vorteil erweisen und es uns ermöglichen kann, im Wettrennen der Evolution zu gewinnen. Es ist nur eine Frage der Ansicht.«

»Ich habe gelernt, es zu verbergen. Niemand sieht es. Nur Sie. Und es ist ein Geheimnis. Ihnen steht es zu, darin eingeweiht zu werden, denn Sie retten mir das Leben. Aber Sie sind zum Schweigen verpflichtet. Mein Vater darf nicht erfahren, dass Sie es wissen. Niemand darf erfahren, dass Sie es wissen.«

Der Doktor lehnte sich bequem auf seinem Stuhl zurück. Er faltete die Hände wie zum Gebet.

»Sehen Sie, Herr … ähm, Frau … Wojnicz … Siehst du …«, verhaspelte sich Semperweiß, und auf seinem Gesicht breitete sich plötzlich ein Lächeln aus. Lächeln, ach was – in Lachen brach er aus! Wojnicz sah ihn verwundert an, ein wenig gekränkt zuerst, doch dann wurde auch ihm vom Gelächter des Doktors ein wenig leichter ums Herz.

»Sobald ich aus Hirschberg zurück bin, nehme ich dich in meinem Mercedes mit. In meiner Mercedes. Dann fahren wir eine Runde. Angeblich gibt es in Pleß noch so eine Maschine, beim Fürsten«, sagte der Doktor, als er sich wieder beruhigt hatte.

Es war angenehm, nun entspannten sich beide allmählich, wenn auch Wojnicz noch immer innerlich bebte. Semperweiß sagte, er habe es tagtäglich mit Unvollkommenheit zu tun, dieser ganze Ort hier sei ein Reich der Unvollkommenheit, kämen doch schadhafte Exemplare hierher, der langsamen Vernichtung geweiht. Nach all den Jahren der Arbeit an diesem Ort habe er gelernt, dass jeder Mensch, jeder menschliche Organismus einen Punkt besitze, an dem er am wenigsten widerstandsfähig, am schwächsten sei – dies sei seine sogenannte Achillesferse. Hier gelte das Gesetz der Perle: Ähnlich wie eine Muschel ein störendes Sandkorn in eine Perlmuttermasse einbette, die schließlich zu einem kostbaren Kleinod werde, so umhülle auch unsere Psyche jene schwächste Stelle mit all ihren Entwicklungslinien.

Jede Anomalie, erklärte Semperweiß (gewiss wollte er das Wort »Mangel« vermeiden), stimuliere eine spezielle psychische Aktivität, eine besondere Entwicklung, die sich fortan auf sie konzentriere. Nicht das mache uns aus, was stark in uns sei, sondern ebenjene Anomalie, das Schwache, das Verleugnete in uns.

»Wenn Sie mich fragten, junger Mensch, was die Seele sei, so würde ich Ihnen genau dies zur Antwort geben: Die Seele ist das, was am schwächsten in uns ist. In deinen Krankheitssymptomen ist deine Seele.«

Doch davon wollte Wojnicz nichts hören:

»Mein ganzes Leben lang dachte ich, dass man sich auf das konzentrieren solle, was stark, gesund, kräftig ist. So hat mein Vater mich erzogen. Und nun sagen Sie mir, die Seele sei eine Abfallhalde.«

»Abfallhalde habe ich nicht gesagt. Bitte betrachten Sie es einmal von einer anderen Seite. Unsere gesamte Kultur ist aus einem Gefühl der Minderwertigkeit erwachsen, aus all den unverwirklichten Ambitionen. Was schwach in uns ist, verleiht uns Kraft. Die unentwegte Kompensation von Schwächen gestaltet unser ganzes Leben. Demosthenes hatte einen Sprachfehler und wurde genau deshalb zum größten Redner aller Zeiten. Nicht obwohl, sondern weil er diesen Sprachfehler hatte.«

»Sie irren sich, Doktor. Kultur ist das Streben nach Vollkommenheit«, suchte Wojnicz seinen Standpunkt zu verteidigen.

Doch Doktor Semperweiß war sich seiner Sache sicher:

»Das Gefühl der Minderwertigkeit beeinflusst unser ganzes Leben, insbesondere unser Denken. Haben Sie das gewusst? Weil wir uns unserer selbst nicht sicher sind, ersinnen wir ein sehr stabiles, steifes System, das uns aufrecht halten soll, das alles – wie es uns scheinen will – unnötig Komplizierte vereinfachen kann. Und die größte Vereinfachung ist ein Schwarz-Weiß-Denken, das sich auf simple Antithesen stützt. Verstehen Sie, wovon ich spreche? Der Verstand stellt sich eine Reihe von klaren Gegensätzen zusammen: schwarz – weiß, Tag – Nacht, oben – unten, Mann – Frau, und diese bestimmen dann unsere gesamte Wahrnehmung. Ein Dazwischen gibt es nicht. Eine so wahrgenommene Welt ist unendlich viel einfacher, zwischen diesen Polen lässt sich leicht navigieren, es lassen sich leicht Verhaltensregeln aufstellen, und besonders leicht lässt sich über andere urteilen, wobei man den Luxus der Unklarheit häufig allein sich selbst vorbehält. Eine solche Denkweise verhindert jegliche Ungewissheit, zack, zack, und alles ist klar, entweder dies oder jenes, eine dritte Möglichkeit gibt es nicht. Aristoteles – das Goldene Kalb.« Hier lachte er so fröhlich auf, dass Wojnicz fast mit eingestimmt hätte. »Das schützt uns vor der Wirklichkeit, die sich aus einer Vielzahl äußerst subtiler Schattierungen zusammensetzt. Wenn jemand meint, die Welt bestehe aus klaren Gegensätzen, dann ist er krank. Ich weiß, wovon ich spreche. Hierbei handelt es sich um eine schwere Störung.«

»Und wie ist die Welt?«

»Verwischt ist sie, unscharf, flackernd, mal so, dann wieder anders, je nach Blickwinkel.«

All das erschien Wojnicz ein wenig zu komplex, zu fern von ihm selbst. In so einer Welt sollte man leben? Wie sollte man dann nur Canalisationssysteme in Lemberg entwerfen? Worauf sich stützen? Woran glauben? Er verstand nicht, was Semperweiß da sagte. Schließlich hatte er ihn schon so manches Mal in die Irre geführt. Er fand, dass Doktor Semperweiß ihn in Grund und Boden redete und von ihm ablenkte, um sein Problem zu verallgemeinern, damit das Individuum Mieczysław Wojnicz hinter Generalisierungen verschwände. Er kannte diese Methoden bereits, die ihm selbst die Bedeutung nahmen, ihn in eine dunkle Ecke drängten.

»Ich bin nicht normal«, brach es in jäher Verzweiflung aus ihm heraus. »Und es wäre besser, wenn ich hier sterben würde. Ja, ich hoffe, dass es so kommen wird. Es wäre eine Erleichterung für alle, besonders für meinen Vater. Deshalb hat er mich hierhergeschickt! Zum Sterben hat er mich hergeschickt.«

Die letzten Worte erstickte ein Schluchzen, das aus seiner Kehle aufstieg und sich kaum beherrschen ließ. Der Doktor räusperte sich betreten.

»Ich kann Ihnen zum Trost nur sagen, dass es viele Menschen gibt, die sind wie Sie«, erklärte er ernst. »Ihr lasst euch nicht mit dieser primitiven, grellen Einteilung erfassen, ihr erinnert die anderen daran, dass die herrschende Weltsicht lediglich eine Vereinbarung ist, die auf der eigenen Unsicherheit der Urteilenden aufbaut. Jemand wie Sie weckt Unmut und Hass, führt er doch den anderen vor Augen, dass eine schwarz-weiße Weltsicht eine verlogene und zerstörerische Sicht ist. Sie, Herr Wojnicz – oder wie soll ich Sie nennen«, fuhr er fort, »Sie repräsentieren mit ihrem Selbst eine Welt des Dazwischen, die schwer zu ertragen ist, weil sie keinen klaren Einteilungen folgt. Diese Sichtweise bewahrt uns einen gleichsam schwankenden Charakter und widersetzt sich jeglichen Dogmen. Sie bescheren uns eine Art ›Zwischenreich‹, über das wir nicht nachdenken wollen, haben wir doch genügend eigene, schwarz-weiße Probleme. Sie zeigen uns, dass die Welt größer ist, als wir dachten, und dass dies uns alle betrifft. Sie sind Zündstoff«, sagte er und betonte das Wort. »Das Schlimmste, was geschehen kann, ist, wenn jemand ein für alle Mal Selbstgewissheit erlangt und sich – wie soll ich es sagen – ›vollwertig‹ fühlt. Dadurch bekommt er nämlich einen festen Umriss und wird infolgedessen jene Bewegung vermeiden, die Ablehnung und Nichtanerkennung schließlich bedeuten. Gelangt ein Mensch zu dem Schluss, er sei vollkommen und sein Sein habe sich erfüllt, so müsste er sich eigentlich umbringen.«

Sie saßen eine Weile schweigend da. Wojnicz hatte seine Fassung wiedergewonnen, er sah hinab auf seine Schuhe. Sie waren zu nichts mehr zu gebrauchen, bei beiden löste sich schon die Sohle, die Spitzen waren abgewetzt. Der vertraute Anblick beruhigte ihn, irgendwo tief in seinem Körper, fern an den Rändern seines Seins erwachte etwas wie ein leises Vibrieren, etwas Kleines und Freudiges, etwas Erregendes. Er blickte den Doktor an und begriff, warum er in Schweigen verfallen war – er zündete sich eben eine Zigarre an. Kurz darauf war er von Wolken aromatischen Rauches eingehüllt, fast wie ein Orakel.

Wojnicz hustete.

»Es gibt zwei Pfeiler, auf die sich jede Gesellschaft stützt: Hypokrisie und Konformismus«, sagte Doktor Semperweiß und hob seinen ausgestreckten Finger auf Nasenhöhe, bewegte ihn nach rechts und nach links. »Bei der Gelegenheit möchte ich Ihnen sagen, junger Mensch, Sie außergewöhnliches Wesen, dass Sie ein klein wenig schielen – nicht in beunruhigendem Maße, dennoch sollten Sie es im Hinterkopf behalten. Nun, die Hypokrisie bezieht sich immer auf hochfliegende Ideen, die eine Gemeinschaft formen. Man muss an sie glauben und beweisen, dass man an sie glaubt, doch im Grunde nimmt niemand diese Ideen wirklich ernst. Sie sind für andere gedacht, und für andere sollen sie bindend sein. Konformismus wiederum ist der Modus, sich in dieser imaginierten Welt zu bewegen, und er befiehlt einem, alles zu ignorieren, was heraussticht und nicht passt. Eben dazu dient das Vergessen.«

Und er setzte noch hinzu: »Ich denke, zu Weihnachten werden Sie wieder zu Hause sein.«

*

In beschwingter Stimmung machte Wojnicz sich auf den Rückweg zum Gästehaus. Er sprang über die geweißten

Bordsteinkanten und störte sich nicht im Geringsten an dem feinen Nieselregen, der eben einsetzte. In Gedanken wollte er eine Postkarte an seinen Vater verfassen, kam aber nicht über das einleitende »Lieber Vater« hinaus. Als er das Café erreichte, beschloss er, nicht länger zu sparen, da doch seine Tage hier ohnehin gezählt waren, und ging hinein, um sich bunte Makronen zum Nachmittagstee zu kaufen. Im Café waren nur wenige Kunden, darunter auch Frau Großhut. Wojnicz sah ihr geradewegs in die Augen, als sie sich in der Tür entgegenkamen. Sie verließ eben das Café, eine Schachtel mit Gebäck in den Händen, und lächelte ihm auffordernd zu, doch Wojnicz ignorierte ihr Lächeln. Mit seinem langen Finger zeigte er auf die Makronen, zunächst auf vier, dann entschied er sich doch für sechs. Sie waren recht teuer. Wenn er endlich ein angesehener Canalisationsbautechniker wäre, so hatte er es sich immer vorgestellt, dann würde er sich ein ganzes Tablett mit Makronen kaufen, einen randvollen Teller – zur Pyramide angehäuft würden sie darauf liegen, nach Farben sortiert, unten die dunkelsten, violetten, die wohl mit Heidelbeersaft gefärbt wurden, dann die seladongrünen und ganz zuoberst die fröhlichen roten.

Erst als er sich mit seiner Gebäckschachtel vom Kontor abwandte, bemerkte er in einer Ecke des Cafés den steifen Frommer, der ihn mit feinem Lächeln beobachtete und mit einer Geste zu sich an den Tisch winkte. Nun, es gab keinen rechten Grund abzulehnen.

»Sie sollten so rasch als möglich abreisen«, sagte Frommer auf Polnisch und blickte Mieczysław auf merkwürdige, fast flehende Weise an. Der überraschte Wojnicz schwieg und wägte in Gedanken seine Situation ab – nun hatte er sich unbedacht selbst in eine Falle manövriert, der er für eine Weile nicht mehr entkommen würde. Endlich sagte er:

»Warum sollte ich das tun, Herr Frommer? Was möchten Sie mir sagen?«

»Ich möchte dich retten.«

So über seine Tasse gebeugt, die noch die Spuren von Kaffee trug, sah er aus wie jemand, der krank war vor Sorge. Er holte eine graue Mappe mit einigen sorgfältig eingehefteten Papieren hervor, auf deren Deckblatt in schönen Lettern geschrieben stand:

Fall:

Görbersdorf 1889–1913.

Fakten und Hypothesen

Dann befeuchtete er seinen Zeigefinger, schlug eine Seite mit einer Tabelle auf. Darin war penibel aufgeführt, wer wo und wann umgekommen war.

»Ich habe nach einem gemeinsamen Nenner gesucht, vielleicht habe ich zu viel theoretisiert. Käme irgendwann die Reihe an mich – allerdings bin ich wohl zu alt –, dann könnte ich endlich herausfinden, worum es hier geht. Wissen Sie, manchmal erwäge ich, mich zu opfern, um wenigstens in der letzten Sekunde meines Lebens dieses Rätsel zu lösen.«

»Vielleicht sollten Sie sich eher damit befassen, wie Frau Opitz zu Tode gekommen ist. Ich denke immer häufiger, dass ihr Tod etwas Mysteriöses an sich hat«, meinte Wojnicz, während er in Gedanken nach einem Vorwand suchte, der es ihm erlauben würde, sich auf sein Zimmer zurückzuziehen und die Makronen auszupacken. »Das ist der rechte Auftrag für einen Detektiv.«

»Wir werden es nicht mehr herausfinden, auch wenn die polizeiliche Obduktion ältere und jüngere Spuren von

Gewalt ergeben hat. Sie muss geschlagen worden sein. Ich weiß, dass der Fall Sie fasziniert, ich habe Sie einige Male Frau Opitzens Zimmer aufsuchen sehen.«

Wojnicz errötete und sagte schnell:

»Diesen Verdacht hatte ich, außerdem kam mir der Gedanke, dass ihr Selbstmord doch allen recht genehm sei.«

Er rief den Kellner herbei und bestellte einen Kaffee und ein Tellerchen für das Gebäck. Dann schnürte er das Päckchen auf.

»Worauf wollen Sie hinaus, Herr Frommer? Haben Sie wieder eine interessante Theorie?«

»Wir müssen uns für neue Dimensionen menschlichen Erlebens öffnen«, sagte Frommer auf Polnisch. »Für das, was in Vergessenheit geraten ist, weil es als kindisch und eines modernen Menschen unwürdig verworfen wurde. Unsere Ahnen hatten recht: Sie sind immer noch bei uns, sie sind da, sprechen zu uns, ja sie fordern unsere Aufmerksamkeit. All das Unrecht, das sich in der Vergangenheit ereignete, hat nicht aufgehört zu existieren, es hallt noch immer nach und versetzt uns in inneren Aufruhr.«

Er schwieg einen Moment, während der Kellner den Kaffee und das Tellerchen brachte. Wojnicz ermunterte sein Gegenüber, zuzugreifen. Zerstreut nahm sich Frommer die erste Makrone – es war die rote. Wojnicz selbst hatte schon die bordeauxfarbene gekostet. Nun griff er nach der violetten.

»Sie wissen, dass ich Theosoph bin und an Geisterwesen glaube, die in einer anderen Dimension leben und uns von dort aus zusehen.«

Seit Frommer begonnen hatte, polnisch zu sprechen, erschien Wojnicz alles, was er sagte, naiv und kindlich.

»Und sie haben sicher ein anderes Wertesystem als das

M. BEUCHLERS

Heilanstalt am Buchberg

für Lungenkranke

GÖRBERSDORF
in Schlesien
Höhenluftkurort 561 m

Die Anstalt ist 1890 gegründet und bietet Aufenthalt für 44 leicht lungenkranke Patienten. Sie liegt abseits der Dorf
zwei Morgen großen mit Nadelhölzern bewachsenen Garten umgeben. Infolgedessen ist sie vollkommen gegen
geschützt und selten ruhig gelegen. Wegen der kleinen Patientenzahl ist der Verkehr ein geselliger; dadurch wird dem Kra
von der Familie und den heimatlichen Verhältnissen nach Möglichkeit erleichtert. Ein geräumiges Gesellschaftszimmer r
Radio, Tageszeitungen, Zeitschriften, einer guten reichhaltigen Hausbücherei, sowie verschiedenen Unterhaltungsspielen st
Verfügung. Unmittelbar an die Anstalt schließen sich bequeme Wege zu nahegelegenen ausgedehnten Nadelwaldungen r
sichtspunkten an. Im Jahre 1928 wurde 2.5 km vor Görbersdorf in Schmidtsdorf ein Sanatorium mit 24 Betten, im gleich
beschriebene Anstalt geleitet, angegliedert. Zu dieser Anstalt gehört eine Landwirtschaft mit Weidebetrieb unter tierärzt
die Kranken beider Sanatorien mit bester Milch versorgt, ebenso eine eigene Gärtnerei, die Frischgemüse liefert. Ein au
waldbesitz, zu Spaziergängen einladend, schließt sich dem Sanatoriumsgarten unmittelbar an.

Kurmittel. Vollkommene Ausnutzung der klimatischen Reize des Mittelgebirges. Streng individualisierende ä
unter Berücksichtigung aller, in der Praxis bewährten Heilmethoden. Freiluftliegekur im Wechsel n
Spaziergängen, Anwendung von Abreibungen, Packungen, Duschen, Bädern im Sinne einer allmählichen Abhärtung.
Behandlung mit künstlichem Pneumothorax, Nervenschnitt. Größere Eingriffe (Plombe, Plastik) in ständiger Fühl
namhaften Lungenchirurgen. Künstliche Höhensonne, ärztliche Belehrung und Erziehung zu einer gesunden Lebensw
liche Ernährung.

Die Beköstigung ist folgende:
1. Frühstück (½8 Uhr) Malz- und Bohnenkaffee, Weißgebäck, Butter, Fett und Mil
2. „ (10 „) Brot, Weißgebäck, Butter, Schmalz, Milch oder Suppe, Aufs
Mittagbrot (1 „) Suppe, Braten, Gemüse oder Salat, Kompott (Sonntags Nac
Kaffee (4 „) wie 1. Frühstück;
Abendbrot (7 „) warme und zweimal wöchentlich kalte Küche, Tee oder Mil

Die Mahlzeiten werden an gemeinsamer Tafel eingenommen.

unsere«, fuhr Frommer fort. »Ich weiß nicht, was sie sehen, und ich weiß nicht, was sie sich ansehen, aber ich weiß, dass sie da sind. Hier. Sie sind um uns. – ›Um uns‹ ist in Anführungszeichen zu verstehen.«

Wieder beugte er sich über den Tisch, und Wojnicz stieg sein Geruch in die Nase: trocken, staubig, ein wenig muffig, papieren, wie in einem Kartonlager.

»Das ist keine Kraft von dieser Welt oder einer anderen. Diese Kraft wohnt dem Ort hier inne. Ich denke, sie fordert ein Gleichgewicht. Ich glaube, sie weiß nicht, dass sie Verbrechen begeht.«

Nun nahm Wojnicz sich die gelbe Makrone und seufzte glückselig – sie schmeckte nach Zitrone. Frommer senkte die Stimme, und Wojnicz schämte sich seines Behagens.

Kosten. Der Gesamtpreis fü ein Zimmer mit Verpflegung, ärztlicher Behandlung, Bedienung, Benutzung der Liegehalle, Liegebett und wöchentlich ein Bad beträgt täglich 7,10 RM. Hierzu 2% Trinkgeldablösung. Für Bettwäsche, Mund- und Handtücher 0,20 RM., für Heizung und Beleuchtung 0,30 RM. mehr. In einem Zweibettenzimmer ermäßigt sich der Preis um 0,50 RM., sowie 40% der Heizung und Beleuchtung. Für die erste Untersuchung mit Sputum- und Urin-Untersuchung werden 10,— RM. berechnet, desgleichen werden Injektionskuren, Röntgen-Untersuchungen, sowie außergewöhnliche ärztliche Bemühungen, wie Pneumothoraxanlage, operative Eingriffe an Kehlkopf, Nase und Ohren, besonders angesetzt. Als Aufnahmegeld zur Erhaltung der Gartenanlagen, Unterhaltungsspiele und dergl. werden einmalig 2 RM. in Rechnung gesetzt. In dem Sanatorium

Beuchlers Sanatorium Schmidtsdorf
Post Görbersdorf Schles. – 520 m ü. d. M.

»Wissen Sie, einem gepeinigten Körper entflieht die Seele voller Schrecken und will nie wieder in eine materielle Form zurückkehren. Sie schließt ein Bündnis mit der Natur, letzten Endes stammt doch alles von dort. So verstehe ich das, Herr Wojnicz. Den Tuntschis sind Sie gewiss schon ins Auge gefallen. Sie wollen junge Männer.«

Wojnicz blinzelte verwirrt. Er wusste nicht, ob er begriff, was Frommer meinte. Kurz glaubte er, *Schwärmerei* zu trinken statt Kaffee.

»Ich …«, begann er, sprach aber nicht weiter.

»Ja, ja, Sie haben mich schon recht verstanden. Sie sind intelligent. Und auch die Hiesigen verstehen es und werfen den Tuntschis das zum Fraß vor, was sie zur Hand haben – euch kranke und schwächliche Männer, die es hier zuhauf gibt. Es ist ganz einfach: Früher haben die Tuntschis ihnen Familienmitglieder genommen, die Ortsansässigen haben sie getötet, und deswegen haben diese Ortsansässigen gelernt, sie hinters Licht zu führen. Seit längerer Zeit kommen nur noch junge Kurgäste ums Leben – es sei denn, irgendetwas geht schief, so wie vor wenigen Jahren, als Opitzens Bruder starb; manchmal stößt auch einem Leichtsinnigen etwas zu, vor zwei Jahren geschah dies einem Köhler. Doch sie haben die Methode bis zur Perfektion ausgearbeitet, sie spielen den Tuntschis selbst die Opfer zu. Eines ist gewiss: Sie haben geglaubt, dieses Jahr würde es mit dem armen Thilo gelingen, doch er ist ein wenig zu früh gestorben. Und deshalb betrachten sie nun dich mit hungrigen Blicken, Mieczysław. Du musst so schnell wie möglich von hier fort.«

»Aber es sind doch so viele junge Männer hier, warum gerade ich?«

»Natürlich würde ich allen jungen Männern im – sagen wir – ›Erntealter‹ dazu raten.«

Wojniczens überzuckerter Geist konnte sich nur schwer auf Frommers Worte konzentrieren. Er hielt ihn für einen alten Sonderling und Fabulierer, dem es Vergnügen bereitete, andere Menschen in Verwirrung zu stürzen. Mieczysław klangen noch Doktor Semperweiß' Worte im Ohr, die ihn in solche Hochstimmung versetzt hatten. Und nun verdarb ihm Frommer die freudige Laune.

So, wie er nun mit ihm hier saß und nach der letzten, der seladongrünen, Makrone griff – Frommer hatte sie höflich abgelehnt –, fühlte er sich wie ein Kind, dem es endlich gelungen war, in jenen einen Moment zurückzukehren, in dem er Glicerias Goggelmoggel schlemmte, und ihm wurde bewusst, dass dieser Moment die Essenz der Köstlichkeit war, nach der er immerfort suchte. Alles ist sicher an seinem Platz, die Gegenstände leben unter der Berührung von Glicerias Händen, ihre Nützlichkeit ist anrührend, so wie auch die raue, von Messerschnitten gezeichnete Platte des Küchentisches, die sauberen Küchentücher mit dem aufgestickten Buchstaben W und sein ganzes Leben, vom Anfang bis heute. Er selbst ist Teil dieser Welt, in der ein bestimmter Ort, eine bestimmte Zeit für ihn reserviert sind, die er so gut wie möglich nutzen muss.

An diesem Ort, so dachte er, könnte er alles noch einmal von vorn beginnen. Alles, von Anfang an. In Glicerias Küche.

Frommer holte eine Blechdose mit seinem eingravierten Vor- und Nachnamen aus seiner Tasche und legte seine angebissene Makrone hinein.

»Für später«, sagte er, ohne Wojnicz anzusehen. »Ich frage mich nur, wie es sein kann, dass niemand das alles sieht, niemand es bemerkt – dass all das seinen Lauf nimmt, als wäre nie etwas geschehen, als wäre der Tod dieser jungen Männer das Gewöhnlichste der Welt. So ein Opfer von Zeit zu Zeit … Ich habe es Ihnen bereits gesagt: Ich gäbe mein Leben dafür, das Rätsel zu lüften; das ist das Einzige, was mir noch bleibt. Denn wie lange lebt man wohl mit so einer Schwindsucht?«

Hier blickte er Wojnicz an, der so jung war, der noch am Anfang seines Lebens stand, und begriff plötzlich seinen Fauxpas. Doch gesagt war gesagt, was sollte er tun? Er senkte die Augen.

Beide senkten sie die Augen.

16

Ein Mensch mit nur einem Schuh

Ein Stückchen noch«, sagte Raimund undeutlich.

Sie klommen bergan, Raimund voraus, in einem Regenmantel aus Drillich, dessen Schöße vor Wojniczens Augen flatterten und die ganze Aussicht verdarben. Wojnicz, den jäh eine Empfindung des Absurden befiel, blieb stehen, sog tief die feuchtkalte Luft, in der mit Sicherheit mikroskopisch kleine Teilchen von Moos enthalten waren, von Humus und nasser Erde, in seine genesende Lunge.

»Ich gehe nicht weiter«, sagte er.

Raimund drehte sich mit Schmeichelmiene zu ihm um, sein Lächeln war unterlegt von Bosheit.

»Ein Stückchen noch«, wiederholte er ohne rechte Überzeugung. »Wilhelm will dir etwas Wichtiges zeigen.«

»Ich gehe nicht mehr weiter.« Schnaufend stand Wojnicz da. Wie war er überhaupt hierhergekommen? Als Raimund am Nachmittag zu ihm gekommen war, hatte er geschlafen. Er solle sich anziehen. Wojnicz verstand, dass Opitz Schuhe für ihn hatte, auch wenn Raimund es nicht eigens erwähnte. Worum ging es denn? Es musste etwas Wichtiges sein. Als hätte Opitz sich mit ihm verabredet. Benommen noch von seinem Nickerchen, schlüpfte Wojnicz in seine ausgetretenen Halbschuhe und warf sich die Jacke über. Im letzten Augenblick dachte er noch an die Handschuhe. Und sie gingen los.

Er wollte wissen, wohin sie so eilig unterwegs waren und

was Opitz ihm denn zeigen wollte. Das war doch absurd! Wozu jetzt diese Kraxelei? Er war verrückt, dass er diesem Burschen hinterherlief, der ihm irgendetwas in seinem Dialekt erzählte, wovon Wojnicz nichts verstand außer dem Namen »Willi«. Aber sei es drum, er war zur Höflichkeit erzogen worden. Keinen Ärger machen, nicht aufmüpfig sein, sich nicht hervortun, Zurückhaltung üben, bis man verstanden hat, worum es eigentlich geht. Aber dass er in so leichter Kleidung losgegangen war! Sie hatten das Dorf bereits hinter sich gelassen, tauchten in den Wald ein. Wojnicz spürte die Kälte, er wollte nicht mehr weitergehen. Bald würde es dunkel werden. Fänden sie denn auch wieder zurück?

Mit Raimund gab es nichts zu diskutieren, der sah ihn nur mürrisch und voller Misstrauen an, als würde er jeden Moment mit einer unerwarteten Reaktion von Wojnicz rechnen. Und Wojnicz drehte sich um und begann, wieder abwärtszugehen Richtung Dorf. Von hier aus sah man noch die Dächer der Häuser, den riesigen Sanatoriumsbau.

Da stieß Raimund einen Pfiff aus, und ehe Wojnicz ein paar Schritte hatte machen können, tauchten von wer weiß woher einige Köhler auf, kräftige Burschen mit schwarzem Staub auf den Lidern. Raimund musste ihnen nichts sagen, sie wussten nur allzu gut, was sie zu tun hätten. Mit wenigen Sprüngen hatten sie Wojnicz umzingelt. Er kannte diesen Blick. Oft genug hatte er sich in einer ähnlichen Situation befunden – wenn der Vater ihn wieder einmal in eine neue Schule gebracht hatte. Auf ebendiese Weise endeten seine Versuche, Freunde zu finden. Mal dauerte es etwas länger, bis es so weit war, mal etwas kürzer. Mitunter galt er einige Monate als guter Schulkamerad, bis schließlich jemand Wojniczens Anomalie entdeckte. Es gab Menschen, die in dieser Hinsicht ein unerhörtes Talent hatten, einen wahren

Riecher für alles, was anders war. So schauten ihn auch jetzt die Köhler an – er war das Opfer, gleich einem Hasen, der in der Schlinge zappelte. Wojnicz versuchte noch, sich zu entwinden, doch hatten sie ihn schon gepackt, mit starken Händen, erbarmungslos. Sie töten mich, dachte er, und er wusste, worin sein Vergehen bestand, wofür sie ihn bestrafen würden. In gewissem Sinne hatte er es immer erwartet, ja er betrachtete sein Leben als geduldige Vorbereitung auf genau diesen Moment. Er sah seinen Vater, seinen Onkel, ihnen war es sicher längst schon klar gewesen, und in liebevoller Sorge hatten sie ihn darauf vorbereitet. Hatten ihn gelehrt, sich im Verborgenen zu halten, Konflikten auszuweichen, auf der Hut zu sein. Zu prüfen, ob die Vorhänge richtig geschlossen waren. Die Schlüssellöcher zuzustopfen. Ja, sie hatten sich alle Mühe gegeben. Und doch hatten sie gewusst – einmal würde es passieren.

Hart packten ihn die Köhler unter den Achseln, und als er zu strampeln begann, nahmen zwei weitere auch noch seine Beine und schleppten ihn schnaufend und fluchend bergan. Raimund ging nebenher, gab Anweisungen in seinem seltsamen Dialekt, der hier im Wald wie ein Knurren klang. Wojnicz wand sich noch immer, bis einer der Männer ihn in den Bauch trat. So heftig durchfuhr ihn der Schmerz, dass er sich von da an wie gelähmt in sein Schicksal ergab.

Aber nein, er hatte sich doch nichts zuschulden kommen lassen. Er konnte sich auf nichts besinnen. War immer höflich und rücksichtsvoll gewesen. Mit niemandem hatte er sich angelegt. Hatte seine Gefühle stets verborgen. Mit allem hatte er sich zurückgehalten, ganz so, wie es ihm der Vater beigebracht hatte. »Halte Distanz«, so sagte er immer. Dazu seine weiteren Ratschläge: »Wenn du ihnen nahekommst, tun sie dir etwas zuleide. Gib dich nicht vertrauensselig, das sehen sie als Schwäche an und erlauben sich dann immer mehr. Rede nicht zu lange mit Männern, das kann gefährlich werden. Halte dich fern von den Frauen, sie sind unberechenbar. Und bleibe immer auf der Hut!«

Ja, das war wohl sein einziges Vergehen gewesen. Er hatte alle Vorsicht fahren lassen. Aber warum Raimund? Wer war er überhaupt?

Um die hundert Meter schleppten ihn die Köhler bergan, dann blieben sie erschöpft stehen. Sie legten ihn auf den Boden, fesselten ihm Hände und Füße. Nachdem sie eine Weile schwer atmend verschnauft hatten, herrschten sie ihn an, aus einer Flasche zu trinken, und als er den Geruch der *Schwärmerei* erkannte und den Kopf schüttelte, packten sie ihn am Kinn und gossen ihm einen Becher von dem bittersüßen Getränk in die Kehle. Das machte ihn gänzlich wehrlos.

Sie befanden sich auf einem flachen Gelände, unweit der Stelle, wo Wojnicz zum ersten Mal eine Tuntschi gesehen hatte. Sie zogen ihm die Jacke aus, die sich einer der Männer offenbar unter den Nagel reißen wollte, er hängte sie sich sorgsam über die Schulter. Auch den Pullover und das Hemd zerrten sie ihm vom Leib, und als sie seinen Oberkörper entblößt hatten, seinen weißen Brustkorb, an dem kein einziges Haar zu sehen war, dafür die beiden unselig vergrößerten Brustwarzen, gackerten sie eine ganze Weile vor sich hin. Wojnicz schloss die Augen, er spürte, wie er in eine andere Sphäre zu treiben begann. Es war ihm, als würde er sich über die Erde erheben, gen Himmel schweben, doch die kräftigen Hände der Köhler hielten ihn erbarmungslos auf dem kalten, feuchten Waldboden. In den Taschen hatten sie Lederriemen, damit banden sie ihn jetzt geschickt an einen umgestürzten Buchenstamm. Schmerzhaft drückte sich ein Rindenwulst in seinen Rücken. Sie hatten es eilig, es wurde schon dunkel, und im Osten begann ein zarter Glanz zu schimmern. Er bemerkte, dass sie unruhig in diese Richtung sahen.

Als sie ihm auch die Hosen ausziehen wollten, spürte Wojnicz, wie der Stamm und der Waldboden unter seinem Fuß (er hatte einen Schuh verloren) zu beben begannen. Es war wie ein Summen, ein tiefer vibrierender Klang, unangenehm zu hören. Von weiter her, vom Gipfel des Berges, drang ein Lärm, der mit jedem Augenblick vernehmlicher wurde. Ein Klappern und Tappern, ein dumpfes Dröhnen, und – war das nicht das wohlbekannte Gurren? Doch klang es jetzt lauter, wilder, jenseits aller Form. Auf den Gesichtern seiner Peiniger, die kreidebleich erstarrten, malte sich namenloses Entsetzen. Sie ließen Wojnicz los, rannten in Panik Richtung Dorf, warfen die Lederriemen fort, die Äxte, verloren ihre Handschuhe und Mützen.

»Sie haben ihn nicht genommen. Sie haben ihn nicht genommen!«, schrien sie. »Lauft weg!«

Und:

»Die Stühle, die Stühle!«

Wojnicz stemmte sich in die Fesseln, doch jede Bewegung schrammte ihm den Rücken blutig, verletzte seine Wirbelsäule. Der Lärm wurde immer lauter, allerdings war sich Wojnicz nicht sicher, ob er tatsächlich von außen zu ihm drang oder im Innern seines Kopfes entstand. Es erinnerte an das dumpfe Läuten, das man im Fieber hörte, oder an das Pochen, wenn man tauchte und der Wasserdruck gegen das Trommelfell presste. Er musste blinzeln, er sah alles in grünblauen Tönen, als wäre er plötzlich unter Wasser geraten. Ganz wie damals, als er – im Kindesalter – im Winter auf der Eisfläche eines Teiches eingebrochen war. Der

Himmel ist etwas Festes, Hartes. Spränge man in die Höhe, man könnte sich den Kopf daran stoßen. Der blinzelnde Blick erkennt jetzt Gestalten im Gewirr der Zweige, Blätter und Stämme, Umrisse, die er vorher nicht gesehen hatte. Und doch waren sie schon immer da gewesen. Schlanke, biegsame Leiber, ein wenig den Menschen ähnlich, ein wenig den Tieren. Was er für einen Laubhaufen gehalten hatte, ist eine Gestalt, mit einem braunen Gesicht, geädert wie ein Blatt. Und dieses Gesicht wendet sich ihm zu. Dunkle Augen schauen ihn an, doch gleich sind die Augen schon wieder zwei Eicheln, und das Gesicht ist verschwunden. Und jetzt, jetzt wandert das Gesicht weiter und taucht an anderer Stelle auf.

Hier sind wir, ein wenig verändert, doch immer noch die Gleichen. Warm und kalt, sehend und blind. Hier sind wir, mit unseren Händen aus morschen Zweigen. Mit unseren Bäuchen, den Brustwarzen aus Bovisten, dem Schoß, der in den Fuchsbau übergeht, in die Tiefe der Erde reicht, wo er den Wurf der Welpen hütet. Siehst du uns endlich, Mieczysław Wojnicz, du wackerer Ingenieur aus den flachen, waldlosen Steppen? Siehst du uns, du schwankendes Menschenwesen, das Blätter trocknet, um sie einzukleben und solcherart vor Tod und Zerfall zu bewahren?

»Hilfe! *Pomocy!*«, rief er, doch seltsam, seine Stimme trug nicht, er konnte sich selbst nicht hören, er fühlte sich völlig betäubt. Mit größter Anstrengung gelang es ihm, die eine Hand zu befreien, blutig war sie und zitterte. Er versuchte, auch die andere aus den Fesseln zu lösen, doch seine Finger fanden nicht die richtigen Stellen. Er sah Fichtenzapfen den Hang hinunterkollern, als triebe ein gewaltiger Wind sie vor sich her.

Etwas kam den Berg herab, drängte in die Tiefe. Der arme

Wojnicz mühte sich mit den entsetzlich fest sitzenden Fesseln an seinen Füßen, als er unserer ansichtig wurde.

Nah neben sich sah er ein Gesicht aus Moos, und feuchte Augen glänzten, dunkelgrün wie der unterirdische See. Er sah einen festen Körper aus ineinander verschlungenen Ästen und Zweigen, Nadeln, Moos und feuchter Erde. Wärmere Luft umwehte ihn, ein Atem mit dem Duft von moderndem Laub. Große, dunkle Augen sahen ihn an, voller Neugier, doch war diese Neugier wohl nicht menschlicher Natur, denn Wojnicz spürte keinerlei Gedanken darin. Nah schob sich das Gesicht an ihn heran, ein Blick erforschte die Poren seiner Haut, die Wimpern, die Lippen, die Brauen. Ein zweites kam hinzu, und noch ein drittes. Fast hörte er auf zu atmen, starrte uns voller Entsetzen an. Doch nach und nach beruhigte er sich, wir wollten ihm ja nichts Böses. Das arme Menschenwesen spürte es, berührte mit seiner freien blutigen Hand unsere Wangen, fühlte, dass es lebendige Wangen waren, dass es dort einen Körper gab, einen anderen als den seinen, denn unsere Körper haben etwas versuchsweise Vorläufiges, vom Luftdruck und allerlei Strömungen hängen sie ab, von den unterirdischen Wassern, der Beschaffenheit des Dampfes.

Unser Blick dringt in die Tiefe. Wir sehen das Skelett des Menschenwesens, das schlagende Herz. Die peristaltischen Bewegungen des Darms. Die Speiseröhre, die ständig den Speichel nach unten drückt, den die Angst im Übermaß entstehen lässt. Wir sehen die Zunge, die sich anschickt, Worte zu formen. Das Zwerchfell hebt und senkt sich, aus den Nieren tröpfelt Urin in die Blase. Die Gebärmutter krampft sich zusammen wie eine Faust. Doch das Glied füllt sich mit Blut.

*

Die Riemen fielen ab, und mit ersticktem Schluchzen machte Wojnicz sich schwankenden Schrittes auf den Weg ins Tal. Er musste sich an Bäumen halten, Tränenschleier trübten ihm den Blick. Sein Oberkörper war nackt, er hatte nur noch einen Schuh am Fuß, und seine blonden Haare standen ihm als wirre, aschgraue Aureole um den Kopf. In der herabsinkenden Dämmerung erlosch das Tal unter ihm, doch hatte die Dunkelheit noch nicht ihre eigentliche Tönung erreicht, dieses Schauspiel sollte erst beginnen, während im Osten bereits ein anderer Schein das Firmament überzog, der nicht von der Sonne herrührte, und schließlich sah Wojnicz zwischen den Bäumen ein Leuchten aufglimmen – er blickte in das raue Antlitz des Mondes. Unter sich sah er Görbersdorf, mit kleinen Menschenfiguren, die gepflasterte Straße, im Mondlicht schimmernd, wurde zur Bühne, und nun gingen auch die modernen elektrischen Lampen an.

Wojnicz eilte zu seiner Bleibe. Er hatte nur einen Gedanken im Kopf: Er musste seine Blöße bedecken. Er brauchte Kleidungsstücke!

Blutig und mit Erde verschmiert tauchte er auf der Promenade auf, hinkend, mit nur einem Schuh. Erstaunlich leer waren die Straßen, und die Dämmerung, die doch dichter hätte werden müssen, verflüchtigte sich im Mondlicht, das alles übergoss. Was er sah, erinnerte ihn an die Schwarz-Weiß-Zeichnungen der Lebkuchenschachteln aus Kindertagen. Die *Schwärmerei*, dachte er. Ihm war übel, seine Beine gaben nach, die Speiseröhre krampfte sich zusammen – gleich muss ich mich übergeben! Er wollte nur eines – das Gästehaus erreichen und sich dort verkriechen, und sei es unter dem Bett. Er befand sich schon auf der hinteren Seite des Sanatoriums, jetzt musste er die hell erleuchtete Straße überqueren und noch ein paar Hundert Meter zurücklegen. Da bemerkte er, dass am Seiteneingang des Kurhauses etwas im Gange war. Hinkend eilte er auf einen Hof, er bewegte sich jetzt hinter den Gebäuden, parallel zur Hauptstraße. Von dort hörte er immer deutlicher Stimmen und das Scharren von Schritten. Er wagte einen Blick auf die Straße und sah eine Gruppe Patienten, die von Sydonia Patek angetrieben wurden. Einen weißen Stock hielt sie in der Hand. So versilbert vom Mondlicht, wirkte ihr Schwesternkittel, als wäre er aus Metall. Die Ersten setzten sich in Bewegung, gingen mit langsamem Spazierschritt bergauf, dem Ende des Dorfes entgegen, in Richtung des Köhlerlagers. Doch ließ sich das kaum als Marsch bezeichnen, bunt ging es durcheinander, und alle schienen bei bester Laune. Aus dem vielsprachigen Gewirr konnte er einzelne Stimmen hören. So etwa einen fröhlichen Ausruf auf Polnisch: »Aber gewiss doch, mein Herr, ich scherze nicht.« Vom Turm des Kurhauses tönte der Trompeter, es war Abendessenszeit, doch klang die Melodie recht ungelenk und träge, und als sie zum zweiten Mal einsetzte, brach sie plötzlich ab, als hätten den Trompeter Zweifel befallen. Weiter vorn in der Menge entdeckte Wojnicz Lukas und August, wie üblich in ein Gespräch vertieft. Auch Frommer konnte er sehen, er hielt sich etwas abseits, ganz in Gedanken versunken, mit einer nicht angezündeten Zigarette in der Hand. Und die Menge debattierte, scherzte, stritt in mehreren Sprachen, und mit einem Mal ging Wojnicz auf, dass außer Sydonia Patek, die mit ihrem Stöckchen diese Menschenherde zusammenhielt, gleichsam in der Rolle einer Schäferin, sonst keine Frau zu sehen war. Er zog sich auf den Hof zurück und hinkte – noch immer in Sorge, dass ihn bloß niemand entdecken würde –, so rasch er konnte, zum Gästehaus, an der leeren Bank von Frau Weber und Frau Brecht vorbei. Alle Fenster ihres Hauses waren dunkel.

Als er endlich das Gästehaus erreichte, spürte er keine Kälte mehr, nur noch Scham und die Angst, es könnte ihn jemand in diesem Zustand sehen. Er eilte auf sein Zimmer, hüllte sich in die Tagesdecke. Erst jetzt begann er zu frieren, spürte, wie erschöpft er war. Mit seinen erstarrten Fingern zog er ein warmes Unterhemd an, einen Pullover, wechselte die Hose. Diejenige, die er am Leibe trug, war mit Erde verschmiert und zerrissen. Die Socke, auf der er hatte laufen müssen, strotzte vor Schlamm und war in Fetzen. Angewidert warf er sie von sich, rieb seinen Fuß mit einem Handtuch sauber. Er zitterte am ganzen Leib, doch nicht mehr vor Kälte, sondern vor Empörung – es war die Empörung über die unbegreifliche, durch nichts zu rechtfertigende Gewalt, die ihm angetan worden war. Nicht dass er diese Form der Gewalt nicht gekannt hätte. An den Rändern seines Bewusstseins, unscharf geworden durch die ständige Verdrängung, dauerten Erinnerungen an ähnliche Erlebnisse. Einmal schluchzte er laut auf, doch unterdrückte er die Tränen. Würde er sich jetzt erlauben zu weinen, sein früheres Unglück müsste ihn überschwemmen mit einem Gefühl der völligen Entfremdung. Sollte er jetzt schwach werden, würde er sich selbst das Leid zufügen, dem er entronnen, von dem er errettet worden war.

Plötzlich hörte er ein Poltern über seinem Kopf. Als wäre dort oben etwas Schweres auf den Boden geschlagen. Er hielt den Atem an, sah auf den Flur hinaus. Stille. Im Gästehaus war offenbar niemand. Unten brannte die Petroleumlampe, eines der Lichter, die immer angezündet wurden, um Elektrizität zu sparen. Falls jemand in den Salon gehen wollte. Wieder war das Poltern zu hören, nun begleitet von einem erstickten Schrei.

Wojnicz, noch immer nur einmal beschuht und den anderen Fuß diesmal bloß, ging auf den Flur und lauschte. Bewegte sich, so leise er konnte, die Treppe hinauf. Das blässliche Licht des Novembervollmonds fiel durch das kleine Fensterchen, doch im Innern des Hauses war es schon dunkel. Jenseits der Tür zum Speicher mit dem Mansardenfenster hörte er beunruhigende Geräusche. Als unter Wojniczens einem Schuh der Boden knarrte, trat völlige Stille ein. Es fiel ihm auf, dass jetzt das Gurren nicht zu hören war.

»Ist da jemand?«, rief er mit bebender Stimme.

»Wojnicz? Hier, hier, komm hierher!«, hörte er Opitz rufen. Eine fiebrige Ungeduld klang in den Worten.

Mieczysław öffnete die Tür – im Mondlicht sah er Opitz, an seinen Stuhl gefesselt. Er zerrte an den Banden, vergeblich. Wojnicz wusste, wie fest sie waren.

»Mach mich los!«, verlangte Opitz ungeduldig.

Dieser war so überrascht, dass er eine ganze Weile nicht begreifen konnte, was Opitz eigentlich von ihm wollte. Wie angewurzelt stand er da, starrte auf den Gefesselten, der sich auf dem Stuhl wand und bäumte.

»Na los! Worauf wartest du, du Rindvieh! Was glotzt du so? Mach mich los!«

Wojnicz rührte sich nicht. In Gedanken gebannt.

»Wo kommst du überhaupt her?!«, brüllte Opitz. »Du solltest doch gar nicht mehr hier sein. Wie kommst du hierher?«

»Herr Opitz, bitte beruhigen Sie sich«, sagte Wojnicz und kniete sich vor ihm nieder.

Er versuchte, die Schnallen der Riemen zu lösen, doch waren sie so fest angezogen, dass er sie nicht öffnen konnte. Zudem warf Opitz sich auf dem Stuhl hin und her. Versuchte gar aufzustehen, dabei fiel er auf Wojnicz, und beide stürzten sie zu Boden.

»Wer hat Sie gefesselt? Wer hat Ihnen das angetan?«, fragte Mieczysław, als er unter dem vierschrötigen Körper hervorkroch, der auf Gedeih und Verderb mit dem Stuhl verbunden war.

Mit wildem Blick stierte Opitz ihn an. Das Weiße in seinen Augen war blutunterlaufen vor Anstrengung.

»Raimund«, krächzte er heiser, »Raimund hat mich gefesselt.«

»Aber warum?«, wollte Wojnicz wissen, während er an den Riemen fingerte, die die Hände hielten. Doppelt waren sie festgezogen, dass Opitzens Hände schon blau anliefen. Wojnicz zerrte an den Fesseln, sah sich nach einem Werkzeug um, das ihm hätte helfen können. Es kam ihm in den Sinn, in die Küche zu gehen und ein Messer zu holen. Damit würde er die teuflischen Riemen durchschneiden.

»Warum? Warum?«, fragte er immer wieder.

»Wie denn – warum? Ich selbst habe es ihm gesagt.«

Wojnicz erstarrte, dann begriff er es jäh! Auf den Knien rutschte er zurück, bleich geworden, ein Rauschen pochte ihm in den Ohren.

»Ihr bindet euch hier fest, damit ihr nicht nach draußen geht! Ihr bindet euch fest, damit dieser Wahnsinn euch nicht ergreift.«

»Mach mich los, du Schafskopf! Auf der Stelle!«, stammelte Opitz mit dem Glanz des Irrsinns in den Augen.

Doch Wojnicz wollte Opitz erst freilassen, wenn dieser ihm alles gesagt hätte.

»Warum ich?«

Opitz heulte vor Zorn, jetzt versuchte er, mit dem Stuhl auf dem Rücken zu knien, doch konnte das, der Stuhlbeine wegen, an die er gefesselt war, nicht gelingen. So kauerte er gekrümmt vor Wojnicz, schnaubte und röchelte wie toll.

»Warum du?«

Opitz keuchte in seiner erzwungenen Verbeugung, vielleicht sammelte er auch die Kräfte für eine letzte Anstrengung, die Fesseln zu sprengen. Oder befand er womöglich, dass Wojnicz doch ein Recht hätte, die Wahrheit zu erfahren? Abgebrochene Sätze stieß er zwischen den Zähnen hervor, mühsam nur bändigte er sein Zittern, den nervösen Krampf, der ihm in die Kiefer gefahren war, die Unruhe seines Körpers, der sich dem Gang der anderen Männer anschließen wollte.

Der Junge aus Berlin hätte es sein sollen. Thilo. Doch ist er zu früh gestorben. Ja, manchmal war es so, dass sie die Schwerkranken aussuchten, damit sie in den Wald gebracht und dort angebunden würden. Sie würden ja ohnehin sterben – was machte das schon, wenn ein Todkranker zum Tode verurteilt wurde, damit man die Gesunden verschonen konnte? War das nicht eigentlich die vernünftigste Lösung? Rein praktisch gesehen? Nun ja, da musste Wojnicz ihm recht geben. Die Kranken statt der Gesunden, die Fremden statt der Hiesigen, die Alten statt der Jungen … Immer schon, solange er denken könne, ächzte Opitz, sei jemand aus dem Dorf ums Leben gekommen, jemand von hier, also konnte man, nachdem Doktor Brehmers Sanatorium seinen Betrieb aufgenommen hatte, diese neue Gegebenheit ausnutzen. Schon im September oder Oktober hätten sie immer jemanden ausgewählt. Der Gesundheitszustand dieses Patienten war allgemein bekannt gewesen, nach einem

Gläschen *Schwärmerei* schlugen Doktor Semperweiß und seine Kollegen die ärztliche Schweigepflicht in den Wind. »Ein netter Bursche, aber er stirbt.« Also schleifte man den Delinquenten in den Wald, um ihn dort dem Blick der Tuntschis auszusetzen.

Wojnicz lachte nervös. Beugte sich so weit nach vorn, dass er in Opitzens blutunterlaufene Augen sah.

»Was sind die Tuntschis?«

Opitz starrte ihn mit wahrem Hass an.

»Mach mich auf der Stelle los!«, knurrte er durch die Zähne. »Mach mich los, ich muss gehen.«

Wojnicz verstand ihn nicht.

»Warum wollen Sie gehen? Was geschieht dort? Warum müssen Sie gehen?«

Opitz keuchte, als drohte er zu ersticken.

»Du musst mich losmachen, Wojnicz, ich muss dorthin.«

»Verstehe ich das richtig, dass ich Ihnen gerade das Leben rette?«

Wirr stammelte Willi Opitz vor sich hin. Das Aberwitzige seiner Lage schien er nicht wahrzunehmen. Er brabbelte von der Großen Sache, dem Opfer, das das Dorf rette. Von der ewigen Ordnung, dem Gesetz der Natur. Von Gott und Teufel.

Als Wojnicz später versuchte, aus diesen Bruchstücken etwas zusammenzufügen, um irgendeinen Sinn darin zu finden, gelangte er zu der Erkenntnis, dass Frommer im Grunde recht gehabt hatte, zumindest in einigen Belangen.

Da er die Fußfesseln nicht lösen konnte, versuchte er es an den Händen. Endlich gelang es ihm, die eine Hand zu befreien, worauf Opitz sofort mit der anderen versuchte, die noch gefesselte loszumachen und eines seiner Beine zu befreien. Als die Schnallen sich tatsächlich öffnen ließen, wollte er sofort den Raum verlassen, das eine Bein noch immer an den Stuhl gebunden. In schrillem Diskant schrie Wojnicz auf, Opitz möge sich besinnen! So laut, dass er über seine eigene Stimme erschrak.

Für einen Augenblick schien Opitz zu sich zu kommen, schwer atmend stand er da, doch im nächsten Moment schon stieß er Wojnicz beiseite und knurrte nur:

»Aus dem Weg!«

Wojnicz hörte Gepolter auf der Treppe, und ohne zu zögern, stürzte er Opitz hinterher. Unten angekommen, zog er die schweren Schuhe an, nahm jemandes Mantel, schlüpfte hinein und taumelte nach draußen. Er sah, wie Opitz wankend das Gelände des Gästehauses verließ, sich endlich von dem Stuhl befreite und die Brücke erreichte, wo er sich dem Umzug der anderen Männer anschloss. Dort fand er seine Haltung wieder, als belebte ihn eine neue Kraft, sein Gesicht beruhigte sich, die Stirn wurde hell. Ja, es war, als würde Opitz mit einem Male hübsch. Zunächst ging er am Ende des Zuges, bald jedoch schob er sich weiter nach vorn, an seinen Bekannten vorbei, die so zahlreich nicht waren, zwei oder drei von ihnen hatten zerrissene Riemen an Hand- und Fußgelenken. Vor allem Männer aus dem Sanatorium waren es, doch auch der neue Postdirektor war dabei, Krankenpfleger, Tomášek mit beschlagener Brille. Und fast am Ende dieses Zuges – wenn man einen korpulenten Kurgast nicht mitzählte, ebenso Herrn Ludwig, den verkrüppelten Künstler aus Hamburg, in seinem Rollstuhl – schritt Herr Frommer einher und schwenkte sein Stöckchen.

Wojnicz rief ihn an:

»Herr Frommer!«

Dieser schaute drein, als wäre er nicht bei Sinnen, stammelte etwas, drehte sich um die eigene Achse, was nun gewiss nichts Frommer'sches mehr an sich hatte – als würde er einen Tanz vollführen.

Wojnicz sah die Bewegung mit Entsetzen. In langen Sätzen hastete er zum Kurhaus, eilte dort über die Treppe ins Untersuchungszimmer des Doktor Semperweiß, wo das Gewehr am Schreibtisch lehnte. Er nahm die Waffe in die Hand, prüfte, ob sie geladen – sie war es.

Über ganz Görbersdorf hin dröhnte der Schuss, hallte mehrfach von den Berghängen wider, von der Hohen Heide, vom Hohen Gebirge, vom Großstorchberg und der Schirlich Koppel. Als hätte ein gewaltiges Herz ein paarmal geschlagen. Auf die Männer in dem seltsamen Zug machte es keinen Eindruck, nicht einen Moment lang hielten sie inne. Aber warum nicht ich?, fragte sich Wojnicz. Warum erliege nicht auch ich dem Bann? Warum kann ich noch klar denken, so erschreckend klar? Es war, als würde er die Vorbereitungen zu einer Freiluftveranstaltung betrachten, als ginge es dort zu einem Picknick oder einer Musikaufführung. Fehlten nur ein Blasorchester und Fähnchen. Die Menge kam an der Konzertmuschel vorbei und schob sich weiter, auf den Wanderweg zu. Jetzt waren die Ersten bereits im Wald verschwunden, ungeachtet ihres gänzlich ungeeigneten Schuhwerks, und anstatt von Mänteln trugen sie Hausjacken. Sie waren guter Dinge, sprachen von den Getreidepreisen auf den Weltmärkten, von der Lage auf dem Balkan. Einträchtig bewegten sie sich voran, ließen einander den Vortritt auf dem immer schmäler werdenden Pfad, oder sie gingen einfach über Stock und Stein durch den Wald, ohne auf die Tannenzweige zu achten. Opitz unterhielt sich mit einem lebhaften Breslauer über seinen Onkel, der in der Schweizer Garde gedient hatte. Lukas und August waren offenbar in Kriege der Antike vertieft. Oder vielleicht auch in die Philosophie der Gegenwart. Eine Weile folgte ihnen Wojnicz in grenzenlosem Erstaunen, während das Gewehr des Doktor Semperweiß ihm an die Beine schlug. Am Waldrand aber hielt er an, der Zug bewegte sich gleichgültig weiter; ihn fror, er hatte genug und kehrte zurück ins Dorf.

Er wollte schon das Gästehaus für Herren betreten, als er sich anders entschied. Er ging auf den Hof, warf einen Blick in den Anbau, in dem Raimund wohnte, den er in dem Zug nicht gesehen hatte. Er fand ihn an einen Stuhl gekettet. Bei der gegenüberliegenden Wand lag der Schlüssel, mit dem er sich selbst gefesselt hatte. Raimund hatte ein rotes Gesicht, seine Augen waren blutunterlaufen, in seinem Blick lag ein stummes Flehen. Wojnicz schlug die Tür zu, ging auf sein Zimmer.

Gut, dass er nicht mehr mit ansehen musste, was geschah, nachdem der Zug im Wald verschwunden war. Dies waren die Gefilde des Nebels, hier zog er besonders häufig auf. Und der helle, heitere Mond, der bis jetzt alles so strahlend erleuchtet hatte, verschleierte sich und übergoss den Wald mit einem Schimmer, der an verwässerte Milch denken ließ. In diesem Licht hatten alle leichenblasse Gesichter. Die Männer verloren einander zwischen den Bäumen, drängten mit verbissenen Mienen weiter, jeder auf seine Weise, dem eigenen Schicksal entgegen. Die Nebelschleier ließen sie noch rascher die Orientierung verlieren, brachten erst recht Verwirrung in die Reihen dieser kläglichen Armee auf ihrer unheiligen Prozession. Bald hatten sich alle gänzlich verstreut, jeder für sich allein mit dem Nebel, dem Knacken der Zweige, dem Scharren der Schritte im Moos, den Linien in der Rinde der Bäume und den Ästen, die sich so ausladend reckten.

Opitz stand allein am Rand einer kleinen Lichtung, leicht

nach vorne gebeugt, als wollte er sich eine Last auf die Schulter hieven. Er keuchte schwer, und jeder Atemzug fuhr kalt in seine kranke Lunge (auch er war ja krank, wie alle anderen), um dann als graues Wölkchen in die eisige Luft aufzusteigen – der Vollmond brachte unweigerlich den Winter mit.

Es war nichts Gewalttätiges darin, es war nur eine rasche, kaum merkliche Bewegung, die Opitzens Körper über der Erde schweben ließ. Auf seinem Gesicht, das bis dahin so gedankenversunken gewesen war, zeichnete sich ein Ausdruck, den wir bisher bei ihm noch nicht gesehen hatten: Wehmut. Er musste gewusst haben, was geschehen würde.

Diejenigen, die in der Nähe standen – viele waren es nicht –, sahen es, als würden sie mit einem Gefühl der Erleichterung erwachen: Also nicht ich! Zweifellos war das grausam von ihnen, und sie sahen das fürchterliche Mysterium gewiss nicht zum ersten Mal, doch war sicherlich – wie nach der Niederkunft bei den Frauen – seitdem genügend Zeit verstrichen, um Schmerz und Angst zu vergessen. Auch tat die *Schwärmerei* das Ihre. Ja, so etwas ist möglich, schienen ihre Gesichter zu sagen. Ja, solche Dinge geschehen. Das, wovor wir uns am meisten gefürchtet haben und was wir beiseiteschieben wollten, worüber wir uns lustig gemacht und was wir verhöhnt haben – das ist nun in seiner ganzen schrecklichen Gestalt zurückgekehrt und nimmt sich seine Beute.

Opitzens Körper fiel in Stücken zur Erde, in blutigen Fetzen, die sich über Moos und Zweige verstreuten.

Schließlich begann es zu schneien, und bis zum Morgen hatte der Schnee alles bedeckt, und kein Makel und kein Schmutz, kein einzelner Handschuh, keine regennasse Zeitung, kein Abfall, keine Scharte im Straßenpflaster waren mehr zu sehen. Die Welt wurde hell und heiter und vergaß. Warum auch sollte man sich an seine Niederlagen erinnern, an seinen beunruhigenden Schatten?

Es erinnerte sich auch niemand, wie er nach Hause gekommen war, wessen Hände die an die Stühle Gebundenen befreiten.

Am Morgen kamen, als wäre nichts geschehen, die Kurgäste auf die Straßen von Görbersdorf, in Wintermänteln mit Pelzkragen, um ihre üblichen Wege in den frischen Schnee zu prägen. Bei einigen Männern nur entdeckte man Spuren der Nacht – einen Kratzer an einer Wange, eine Fichtennadel im Haar, einen Riss in der Hose. Als gegen Mittag die Sonne das Tal erreichte, ließen sie die Kurprinzipien Kurprinzipien sein, veranstalteten eine Schneeballschlacht und fuhren auf geliehenen Schlitten den Kirchenhügel hinunter.

Raimund wachste schon seit dem Morgen Skier.

*

Wojnicz versorgte seinen verletzten Fuß. Der Schuh war verloren, das machte nichts, er war ohnehin nicht mehr zu gebrauchen gewesen. Mit zitternden Händen wusch er das Blut aus den Wunden, verband den Fuß mit einem Taschentuch, ein Geschenk seines Vaters, mit einem hübschen cremefarbenen Monogramm: WM. Was draußen geschah – es ging ihn nichts mehr an. Aus dem Augenwinkel sah er durchs Fenster die großen nassen Flocken, die gleich Manna vom Himmel fielen und der Erde ein weißes Feiertagskleid bescherten. Gegen Morgen setzte kaum merklich Frost ein, und die Flocken wurden fester, bedeckten innerhalb weniger Stunden die Dächer, die Straßen, die Parks. Nach und nach verlor das Dorf seine Konturen, verwandelte sich vor Wojniczens Augen in ein Märchenbild. Bald schon tauchten Kinder auf; bisher hatte Wojnicz sie nie beachtet. Sie schnallten sich Skier an, die ihre Großväter für sie gehobelt hatten. Am Fenster stehend, sah er auch Kurgäste, die sich – gewiss nach einem üppigen Frühstück im Kurhaus und ohne jegliche Erinnerung an die vergangene Nacht – bei einer Schneeballschlacht vergnügten. Und einen Arzt aus dem Sanatorium sah er, mit ernster, nachdenklicher Miene schritt er mit Sydonia Patek dahin, einen Mantel über seinen Arztkittel geworfen. Alles ging seinen üblichen Gang, es war wie ein gut geölter Mechanismus, und die Regel der fünfundsiebzig Prozent wirkte noch immer zugunsten der Patienten. Es gab also Grund zur Hoffnung.

Dass Mieczysław Wojnicz auf den Dachboden ging, hatte mehr mit der Suche nach Schuhen zu tun als mit anderen Gründen. Im Zimmer der Frau Opitz öffnete er ohne Umschweife den Schrank, betrachtete die Kleider auf den Bügeln. Langsam zog er sich aus, legte seine Sachen sorgsam zusammen, schob den Stapel unters Bett. Nur das Jackett warf er darauf. Nackt stand er vor dem geöffneten Schrank. Der kleine, gesprungene Spiegel über der Waschschüssel zeigte seinen Körper in Stücken. Als wäre dieses Spiegelbild Teil eines größeren Mosaiks, das zu fügen jeder von uns sein ganzes Leben zur Verfügung hätte.

Er griff nach den Schnürstiefeln, die im untersten Fach standen. Sie passten. Nur einen Moment lang war es unbequem, eng umschlossen die Stiefel seine Füße, drückten ein wenig am Spann, doch nach einer Weile passten sie sich an. Er schaute sich nach der übrigen Kleidung um.

In Gedanken sah er, wie in den Fenstern eines riesigen Zimmers, welche Formen seine Zukunft annehmen würde.

Und so viele Möglichkeiten sah er, dass er spürte, wie eine Kraft in ihm zu wachsen begann. Er hatte keine Worte dafür, es kam ihm nur das deutsche *»Ich will«* in den Sinn. Doch umfasste es weit mehr, reichte weit über das bloße Ich hinaus. Er fühlte sich vielfach, vielschichtig, vielgestaltig, er war ein Korallenriff, war ein Pilzgeflecht, dessen eigentliches Wesen weit unter der Erde sich verzweigte.

Nach allem, was geschehen war, hätte er jetzt hierbleiben, ja er hätte sogar, da Opitz für immer verschwunden war, dessen Stelle übernehmen können. Die Verwaltung des Gästehauses würde er sicher rasch erlernen, auch hatte er sich jedes Abendessen notiert, alles in allem eine beachtliche Speisekarte. Er müsste die Gerichte nur noch Abend für Abend in Auftrag geben. Mit Raimund würde er Spitzkegelige Kahlköpfe sammeln und mit Spiritus aufgießen – für die *Schwärmerei.* Doktor Semperweiß würde zugeben müssen – unwillig sicher, doch was bliebe ihm übrig –, dass die Krankheit vorüber war, dass er sie davongeblasen hatte wie Tuntschis Atem eine Handvoll Staub.

Oder er könnte nach Lemberg zurückkehren, zu seinem Vater, seinem Onkel, um sich dort eine Existenz aufzubauen, als Ingenieur für Wasser- und Canalisationsbautechnik, und zur Erbauung des Herzens würde er einer Sammelleidenschaft frönen.

Die Unterwäsche, das Kleid, alles passte hervorragend. Er nahm sein altes Jackett, das er jetzt als Mantel anlegen wollte.

Es entschied sich in der Spanne weniger Stufen, als er nach unten ging und sich im einzigen großen Spiegel sah, der in diesem Haus an der Wand hing. Er war derselbe Mensch geblieben, nur anders ausgestattet, anders garniert – wenn man so wollte. Jetzt sah er der Frau mit dem Hut ähnlich, deren Anblick ihn so gerührt und nach der er sich so gesehnt hatte.

Der Reisepass, den er im Zimmer der Verstorbenen gefunden hatte, bestätigte zweifelsfrei, dass er von nun an Klara Opitz heiße, die tschechische Staatsangehörigkeit besitze und eine Einwohnerin der Gemeinde Friedland in Niederschlesien sei. Und nachdem Klara Opitz ihren Koffer gepackt hatte, begab sie sich ohne Abschied auf die Promenade, zu der Stelle, wo gewöhnlich die Droschke hielt, mit der die Kurgäste zum Bahnhof Dittersbach fuhren. In der rechten Hand trug sie ein rechteckiges Päckchen, das in Zeitung eingeschlagen und mit Spagat verschnürt war. Ein freundlicher Herr half ihr, in der Droschke Platz zu nehmen. Der Hut war ein wenig hinderlich, sie musste ihn mit einem Tuch unterm Kinn befestigen.

Als die Droschke an dem Haus in der Mitte des Dorfes vorbeikam, sah Klara die beiden wieder – Frau Weber und Frau Brecht. Mit Reisigbesen fegten sie den Schnee vor dem Eingang beiseite. Als sie Klara in der Droschke erblickten, hielten sie inne, stützten sich auf die Besen, warfen ihr einen anerkennenden Blick des Abschieds zu. Einen Moment lang glaubte sie, auch die Dritte zu sehen, oder wenigstens ihren dicken Finger am Türrahmen, und wieder musste sie daran denken, was sie auf dem Bild von de Bles gefunden hatte.

Und jetzt fiel Klara etwas ein, sie griff in die Tasche des Jacketts, nahm die Bohne heraus, die sie zu Beginn ihres Aufenthalts in Görbersdorf aufgehoben hatte, eben hier, vor dem Haus der beiden alten Frauen. Sie hatte sie völlig vergessen und die ganze Zeit mit sich herumgetragen. Mit schalkhafter Freude warf sie die Bohne in die Luft – sie landete genau in ihrem Mund.

Epilog

Ähnliche Begebenheiten wie jene, von denen wir hier erzählen, haben sich nie mehr ereignet. Der Krieg hat unsere Gelüste befriedigt.

Die Tuberkulose wurde praktisch zum Verschwinden gebracht – dank des Impfstoffs BCG, der seit den 1920er-Jahren Anwendung fand.

Klara Opitz zog nach München, wo sie in einer Krankenhausküche arbeitete. 1917 war sie an der Front in Belgien, sie leistete dort Dienst in einem Feldlazarett. Nach dem Krieg ging sie nach Berlin, dann verlor sich ihre Spur. Es gab jedoch jemanden, der darauf beharrte, Mieczysław Wojnicz Ende der 1920er-Jahre am Grab seines Vaters in Lemberg gesehen zu haben. Er habe englischen Tweed getragen.

Dr. Semperweiß wurde eingezogen und fiel gleich zu Beginn des Krieges bei Krakau. Seinen legendären – vielmehr: seine legendäre – Mercedes requirierte die Armee.

Raimund übernahm das Gästehaus für Herren und führte es durchaus mit Erfolg einige Jahre lang weiter, bis die Trunksucht ihm zum Verhängnis wurde. Sie brachte ihn dazu, eines Tages in den Bergen zu verschwinden, aus denen er nicht mehr wiederkam.

Nun wurde das Gästehaus verpachtet und dauerte so vor sich hin. Nach dem Zweiten Weltkrieg wurde es verstaatlicht und in Wohnungen für vier Familien umgewandelt. Bis heute steht es in Sokołowsko, wie Görbersdorf nach dem Krieg genannt wurde.

Walter Frommer, der die Tuberkulose bezwang (obwohl nicht ausgeschlossen ist, dass er nie wirklich krank war), lebte noch recht lange. Er starb an Hunger und Unterkühlung in der belagerten Festung Breslau, im Jahr 1945. Seine letzte Ruhestätte ist nicht bekannt.

August August beendete seines Lebens Lauf in Görbersdorf – am 11. Juli 1914. Er wurde auf dem Friedhof in Langwaltersdorf beerdigt.

Longinus Lukas starb am 3. September 1914 in Görbersdorf, sein Grab befindet sich in der Nähe von Augusts Grab. Man kann sie dort besuchen, am günstigsten im Winter, wenn die Pflanzen nicht die Grabsteine überwuchern und die Inschriften verdecken.

Und wir? Wir sind für immer hier.

Verzeichnis der Ortsnamen

Breslau – Wrocław
Glatz – Kłodzko
Görbersdorf – Sokołowsko
Hirschberg – Jelenia Góra
Friedland in Niederschlesien – Mieroszów
Langwaltersdorf – Unisław Śląski
Neue Rode – Nowa Ruda
Nieder Wüstegiersdorf – Głuszyca
Pleß – Pszczyna
Waldenburg – Wałbrzych

Notiz der Autorin

Sämtliche misogynen Ansichten in diesem Roman stellen Paraphrasen von Textpassagen folgender Autoren dar:

Aurelius Augustinus, William S. Burroughs, Cato der Ältere, Bernhard von Cluny, Charles Darwin, Émile Durkheim, Henry Fielding, Sigmund Freud, H. Rider Haggard, Hesiod, Jack Kerouac, David Herbert Lawrence, Cesare Lombroso, W. Somerset Maugham, John Milton, Friedrich Nietzsche, Ovid, Plato, Ezra Pound, Jean Racine, François de La Rochefoucauld, Jean-Paul Sartre, Arthur Schopenhauer, William Shakespeare, August Strindberg, Jonathan Swift, Algernon Charles Swinburne, Simonides von Keos, Tertullian, Thomas von Aquin, Richard Wagner, Frank Wedekind, John Webster, Otto Weininger, William Butler Yeats.

Außerdem werden gekennzeichnete Zitate verwendet:

Aristophanes: *Die Frösche*, mit Einleitung und Kommentar von Herbert Pernice. Leipzig 1856, S. 57–59.

John Milton: *Das verlorene Paradies. Episches Gedicht*, Bibliographisches Institut, Hildburghausen 1867.

Plutarch: *Dialog über die Liebe*. Eingeleitet, übersetzt und mit interpretierenden Essays versehen von Herwig Görgemanns, Barbara Feichtinger, Fritz Graf, Werner C. Jeanrond und Jan Opsomer. Tübingen 2011, S. 119.

Mein herzlicher Dank gilt Jerzy Marek und Ula Ososko für die Hilfe bei der möglichst detailgetreuen Darstellung von Görbersdorf.

Olga Tokarczuk

Olga Tokarczuk wurde 1963 im polnischen Sulechów geboren, studierte Psychologie in Warschau und lebt heute in Breslau. Sie zählt zu den bedeutendsten europäischen Autorinnen der Gegenwart, ihr Werk wurde in 37 Sprachen übersetzt. 2019 wurde Tokarczuk mit dem Literaturnobelpreis ausgezeichnet. Für *Die Jakobsbücher* wurde sie außerdem 2015 (zum zweiten Mal in ihrer Laufbahn) mit dem wichtigsten polnischen Literaturpreis, dem Nike-Preis, geehrt und 2018 mit dem Jan-Michalski-Literaturpreis. Im selben Jahr gewann sie den Man Booker International Prize für *Unrast*, für den sie auch 2019 wieder nominiert war: Ihr Roman *Gesang der Fledermäuse* stand auf der Shortlist. Zum Schreiben zieht Olga Tokarczuk sich in ein abgeschiedenes Berghäuschen an der polnisch-tschechischen Grenze zurück.

Inhalt

Literaturnobelpreisträgerin
OLGA TOKARCZUK
Ihr Werk im Kampa Verlag

Die grünen Kinder
Bizarre Geschichten
Deutsch von Lothar Quinkenstein

»Olga Tokarczuks Werk zeigt in exemplarischer Weise, welch innovative Formen künstlerisches Erzählen im 21. Jahrhundert annehmen kann. Damit setzt sie Maßstäbe für die Weltliteratur.«
Gerhard Gnauck / Neue Zürcher Zeitung

Die Jakobsbücher
Roman
Deutsch von Lisa Palmes und Lothar Quinkenstein

»Tokarczuks Bücher reißen Fenster zur Welt weit auf. 1000 sensible, zärtliche, trauererfüllte Seiten sind denkbar größte Literatur.«
Fabian Wolff / Süddeutsche Zeitung

Unrast
Roman
Deutsch von Esther Kinsky

»Rührend, großzügig, klug und zutiefst beglückend.«
Carolin Emcke

Letzte Geschichten
Roman
Deutsch von Esther Kinsky

»Weil *Letzte Geschichten* vom Sterben handelt, ist es auch ein Buch über das Leben. Dem Verschwinden der Dinge und der Erfahrungen setzt Olga Tokarczuk ihre poetische Imaginationskraft entgegen.«
Jörg Magenau / Falter, Wien

Taghaus, Nachthaus

Roman
Deutsch von Esther Kinsky

»Ein Roman, der die Welt der Träume und des Wachens auf einzigartige Weise verbindet, und zwar so, wie es sonst nur das Leben kann.«
Süddeutsche Zeitung

Ur und andere Zeiten

Roman
Deutsch von Esther Kinsky

»Eine grandiose Parabel.«
Ilma Rakusa / Neue Zürcher Zeitung

Gesang der Fledermäuse

Roman
Deutsch von Doreen Daume

»Tokarczuk zeigt erneut ihr ganzes stilistisches Können.«
Marta Kijowska / Frankfurter Allgemeine Zeitung

Der Schrank

Erzählungen
Deutsch von Esther Kinsky

»Olga Tokarczuk ist eine Meisterin im Schaffen von Welten, innerhalb derer sie viele weitere Welten ineinander verschachtelt oder miteinander verknüpft.«
Doreen Daume / Die Presse, Wien

Die verlorene Seele

Mit Illustrationen von Joanna Concejo
Deutsch von Lothar Quinkenstein

»Ein nachdenkliches, stilles und schönes Buch.«
Stephanie von Oppen / Deutschlandfunk Kultur

Wenn Ihnen dieses KAMPA POCKET gefallen hat, gefällt Ihnen vielleicht auch der Lesetipp auf der gegenüberliegenden Seite.

Schicken Sie uns bitte Ihren LIEBLINGSSATZ aus einem Kampa Pocket, bei einer Veröffentlichung auf unseren Social-Media-Kanälen bedanken wir uns mit einem Buchgeschenk: lieblingssatz@kampaverlag.ch